# 乌金时代

曹海英 著

中国工人出版社

学術叢書

自 序

# 来时的路

一

我离开矿区已经三十多年。

虽然,我与矿山很多年没有交集,然而,曾经的出生成长之地,曾经的童年少年时代,却和今天的现实之遇紧紧联在一起,就像中医眼中的经络,你看不见,却又时不时能摸得到。煤城之旅,把我几乎遗忘的过去,重又钩沉了出来。

从2021年3月起,我几乎跑遍了贺兰山深处的矿山,采访、整理、书写,终于完成了这部书稿。

为什么要写?答案在我寻访大山时似乎才变得越来越清晰、越来越明确——因为我的父亲。父亲生前是有着四十年工龄的煤矿职工,他的一生中,大部分时间都是在煤矿度过的。而像我父亲这样的矿工有许许多多,他们把最好的年华甚至一生都留在了贺兰山深处,他们绝大多数都是些籍籍无名的普通人。时过境迁,他们的过去,随着斗转星移,最终会彻底消逝,而作为后代,我不愿意忘却。因为我的父亲,还有所有的父辈们,他们每一个人都曾经认真地活过,都曾经为生活而奋斗过付出过,他们的一生虽渺小卑微，但是他们曾以一往无前不可阻挡的气势和力量，在贺兰山里开山挖矿，在荒山里留下了他们鲜明拙重的生命痕迹，留下过他们朴素却深沉的情感。在这片长满煤的大地上，父辈们曾写就或轻或重，却又无可替代的一笔。

今天，"矿二代""矿三代"仍在煤田上辛勤耕耘着，奉献着，在这片乌金大地上默默劳作着。他们成了宁东的建设者，他们成了贺兰山生态文明建设的践行者、绿色矿山的守护人。

如果矿工的后代是一种身份，那这身份使我感到有责任去挖掘和记录，尤其是我也行将变老之时，似乎越发被催促得紧迫。

## 二

在贺兰山深处，曾经发生过什么？几代煤矿人在矿山留下过怎样的经历？宁夏煤业，是如何从过去走到今天的？

顺着时间的线索和矿山变迁的历程，我找到了那些过去埋头苦干至今默默无闻的劳动者们，听他们讲述宁夏现代煤炭生产从无到有，从粗放到精细，生产重地从贺兰山到宁东的艰难而奋发的过程。

这本书所叙述的，多以个人的到达，也就是个人与矿山发生关联为开始，以他（她）到来的年代作为记录的开端。这样的时间线索，是他们个人际遇的重要坐标，也是矿山历史的索引。它提示着半个多世纪以来，几近被时间淹没的散落于深山矿沟的步履，留在矿山深处的热血和生命、岁月与情感。

书中记录了五十多个普通人的人生经历，讲述20世纪50年代末期至21世纪20年代这个时间跨度里，他（她）与矿山的故事。虽然这五十多人只是极小的一部分，但他们每个人身后都

## 自　序　来时的路

有一个极其相近或相似的群体。可以说，这样一个个细小的侧面，映衬着六十多年里，宁夏北部百里矿山从无到有、从兴盛到衰落、从衰落到转型的过程，以及其间人们的往来穿梭，种种亲历。他们个人虽普通渺小，却留下了矿山的点滴历程，成为矿区生活的标本、时代发展的印痕。

当年，他们因各种机缘来到了贺兰山深处的无人区，成为那个时代最具荣光的工人阶级的一分子，成为国家现代化工业建设最坚实的力量之———煤矿工人。他们用充满信心和力量的双手，把地层深处的煤挖出来，源源不断地运往电厂钢厂千家万户，他们用这世上最有力的臂膀，把没有路没有房没有水没有粮的山沟，变成了人群聚集市井万象的矿村矿镇，变成了社会主义建设初期欣欣向荣之地。这，不只因煤的能量，更有人的理想。正是因为对生活的憧憬，对未来的期盼，这些细小卑微的个体经历像山间的溪水洪流一样，天长日久，冲刷出历史的沟壑，孕育生发出种种时代的力量。

如今，宁夏煤炭生产重地由贺兰山转移到宁东地区，原石嘴山矿区多已关停，只剩一个无烟煤老矿区还在生产，矿区职工绝大多数离开了矿山，被安置到了城里。他们的生活正经历着历史性的变迁。

从石嘴山建矿之初，到宁东煤化工基地的建立成长，几十年过去，历经了三四代煤矿工人的劳动付出、奉献甚至牺牲。

这一切不该被忘却。

### 三

他们是这本书的主角，这个时代的主角，更应该是历史的主角。

他们踏进贺兰山之时,便是矿业发展变化之始;是煤的能量历经地层挤压,释放出巨大的光与热的开端,是他们的人生融入矿山煤海的瞬间;他们涌向宁东时,是他们终生难忘的生命咏叹,是绿色矿山的决定性时刻。

到来,留守,离开,决定人们去留的,除了际遇,除了生存之需,还有一种称之为命运的东西。人之命运,煤之命运,山之命运,交织在一起的时代命运,更有人与煤与山之间,与自然环境之间,仿佛镜子一样彼此观照的内在关联。

这些故事里,不只有酸甜苦辣,不只有泪水和感动,更散发着令人心生钦佩的生命之光、创造之光、时代之光。因为我们今天所拥有的一切,我们未来所期望的可能,是父辈把汗水注入矿井的第一天就已经畅想了,是从矿井下采出第一块煤时就已经描画了。

作为矿工的后代,我不能忘记;作为贺兰山的子民,我们不可忘记。那无怨无悔的开始和后来,应该被如实记录下来;这些普普通通的煤炭生产者,千千万万个煤炭生产者,值得被更多的人知道并记住,因为这条开疆拓土之路不只是他们曾经走过的路,也是我们来时的路,这条路,指向我们再出发时,不可偏离的方向。

# 目 录

CONTENTS

**木时代 开山**   1

**第一章 开拓者到来**   3
太阳落山时，挖好了地窝子   3
第二故乡   31
吓死人了，我不干这活儿   40
他们说，到宁夏就有饭吃   47

**第二章 到祖国最需要的地方去**   53
哪里需要去哪里   53
我这四十年   64
建起了大医院   71

**第三章 煤矿工人多光荣**   82
人生转折   82
脚伤了，也没觉得多大事儿   90
悬着心壮着胆   94

CONTENTS

住在塌陷区 99
当年，矿上可好了 104
旧物都是有故事的 111
**手　记　煤的故事** 117

**火时代　沸腾** 127

**第一章　火热的年代** 129
十六岁那年，我接了老爸的班 129
能活到现在纯属命大 134
大学毕业，我来到矿区 141
**第二章　群山变奏** 146
三十年有如一眨眼 146
我变了，矿区也变了 150

CONTENTS

大　厨 159
矿嫂开店 167
手　记　凉皮的故事 174

**光时代　重塑** 185

**第一章　到宁东去** 187
最后一道防线 187
小煤窑变身记 202
老矿区　新矿区 213
**第二章　留守贺兰山** 234
分流是常态 234
三个老矿合并 249
亲手建的矿井，亲手封掉了 259

C O N T E N T S

改造后的老矿区　　　　　　　280
如果老矿不关停　　　　　　　286
看护矿产　　　　　　　　　　290
女治保队员　　　　　　　　　294
一条道走到黑　　　　　　　　300
手　记　我的故事　　　　　　310

**新时代　重生**　　　　　　327

**第一章　矿山整治**　　　　329
保卫贺兰山　　　　　　　　　329
我所亲历的矿山治理　　　　　343
山绿了　　　　　　　　　　　356
灰鹤又来了　　　　　　　　　363

CONTENTS

| | |
|---|---|
| 第二章　蜕变 | 370 |
| 矿山遗址上的电影梦 | 370 |
| 真舍不得离开 | 388 |
| 搬回石炭井 | 394 |
| 待客上门 | 397 |
| 第三章　山水谣 | 403 |
| 山水谣 | 403 |
| 绿色奇迹 | 422 |
| 手　记　贺兰山的故事 | 450 |
| 致　谢 | 458 |

木时代 开山

# 第一章　开拓者到来

## 太阳落山时，挖好了地窝子

和中国许多北方城市的居民小区一样，大武口文静小区看上去极为普通。当地人习惯称它为一住宅，连同南侧的二住宅，西侧隔着黄河路的三住宅、四住宅，被统称作三区住宅区。不了解石嘴山市历史的人，不会知道三区是什么意思。三区就是曾经作为石嘴山市第三行政区的石炭井区，当年石嘴山规划面积最大的行政区，21世纪初变成大武口区石炭井街道。三区住宅区是原石炭井矿务局下属各矿区居住小区，也是大武口辖区内最早的矿区职工家属区。石炭井作为石嘴山市一个城区的历史，隐含在这片小区约定俗成的名称里。

原石炭井矿务局局长王福林就住在这里。王福林，1935年6月5日出生于山西省应县南马庄村，1952年到1955年就读于大同一中，1958年8月毕业于山西省大同煤炭工业学校，当年9月分配到宁夏石嘴山。1998年，王福林退休。王福林在宁夏生活了六十余年，其中大部分时间都是在石炭井那个山窝窝里度过的。

退休二十多年来，回归田园休闲生活，不只收获着快乐，也常常触动着王福林的思绪——大地怎么这么奇妙？他说，人的力量真不如土地，人能付出的不过是一点汗水和劳力而已，土地却一年又一年让树长高草变绿，让种子发芽开花，结出各种各样的果实。

大地深处那股神秘的力量，时常把他带回往日的矿山，带回工作了整整四十年的石炭井，让老人收获着人生的思考。贺兰山深处的石炭井，几乎寸草不生，却藏着那么多的煤，养活过那么多的人。一想起这些，已近暮年的王福林内心就无法平静。

2014年春天，八十岁的王福林拿起笔，他要用笔记下自己走过的一生。

一

许多年后，想起初到石炭井沟那个春寒料峭的二月，王福林还不由感叹，那时的自己真是年轻幼稚，那时的人真是单纯。

1959年2月底的一天早上，王福林所在的石嘴山矿务局第二建井队全体干部职工（石嘴山矿务局建井队为石嘴山地区煤井开掘建设工程队，第二建井队主要承担石嘴山二矿主井的开掘建设），包括实习生、技术员都到矿务局大食堂开大会。在会上，时任石嘴山矿务局第一任局长的孙昶讲话说，国家要求加快建设石炭井。会上决定，把王福林所在的第二建井队全部人员调往石炭井。

王福林坐在食堂的条凳上，除了听清楚要去的地方名叫石炭井，除了这个只是听说过两三次的地名之外，其他的再啥也没听太明白。

就在听报告的时候，王福林对宁夏，除石嘴山之外，其他任何地方还都一无所知。队里的其他人也跟他一样。

当时第二建井队队长张广山、书记乔崇、工会主席何德军分别负责筹建石炭井一、二、三工区。三名干部通过轮流抓阄的方式，来确定带谁走。王福林和第二建井队所有职工的名字都被写在了纸团里，等待以这种随机的方式分配到石炭井三个工区。

抓阄的结果是，王福林的学长陈明跟着乔崇书记去二工区，同学李彦周、邓光、睢龙、闫国栋等分到机关工作，王福林和同学白祯、温羡孚、贾志仁，跟着何德军主席去往石炭井三工区。整个第二建井队，从队长、书记到炊事员、通信员，总共二百来人，分成三拨，一个领导带着七八十个人，奔赴一个工区。

散了大会，王福林稀里糊涂回了宿舍，拿了两件衣服一床被子，一卷一捆，算是打好了全部行李。解放牌大卡车就停在石嘴山矿务局办公室前面的广场，所有队员带着随身行李，像行军一样，小被子一绑，上了车，出发了。

"前些日子我们每人在供销社买了一件比较时髦的冬装，比棉衣厚一点，双排扣人造毛领子，十几元钱一件，很洋气。"王福林就这样穿上新衣服踏上了人生新征程。

几辆大卡车里放了半车床板和稻草，人上去，只能坐在床板和稻草上，除此，再没有带什么，没有家具，没桌子也没凳子。

从石嘴山矿务局到石炭井，刚上路时还有二三十公里的平路，过了这半截平路，就到了山根底下，往沟里走就彻底没有路了，沟两侧都是陡峭的山石，可以看得见露出地表的煤层。进山以后，司机看哪里有沟就往哪里走，哪里没有石头往哪里走，顺着有冰的沟往里走。沟里全是沙砾，大卡车就在满是沙砾的沟里，颠颠荡荡地往前行。正值初春，山风凛冽，山坡上只有些稀稀拉拉叫不出名的枯草，和山体颜色十分接近，不仔细看都看不出来。

越走沟越深，一路只看得到几近光秃的石头山，只听得到呼呼刮着的大风，吹得大卡车上军绿色的篷布呜呜响。越走山越高，石头越大，草越少。

王福林生平第一次坐汽车进山。起初，他还有一种新奇感，可是汽车一会儿走沟里，一会儿走石头上，晃来晃去，晃得他头昏眼花，新奇感很快就被晕车所替代。

大卡车开快五六十迈，而山路崎岖，车走起来也就二三十迈。开着开着，汽车水箱开锅了，只好停车，等发动机凉了，再往前开。这样走走停停好几次。早上十点多开完会就从矿务局出发，走了四个多小时竟然还没有到。这要走到啥时候啊？就在王福林心生疑问时，车又停了。

司机从驾驶室探出头来喊道，到了，都下车吧。

王福林和同伴们眼巴巴地望向外面，车停的地方，是一辆卡车刚能转过弯的平地。这是个啥地方？这是县啊，是村啊，还是个厂啊？大伙儿议论着，充满疑问地看向四周。什么都没有，别说房子和路了，连棵树都没有，连块砖都看不着。冬末初春，冷硬的山风发出尖厉的呼啸声，强劲的风势像冰凉的钢刀一样，把眼前的山劈得光秃秃的。

带队领导何德军说，都下车吧，这就是咱们的目的地——三工区。

这就是传说中的三工区。王福林的心顿时凉了下来。一路上有过各种各样的幻想，就是没想到石炭井竟然是这样一个荒凉不毛、啥都没有的野沟。怎么是这么个地方,说不宽吧,还有块平地,说宽吧,就是个山沟,除了大山再啥也没有。

大伙儿下了车,何德军说,大家想办法,赶紧挖地坑。

从上午走到了下午,到了沟里第一件事就是赶紧挖地坑,不然,晚上住哪儿?当天晚上住的就是立马要挖的地坑,就是当年石炭井最早的"房子"——大半入地的地窝子。

王福林和队友们,拿锹的拿锹,抄镐的抄镐,三人一组,找块平坦的地方开始挖起来。

寂静的大山里,一下子有了从未有过的你追我赶的劳动场面。坑并不好挖,虽说已经过了三九寒天,但是冰封了一个冬天的贺兰山地,此时还未解冻,仍是又干又硬。王福林和队友们先得用镐刨了又刨,山地才露出一点豁口,没挖几下,就出了一身臭汗,一阵又一阵风刮来,身上的汗很快就弥漫出浸入骨髓的冰凉。为了不让自己感觉到冷,为了赶在太阳下山前挖出一个能住人的土坑,七十多号人愣是在这片巴掌大的平地上,用最快的速度,挖出了二十来个地坑。

等到面前的地坑有一米来深时,太阳落了山。

夕阳的余晖下,山坡上山脚下,成片的芨芨草在风中摇摆着,好像在向这些大汗淋漓的汉子们点头致意,又好像在等着看他们的笑话。是啊,这片光秃秃的山地里,只有这极少的不怕风也不怕旱的野草才能扎住根,只有它们才是坚守这片土地的"原住民"。而眼下这样一群什么都没有,单凭一双手和一腔热情的人们,能在这里待下去吗?

根本没有人顾得上想这些,眼下,先要有个住的地方,哪怕它像狗窝呢。王福林和队友们在寒风中加紧劳作着。挖好了地坑，简易的居处才算是完成了一半，在坑洞顶搭些麦草，在坑洞里搭上木板，麦草搭的房顶和坑洞的洞口之间就是门了，这样简陋窄小的门上再挂个布帘子，竟也有了点房子的模样。三工区工友们的宿舍就算是初步建成了。

听到这儿，我禁不住好奇地问，当时怎么就知道要带麦草和木板呢？

王福林老人笑了笑说，1956年孙昶他们来这里考察过，来了一趟又一趟，他们知道这里啥也没有。在派建井队的同志们到这里时，他们考虑到起码得让同志们有个睡觉的地方，就让带了床板。光有床板还不行，床板直接挨着地，太凉了，得用草铺在下面，人睡下起码不潮。"所以，我们这支初到石炭井的建设队伍，别的什么都不带，要带床板要带麦草，要带锹要带镐。没有锹镐，怎么挖地坑？没有木板和麦草，怎么睡人？"

外面风多大，地穴里风就有多大，刚挖好的地洞里还有些阴潮，挖出的石头沙土堆在地坑旁边，像一个个大小不一的土馒头。看着这样一个以前从未见过，更没有住过，模样古怪的"新房子"，王福林竟笑了，这简直就是原始人住的房子啊。

开饭了。就在大伙儿抓紧时间"盖房子"的时候，炊事员在山地上用几块石头搭了个灶，支起大锅，几把米，一锅水，煮开后把带来的白菜叶子下进去，好歹给弄熟了。

挖了一下午坑，早就饿了，领导职工一人一饭盒，满山坡上，这儿坐一个那儿坐一个。王福林找块平整些的大石头坐下，吃着饭盒里的汤汤水水，竟然觉得格外香。

吃罢饭，天很快黑了下来。太阳一下山，山风更显凛冽，山里冷得要命。王福林和队友们三人一组，进了地窝子。躺在极其粗陋的地窝子里,王福林和工友们并不觉得住进这样的"房子"有多么痛苦难受,也没有艰苦奋斗这样的念头。因为大家都这样,就连书记队长这些领导干部也是这样住的,想想,也就没啥可说的了。

这一夜,呼呼大作的山风,刮得头顶的麦草簌簌响了一夜。风刮了一个晚上,山鼠折腾了一个晚上。也许是这样一群不速之客搅扰了山里长久以来的寂静,地洞里的老鼠和地洞外的山风,似乎以这样的方式对这一群汉子的到来,表达着意外、兴奋,表达着热烈欢迎。

这寂静的深山里,第一次有了这么多人,第一次有了这么多人的声音。尽管地窝子是那么简陋,山风一直刮个不停,但是这些汉子一躺下就呼噜声四起。王福林很快在这呼噜声中沉沉睡去。

刮了一夜的山风并不觉得累,第二天跟昨天一样,仍是那么凛冽。蓝的天,白的云,灰黄色的石头山,一切照旧,但是太阳一出来,山里的一切都抹上了一层暖色。在这片灿烂阳光里,贺兰山迎来了新鲜明亮的一天。太阳仿佛新的一样,晒在身上,让人感觉到些许暖意。

王福林和队友们重新拾起了工具,接着收拾地窝子。能挖的再挖,挖不了的就找些石头垒一垒,修理修理,把麦草屋顶支得高一点,把门修一修,再砌个门框,里里外外修得齐整一点。原本看上去一样粗糙简陋的地窝子,一经修理,竟显出了各自的款式,细致的手巧的,就修得好看一点,像个人住的地方,也有那手笨人懒的,地窝子就难看一点,像个狗窝一样。

王福林和队友们当年打地窝子的地方,就是后来石炭井三矿所在。

这就是王福林来到石炭井的第一天、第一个晚上，在他看来，有如山顶洞人的一天一夜。

这一天是 1959 年 2 月 24 日，是石嘴山第二建井队整建制进入石炭井的第一天，是石炭井煤炭建设历史上的开端，也是载入宁夏煤业发展历史、开先河的一天。这一天也是王福林老人一辈子都忘不掉的一天。

## 二

第二建井队大部分人就在这样的地窝子里住了近三年。三工区所在的位置叫李家沟，这里原有个岱开煤矿，是石炭井地区最早的煤矿。王福林他们刚来时，岱开煤矿已经有座小四合院，除了办公室，还有一排平房。进入石炭井沟不久，三工区很快接手了岱开煤矿。

岱开煤矿的小四合院对他们来说，简直就是雪中送炭。这些平房一部分用作三工区的机关驻地，另一部分成了工人宿舍。

两年之后，一、二、三工区成为石炭井一矿、二矿、三矿。进入 20 世纪 60 年代后，白芨沟矿、乌兰矿、大峰矿先后开发建设，由此，在贺兰山深处，形成了石炭井百里矿区。

问及当年为什么会选在石炭井建矿，王福林说，因为石炭井这个地方有着当时世界上最为紧俏的焦煤。发展现代工业，是新中国成立初期我们国家经济发展的重中之重。20 世纪 50 年代末，国家集中上马了包钢、酒钢等钢铁厂，确保焦煤的供应就成了迫在眉睫的任务。国家对贺兰山深处进行煤炭勘测时，发现了石炭井沟大片焦煤煤田，焦煤储量大，而且煤化度较高，结焦性好，是高炉炼钢最好的煤种。为尽早尽快为钢铁厂提供原料，国家决定立即建设石炭井矿区。

当时煤矿条件简陋落后，生产条件很差，没有电没有机械设备，采煤全部是手工操作，运输也靠人力。更为艰苦的是，石炭井缺水，吃的水都是从十几公里外拉来的黄河水。吃水都这么困难，更没有洗澡的地方，煤矿工人们长期无法洗澡，卫生条件极差。

可就在这一穷二白的条件下，在第一代矿山建设者的付出和努力下，石炭井三个工区很快都出了煤。

1960年，石嘴山建市这一年，石炭井地区出产的原煤烧化了包钢酒钢的钢水，为成就那一年全国钢铁产量一千八百多万吨出了力，为我们国家迈出社会主义工业化的第一步奠定了基础。

## 三

三矿位于石炭井沟最深处，今天的石炭井街道辖区最北端，与内蒙古阿拉善左旗交界。王福林他们当年进山的路，现在仍是从阿拉善左旗进入石炭井沟的主路，是从宁夏去往内蒙古的一条主要通道。这条路也是王福林一家最终团聚的路。

1959年春天，王福林进沟一个多月后，媳妇就带着儿子沿着这条路来到了石炭井。

1955年，还在上煤校的王福林就已经结婚了。到石炭井三工区一个多月后，王福林收到了父母来信，信上说，媳妇要来宁夏了。收到信后，他又是欢喜又是忧虑。离家大半年，虽说一忙起来什么都忘了，可是一闲下来，他总是会想念媳妇和孩子。王福林原本打算，等三工区的工作生活稳定下来，都安顿好了，就请探亲假回去看看，可没想到，媳妇这么快就要来了。他盼望着能尽快跟媳妇团圆，但又很担心，三工区的生活条件这么艰苦，媳妇孩子来了，可怎么生活？虽说吃住比初来时稍有改善，有了食堂，住的虽然仍是地窝子，但是越修越像个能住人的小房子，地窝子里生了土炉子，倒也暖和。但出了地窝子，尘土飞扬，满目荒凉，山里不只是交通不便，连购买日常生活用品都非常困难。王福林可不忍心让她和孩子在这样的环境里生活。

他一时犯了难，可家里已经决定，来就来吧，住上一阵儿，看看他在这里的生活，媳妇放心了也就回去了。

创建初期的石炭井，几乎是一个清一色的男人的世界，一、二、三工区基本都是单身职工。当时，跟王福林一起分到宁夏的煤校同学中，只有他一个是结了婚的。为了照顾王福林一家团聚，单位特意分配给他一间原岱开公司的土平房。

王福林做好了去火车站接媳妇的准备。接媳妇的过程成了他人生中又一段浓墨重彩的记忆。

当时，石炭井既没有通铁路也没有通公路，包兰铁路线上的站点离石炭井最近的就是平罗火车站，石炭井只修了一条通往内蒙古阿拉善左旗乌达三道坎火车站的简易公路，这条公路是用来运输材料、设备和接送矿上职工的。王福林和媳妇在信上约好在三道坎接站。

媳妇打好了车票，从家中给王福林发了电报后，带着三岁的大儿子上了火车。

从山西出发的火车到达乌达三道坎车站是晚上九点钟。王福林接到电报后，算准时间，提前赶到了乌达三道坎车站。

天空飘起了雪花，装扮着这个初春的夜晚。王福林在站台上，内心又兴奋又焦急。每停靠一列火车，他就伸长了脖子。天越来越黑，雪也越来越大了，随着天色越来越晚，王福林内心的兴奋一点点变凉，只剩下越来越强烈的焦急。所有夜间到站的火车都离开了，王福林却没有发现一个抱着孩子的小媳妇。王福林又是担心又是着急，赶紧离开空荡荡的车站，到车站附近唯一一家旅店查问了半天，可旅店的登记本上没有看见媳妇的名字，旅店的服务员也说没有见过这样一个抱着孩子的年轻女人。

王福林强按下自己的胡思乱想，在旅店里住了下来。第二天一早，王福林又跑到旅店住宿的房间里去查看。他总觉得昨晚一定是天黑了没看清楚。可是他查遍了旅店所有的房间，还是没见媳妇的影子。也许是自己记错时间了？王福林安慰自己。第二天晚上，他又去了三道坎火车站，又等了一个晚上，还是没有接上。第三天晚上，他又去了车站。

这样三个漫长的白天和夜晚，仿佛比之前的几个月还要难熬。除了焦急地等待、寻找、查名单，王福林还时不时跑到转运站排队买票的队伍中去打探。当年，石炭井专门在乌达三道坎设有转运站，每天发一班客运卡车，以方便填表登记招工的人员到达石炭井。凡是招工到石炭井的都可以免费乘车，探亲访友的人买票坐这趟车到矿上。

夜里的飞雪，加上三道坎的寒风，再加上连续三天都没有接上媳妇，王福林心里又是害怕又是着急。媳妇带着孩子去了哪里？会不会出了什么意外？沮丧、担忧和焦灼，让王福林都快疯了。就在这时，有人从三工区给他捎话来，说媳妇已经到了，他同学给她安排好了吃住。听到这个消息，王福林那悬了三天的心，登时高兴得要冲出胸膛！

原来，就在王福林接站的第一天晚上，热心的解放军战士帮媳妇抱着孩子走出站台，夫妻二人就在咫尺之地，擦肩而过。媳妇当天晚上就住在火车站附近那家旅店，但是没有在前台登记，两人又再次错过。第二天一早，王福林媳妇就离开了旅店，遇到一位好心的司机，让他们母子搭顺风车去了石炭井转运站，两人第三次错过。等媳妇到了转运站，买了车票，坐上返回三工区的大卡车时，王福林全然不知，仍焦急地徘徊在三道坎车站。

王福林迫不及待地回到石炭井，见到媳妇，眼泪差点没掉下来。夫妻别离近一年，虽说见面的时间又阴差阳错耽误了三天，可一家人总算平安团聚了！媳妇这才给他讲了，这三天里遇到了好几个好人，先是下火车时遇到了解放军，接着遇到好心的卡车司机，在转运站又遇到老乡、站长邢举见，顺利来到了石炭井沟工区办公室。

听完媳妇的话之后，王福林才注意到，小儿子怎么没有抱来？媳妇顿时哭成了泪人，小儿子一周岁时因肺炎夭折了。原来，这也正是媳妇要来看他的原因，丧子的悲痛让媳妇抑郁悲伤几乎无法撑下去。

媳妇来的时候，原想看看王福林住上几天，放心了就回老家，但1959年初已经开始闹灾荒，哪儿都缺口粮，老家更是。小两口儿一商量，还不如留在石炭井。

媳妇和王福林同岁，那一年他们都才二十五岁。像那个时代绝大多数人一样，他们的想法既现实又简单，他们的欲望既单纯又具体，那就是能吃饱肚子，有个像样的窝，一家人能团聚在一起就行。

王福林算是在石炭井有了家。虽然全部家产除了一个闹钟、一口媳妇从老家带来的铝锅，就只有六棵白菜，没有家具，更不要说粮油了。

家属来了，王福林算是在石炭井沟里真正扎下了根。

陆续地，越来越多的职工接来了家属和孩子，在山沟里安了家。渐渐地，深山里不只有开山放炮、采挖运输的劳动场面，还有了女人的说笑、孩子的啼哭、老人的叮嘱。从此，矿山不再是清一色青壮男人的世界。山坡上矿沟里多了些女人的花布衫、孩子的虎头鞋，多了浆洗干净散发出温馨的花被面花床单。这些带着浓浓生活气息的花色，成了装点这片荒山的最动人风景。从此，这片原本寂静的山地，有了千家灯火和袅袅炊烟，这片荒凉的深山沟，这片坚硬的工业之地，有了热乎乎软绵绵的生活质地。

## 四

一家人终于团圆了，这本是好事，但是口粮少吃不饱，让王福林很快陷入了烦恼。

王福林初到三矿是实习技术员，供应粮二十七斤。当时，国家政策是向工业一线倾斜，煤矿工人一个月供应粮五十二斤。王福林要求到一线去，当采煤工人。1961年，王福林从技术员变成了一线采煤工人，这下子，每个月的口粮多了，解决了全家吃饱肚子的问题。

1962年初，王福林下井半年多，国家下达的文件提出要求，技术人员不允许当工人使。20世纪50年代末，工业生产一线的技术人员基本上都是各专业院校毕业的中专生，直到60年代中期，接受过社会主义高等教育的大学生才陆续充实到工业生产一线。就这样，1962年，王福林重新成为采煤队的技术员。

1965年，石炭井矿务局从技术员中提拔了矿区第一批工程师，总共二十五人，王福林就在其中。1974年，王福林被提拔为三矿副矿长、副总工程师。1977年，王福林成为三矿矿长、总工程师。

直到后来的许多年里，只要一提及过去，王福林总是会说，要不是改革开放，我王福林到退休也只能是个技术员。

对于王福林来说，那是一个欣欣向荣的年代。1978年3月，全国科技大会召开，国家建设回归正轨，改革开放的时代到来了。此时，中央广播电视大学和各地广播电视大学相继成立，矿务局各个矿区都想办法开设了电大课堂，以响应国家号召，加快社会主义现代化建设人才的培养。

石炭井三矿办公楼那间最大的会议室里，多了一台黑白电视机，那是为接收中央广播电视大学的教学节目，供广大干部职工学习用的。这台电视机是石炭井矿区最早的电视机，也是20世纪80年代，令矿区人大开眼界，看向山外世界的第一扇窗口。

这里每天都座无虚席。王福林在业余时间也常出现在这个电视课堂上，他主要是来听英语课的。他和那个时代的许多知识分子一样，争分夺秒地学习，要把曾经蹉跎的岁月补回来。

五

改革开放初期的矿区跟全国上下一样，气象更新，生机勃勃，年过四十岁的王福林工作渐入佳境。对他来说，这是一生中工作最有成就感的时候。

在王福林担任矿长期间，三矿获得了许多集体和个人荣誉称号：1975年三矿职工王维贵（王福林任采煤二队队长时，王维贵任副队长）光荣当选第四届全国人大代表；1977年4月石炭井三矿荣获全国"大庆式"企业称号；1978年三矿职工王国义光荣当选第五届全国人大代表。正是因为三矿各方面的表现突出，石炭井矿务局才连续两届将唯一的全国人大代表名额都给了三矿。1981年1月三矿被煤炭部评为环境先进单位。

正当王福林踌躇满志的时候，令他没想到的是，他被调离了三矿。

1982年，白芨沟矿矿长谢成武升任石炭井矿务局副局长之后，上级决定把王福林从三矿调到白芨沟矿接任矿长。当时，白芨沟矿年产九十万吨，在整个矿务局都是产量比较大的煤矿，加之又是高瓦斯矿，生产风险高。命运就把这个重担压在了王福林身上。接到调动通知，王福林的心情很是复杂，甚至有些抵触情绪。毕竟，他已经在三矿生活了二十三年，突然要去一个对他来说完全陌生的新矿区，他感到特别茫然。

在三矿脚踏实地干了二十多年，王福林一步一个脚印，从井下一线干到了领导岗位。在矿区经历了这么多年的历练，王福林认为作为矿区管理者要管理好煤矿，既要了解国家的大政方针，要有事关全矿的大局意识，同时还要有应对各种井下突发事件、解决生产中实际困难的能力和办法。对于他这样一个有专业技术傍身的管理者来说，这些都不算啥难事，他最担心的是面对复杂的人际环境。调到一个新的工作环境，意味着一切都要从零开始，会面对什么样的工作局面，如何应对复杂的人际关系，这些都是他所不知道的。何况，此时的三矿已经建设得颇有些规模了。虽说从矿区当时的条件来看，白芨沟矿建得也较有规模，但是，白芨沟矿所在的矿沟就那么窄窄一块，比三矿的矿沟还要狭小，山那么高，锅底一样，想想都觉得把人要憋屈死了。

可是，个人只能服从组织，尽管有一百个不愿意，王福林还是放下抵触心理，来到白芨沟矿。

## 六

"去白芨沟之前，我把能遇到的困难都想了一遍，但人算不如天算，我怎么都没有想到，我在白芨沟遭遇的第一个挑战，竟然是百年不遇的大洪水。"到白芨沟的第三天，也就是1982年8月3日傍晚，王福林从职工食堂打了饭回到位于白芨沟矿办公楼二楼的矿长办公室，正准备吃饭，突然听到外头雷声滚滚。起初他并没在意，每年七八月份都是贺兰山雨水最为丰沛集中的时候，这个季节，石炭井三矿也常会遇到这样的雷雨天气。快速吃完饭，王福林发现雨越下越大，赶忙往一楼调度室走，到一楼时，发现洪水已经把最下面一层台阶没过去了。白芨沟矿办公楼地势比较高，楼前面还有几级台阶。

王福林一看，赶紧又跑回二楼办公室，穿上胶靴再下去时，也就两三分钟的工夫，洪水已经漫过了第二层台阶。就这样，蹚着水，他勉强到了一楼最东头的调度室。刚到调度室门口，楼里突然黑了下来，停电了。调度室一片漆黑，值班的人去吃饭还没有回来，黑魆魆的楼道里就王福林一个人。此时，楼道里的洪水已经有半米多深。王福林蹚着水进了调度室，抓起电话，才发现电话没有声音，线路断了。

黑暗中，光听到山洪涌动的水流声和轰鸣的雷声，在电闪雷鸣的瞬间，能看得到办公楼前洪水掀起几米高的洪浪。办公楼里的洪水迅速往上涨着，胶靴里早就灌满了水，一股股涌进来的洪水眼瞅着要没过调度室的办公桌了。就这一会儿的工夫，整个办公楼的水已经淹到一米深。王福林在黑暗中摸扶着桌子，挪动着双腿往外走。

这是咋回事？突然这么大的雨这么大的水，怎么办？等他终于挪到楼梯上，回到二楼办公室时，一时半会儿竟醒不过神来。

初来白芨沟矿，办公室就是王福林的家。除了这十来平方米的办公室和这栋三层的办公楼，他对这个叫白芨沟的煤矿还没来得及做更深的了解。他只知道，和石炭井一样，矿区周围的山又高又大，沟又多又深。这里的山跟石炭井的山一样，山上的草很少，根本吃不住水，一下子下这么大的雨，雨水全往办公楼前这条主街——也是唯一的大沟里冲过来。

王福林一时不知道该怎么办，只好站在窗口看向窗外。窗外洪浪十几米高，冲下来的石头有一辆小汽车那么大。他心里嘀咕，这得有多大的水，能冲下来这么大的石头。这石头冲下来，别说那些小土房子，就是楼房也得让它给砸倒了。

雨慢慢小了。又过了一会儿，雨终于停了。雨一停，水呼呼地就从沟里流走了。洪水上得快下得也快。

半小时后，办公楼前的楼梯上可以走人了。王福林再次望向窗外，一眼就看到办公楼前的电线杆倒了，街上一片狼藉，遍布沙子、泥、石头，白芨沟一下子被洪水淹得不成样子。

这时候，进来几个人，都是当晚调度室的值班人员。王福林对他们说，赶紧把各科科长找来，看接下来怎么办。这几个人都是矿上的老人，知道这些科长都住在哪儿，就分头去找。没一会儿人都来了，有些科长没用找直接就来了。

王福林领着几个人往选煤楼那个方向去。去干什么？打电话。火车站就在矿选煤楼那儿，那里是整个矿区地势最高的地方。只有铁路上的电话没有冲毁，矿上的电话线路都被冲坏了。

王福林就用铁路上的电话给矿务局、煤炭厅、自治区办公厅汇报了白芨沟的大洪水，包括房屋被冲毁、损失的大致情况，只是死了多少人还不知道。

这时候已经是夜里十点多了。打完电话，王福林给所有到场的科长开会。王福林第一句话先问，这么大洪水，你们遇见过没有？大家都说没有，建矿以来从没见过这么大的洪水。他们都没见过，王福林就更没见过。石炭井沟里年年也发洪水，但是从来没有发过这样大的洪水，更没有见过下雨就跟拿水盆往下倒一样的暴雨。

接下来，王福林分派生产科的科长先到井下看看。井下二十四小时都有工人在生产，赶紧下去通知工人上来，到安全的地方。再安排一拨人分几组，东西南北，四处察看，看有没有冲毁房子的，有没有冲死人的。

等到汇拢情况时，天都快亮了。山那边倒了多少房，山这边冲毁多少设备，井口冲坏多少矿灯，这时候基本清楚了。虽然井口冲了，好在井下工人没有受伤的，只是地面上死了多少人，当时仍然不是很清楚。但是王福林知道，一定有伤亡。他到现在还记得，洪水刚下去时，矿办公楼前电线杆上挂着一具尸体，那是一个十五六岁的孩子，洪水下去后，人就挂在倒了的电线杆上。

"路冲垮了，啥车都进不来了，矿上的房子倒了不少，当晚那个水大得不得了，只要水一灌进去，家里面一分钟就灌满了,别说土坯房,就是砖房子也扛不住。"王福林回忆说。白芨沟矿,道路、住宅、井口、矿灯房等无一幸免。洪水浪头所过之处,片瓦不留,曾经的街道、坡下的土平房,一夜之间,消失得无影无踪。

这次洪水,矿上一共有十人遇难,其中有几个白芨沟矿的职工家属。除此,运销公司装车的地方有个集体小煤矿,小煤矿井口浅,当晚的山洪一下子把小煤矿的井口灌满了,淹死了正在井下干活的几个工人。

"石炭井、汝箕沟矿区持续普降大暴雨四十分钟,白芨沟和汝箕沟两个矿区共有二十六人遇难,山洪冲坏了高压线路,通信、供水设施遭到严重破坏,导致全矿区停电、停水,交通、通信中断。"这是《白芨沟矿志》和《汝箕沟矿志》中对那次大洪水的记录。

"据说,当时山洪流量每秒达九百八十立方米,而同年11月黄河流量不过八百立方米。"王福林说,"时隔许多年后,我去壶口旅游,当我站在震耳欲聋的黄河瀑布旁边,别人咋想的我不知道,白芨沟大洪水之夜的惊险,一下子就重现在我眼前,我当时真是感慨万千。"

是的,只要是经历过那次大洪水的人,生命中就有了永远都无法抹去的生与死的撞痕。这是没有在矿山生活过、没有在贺兰山深处的煤矿亲历过大洪水的人所体会不到的。

洪灾的第二天,王福林和矿上其他领导组织大家抗洪救灾、重建家园。先清理道路,大车小车全出动,矿务局又支援了一部分车辆和人员,连续清理了三天。

这期间,先安排房子被冲毁的职工家庭在矿招待所住下。矿招待所二十几间房一下子都住满了。

　　矿生产单位边清理边恢复。井下清理了一个星期，主要是清理矿灯房。当时矿灯房进了洪水，把矿灯架给浸湿了，电池进水短路，坏了，充不成电了。可没有矿灯怎么办？石炭井一、二、三矿负责调配矿灯。每天几辆大卡车，倒班到石炭井一、二、三矿拉矿灯，早上八点出车，把没有电的矿灯拉过去，再把充好电的矿灯拉回来。这样大概维持了一个多星期，矿上自己的矿灯架才算是彻底修好了。

　　洪水过去三天之后，井下陆续恢复生产。"虽然刚开始没啥产量，但也得尽快恢复。在井下，连续生产可以，一旦停产，井下巷道、电路、通风，各方面都会出问题，停的时间越长越不好恢复生产，因为时间长了，支柱朽了坏了，不仅不好生产了，还危险。"王福林说。

　　白芨沟矿很快从大洪水中恢复了过来。

## 七

　　不想来的时候，被调来了，想留下来的时候，却又被调走了。

　　王福林在白芨沟只待了一年。1983年8月的一个星期天，王福林探家后返回白芨沟。当时王福林家还在三矿，王福林母亲也在三矿，他回白芨沟时带着母亲，想让她看看儿子工作的地方。车走到大峰矿时，他碰到白芨沟矿党委副书记胡文才。胡书记说要到局里开会，通知王福林也到局里开会。王福林把母亲送到住的地方，立马反身又去了石炭井矿务局。

　　矿务局会议室坐满了，各矿负责人基本到齐了，王福林刚找了个地方坐下,领导就宣布开会,宣布人事调整。"听到矿务局新班子的名单后,我才明白,原来,我的工作又变动了,调整后的局领导分别是:书记赵好修,局长谢成武,第一副局长王福林(党委常委),副局长卜照福、陈宁、金宪荣。"

王福林一听有自己的名字,愣了一下,他以为到白芨沟后最起码也得干个三五年,没想到这时候会让他走。会后,王福林跟自治区有关领导说,白芨沟还有工作没完成,他不能就这么走。那时候,白芨沟正在准备企业升级,各项规章制度还没制定完成,完成后自治区还要验收,验收完他才能走。

就这样,王福林又在白芨沟待了两个多月。1983年11月,王福林回到石炭井,升任矿务局副局长。1988年1月,王福林升任矿务局局长。

## 八

"世界上的事情就是这样,一个矛盾解决了,又出现了新的矛盾。"1988年,王福林任局长后,面临的第一件事,就是矿务局下迁大武口。这还是赵好修同志担任局党委书记、谢成武同志任局长时定下来的决策。当时决定下迁主要是考虑到职工的住房问题:石炭井当时面临的情况是不具备就地建设的条件。石炭井就那么巴掌大的一块地方,劈山的工程量大,造价高;山下面大部分是煤,住房要在没煤的地方建,选择起来难度大。砖、水泥及其他建材要从山下拉上来,虽然只有几十公里的路程,但山弯多,路面窄,经常出现车辆拥挤、堵车,甚至发生交通事故。如何解决职工家属住房难,这个大问题摆在了局党委面前。王福林说:"除了石炭井的条件和环境所限,实际上,当时提出下迁还有一个最实际的问题是，从长远看，就地建设会造成浪费。根据当时探明储量的情况，石炭井开采也就几十年的时间，煤采完了山上肯定不再适合人居住，到时候，这些房子只能废弃，但是又还未超过服务年限，会造成浪费。况且，当时还没有煤气、天然气之类的，做饭全用煤来解决。早晨起来，大家同时捅开炉子，石炭井灰烟滚滚，二氧化硫熏得人特别难受，根本不是职工家属久居之地。于是，大家一致的意见是下迁。"

20世纪80年代末，石炭井矿务局决定下迁大武口，可以说是第一次从矿区地理环境和人居现实情况考虑，寻找解决矿区职工家属生活区建设的办法。

"矿区生活区存在何去何从的问题，在当时有一个现实的背景。最初在建银北矿区时，正值国家'二五'计划期间，整个国家经济落后，又急于发展工业，所以，当年提倡先生产后生活，矿区建设也就以开发国家急需的工业生产燃料为重，还没能顾上考虑煤矿职工的生活问题。"

家属来了，矿工们才算是真正在山里安下了家，煤矿有了更多的生气，但是，随着越来越多的人来到了矿区，矿沟更显狭小，职工家属的吃饭用水和居住成了矿区的难题。

从20世纪50年代末国家"二五"计划开始实施，到20世纪60年代中期国家开始"大三线"建设，矿区开发建设基本完成，伴随而来的是矿区人口猛增，石炭井沟里的常住人口暴涨，从过去的几百人一下子猛增到十来万人，石炭井沟里人来人往，相当热闹。沟里坡上，只要地势稍微平坦一点的地方都盖满了房子。谁能想到，短短十几年里，石炭井沟里的人口会有这么多。许多青年工人，想要结婚没有房子，只能排队等待，或者跟家里老人挤在一处。就是想建房也很难再找到合适的地方，毕竟，矿沟就这么大。

职工住的小地窑已经爆满，吃水再次成了大问题。当年每天要从沟口拉水到石炭井，显然已经跟不上需要，又从紧挨着三矿的内蒙古阿左旗一个叫四十一公里的地方调取一部分水源，专车拉送还是不能满足。职工家属每天都要早起排队接水，为了吃水常发生争执口角。吃水成了大问题，不仅影响了正常的工作，连生活秩序、邻里和睦都受到严重影响。

石炭井跟石嘴山不一样，离黄河远，从一开始开办矿山到后来开办矿农场，都是想办法引用黄河水，从十几公里之外开渠引来的黄河水既要灌溉又要供矿区居民饮用，本来就不是长久之计。随着人口增多，打井修蓄水池也不能解决根本问题。于是，从最早驴车拉水到汽车运水，眼见着矿山里饮水短缺越来越成为一个大问题。

就在这样的背景下，矿务局领导提出，矿区生活区下迁到大武口。

当时下迁有两个可选择的地方：一个是石炭井沟口农场。以局农业指挥部为中心，在一矿农场、二矿农场、三矿农场、矿务局医院农场这一片选择一块地方，建成基地，自成体系。可这个地方离城市商业区、政府、医院、学校都较远，水、电、路都要矿区自己解决，要自筹资金，包袱重，无法借助地方政府的公共资源。还有一个可选择的地方，那就是矿务局在大武口的几个农场，四矿农场、工程处农场、白芨沟农场胜利村这一片。这块地地势平坦，靠黄河水近，离汝箕沟沟口近，更主要的是离市区、商业区、学校、医院等都较近。

当时搬迁还有一个最迫切的需要，随着矿区人口增加，入学的孩子也逐年增加。石炭井一中、二中已容纳不下，只能把矿务局第三中学盖到了大武口，以备本部下迁后机关职工子弟和大武口洗煤厂、太西洗煤厂、总机修厂、综合加工厂、职大等单位子弟入学。矿务局三中建在了四矿农场，矿务局教育处教研室先期搬下来在三中办公，与市教育部门对接，而后其他科室也陆续搬了下来。"后来，石嘴山市政府给石炭井批了人防工程。盖好人防工程，我们又盖了一座楼，总体设计九层，很快拔地而起，这就是后来石炭井矿务局在大武口的办公楼。"王福林补充道。

这座九层高的石炭井矿务局办公楼，如今仍立于大武口区黄河东路西侧，这就是宁煤太西集团在搬迁到银川市之前的办公之地，现在还留有宁煤集团石炭井矿区工作委员会、运销公司、困难职工帮扶中心等单位。再往北，就是大武口有名的三住宅凉皮店。

## 九

"石炭井矿务局当时是宁夏最大的企业，最辉煌的时候，占宁夏工业总产值的三分之一。"王福林说，"石炭井矿务局放在现在，也不算啥，但在那个年代就不一样了，当时宁夏没啥工业。就像现在谁家有个汽车不算啥，但是那个时代有辆自行车就了不起，这就是时代的不同。"王福林又说："那时候矿务局年产六百万吨，是全国十大煤炭基地之一，开滦、大同、平顶山等都是全国大矿务局，石炭井是其中之一。"

从20世纪90年代初，煤炭企业彻底告别计划经济，向市场经济转型，开始了摸着石头过河的日子。

回忆起这段日子，王福林露出了无奈的苦笑。对他来说，这是他职业生涯中为数不多的流眼泪的日子。

转型初期，面对市场，煤炭企业正打算放开手脚大干一番，却一下子陷入三角债的旋涡。一方面，煤炭市场不成熟，另一方面，过去延续几十年的企业管理上的诸多弊病完全暴露出来。企业之间三角欠账问题，成了当年捆缚煤业发展最为严重的包袱。20世纪80年代末到90年代初，石嘴山矿务局和石炭井矿务局都出现了严重的三角债问题。当时，电厂欠石炭井煤款十亿元，而石炭井又欠铁路运输费十亿元，三角债拖得三方企业日子都不好过。

兰州铁路局直接找到宁夏煤炭厅讨要运输费用。回忆起发生在1992年底的这一幕，王福林苦笑，说："宁夏煤炭厅领导给我打电话，让我立马到银川汇报欠账情况。让我去我就去吧，我有理就不怕。"

王福林一见兰州铁路局的领导就说，我们石炭井矿务局为啥欠你十亿元，我们有啥困难你们知道不？我们日子都快过不下去了。我们的工人现在没吃的，吃的都是鸡饲料，工人每月发一百元钱，机关人员发五十元钱，这点钱勉强够大家充饥，因为没钱发工资。过到这个程度，你们还问我们石炭井要钱？说完这些现实情况，王福林又跟对方说，我们不是不给你们还钱，是别人还欠着石炭井十亿元，这个钱我们问谁要去？

双方谈不拢，气氛一下子僵持下来。王福林只好说，这样吧，我们石炭井现在有三万名职工，七万名家属，总人口十万，你呢借我十万元，多了我也不要，一条绳子一元钱，我回去就买十万根绳子,给职工家属们一人发一根绳子,就是上吊也得一人一根绳子,包括我王福林也要一根绳子。说着,王福林的眼泪掉了下来。一看这情形,兰州铁路局来要账的人不吭声了。一个七尺壮汉,当着生人面流着泪说出这样的话,谁能不动心?兰州铁路局的人一看,煤炭企业真是难,他们当即就说,暂时不要石炭井矿务局的钱了。

"我一听他说不要钱了,那还不行,我还有话说。你不要我们还钱还不行,你还得给我们借钱,我要借一千万元。不然,我们的职工马上都饿死了,年都过不下去了,我得让他们吃饱肚子才能出煤呀。"说完,王福林感叹道:"那时候的人真是朴实,我都没想到兰州铁路局的人空着手回去后,动员他们的职工说,石炭井矿务局的职工发不出工资,现在都在吃鸡饲料,活不下去了,当即就发起铁路职工捐款,就这样,最短时间内给石炭井矿务局凑了九百八十万元。"

一顿诉苦竟无意中借到了一笔钱,王福林也没想到会是这样一个结果。王福林拿到钱赶紧给职工发工资,发了工资发奖金,好让大伙儿过年。过完年,王福林就跟财务说,今年要想尽一切办法,把外面欠的钱要回来,在春节前把欠铁路局的钱还上,人家也是职工集资的钱,咱们也不能光顾自己。

到了这年年底,王福林就让局财务给兰州铁路局打了一千万元,多出的二十万元是利息。谁想,就是这多出来的二十万元利息又把铁路局的人感动了,这一感动,三角债也就有了解决办法。石炭井矿务局和兰州铁路局之间这十亿元的欠账是怎么解决的呢?全部拿钢材顶。酒钢欠石炭井矿务局的钱以钢材顶,石炭井再把这价值十亿元的钢材顶给了兰州铁路局,兰州铁路局再一站一站分下去，就这么顶了下去。那一年，兰州铁路局沿路每个站点都堆着钢材，全是顶账来的。三角债这才算是了结了。

王福林讲到这里笑了，紧接着又叹了口气，说，这人跟人打交道，就得这样，得实诚，得往长看，往远看。

此后，每次过年时，王福林和局里领导都得想尽一切办法，把这一年欠职工的钱，一次补上，就是贷款也要给工人把工资发下去。

石炭井矿务局一连过了好几年这样的日子，一年到头不发工资，只发基本生活费，到年底一次性补发。讲到这里，王福林说："你不知道，我们石炭井的工人有多好，石炭井矿务局最困难的时候，工人都没找我们这些局领导的麻烦，他们理解我们啊，虽说那时候日子都不好过，但是上下齐心啊。"

### 补　记

我前后两次采访原石炭井矿务局局长王福林，一次是2021年5月26日上午，一次是2021年7月30日下午。

2021年5月26日上午，我第一次采访王福林老人时，老人给我讲了昔日发生在白芨沟矿的大洪水。而有关这场山洪的记忆，把我们冲刷到一个共同的时空里。

1982年8月3日晚，发生在贺兰山深处的大洪水，于老人来说是刻在记忆中最深的印记。就如同王福林老人在许多场合给许多人讲过这场难忘的洪水一样，我在梦境中也不断被卷回到那场山洪中。那年我十二岁，是白芨沟矿育新小学的一名小学生，正在度过我小学时代最后一个暑假。那样一场百年不遇的大洪水，那样终生难忘的记忆，对于我们来说，是一种超越年龄的共同记忆。就是因为这样一段时隔近四十年的共同经历,令我感觉,我与王福林老人并非第一次见面,似乎早在四十年前,我们就是认识的。

离开王福林家时,刚过中午十二点。除了满满当当的故事,我的背包里还多了一本沉甸甸的书,那是王福林老人的回忆录,一部他只愿意在家庭内部成员中流传,并不想外借的生活回忆录——《回忆我的一生》。《回忆我的一生》既有王福林老人近四万字的有关自己人生的回忆,还有一些重要的生活老照片。

这也促成了我与王福林老人的第二次见面。这次不只是采访,还要还书。

在我印象中,王福林比同龄的老人要显得健硕,十分健谈,思维清晰,总是笑呵呵的。王福林说,自己年轻时身体就结实。从大同煤校毕业分配到宁夏石嘴山时,二十四岁的王福林因为身材壮实,被工友们亲切地叫作王胖子。

2021年7月30日下午,王福林老人穿着白色纯棉针织跨栏背心,手里摇着一把老式蒲扇,坐在餐桌旁。老人说,刚从南方回来,身上起了一身痱子,一直下不去。这一开口,王福林老人又牵出了一串往事。不知不觉中,近一个小时过去了,如果不是怕老人太劳累,我真想就这样听下去。

离开时,老人热情地邀请我有空再来。我答应着,心里想着一定再来看望老人。

2021年11月21日,这天晚上,我从微信看到一条消息:王福林同志因病医治无效,不幸于2021年11月15日1时12分在银川逝世,享年八十七岁。

王福林老人走了,一切都放下了。

在有生之年，他以自己的诚挚和朴素度过了踏踏实实的一辈子。

我脑海里总是会响起老人浓浓的山西口音，他说，你知道为了建石炭井煤矿，为了产煤，死了多少人？光是石炭井矿志上有名有姓的就六百多个，六百多个活生生的人啊。至今，这声音还在我脑海里回响着。

（本文参考并引用了王福林先生回忆资料《回忆我的一生》《宁夏煤炭四十年》部分内容，特此说明。）

# 第二故乡

六十多年过去了，对于初到石嘴山的那一天，那守范至今难忘。怎么可能忘掉呢？

当年初到石嘴山写下的那首诗还在他脑海里：

茫茫荒滩上一座破败的小镇，
这里是平沙漠漠、荒草萧索、春风不度的地方。
难得见炊烟袅袅，
哪里有熙来攘往？
旷野的荒冢横陈着骷髅和白骨，
阵阵归鸦伴着古道夕阳。
那商旅的驼铃啊，
诉说着边塞的凄凉……

贺兰山呀,你为何默默无语?

混浊的黄水啊,为何发出哀怨低沉的流响……

1958年,二十一岁的那守范来到宁夏北端的石嘴山,这首诗就是那老踏上石嘴山这片土地那一刻的真实记录。

一

1958年9月23日,那守范带着简单的行装和一大柳条箱书籍,怀揣写着"惠农县石嘴山"的报到证,乘坐刚刚通行的火车,沿着包兰线到达石嘴山火车站。那时候,石嘴山火车站还是杂乱无章的工地,无人检票,没有公共汽车。下了火车后,那守范从火车轨道上绕了一大截子才到站台上。刚建成的石嘴山火车站主要是用于运货,为方便装载,站台比轨道要高一米多。车站附近除了骆驼拉的大胶轮车,什么都没有。"这牲口拉的大车跟大同的可不一样,河北山西那一带是驴马胶轱辘车。"那老说。

正愁怎么到市区,碰巧遇到一辆拖拉机,好心的老乡载着那守范向东、向黄河方向驶去,在颠簸中,土路两边的芨芨草和零星的红柳向身后闪过。胸怀扎根边疆、建设西北的宏愿,那守范到石嘴山煤矿基建局报了到。

从这天起,那守范就成了一个地地道道的石嘴山人。对于第一天第一眼看到的石嘴山,那守范至今难忘:"真是很荒凉,火车站光秃秃的,没有任何建筑物,更没有站牌,一看到骆驼,令人感觉到真是到了塞外了。"

虽说石嘴山风沙大,但来到这个地方就有饭吃,粗糙的黄米就能让人吃饱肚子。"一直到了1959年下半年,全国上下闹饥荒闹得最严重时,来石嘴山挖煤的人还都有吃的。"那老说。

到石嘴山第二天,那守范就下矿井打掘进。掘进队的任务就是把崩落的岩块,用铁锹或铁簸箕一趟一趟端到矿车里,矿工师傅再用肩部或臀部把矿车从滞涩泥泞的临时轨道上顶出去。汗水和着粉尘由面颊、颈项、脊背一直流进脚下的胶靴里。没有钻架,没有防尘设施,没有装岩机,一切都靠血肉之躯。原始的操作,繁重的劳动,四处潜伏的危险,当时就在那守范脑中凝聚成一句箴言:你只要在煤矿井下干过,人世间的苦难就没有什么不能承受的。干完超负荷的采煤工作之后,没有车可以代步,身材瘦小的那守范只能以身体内所剩无几的余力,拖着麻木的双腿,沿着斜井二十多度的斜坡缓慢地向上爬行。

初建成的二矿井口没有澡堂,矿工们只能跑到矿井一里外的黄河边,用黄河水洗洗脸和手。在咳嗽和擤鼻涕时,看到煤黑色的黏液,那守范才知道自己在井下吸进了多少煤尘。下班后把工装揉成一团,等第二天再把这身散发着酸腐气味并且黏潮的衣裤套在赤条条的身上,继续挖煤。这就是那守范和工友们每天的生活。

那守范和来自不同省份、不同院校的五名中专生同睡一条土炕。这间无门的土坯房暂时用荆笆遮掩,这就是职工们的宿舍。每日清晨醒来,棉被上的沙尘足有铜钱那么厚,人都变成了"泥猴"。那时,爱好文学的那守范就以苏联作家肖洛霍夫的三部文学作品名称,来调侃他们当时的生活:面前是一条《静静的顿河》,足下是《被开垦的处女地》,中间有着《一个人的遭遇》。

1959年初,大年三十晚上,那守范和工友们在百米矿井下"放卫星",直到大年初一,那守范和工友迎着朝阳升井。那守范披着一身煤尘，到街上买了张红纸，写下不合平仄对仗的一副春联：学成出校男儿志，塞上煤城第一春；横批也破了四字的规矩：与地奋斗，其乐无穷。那守范和同宿舍的工友们把对联贴在了门两边，和着远近噼啪的爆竹声，一起度过了在石嘴山的第一个春节。

## 二

1937年9月，卢沟桥事变两个月之后，那守范在北京出生。

1950年，那守范父亲带着一家人到了大同。那守范父亲早年在东北大学就读时学的是会计专业，新中国成立前失了业，新中国成立初期，大同矿务局到北京招会计，一家人到了大同矿务局。

当时，国家义务教育学的是苏联福利包干制，在矿职工子弟学校，除了义务教育外，学校还管学生饭吃。初中毕业后，那守范考上了大同煤校。在煤校，那守范的理想就是好好学习，能被保送到北京上大学。那守范在煤校读书时品学兼优，可是，1957年"反右运动"中，因为爱发表意见，他被划定为反社会主义分子，成了不戴帽的"右派"分子，那守范的人生方向因此发生了重大改变。他没有被保送上大学，而是来到石嘴山。

前前后后和那守范一样来到石嘴山的，除了大同煤校学习采煤技术的中专生，还有部队的转业军人。此外，国家先后调拨了一批又一批煤矿企业的骨干，比如从甘肃阿干镇、陕西铜川、山西大同、辽宁阜新、江苏徐州等地，调来大批的技术员和熟练的煤矿工人。

除此之外，潮水一样涌向石嘴山来的，更多的是非官派的老百姓。当时正值三年"瓜菜代"，许多家在河南、安徽、江苏的青壮年一个月才二十几斤供应粮，根本吃不饱肚子，在家里饿得实在待不下去了，一听说到了石嘴山这儿就有饭吃，于是老家的亲戚一个串一串儿，都跟着来了。"那两年，来这儿最多的是安徽、河南的。只要身体结实，人一来，一登记，就下井，因为当时这儿正缺劳动力。只要下井，就可以领到一个月五十斤粮食，挣五十二元钱。所以，当年真是潮水般涌来的人们，人气特别兴旺。"那老说。

## 三

"这边到包钢，那边到酒钢，中间就是石嘴山，连接着这三个地方的，就是包兰铁路线，这趟铁路线的火车用的煤都是石嘴山的，沿途的发电厂用的煤也是石嘴山的。所谓的宁夏第一吨煤，就是从石嘴山二矿挖出来的，就出自我们脚下这片大地。石嘴山市就是这里啊，不过现在这个名字被拿到大武口了。实际上，整个银北矿区的第一发源地就是在这里（指今天的石嘴山市惠农区）。大武口武当山上有高节的墓，当时他是西北煤管局局长，是他选定石嘴山的中心，就是一矿、二矿。"那老激动地说。

石嘴山矿务局发展最盛时是四个矿，一矿分成一矿、四矿，二矿分为二矿、三矿。石嘴山一号井的设计说明书，还有苏联专家参与，是一年九十万吨的设计能力。"现在几十万吨一两天就能完成，可在那个年代，要创造一个万吨工作面得一两个月。当时条件简陋，井下经常出事故，可以说，这里真是用血水和汗水建设起来的。就在这里，有多少人丢了命受了伤，煤矿工人在井下被砸瘫的，身体被崩坏了的，真是不在少数。"

当时来到石嘴山，从事井下生产的绝大多数人，不像现在有文化，还要经过专业培训，也不像那老他们是经过专业培训的技术人员。"矿上的职工基本上都是文盲，甚至好多都是种地的农民直接穿上工装就成了工人，就是一夜之间的转化，只能是在干的过程中学。"

1959年9月，石嘴山矿务局一号立井斜风井发生恶性透水事故，井筒被淹，二十五人罹难。"毁灭的力量有多大？那水能把钢轨都扭曲了。当时井下生产是无法避免死人的，差别只是死多死少。顶板脱落，瓦斯爆炸，煤层爆炸，透水，在矿井下，事故是非常复杂的。"那老说，"当年有关国家领导人还来过石嘴山了解这方面的情况。在这里建煤矿，正值国家的第一个五年计划。后来跟苏联交恶，出于战略上的考虑，要做跟美帝苏修打仗的准备，才有了三线的划分。煤炭部受国家指令，开掘石嘴山的煤，就是要解决酒钢、包钢这两大钢厂的用煤，还有发电、火车等动力用煤。"那老所说的，在地方志和相关煤业史书中都有明确记载。

"现在有人一讲环境保护、生态安全就贬低煤，比如说矿区塌陷区这个问题，就有人说，就是你们当年挖煤挖的，要是不挖煤也不会这样。确实如此，如果不挖煤，的确不会出现地下凿空的现实，不会导致地面塌陷。但是如果没有当年挖煤，何来今天的城市，又何来所谓的生态？这就像在你饿肚子的时候，一个窝头就能救你的命，不能现在吃上白面馒头了，就说当初那个窝头是坏东西，不好吃。因为没有那个窝头，你的生命何以延续到今天，何以能看到白面馒头的现在？"那守范说，在建宁夏煤炭博物馆之初，他就一直在纠正着这样一种以现在否定过去的说法。

"不要一说生态就贬低煤矿,这是不对的。不能用当初煤的价格跟现在的煤化工产品的价格相比,这是不可比的。现在的产值高,那时候煤不值多少钱,但是你知道当年多少生命搭进去了?有了煤才有了电,才招来了人,才有了化工,才有了建材,城市才建了起来。说实话,要是没有煤,就没有石嘴山市。"

宁夏煤炭地质博物馆为什么要建在原石嘴山二矿?二矿所处位置是塌陷区,再往西去是矿井口,只有博物馆地下没有挖空,还有七根煤柱,不会下沉。"宁夏煤炭博物馆所在的位置离煤矿和道路很近,煤炭博物馆离煤矿远就没有意义了。"那老一句话道出了宁夏煤炭博物馆选址的原委和意义。

## 四

"贺兰山桌子山这一带的煤矿是连成一片的,内蒙古乌达和海勃湾都有煤矿,和石嘴山这里的煤田是连成一体的。在历史上,阿拉善盟和宁夏曾是一体的,作为专区从属过甘肃省,在划宁夏回族自治区范围时,把桌子山、贺兰山西麓划给了内蒙古。石嘴山是1957年开始建设,石炭井是1958年年底开始投建,发展到后来,20世纪70年代又先后有了白芨沟矿、乌兰矿、大峰矿。"那老说。

1956年严冬,孙昶、孟以猛等热血男儿背负着"开发矿业、解决能源紧缺、支援国家经济建设"的使命,作为"先遣部队"来到了宁夏石嘴山,揭开了石嘴山煤田开发建设的序幕。住破庙、"干打垒",他们迎来了石嘴山的第一个春天。为了解决由天南地北而来的煤矿职工遮风避雨、御寒防暑的基本生存问题,翌年,煤炭部由陕西西安、山东泰安调来土建队,盖了第一批简易平房。

当年，千户小镇的石嘴山只有一条弯曲的土路，土路两侧是破败小屋、荒丘或烂泥塘，街道没有名称。建筑队为了确认施工工地的地理位置，便想出了以"号"代"名"的主意。

"为啥石嘴山的好多地方都是以数字为名？因为当时这些地方都是荒地，没有地名也没有街名，都是以工地的编号来称呼的，什么601、308、103、109，后来，这些数字代号就成了地名。"

1959年，那守范荣幸地住进了一矿居民区"601"工人新村。那是一栋砖柱（承重）土坯（隔墙）起脊瓦顶的平房，落成于1957年，三间平房被两家瓜分，中间一间两家各半，也就是每户一间半，不过二十多平方米。"可别小瞧了它，这在煤矿开拓创业的20世纪50年代，被推崇为令人羡慕的甲等房，绝大多数带家属的职工只能住上一间。"那老说。

1958年，那守范只身来到石嘴山时，父亲因病提前退职，翌年，父母便携两个弟弟投奔他而来。家人的到来，令那守范又高兴又有些伤脑筋。"亏了一位从抚顺煤校分配来的同行窦德义，他为人如其名，崇德尚义，又因他出身贫寒、政治坚定，提前被擢升为区队技术员，有一方说话的天地，为我向房产科斡旋；又恰巧赶上原住户这一家搬出，才使我一家五口人得以团聚在'601'22栋206号房。这一间半房，进门一间面朝东，这一间后三分之一被土墙隔开。另半间是套在邻居家的后半间，一条土炕占据了大部分空间。这房屋的结构本来就很'土'，更兼是抢时间赶速度盖的，质量可以想见；又因是人家住过的'二手房'，本来就不平直的土坯墙上薄敷的一层白灰已经分离脱落，凹凸不平，斑斑驳驳；顶棚是麻纸糊的，经过做饭烧烟煤的熏染（家家都用砖砌土炉子在室内做饭，没有厨房），麻纸本来的面目尽失，早已成为黑褐色，且因为纸与立墙无法黏结牢固，边缘已脱离四壁，飘摇欲坠。一栋房子顶棚之上的空间并无阻隔，家家相通，谈话嬉笑声可闻，每有风来，纸顶棚上下扇动，呼呼作响。这算是小事，最让人不能安生的是鼠、虫、水这三害。"每临雨天，都要"防洪抢险"，因为屋顶灰瓦之间不严不实，漏雨就成必然，外面下雨屋里下，外面雨停屋内还在下。

这段经历，一五一十全部记在那老的作品《命运教我奔向远方》中。

令那老刻骨铭心的是，从1959年至1983年，他在这样的土房里生活了二十五年。从20世纪60年代到70年代，他们兄弟三人相继在这里成亲。

20世纪70年代与80年代之交，宁夏回族自治区党委下发文件：中级以上职称的工程技术人员，可以享受每户七十五平方米的居住面积。二矿闻风而动，首先在"308"这片砖窑洞居住区盖起了两栋三层的砖混结构楼房。这是石嘴山矿区煤矿职工享有的第一批福利楼房，也是整个石嘴山矿区第一座工程师楼。

1983年10月，那守范拿到了"308"七栋五单元三号房证。这座坐北朝南的二层住房虽然无"厅"，却有三个房间可"卧"，外加一个厨房，"与'601'的旧居相比较，不可同日而语。地敞喜无遮眼树，楼高常对贺兰山。"那老说。爱好读书写作的那守范，终于有了一间向往已久的书房——芥弥斋。

五

那守范刚来那年，石嘴山就只有一个瓷厂，叫新华瓷厂，就在这几年正在改造的惠农区老街坊那一带。新华瓷厂在20世纪七八十年代红火一时，直到20世纪末没落倒闭。

那守范说："当年石嘴山市的南北大街还是条土路。1956年年初，最早一批来建矿的人，就是孙昶他们。他们来的时候，先住在新华瓷厂，后来才住到了药王庙。石嘴山刚开始开发时不叫矿务局，叫基建局。基建局大院是土坯房，一矿三矿都是土窑洞，土坯砌的，连个梁都没有，就一个孔洞。一直到1957年石嘴山开始建矿井，才慢慢有了房子。石炭井就更苦，一、二、三矿，吃水都是用车运去的黄河水。"

"我到石嘴山后，其间有数年借调到北京煤炭工业部工作，北京是生我养我的地方；也曾借调到宁夏回族自治区燃化局工作，那里是宁夏首府，亦有动心诱人之处。但无论北京还是银川，丝毫未牵动我，心之所在，情之所系，全在石嘴山。因为贺兰山下长眠着我的双亲，黄河之滨养育着我的儿女；而矿井下有我用双手开凿的巷道，身边有难以割舍的同志和朋友。"说到这儿，那守范面露深沉，"我以血肉和魂魄融入了这里的变迁，我的生命活动有三分之二是在黄河岸边度过的，而且还将继续下去，所以说，我就是石嘴山人，石嘴山就是我的第二故乡。"

## 吓死人了，我不干这活儿

惠安二区是石嘴山市惠农区煤矿职工安置区，这里的住户都是2008年前后，由矿区塌陷区搬迁过来的原石嘴山矿务局各矿及下属单位职工。时年八十二岁的王民锁就住在这个小区。这个拄着拐杖的高个子老人，虽说在石嘴山已经生活了大半辈子，但至今仍是满口陕西腔。王民锁十八岁从陕西西安到石嘴山矿区，干过不下十种工作，矿区几乎所有单位都待过。因为工伤，1986年，王民锁从石嘴山矿务局工程处提前退休。

## 一

1958年，十八岁的王民锁正在西安十中读初三。这年5月，石嘴山矿务局负责招工的人到王民锁所在的中学宣传说，宁夏牛羊到处跑，天天吃牛羊肉。一听宁夏这么好，好几个同学都要去，王民锁就跟着同学一起报了名。报完名，他才跟父亲说了。父亲在陕西省委食堂当大师傅，一心想让王民锁上高中，但一看他名都报了，只好说那就去吧。

王民锁跟着同班同学，还有其他学校招来的学生，总共两百个陕西娃，一起坐汽车到了石嘴山。从陕西招来的这批人中，王民锁年龄最小。初到石嘴山，王民锁一看吃得虽然不像招工的人说的那么好，也还算可以，但最让人受不了的是这里的风沙太大。到1958年年底，这两百多个陕西娃就剩下包括王民锁在内九个人。王民锁为啥没跑？母亲和弟妹都在蓝田农村，离西安有六十多里路，家里条件不好，他一想，这里吃得好又吃得饱，就待着吧。

王民锁和工友们住在二矿，当时叫二工区。挖上一米五深的地窝子，上面搭上棚子，这就是他们的宿舍。当时一个地窝子里住了十几个人。地窝子里床跟现在的床一样高，支床板垫的是土坯，三块土坯垒到一起，有六十厘米高。就在这样的房子里，王民锁和工友们住了半年多。

1958年8月的一天夜里下大雨，快天亮时，王民锁睡得正香，一翻身，就感觉床潮乎乎的，睁眼一看，地窝子里到处都是水，吓得他赶紧往外跑。等天晴后，王民锁和工友们用桶往外淘水。水清理掉了，可地窝子里还是那么潮，地上更是全成了泥。单位拉来麦草，在床板上铺了老厚一层，再铺上褥子，当晚大伙儿就这么接着住。

一直到1958年年底，二工区，也就是后来的二矿办公室盖起来，王民锁和工友们才搬到办公室，白天办公，晚上就住办公室。那时候，办公室连窗户玻璃都没有，就用牛皮纸钉上，可就这样，王民锁和工友们也觉得相当不错了，毕竟它是个房子，比起地窝子来高级多了。

## 二

石嘴山风沙大，当时石嘴山基建局有规定，如果风太大可以不上班，不上班还记工，这叫风工。刮大风不上班，下大雨也不上班，都记工。王民锁就觉得挺好，不上班还有吃的，还有工资。

王民锁来二工区之前，其实是先分到一工区的，也就是后来的一矿。说是一工区，可当时刚成立，矿井还没建成，只有一个几百米深的井筒。王民锁和工友们一到一工区，不管年龄大小，都是二级工，工资一天一元九角钱。那时候，三级工一天才两元二角五分钱，矿食堂一个馒头五分钱，一盘土豆丝五分钱，所以，大伙儿都觉得二级工的工资不算低了。

王民锁当时跟着陈师傅学电工。陈师傅四十多岁，是五级电工。上班第一天，王民锁把电工工具和工作服一领，陈师傅说，你先回去，明天一早来上班。第二天早上八点钟，王民锁就跟着陈师傅下了井。刚到井下走了不到两百米，煤巷前面在放炮，这一放炮，头顶的石头块就往下掉。过去矿井支护巷道的都是木头架子，除了木头支架，煤巷顶上是空的，几乎就没有什么遮挡。王民锁特别害怕，没顾上跟师傅说一声，转身就往井口跑，等陈师傅发现时，他已经跑远了。王民锁跑到井上，陈师傅追了上来问，你这个小鬼咋跑了？！王民锁说，下面咋是这个样子，烟尘雾罩的，石头块子往下掉，吓死人了，我不干这活儿。陈师傅说，矿上都是这样的活儿，电工是这些活里最好的，你不干电工还想干啥呢？王民锁说，只要不下井，干啥都行。

陈师傅一看王民锁吓得不成样子，只能把他退回去。当时一工区还没有权力分配工作，矿上一个姓李的同志写了个条子，这就把王民锁退回到矿务局（时为石嘴山煤矿基本建设局）劳资科。

劳资科有个干部，叫童昭瑞，是陕西铜川人，他一听王民锁的口音，知道是陕西老乡，就问王民锁想干啥，王民锁说，只要不下井，去哪儿都行。他就把王民锁派到二工区土建队。王民锁干活的二工区就在后来二矿办公楼的位置，也就是今天宁煤集团金能公司那一片。不过，当时还没有办公室，办公楼都是后来陆续建的。

王民锁到土建队报到后，有个姓谢的领导问他想干啥，他说想开车。谢书记是上海人，一听就笑了，说，整个101（工区）还没有个车，你开谁的车去？王民锁就说，我是不敢下井，才到这儿来的，开不上车，那就干啥都行。王民锁当了土工，工作就是搬砖和泥。石嘴山那时候还没有水泥，说白了这工作就是和泥弄土，活儿挺简单，有把子力气就行。队里王民锁最小，工友们好多都是南方人，还有山东人，他们都喊王民锁小鬼，王民锁还以为他们骂人，因为陕西人是不说鬼的。他们说是因为他年纪小，才这么叫的。

## 三

王民锁在二工区土建队干到1958年年底，谢书记让王民锁到材料库去。就这样，王民锁又在材料库待了一年，一直到1959年年底。

这时候，基建局已经成了矿务局，建了经济民警队，王民锁就当经济民警，在那儿干了有一年，正好赶上石嘴山建市，王民锁又跑到石嘴山市公安局当了民警。当时市公安局刚成立，正缺人，局长赵龙是王民锁老乡，王民锁这就在市公安局干了五年，后来又被招回到矿务局民警队。

当时矿务局民警队哪个单位的人都有，从矿上这个单位抽几个人那个单位抽几个人。1967年，矿务局民警队全部解散。这时候，王民锁二十七八岁了，被分到二矿运输队学开车。时隔近十年，王民锁已经不想学开车了。以前想学开车，是觉得当个司机神气，可是后来他在二工区亲眼看到有个司机开车把人轧死了，他就害怕了，不敢学开车了。

王民锁去市化工厂待了一年，然后到了矿务局机修厂。他在机修车间、翻砂车间，各个车间转了一圈，最后留到安装队。安装队专门为一矿、二矿矿井搞设备安装服务，负责井下机械的安装。二矿两个立井所有的大绞车，全是王民锁所在的安装队安装的，用了九年才安装完。安装绞车、变电所、水泵房，这些都是安装队的活儿，干完才移交给矿上。

在安装队具体干了几年，王民锁说他也记不清楚了。

当时安装队的书记叫曹叔遂，是江苏人，后来调到二矿工程处当了副书记，他把王民锁调到工程处保卫科。因为王民锁干得好，他提出要给王民锁转干。王民锁说，曹书记，您可千万别给我转干，我老婆是农村户口，还有三个孩子，您给我转了干，我家口粮都不够吃。那时候，干部一个月才二十六斤粮，工人是四十五斤粮。王民锁是工人，一个月四十五斤全是细粮，再买点棒子面，全家就够吃了。转干的话，全家就王民锁一个人挣五十来元钱，只有二十六斤口粮，咋生活？曹书记一听，就说，那就先不转正，以工代干。一年后，曹书记一调走，王民锁又回到安装队。一直到1975年，王民锁的左脚受伤截肢了，才离开了安装一线。

受伤完全是个意外。安装队一个同事叫闫学山，刚参加工作没有经验，绞杆要放到四十五度就得停下来，闫学山不知道，一放到底，结果绞杆一下子倒了，正好砸到王民锁脚上。早上九点多发生工伤，等王民锁被送到矿务局医院，晚上十点多才动手术。

因为王民锁左脚脚后跟给砸碎了，在当时的技术条件下，只能截肢。那年，王民锁三十六岁。工伤之后，单位就让王民锁到安装队仓库发器材。干了一年，他就烦了，提出看场子。

四

王民锁到化工厂那一年，有人给他介绍了个南京对象，她在石嘴山市炼焦厂工作。当时都打算结婚了，王民锁父亲那会儿已经到了西藏，从西藏给他寄来呢子料子、被面，让他结婚用。结婚得买块手表，可手表不好买。石嘴山市化工厂有百十来人，一年就两三张特供票，根本轮不到王民锁。南京对象的哥哥在上海商务局，她说让她哥帮着买。她哥就买了块罗马表，是当时最好的表，一百八十元钱，把表链配好给寄来了。王民锁打算寄二百元钱，再写封信。毕竟没有结婚，王民锁不知道在信中怎么称呼，特意问了一下工友，工友说，就称同志。王民锁写好了信，让她过目。她一看信上王民锁称她哥为同志，很生气，把信撕了，直接甩到王民锁脸上了，恰好信角扎到王民锁眼睛上，当时就睁不开眼了。

这事发生后，王民锁说两个人就算了吧。随后，王民锁回老家，姐姐就给他说了现在的老伴儿。王民锁的姐姐和老伴儿的姐姐是妯娌。姐姐一说，俩人就成了。

## 五

大儿子一岁时，老伴儿才来石嘴山。那时候报城镇户口太难了。王民锁从 1976 年就申请，一直到 1978 年才报上。单位农转非每年才有三两个名额，等了两年能报上，已经算不错。城镇户口有了，老伴儿才从陕西老家搬来石嘴山。王民锁全家住在一矿的土窑洞，最靠马路边那一间，后来邻居搬家了，他又把邻居家那间窑洞也要过来。住了没多长时间，矿务局盖了平房，王民锁才搬到位于一矿一号井旁的平房。虽然只有两间平房，但院子大，老伴儿在院子里种满了菜。2010 年，王民锁一家从平房搬到惠安二区的一楼，七十多平方米，花了五万多元。

1986 年王民锁就退休了，因为工伤不限退休年龄，正好

1986年是接班政策的最后一年，王民锁退休后，女儿就接了班，在矿务局工程处工作。

2000年以前，王民锁每两年要到上海配假肢，费用由矿务局报销。现在这些都归了社保，配假肢也不再去那么远的地方，在银川就配了。工伤后走路不方便，所以，平时王民锁爱骑车子，脚不受力。2020年以前，王民锁每年都会骑车子从惠农区去大武口，在百花市场吃顿饭，再骑回来。现在不去了，他说，毕竟八十多岁了，上年纪了。

## 他们说，到宁夏就有饭吃

一

1958年11月21日，刘志民从老家动身来到石嘴山。负责招工的人说到宁夏就有工作，也没说什么工作。刘志民那时十五岁，在老家不知道出路在哪儿，一听招工就来了。

当时坐火车从北京到石嘴山要四十多个小时，火车拉了两个大油罐车，里面盛着水，专供行车和乘客用水。石嘴山没有火车站，也没有候车室，下了火车，就看见一个军用帐篷，帐篷上写着"售票处"。

"当时石嘴山还叫石嘴山煤矿基建局，还没建市呢，也没有公交车。基建局用大卡车把我们拉到局里，也就是后来矿务局老院对面家属院那个位置。"那年，石嘴山基建局在河北涿州计划招工五十人，三人体检不合格，最后就来了包括刘志民在内的四十七人。"那时候，高小毕业就算是有文化的，我们这些算是有文化的，来到石嘴山让先上技校，其他没有文化的就分到了基建局盖房子。"

那时候，整个石嘴山没有多少房子，只有矿务局老院有一排办公室。"除了二矿的煤井，一眼望去荒无人烟。"从火车站到基建局没有路，就是一大片平地。矿务局运输队对面有一个庙，叫药王庙，基建局最早就在那儿办公。大街上不是牛拉的大木头车，就是骆驼拉的大胶轮车，马路上偶尔可见牛粪和麦草。"说实在的，当年石嘴山的路还不如我们河北涿州老家农村的土路，根本就没人收拾没人管。现在的阳光商厦、市文化馆、市电视台那儿，还有十几间小土房。往北走，地质队家属院有一片房子，还有地质队的电影院。说是电影院，其实只是一片空地，有个土台子，台子上有木桩，底下是一个个土坯垒的小土墩子，那就是坐人的小土凳。全市的人看电影都在那儿。在原石嘴山市委招待所那儿有一个大院，对面的院子后来被宁夏京剧二团占用了。就这几片有房子的地方，再就几乎没有什么像样的建筑物。"

刘志民所说的宁夏京剧二团，今天知道的人并不多。1958年8月，为庆祝宁夏回族自治区成立，中央决定将原中国京剧院四团划归宁夏，成立宁夏京剧团。1962年4月，宁夏京剧团正式分成两个团，一团主要担负区外演出任务，二团主要担负区内演出任务。之后不久，二团便赴煤城石嘴山进行了为期一个月的演出。1965年年初，二团调往条件更为艰苦的煤城石嘴山市，第二年正式由宁夏京剧院二团改为石嘴山市京剧团。直到1979年年底，经自治区党委、政府批准，两个饱经沧桑的兄弟团体又合并成为一个团——宁夏京剧团（据张晓琪著《辉煌的历程》，宁夏人民出版社出版）。

1958年11月，正是深秋时节，下了火车，刘志民和同来的伙伴看到的只有荒凉。当年好些人待不住就偷偷回家了，陆续跑回去了十几个人。

刘志民说，前两天（2021年3月15日）的沙尘暴，那就不叫沙尘暴，也只感觉到有沙尘，并没起风暴。以前石嘴山要起沙尘暴，那是大风卷着米粒大小的沙子，铺天盖地而来，风刮到脸上生疼，那才是真正的沙尘暴。

## 二

刘志民来后就上了石嘴山基建局技校。技校有个规定，只要刮大风，必须三人成行，去哪儿都要手挽手。因为担心这些内地来的年轻人初来乍到，碰到恶劣天气会出现什么意外情况。"现在大西洋宾馆的后面就是当年石嘴山基建局的宿舍，矿务局老院里面就是我们上学的技校。当年我们的宿舍都是土坯房，就地取材的速成房，长长一溜，就跟火车皮一样，中间是走廊，两边是对着的房屋，一间一间的，都是土炕，一屋八个人，学校发的被子褥子，从家里带的很少，农村一大家七八口子，也就两三床被子，谁家舍得带？土炕上就是苇席和荞麦皮枕头，条件都差，谁条件好来这儿？"刘志民说。

有走的，就有来的，相较而言还是来的多。那时候，石嘴山招工，不管来自什么地方，只要有张选民证就可以到这儿报到。"那会儿没有身份证，都用的是选民证。在农村，成分高日子确实不好过抬不起头来，家里有亲戚在这儿，知道这儿招工，就投亲靠友来了。"

当时，石嘴山有三个招工点，火车站一个，老矿务局一个，二矿一个，凭选民证登记，负责招工登记的人写个条子，来找工作的人就拿这条子到上面写的单位去，报到后先领饭票。"如果觉得单位不适合，那就再重新登记，换个单位报到。尤其是1958年，到这儿来找个工作很容易。"刘志民说。

刘志民从小没出过门，来时他不知道宁夏在哪儿。"农村条件真是不行，我小学毕业后，找工作找不上，上学呢又不好上。我考试成绩还挺好，语文、算术两门功课将近二百分，可是县里的公办初中没有寄宿条件，民办中学有寄宿条件，但是得交钱，家里没条件上不起。"

到石嘴山后，刘志民在技校上了一年多，之后就分到基建局机关搞测量。"一个月二十四元钱，要是跑野外一天能有四角钱补助，一个月也就三十多元钱。"过了没两年，觉得工资低，刘志民主动要求下井。在采煤队干了一年后，他又从事井下探水测量工作。

## 三

"以前在老家，从来没有接触过这个行业。农村孩子从小到大生活在蓝天白云之下，到了石嘴山，一到井下，漆黑一片，只有矿灯照着跟前十来米，心里肯定怵得慌。"煤井下是一排排木柱子，那时是炮采，打眼放炮后出煤，"在井下挖煤，通风完全靠风筒，只要一打眼放炮，空气立马不行，烟雾煤尘，呛得要死，但还要抓紧时间攉煤。当时在井下一起干活儿的，谁也不习惯戴口罩。那会儿的口罩是那种二十几层的厚棉纱口罩，我一开始还戴，但是干着干着，觉得捂得慌，就不戴了。井下照明基本就是矿灯，矿灯的照明有限，放完炮也看不清有烟有尘，不像在地面上在阳光下看得那么清。等熟悉了井下的工作环境，也就习惯了。"刘志民说。

在井下，一干就是七八个小时。刘志民每次下井都带两个馒头，用一块布包上拴裤腰带上。这两个馒头就是班中餐，饿了就吃，累了就靠在柱子边上眯一会儿。有一次，刘志民带的馒头没顾上吃，结果到井上拿出来一看，馒头是铅灰色的，已经被煤灰污染了。"但就是这样的馒头，通常在井下矿灯下看，还觉得是白的，也就稀里糊涂吃了。"刘志民说，"要说害怕也害怕，但是在矿井下工作就靠细心，只要出工伤，百分之八十以上都是人为的，都是粗心大意违章造成的。除了那种大型冒顶片帮，跟地质等方方面面的条件有关，那没办法，这样的事故发生时，不太可能跑出去。"

刘志民挠挠头，说，都说井下采煤属于高危行业，四块石头夹一块肉，就说前几天山东金矿发生事故，现在条件好了，一旦发生事故还这么可怕，更别提当年了。当时的井下条件非常差，工作环境差，防护条件更差。所以说，当年从事过井下工作，现在还活着的七八十岁的老人，没有出过事故没有断胳膊断腿，没有把命搭上，都属于万幸。

四

在井下干了没几年，1966年，刘志民从井下调到矿务局水电所，这个单位属于矿务局机电公司。

2000年，刘志民退休。那一年刘志民五十八岁，工龄已有四十二年。

刘志民跟老伴儿是 1964 年在石嘴山结的婚。结婚时，刘志民给矿上打报告，单位分配了一间小平房。"公家给个铺板，就算是床了，自己找砖，自己弄泥，就用的是黄河边的胶泥，再什么都没有。过了好些年，矿上才又给分的砖房，带个院子，就在一矿东边，属于塌陷区。但是当时塌陷得不厉害。"

刘志民说："我是搞矿山测量的，我见过矿区地上与地下的对照图，知道下面就是矿井。矿务局和市上各单位不一样，只要矿上有地方就可以盖房子，但除了矿井之上，再没有空地皮。"住进去没多久，刘志民家的房子墙就裂了，手指头都能伸进去。

2004 年前后，自治区领导来视察时，把石嘴山塌陷区的危房分为一、二、三、四级，分房就按这个等级，刘志民家的危房属于一级。2007 年，刘志民家终于搬到现在的安置房。

"政府给煤矿工人办了件大好事儿。"刘志民感叹道。

# 第二章　到祖国最需要的地方去

## 哪里需要去哪里

一

"矿务局都没有了，还有啥说的？咱们就穷聊吧。"一听我说要了解石嘴山矿务局的过去，原石嘴山矿务局局长何嘉平说。

何嘉平老家在江苏常州。1961年从北京矿院（今中国矿业大学）毕业后，何嘉平到了石嘴山矿务局。何嘉平说，那个时候，上大学是不交钱的，啥都是国家管，毕业由学校分配，让上哪儿去就到哪儿去。

像那个时代许多大学生一样，何嘉平响应国家号召来到西北。到宁夏煤炭厅报到时，管大学生分配报到的是一位姓黄的女同志。何嘉平后来得知，这个人是高节的老伴儿。说到这儿，何嘉平问我："高节你知道吧？1965年高节任西北煤管局副局长期间，贯彻国家开发贺兰山北部煤炭基地和加强'三线建设'的战略部署，果断推动西北煤管局由西安市搬迁到石炭井，对建设宁夏及内蒙古乌海市等地煤炭基地发挥了关键作用，他去世后就葬在大武口武当庙。"

何嘉平说,他那时候年轻,就想到基层锻炼,到井下锻炼。就这样,何嘉平分到了石嘴山矿务局。

因为从小在农村长大,何嘉平并没感觉到石嘴山有多艰苦。当时住的是集体宿舍土坯房子,"大概是一间屋子十八平方米,三分之一分成前半间,三分之二是后半间,前半间是炉子,后半间就是一面土炕。炉子对面是土坯垒的桌子,上面铺着塑料布。"何嘉平随身带了一只帆布箱子,里面有几件换洗衣服,这就是他的全部家当。

那时的石嘴山特别冷,风也大。何嘉平来时,石嘴山还没有通自来水,喝水要到黄河边去挑,挑回来后在水里搁明矾搅一搅,沉淀以后,水就不那么黄了。矿上所有人都是喝的这样的黄河水。"当时整个国家都是这样一个条件,谁也不觉得这算什么特殊的艰苦,觉得就应该把所有精力放在工作上去,再也没有别的想法。"何嘉平说。

石嘴山矿务局有四个矿,一、二、三、四矿,其实就是四个煤井。20世纪50年代,发展国民经济急需用煤,国家煤炭部就是根据这个需要设计石嘴山矿务局和石炭井矿务局的。那些年建设的基本上都是小型矿井,这种矿井投产和见效都快,巷道是沿煤层打的,掘进时直接出煤,杂质少。

实际上,石嘴山矿务局这一片,古人曾经开采过,留下了许多采空区,里面都有水,所以,当时井巷道的设计是要专门避开采空区的。在何嘉平还没有来之前,这里就发生过透水事故,就是那守范提及的1959年石嘴山二矿特大透水事故,死难二十五人。这也是新中国成立后,石嘴山煤业历史上第一次大型矿难。

何嘉平被分到四矿采区采煤队，天天要往井下跑。每天早上八点钟开班前会，开完就跟着工人下井了，有时候晚上十二点还要去，把甲班、乙班（也就是白班夜班）的交接情况了解一下。工人师傅们下得早，早上八点半下井，何嘉平九点下井，检查下面的柱子打得合不合格，有无安全隐患。实习一年时间后，何嘉平成为正式的技术员。

何嘉平一毕业到矿上，工资五十元，转正后六十二元五角钱。从1962年一直到1974年，何嘉平拿了十二年的六十二元五角钱工资，一直到20世纪70年代中期以后，工资涨到了八十四元五角钱。后来，他到二矿当矿长，工资是一百六十一元。工资标准都是国家定的，工人、科长、副矿长、矿长、副局长、局长，全国都一样。

当年，像何嘉平这样矿院毕业的大学生，在矿上的工作经历大都是这样：从技术员到生产科副科长、科长，当科长时兼任工程师，副矿长兼副总工程师，矿长兼总工程师。20世纪80年代初，何嘉平在二矿当矿长兼总工程师，后来任石嘴山矿务局局长兼局总工程师。算下来，矿长当了八年，局长又当了八年，而这十六年，正是国家改革开放快速发展，由计划经济向市场经济转型的时期，整个中国煤业在经济大潮中经历了一次又一次考验，何嘉平作为煤矿管理者，也体会到前所未有的苦与乐。

## 二

何嘉平在矿上工作了一辈子。从1961年初到2000年3月，他遇到过顶板事故、煤层着火等，就透水事故没有遇到过。

煤矿跟其他行业不一样，有很多灾害，比如说冒顶，巷道的顶板就像房顶一样，管不住掉下来，就会死人，还有透水、瓦斯、爆炸、着火，这就是煤矿井下的五大灾害。当年井下发生冒顶、瓦斯爆炸、煤层着火等事故，可以说是家常便饭。所以说，在煤矿工作的人，在井下出煤的时候，一边要生产，一边要考虑防止这些灾害发生，时刻要跟这五大灾害作斗争。

何嘉平说："从20世纪50年代到90年代，采煤技术在一点点进步，中国煤炭开采经历了从仓房式采煤到刀柱式采煤，再到金属网加顶采煤，再到木板加顶、煤坯加顶采煤，随着科技进步，又使用综采机械采煤。可以说，这些进步也是我工作四十年里亲身经历的。"专业技术的进步，也让矿井灾害的发生得到了比较好的控制。说实在的，这些灾害何嘉平倒不害怕，因为专业学的就是这个，让何嘉平头疼的是，作为管理者，他不仅要抓好生产，还要想办法让煤卖得出去。

20世纪80年代，国家提出搞活市场经济，何嘉平当矿长、局长时，煤矿正从计划经济向市场经济转变。

过去，煤矿设计院把煤田设计好，煤井产量有多大，打几个煤井，巷道怎么布置，都是根据国家需要。当年石嘴山四个矿就是按照国家规定这么设计出来的，之后这四个矿又合并成两个矿，也就是一矿、二矿，后来又建了三矿。

在计划经济时代，煤矿的任务很简单，一是安全；二是完成指令性生产计划；三是必须完成集体性指标。当时，一个煤矿就是一个小社会，住房要管，上学、看病、退休职工也要管，矿区的生产生活等一切都要管。国家政策跟自然条件，加上经营管理，这些就决定了煤的价格。如果采的煤好，卖的价格就高，煤质不好价格就低，但是投入成本都一样。改革开放时期，随着国民经济发展，对煤的需要增多，建井的数量增多了。到20世纪80年代，何嘉平当矿领导时，"全国煤产量已经过剩了，当时矿务局面临着要转轨转型。但从计划到市场，这不是一句话的事。石嘴山的煤矿从一开始就是计划经济的产物，国家突然要让这些国营煤矿适应市场经济，我作为煤矿管理者，当时就面临着怎么让石嘴山矿务局适合市场经济的需要，怎么样转轨转型的问题。"这个变化始于1984年。具体说来，从那时候起，煤矿自己生产煤就得养活自己，而不是像以前一样，不管产多少煤，国家都管，管你的生产也管你的销路。那会儿，国家根据历史造成的原因，给各国营煤矿一定的转型资金，剩下的就靠自己去谋出路。各矿情况不一样，有的煤卖得好价钱贵，有的便宜，国家给的转型资金也不一样。

何嘉平任二矿矿长时国家给了二矿一定的亏损指标，两三千万元的补贴，剩下的就要由二矿自己负担。从这个时候开始，包括生产和市场，一切都归矿上自己管了。市场经济法则就是优胜劣汰，适者生存，当时，像何嘉平这样的矿领导就得考虑，二矿怎么样才能适应市场经济的需要。为此，何嘉平还到北京学习了半年。

石嘴山矿务局的煤种只有动力煤，这种煤全国很多，因为产品单一，当时石嘴山的煤面临着被淘汰的危险。何嘉平说："石嘴山不像石炭井，有焦煤、无烟煤这样的拳头产品，像汝箕沟产的太西煤还在出口，这个宁夏别的矿没有。石嘴山矿务局就要考虑，在竞争情况下，怎么不被淘汰。石嘴山的煤含硫比较高，燃烧时二氧化碳高，这种品质直接影响它的市场和价格。当时就这么个现实。我当时首先考虑到我们二矿的煤、我们矿务局的煤怎么适应市场需要，要让它卖得出去。我不能把煤当人民币给职工发啊。当时最大的问题是，我们这些当领导的必须把市场情况摸透。当然，安全生产仍是第一位的，不管是计划经济还是市场经济，一旦出现大的安全事故，整个矿就毁了。在安全的前提下，还必须考虑市场，不然，生产得越多赔得越多。这是我们以前从来没有遇到过的难题。"

此时，何嘉平就提出，石嘴山矿务局各单位的领导，各矿厂领导，每个人都有市场指标，一把手必须一手抓营销一手抓产品。"要搞营销，一要看石嘴山的煤在市场上销售多少，还不能跟铁路等这些相关运输部门扯皮，煤要卖得出去，还要回得来款。一手抓营销，一手抓财务，这两个关键问题抓住，全局就掌握了。那时候，邢局长（邢治绪）是我的得力助手，他负责在家抓安全生产，我就能放心在外跑市场追回款。这个很重要啊，安全生产抓不好，营销抓得再好也白搭。"何嘉平说。

## 三

这之后，煤炭行业又有了一个大的动作。

石嘴山矿务局和石炭井矿务局以前都归煤炭部直管，赔了挣了都是国家管，1998年开始，原国家统配煤矿开始划归宁夏地方管理。

过去，宁夏各煤矿，除汝箕沟煤矿为宁夏地方管理，归属于平罗县管辖之外，其他均为国家统配煤矿。国家统配的概念就是煤的生产和销售都由国家按计划划拨，统购统销，煤的销路都由煤炭部面向全国统筹。"这会儿就彻底变了。宁夏面积小，经济本来就不行，煤的出路主要面向自治区外。这样的话，就有一个问题，当时各省只管自己的矿务局，甘肃、青海都有自己的煤矿，石嘴山的煤要出自治区就比以前困难多了。简单一句话，煤炭部撤销，矿务局划归地方，对于我们来说整个形势都变了，就成了各自为政，各是一摊了。"何嘉平说。

石嘴山矿务局还有一个老大难问题——三矿。三矿是计划经济时期筹建的，当时建设花了两亿三千万元资金，建了八年，投产以后，已经进入了市场经济时期。可以说，它的投产之日，就是停产之时，成了石嘴山矿务局的包袱。

为什么三矿刚一上马就停产？当时三矿出煤的成本比市场要高得多，煤质不好，井巷上面还有水，很危险。何嘉平任石嘴山矿务局副局长时的主要任务，就是盯着三矿，把当时最先进的四米多高综采设备投进三矿。可是这么大的投入，这么好的设备，就是出不来煤。"为什么？打个比方说，汽车在柏油路上开得很好，在沙漠里就开不动，越是先进的采煤装备越是需要有一个好的采煤条件，没有这个条件就是弄不好。三矿的勘探设计开发是从20世纪60年代末开始，就这么稀里糊涂投入建设了，建成后，它的问题势必会暴露无遗，这就成了历史遗留下来的包袱。"何嘉平的回忆，带出了石嘴山三矿鲜为人知的历史。

煤出得少，煤质也不行，可是从1968年建设到1984年投产，三矿已经投入两亿多元，三矿的职工家属还要生活，工资供水供电供暖，包括环境卫生，石嘴山矿务局都得管；矿井停了，但立井在，还得维修。"光这些大概一年要投入一千多万元。三矿虽然停产了，但要进行维护啊，不能不管啊。随着年限的增长，越往后推，进行维护维修的金额越大。因为一些设备一开始是好的，比如钢丝绳，一开始不需要维护，但是四五年后，逐渐老化，需要更换，钱就投得更多。石嘴山矿务局就是带着这么大包袱，进入双轨并行市场竞争的。你说难不难？"

## 四

20世纪80年代末，煤炭部、煤炭厅、矿务局层层号召，市场经济要有相应的对策，石嘴山当时就提出"以煤为业，多种经营"，除了抓煤的生产，还要搞其他的，如建工厂搞三产。当时，煤炭部专门下拨三产资金，鼓励各矿务局各矿搞三产。

煤矿搞三产，就是从事多种经营。多种经营，说起来好说，立项目也好立，要钱也好要，可干起来以后，一样要受到市场经济的检验。搞三产赢利了当然好，但一旦赔了钱，不又成了新的包袱？何嘉平说："石嘴山矿务局搞了很多项目，什么电池厂、焦化厂、矸石电厂，搞了好几个厂子。除了煤以外，搞了这样一批多种经营的项目，也想搞好，也想多创收。但是说白了，我们这些人都是从煤矿学校毕业的，除了生产，其他的不懂。在当时，各矿务局都面临着两个问题，一个要跑煤炭的市场，一个还要跑多种经营项目的市场。"何嘉平在矿务局常说的一句话就是：矿务局要生存下去，必须搞好与三电五焦一线的关系。三电即三大电厂：宁电、甘电、青电；五焦，也就是当时西北五大焦化厂，不只是宁夏石嘴山一家有焦化厂，还有其他西北各省的焦化厂；一线，就是铁路线。石嘴山矿务局要想发展经济，先要和这三电、五焦、一线搞好关系。

铁路局在兰州，分局在银川，包括石嘴山分站，石嘴山矿务局都得跟他们搞好关系，这是石嘴山矿务局的经营策略。作为矿务局局长，何嘉平心里清楚。思路是这个思路，但要做起来，具体工作就多了。那个时候,何嘉平和矿务局其他领导都敏感地认识到,走市场化道路,不只要依靠煤炭谋生存,还要跳出煤炭谋发展。那个时候,煤矿管理者的思路也是一步步在变化,随着国家政策变化,跟着市场的变化去学习去变通。思路是对的,可不管是矿务局的管理者还是各矿的一把手,他们所学的专业就是挖煤,他们研究了大半辈子的也是挖煤,现在让他们跳出煤炭去,又能干啥?"一辈子都在挖煤,局限性太大,不好办。"何嘉平叹了口气。

过去,矿上退休人员工资都是矿上管,一给在职职工涨工资,退休人员就有意见,为啥在职职工涨工资,退休的没有,就闹事。"现在就不可能有这个问题了。当然,这也得有个过程。而当时,我们又要发展市场经济,又要背着过去的大包袱,你说难不难?"提到那段时期,何老似乎有一肚子苦水。在经济转型初期,不只是煤炭行业,全国所有的企业和生产行业都面临着重重困难。"到后来,政府把煤矿过去管的学校、医院、社保,统统剥离出去,政府这也是在帮助企业减轻负担,企业这才算是从最难的境地里走了出来。这当然是后话了。"何嘉平说,"那时候,整个石嘴山矿务局就剩二矿,三矿一开始就成了负担,一矿也很快停了产(1957年10月一矿建井,1964年4月一矿、四矿合并,2001年8月一矿申请破产)。就二矿一个矿生产,却要负担整个矿务局整套的生产生活系统,包括行政后勤,这能负担起来吗?"

就这样苦撑了几年,2000年,国家提出破产政策,石嘴山首先申请三矿破产,再申请一矿破产。破产就成了矿务局的一个大问题,也成了石嘴山矿务局唯一的出路。

## 五

那几年难到什么程度？何嘉平记得有一年，大概是1991年底，他带着人到兰州甘电厂要煤款，过年前要给职工发工资，煤发过去了他们一直不给钱。甘电厂主管产业的一个领导和何嘉平私人关系不错，可是何嘉平去时他不在，到外地开会去了。何嘉平就去找甘电厂财务处处长。财务处处长说，钱是有，没有领导发话不敢给，可领导在哪儿他也不知道。何嘉平没办法，就派人到厂领导家打听，听说领导爱人在，就去了他家。何嘉平把情况一说，领导爱人一听，有些犹豫，后来还是给了他电话号码。何嘉平就给这位领导打电话，正是中午休息的时间，领导有点不高兴，说，这个时候，你打什么电话？何嘉平说，过年了，钱都没有啊，工资发不出去，您得帮帮忙，把煤款给一点。领导问多少钱，何嘉平说，大概一千多万元。领导说，行，你把电话给财务处处长。财务处处长就在何嘉平旁边，领导一说，财务处处长才把钱给了。

何嘉平领着人开着车，马上把支票往石嘴山矿务局送。之后，他又去了西宁青电厂要钱。等何嘉平把青电厂的钱要回来，人还没到家，账面上的钱已经发光了。日子就过得这么紧张。

当初，为了抢占市场，何嘉平没少跑甘电厂。甘肃本地也有矿也有煤，凭啥要石嘴山的煤？何嘉平没办法，就去找了甘肃煤炭厅厅长，厅长姓苗，是他矿院的同学。何嘉平找老同学，但老同学也有难处，他必须考虑本地的情况，就给何嘉平出主意，让何嘉平去找甘电厂。甘电厂的设计是按用宁夏石嘴山的煤设计的，当年开全国订货会的时候，甘电厂的负责人就说了，要订石嘴山的煤，可现在他们本省其他矿务局不同意啊。这次有了省煤炭厅厅长相助，何嘉平几番找下来，石嘴山的煤也就进了甘电厂。

何嘉平说："当时煤炭生产技术方面的情况我就不说了，那对我们来说，是家常便饭，是专业上的事，应该做的，难就难在这些个跟钱打交道的事情上。"

## 六

2000年3月，何嘉平退休了，退下来时已经六十三岁，多工作了三年。"没办法，当时没人接我们的班啊。老邢（邢治绪）跟我是同时退的，我们俩是搭档，他抓内部生产管理，我主要管全局思路和跑市场，算是度过了这段最艰难的时段。"

何嘉平任石嘴山矿务局局长时，国家同意三矿破产，但是文件还没有下来。后来，国家也同意一矿破产，这时候，何嘉平已经退休了。他刚退休，一矿、三矿破了产，二矿干了没几年也停了。"我们奋斗了一辈子的煤矿，一下子没了，现在让我说，我也不好说什么。"何嘉平说。

何嘉平在任时，煤炭厅还组织相关的领导商量过，要把三个矿务局（石嘴山、石炭井、灵武）合成一个集团公司。"那个时候这种想法还比较新鲜，开了几次会以后，也没有形成决定。"何嘉平想了想，说，"当然，现在回过头看，经历过这么些年的艰苦奋斗，宁夏煤炭算是实现了转型的目的。成立了集团，又搞了电厂，又搞了煤制油煤化工，基本实现了千万吨产量，算是实现了当年我们的愿望。"

乌金时代

# 我这四十年

## 一

邢治绪没想到,石嘴山的风这么大,大得推个自行车连人带车都能给吹倒。

1962年夏天,邢治绪和北京矿院同班同学十几个人一起分到了石嘴山。当时大学生都是全国分配,学采煤技术要去的地方都比较艰苦。八十六岁的邢治绪说,那一年连留学预备生算上,全国的大学毕业生一共也才九万多人,现在呢,一年至少九百多万人,不可同日而语。

因为学的是采煤专业,在来石嘴山之前,邢治绪是听说过这个地方的,也知道这里是标准的温带大陆性气候,常年飞沙走石,没有永久性供水,当时整个宁夏人口也就二百万。当然,这些概念性的介绍都是老师说的,邢治绪并不十分清楚石嘴山具体在哪儿。"反正哪儿需要就到哪儿去。"邢治绪说,"说实话,来这儿以后,我觉得比想象的还要好点儿。我们这一代人经过三年困难时期,都是挨过饿的,到石嘴山以后,这里有米有面有鸡蛋,能管饱,我就觉得宁夏挺好。过去,我走的地方也不少,也没觉得有别的地方比宁夏好。"

大学毕业分配的时候,他就听说石嘴山是个小矿务局,产量也就二三百万吨,矿井最多四个,中心矿井最大年产量九十万吨,也有年产量四十五万吨的,都是小型矿井,放在全国看,石嘴山也是很小的矿务局。石嘴山煤矿是1956年建井，当时算是所谓的现代化矿井。一矿和四矿，二矿和三矿，原来都是一个矿，后来分开成四个矿，1964年4月份，又恢复成以前的两个矿。

从1962年到1993年，邢治绪在一矿一干就是三十多年，从技术员一路干到工程师，从科长到矿长。

二

那时候，煤炭专业的大学生上学要五年，有一年在矿井实习。邢治绪第一次下井是在黑龙江鸡西矿务局，后来又在开滦、峰峰这些矿务局实习过。就在实习的过程中，邢治绪胆子才慢慢大了。虽然煤矿危险，但是毕竟在学习和实践中渐渐熟悉了工作环境。

"矿院在八大学院里是最苦的，也是最危险的，林业、石油、钢铁，这些专业都没有煤矿采矿危险。石油再苦，工作在地面，最多就是地面上冷点热点这点区别，可煤矿不一样啊，过去的石嘴山矿务局一矿年产一百万吨，二矿年产百八十万吨，在今天来看，这点产量不算啥，虽然就这些产量，但也是相当不容易的。当时井下是什么样儿的？首先是井下的空气之糟糕一般人难以想象。那个年代，煤尘、瓦斯、冒顶等矿井下的灾害很厉害。从1956年一直到2000年前后，石嘴山矿井下死了有二百多人，这都是有文字记录的。过去生产一百万吨煤，可能达到八到十几个人的死亡人数，当时的装备、安全知识、工人的技术、生产制度等，综合条件都做不到，不像现在。所以，那个年代在煤矿干活儿确实是很危险的，是会要命的。"说到这儿，邢治绪瘦瘦的脸上满是凝重,"当年我的大学同学在全国各矿死在井下的,我知道的就有六个。"

邢治绪刚来石嘴山没多久,有一天,他请了一天病假。有个技术员叫石新宇,是山东矿业学院毕业的,那天他顶邢治绪的班,结果当天就死在井下。一矿调度室主任苏玉荣听说井下死人了,就跑到邢治绪家里来,邢治绪一听,坏了。"那段时间,井下有个着火的工作面。井下采矿,煤采不净特别容易发生自燃,这就是煤的自燃现象。"说到这儿,邢治绪停了一下,问我,"你知道吗?最有名的就是汝箕沟的煤自燃,到现在三百多年了,火灭不掉,可以说到现在也没办法彻底解决这个问题。这话扯远了。当时井下工作面的煤就是这样在着火,是比较厚的煤层(薄煤层在一米三以下,中厚煤层在一米三五至三米五之间,厚煤层在三米五以上),着火后,工作面就封住了。当年封火是用黄泥灌浆这种方式,不让空气再进去,这样煤层就再也燃不起来了。那天出事的地点就在这个已经灌过浆的工作面。"就在两天前,这个已经封存的工作面又启封了,邢治绪跟调度室主任下去检查,到了井下从大巷进去,一直到煤层的石门跟前,邢治绪感觉不对,里面温度相当高。邢治绪就说,这里面火还没完全灭呢,还得再堵上,这个工作面不能启封。结果,就在邢治绪生病请假那天,技术员石新宇下去,又打开了这个石门。当时下井检查,技术员们都是背着氧气瓶的,邢治绪就听人说,石新宇没有经验,当时他觉得缺氧,一着急,拧腰后侧连着的阀门时,给拧错了,反而把氧气给关了,当场人就没了。

邢治绪又讲了一件事。当时北京矿院六二(七)班也就是邢治绪所在的班,同时分到石嘴山的技术员有个叫包振兴的,后来调到石炭井矿务局。1963 年，石炭井二矿井下发生瓦斯爆炸，刚爆炸完，包振兴下去检查事故原因，下去就牺牲了。邢治绪说："包振兴为啥会牺牲？据说，他下到井下不知怎么进了死巷道，进去就造成窒息导致死亡。"

井下是一个有限的半封闭的工作空间，里面的通风完全靠地面的风机，抽出有毒有害的污浊气体，往下输送新鲜空气。人必须在新鲜空气范围内才可以进行作业活动。"所以说，到了矿井下，一定要小心翼翼，在井下，经验和判断特别重要，一不小心都是会要命的。我这一生下过多少次井，在井下晕倒过，也遇到过顶板掉下来，带倒了一根柱子砸到了我，当时我啥也不知道了，是别人把我拖到回风巷，有新鲜空气的地方，就这么又活过来了。所以，我们这些人，能活到现在，挺幸运。"邢治绪说。

邢治绪初到矿上，当时一线的书记队长都是老工人出身，采区的书记叫杨继光，队长叫马万林，对邢治绪这些矿院毕业的年轻技术员特别看重。当时矿务局工程师孟以猛让邢治绪全面接触各个工作面，各个工种都接触。邢治绪后来当了工程师，也是这样要求矿上的技术人员的。

邢治绪当矿长的时候，一矿曾经连续五百六十三天没有死人，自治区领导都说这是奇迹。不管怎么说，在煤矿，最重要的就是安全。邢治绪当时在一矿时，提出的生产口号就是：安全第一、质量第一、效率第一。

三

初到石嘴山，建设者们住的多是窑洞，窑洞不是砖砌的，是土坯窑洞。连矿务局院（当时叫基建局）都是土坯建的，当时还算是带屋顶的正式房子。邢治绪就在这样的房子里住了六年,从1962年一直住到1968年,结婚后才搬进新建的砖平房。

而当时井下工作面,可以说是很落后的。矿区地面下就是煤层,煤层就是一大块石头,不过没有石头硬。煤井作业的工作原理,第一个工艺环节叫破;第二个工艺环节叫支,破完了,工作面要有支护,不然顶板掉下来就把人砸了;第三个工艺环节叫装,破的煤得装到运输工具上;然后是运,就是运输,把它运出来;除此之外,还有控,老这么支着也不行,随着工作面的扩大延伸,压力越来越大,顶板支不住了,它的支护面积是有限的。说到这儿,邢治绪顺手比画起来:"比如说,下面是工人工作的地方,只能支撑这么大点,其他部分的顶板放下了,也形成一个支撑面,不影响工作面。所以,井下工作面又叫掌子面,就这意思。"

邢治绪曾经看过一个资料,南非有个金属矿,进入井下四千多米,压力是每平方米一二百吨,石嘴山的矿井是地下二三百米,也就是每平方米十五六吨到三十吨。同样的支柱支撑十几吨可以,要支护一二百吨就支不住,这就要出问题了。所以说,矿井越深,压力越大,危险系数越高,采煤成本越高。

以前总说想出煤用木头换,是因为煤井最早的支护架是木头的,现在当然早不是了。从木头支柱变铁支柱,再变单体液压支柱,再到综采液压支柱,这是井下采煤支护技术的更新进步,这个进步用了二三十年的时间。邢治绪说:"我们这一代人都是亲身经历者。"

1966年,邢治绪在煤炭科学院工作的一个同学来到石嘴山,要邢治绪帮忙,在石嘴山矿务局试验取样,搞单体液压支架的试用推广。这之前，支架都是木头的，还有一种是苏联产的可伸缩性支架，是铁的，管子是方的。

"从1966年开始，井巷支架才不用木头的了。我说的是采煤工作面，其他地方还用的是木头，工作面的支柱逐步由可伸缩性支架变成了单体液压支架，在当时，这是一项很重要的技术进步，也是很关键的。当时顶梁也开始用铁的。这些技术和材料的运用，都极大地降低了井下事故发生的频率。"邢治绪说，"现在我们国家出煤好，就是因为用了综采。综采世界上早就有，采煤工艺有巷柱式的，有长壁式的，最好的就是综采。综采技术第一次试验成功就在石嘴山一矿，算得上一个历史性的时刻。"

1978年前后，中国第一个综采工艺在石嘴山一矿试验通过。那年，邢治绪的大学同学所在的煤科院需要进行综采试验，同学又找到邢治绪。这套综采设备由煤炭设计院设计，由北京、洛阳、徐州三家机械厂共同制造，在石嘴山一矿试验，是在高坡度下进行的。"煤层要是平的好办，坡度越大越难，综采设备的安装会出现下滑的问题。试验完了，因为坡度等原因，试验并不完满。当时中国科学院、煤炭部的'各路神仙'都来了，试验从一矿转到二矿，后来就勉强算合格了。这又成了石嘴山矿务局一项重大技术改进。"

说到这儿，邢治绪笑了："虽说咱这小局小矿小产量放在全国的煤矿不怎么样，但是就综采这一项，就这么成了全国第一。后来，陆续还有好几项第一。"邢治绪又说，话说回来，过去老搞运动，煤矿生产一直不太正常，也就是从20世纪70年代后期，石嘴山的煤炭生产才算正常了。

## 四

石嘴山地质条件差，顶板条件不好，煤质也不好，出的是动力煤，高硫高灰，含硫百分之五左右，也就是一百斤煤就有五斤硫，电厂直接用这样的煤会造成空气污染，用前得先除硫。邢治绪说："虽说后来用了综采，但是石嘴山地质不好，条件太复杂，有的地方用不了，用了也产生不了应有的效益。比如三矿就是个例子。为什么在陕西大柳塔可以用现代化智能化的采掘方式？就是因为和石嘴山比，他们的地质条件好多了，人家一个工作面就是三千万吨。那地方我去过好几次，职工平时都是骑着摩托车到工作面附近。相比较而言，宁夏的地质环境就复杂多了。说起来，当年这三个矿务局，也就灵武地质条件好一点儿。现在石嘴山煤矿停了，也好，虽说地下还有煤，就给子孙放着吧。像咱们国家的一些传统老矿，新中国成立前就有的，煤井就比较深。比如开滦煤矿都在一千米以下，成本高温度也高，瓦斯、水害危险程度增大。好在宁夏的采矿时间短，矿井都还不算深。"

邢治绪 2000 年 4 月退休。退休前正是煤炭市场的低潮，也是中国整个大的经济低潮。退休前好几年，石嘴山矿务局发工资，都是给工人发百分之八十，机关人员发百分之五十。"没办法。"邢治绪说，"就是退休那会儿，我的退休金也是很低的，因为我们当时给社保缴得低，所以到最后退休能拿到手的也不高。"

和何嘉平的感受一样，邢治绪也觉得，退休前那几年工作最难干。"何局长（何嘉平）负责全面，他老不在家，得跑市场。我是常务，得全管，那时候可真难管，太难了。不是我们不行不努力，而是企业之间的拖欠太厉害。举个例子说吧，新疆有个八一钢厂，欠石嘴山煤款一亿多元，就是收不回来，都是国企对国企，你说怎么办？"

邢治绪说，那几年，在进行煤炭企业改制的时候，国家对当时的经济形势、能源生产形势估计不足。当时就有一种说法，说是全国一年有八亿吨煤就够了，但实际上十六亿吨也不够。"改制并没有错，但是国家在宏观上对煤炭行业的认识存在局限，这种认识上的局限对整个煤炭行业是有重大影响的。你看现在，我们国家每年的煤炭生产是三十八亿吨，基本成了一个常态化的数字。"邢治绪说到这儿，补充道，"我说的只是大概数额，不一定准，但大致意思是这样的。我们国家从新中国成立初期年产几十万吨煤，到现在全国煤产量有近四十亿吨，从这里你就想想煤的重要性吧。当然，有核能、水电、太阳能发电，但我国发电是以煤电为主，占了百分之六十以上。所以，都说没有煤就没有石嘴山、石炭井，宁夏也发展不起来，这话一点儿没错，不说别的，就说当年包兰铁路通车，没有煤，火车能跑得起来吗？火车烧的就是石嘴山一矿的煤，一直用的是石嘴山的煤。"

## 建起了大医院

原大武口基建公司家属院位于石嘴山市大武口区青山公园西侧。砖红色的二层小楼，有着鲜明的 20 世纪 80 年代建筑风格。冯志达和王淑贞夫妇就住在这里。

2021 年 5 月 26 日这天早上，我赶到二老家中时，他们的大女儿和大女婿也在。进门后,我被让到了靠门口的沙发上,冯叔坐中间,我和王姨坐在两边。采访一开始,冯叔一再地把头扭向我,似乎想把他戴着耳机的右耳靠近我。我这才意识到,冯叔的耳朵不好,听我说话有点儿费劲。我起身坐在冯叔右手边,王姨坐在了另一张长沙发上。在交谈中,我时不时注意到冯叔抚着他的右耳,似乎在极力往右耳塞助听器,脸上有些焦躁有些烦。王姨说,他听不到,着急。二老的故事都是王淑贞老人给我讲的。

临走时,我说,王姨要是能把您跟冯叔的经历写成回忆录多好。王姨笑着摇头,说,写不了了,我们太老了。

的确,他们二老都是九十多岁的人了,经历了近一个世纪的风雨,今天给我讲的故事不过是他们悠长的一生中短暂的几个片段而已。

## 一

1966年秋天,冯志达的大女儿冯岩刚上初中,王淑贞带着三个孩子随冯志达转业,来到宁夏石嘴山大武口。王淑贞记得特别清楚,冯志达到大武口的时间是1966年的6月26日,来这里最主要的任务就是筹建大医院。

"是贺兰山煤炭管理局要的他们这帮人,都是从中国人民解放军十六军转业的军人。"王淑贞老人说,"从1966年夏天起,一直到1985年,医院条件终于像样了,我们俩也到了退休的年龄。现在医院的人我都不认得。"退休后,王淑贞和冯志达老两口儿一直生活在大武口,儿子在济南,大女儿在日照,只有小女儿在银川,离老两口儿最近。小女儿一周回来一次,帮二老做做饭,收拾收拾屋子。

王淑贞生于1931年,她在1955年抗美援朝回国后,转业到鞍钢基本建设公司卫生科,在鞍钢卫生所当了一名护士。当时,冯志达还在部队,王淑贞一个人在鞍山,一边工作一边带孩子。"那个时候哪会想到,十年之后,我会抱着小的拖着大的,从大东北来到大西北,到一个从来没有听说过的地方来。"

王淑贞在鞍山生活了十一年,来大武口那年,儿子还不到两个月。"别看那会儿已经1966年了,大武口什么都没有,没有像样的街道,整个大武口就一个商店,一个菜市场。"

王淑贞刚来时,矿务局招待所还没有盖起来,一家人就住"干打垒"的房子。"什么都没有,窗户门什么的都是很差的,用薄板皮子凑合的。天天外面刮大风,屋里刮小风。每天早上一起来,一看屋子地上,沙子是一堆一堆的,窗台上厚厚一层沙子。"王淑贞每天起床第一件事就是清扫沙子,床上、桌上、窗台上、地上,到处是沙子,一扫一簸箕。

王淑贞家在现在大武口朝阳医院那片儿。记得刚来大武口不长时间,她带着两个女儿到洗煤厂看电影,看完回来,天黑了,彻底找不到家了,摸黑走了半天,好不容易碰到一个路人,连问带打听,这才走回家。"一是刚来不熟悉,再加上那时候大武口也没个啥明显的标志,又没个街名地名,我一走哪儿,就找不回来了。过了一两年熟悉了,才算好了。"王淑贞老人说着,笑了起来。

王淑贞一来就分到医院妇产科。"当时大医院的房子还没有盖起来,就那破破烂烂的几间土平房。可是房子没盖好也得收病号啊,男女病人全住在一个大房间里,就算是病房。"她说,当时只要是附近有生孩子的,半夜常有人来叫她,好几次就在靠近洗煤厂铁路那边，来人用自行车驮着她去接生，有人来叫就去，她也没觉得这有什么。

王淑贞刚来时，大医院的人手少，技术力量也不够，外科做手术，都是到外面去请大夫。后来，医院逐渐分来一些大学生，有北京大学医学部的，有上海医学院的，医院这才慢慢发展得正规了。

初建起来的大医院没有食堂，冯志达就领着人盖食堂。王淑贞说，可苦了。当年部队转业干部到这儿来，都带着家属，可是家属们没有户口，没饭吃，为了分到粮食，让职工好好工作，身为领导的冯志达就带着家属们建农场，去种地打粮食。

1968年，大医院有了农场，家属们去农场劳动，全院医务人员也分批去劳动，各科抽人种稻子、种苞米，只有这样，医院的职工家属才能吃上大米。医院的医护人员都去地里劳动，就这样还都挺高兴。"再后来成立了基建公司，他就成了基建公司的领导，给这些家属解决了农业户，等有了农转非政策，又给解决了城市户。"王淑贞说着，看了看老伴儿冯志达。冯老大概不知道我们在说什么，脸上略显不安。

王淑贞刚来时，大医院妇产科就两人，后来到20世纪70年代，发展到有助产士、大夫十几个人，王淑贞成了妇产科主任。王淑贞说："这也是山中无老虎，猴子称大王。"说着，她哈哈哈地大笑起来，笑罢，接着说，"科室全了，人也全了，大家倒也干得轰轰烈烈的。"

有了基建公司以后，大医院的人就归基建公司管，当时又叫基建公司医院，再后来就成了宁夏煤炭总医院，前几年又变成了宁夏五医院，成了石嘴山最大的大医院。"盖新医院大楼时，也是他在职时规划通过的，后来盖好后，我俩就都退了下来。"那是1986年，算起来，二老退休三十多年了。

## 二

冯志达比王淑贞大三岁。王淑贞老人说，他现在耳朵听不见，可看电视还是爱看新闻节目，爱看国内国际新闻。冯志达过去在部队时当过模范立过功，得过好多纪念章。"淮海战役、渡江战役、抗美援朝，我们俩都参加过。"

王淑贞和冯志达二老是在朝鲜战场上结的婚，至于结婚的日子是哪一天，王淑贞说她记不清了，只记得大女儿冯岩是1954年在安东（现丹东）生的，今年快七十岁了。王淑贞在生了大女儿后就转业了，先到转业大队，后来又到鞍钢，再后来，冯志达到大武口，一家人就跟着一起来到大武口。

似乎，王淑贞记得最多最清楚的，还是她参军打仗救治伤员的日常。

1947年秋天，王淑贞跟着哥哥去参军。到部队后，她在中国人民解放军华东医科大学学了三个月，就到三一九兵团十九院三分院，负责接送伤员。1948年，冯志达调到这里，跟王淑贞在一起工作。"他当时是科级干部，他来了，我们组长班长都归他管，这样时间长了，就在一起了。"怎么处上对象的，王淑贞说她也忘记了。

王淑贞是后来才学的妇产科，在部队时她是卫生员，什么都会干，但什么都不精。她至今记得当卫生兵时解剖的第一具尸体。外面一阵枪响之后，同事拖进来一具特务尸体。那个人长什么样，她到现在都记得。"新中国成立前夕，特务特别多。我们当时在徐州，这是我第一次解剖，吓得我都不敢睡觉。经历了几次以后就不害怕了，胆子就是这么练出来的。"

初当卫生兵，领导老问王淑贞，小山东，你害怕不害怕？王淑贞说不害怕。领导就说，不害怕就好，那你和谁（一个男同事），到死人房（停尸房）去给穿衣服。王淑贞说，因为有个男的在旁边，她也不害怕。完了，领导还问她，怎么样，怕不怕？王淑贞说不怕。从此以后，战友们都叫她王大胆。

王淑贞记得才到卫生班时，有四个男的，还有一个女的，女的是班长。"我被分配到病房，管十几个伤病员。当时我还小，不到十八岁，心里有点打怵，班长就带着我到病房走了一遍。之后，我就开始一个人独立工作，晚上还得值班。第一次接触伤员，伤员疼得受不了，有的喊叫，有的骂骂咧咧。我一手提着马灯，一手端着药盘子，一家一家地转。"

当时正值淮海战役，伤员都在老百姓家养伤，王淑贞送药看护就要挨家转。"有时候，走到路上，碰到有个别小子使坏，搞你一下，可不把人吓一跳；还有，两只手忙着，怎么给伤病员喂药啊，就觉得难得不行。时间长了，都得学会对付和克服。一只手既拿马灯又端药，腾出另一只手，换药护理伤员。"王淑贞所在的卫生队就六个人，男的女的都住在一起，睡一个大通铺，中间用帘子隔着，这边女的，那边男的。"在战争年代，这些都不算什么，后来慢慢地，也就锻炼得什么也不怕了。"

抗美援朝战争打响后，1950年10月，王淑贞所在的部队第一批赴朝。出发前，教导员给大家讲朝鲜的形势，王淑贞听得稀里糊涂的。等到第三天，她就跟着大部队到了东北。等行军到了边境，在吉安通往朝鲜的桥上，没有棉衣，把人冻僵了。王淑贞和战友们就在原地等啊，等啊，等了好几天，发了棉袄棉衣。穿上棉衣，王淑贞就跟着大部队进入朝鲜。一到朝鲜，更是冷得不行，因为只有棉衣棉袄，没有帽子没有棉鞋。"把人快冻死了。"王淑贞说着指指右手背凸起的皮肤，告诉我，这是当年冻伤的，当时零下三四十度。

进朝鲜前，指导员跟王淑贞说，小王，你们班长生病了，去不了朝鲜，你当代理班长。王淑贞一听，哎呀，我不会当班长。指导员就说，不会当也得当。就这样，王淑贞稀里糊涂就当了小班长，带了十几个女兵进了朝鲜。

"到了朝鲜，全靠步行，走了一百里地，也没个好地方，没办法停下来，把人饿的累的，还得一直顺着山沟走。就这么紧走着，头上的飞机顺着山沟溜来溜去。一来飞机，领导就说趴下趴下，我们就赶紧趴下，飞机走了再起身接着走。终于走到一个安静的地方，领导叫住我，说，小山东——他们都叫我小山东——今天照顾你们女班，你们进洞子里休息。我想这可好，虽说没饭吃，但进洞子里能睡一觉，也不错啊。背包也没放，靠在洞墙上就睡着了，睡得那个香。早上醒来一看，下面这沟里全是屎尿尿，脏得不行。哎呀，我们就都笑，这一夜可睡得真香。"说着，王淑贞老人哈哈笑起来。

一路上经常有飞机轰炸，但也算是有惊无险。王淑贞和所有入朝的战友第三天才吃上饭，吃的是马肉。一匹马在路上被打死了，炊事员就拖回来炖了，大家一人分了一块，肚子里这才有了点食儿。吃了饭，接着走，走到一个叫西川的地方，部队在这个地方就住下了，开始收伤员。

就在这儿，王淑贞所在部队的指导员，在送伤员时得了伤寒死了，还有得天花死了的。"这都是当时美国人发动细菌战造成的。"王淑贞说。

当时在朝鲜，那些被飞机轰炸过的房子破破烂烂的，王淑贞和战友们进去找吃的。有一次，看见一大堆土豆，已经烧得黑黑的，他们把黑的扒掉，吃能吃的，哪怕就一口也行，实在是饿得不行。老百姓不知道都跑哪去了，飞机炸过的地方都乱糟糟的。美军就是在路上看见一头小毛驴，不炸死都不走。医疗队住的地方，房前都挖了沟，外面有座桥，美国飞机天天来轰炸。王淑贞带的卫生班全是女孩子，都十八九岁，一看这阵势，哭的闹的，王淑贞还得哄她们。"可是我也年龄不大，也才十八九岁。"王淑贞说。

那会儿往国内送伤员，白天飞机炮弹轰炸不能走，只能晚上送。有一次，王淑贞和卫生班的几个人乘坐煤罐车护送伤员，等到天亮，才发现大家个个脸上被染得煤黑煤黑的。

## 三

"昨天晚上，一听要采访我，我就想都说啥，这一想不要紧，我就想起我们当时卫生班那四个男的，名字都想起来了。他们叫孙德福、孔凡秀、朱德凡，还有一个叫小林子。前几年我还和朱德凡通过电话，他在嘉兴干休所，今年也九十多岁了。我们志愿军医院的人后来都分得挺好，大部分在干休所，在世的也不多了。要是不跟他来大武口，我当年也就调到志愿军分部第四卫生所，或者志愿军的学校里去了。"

"1966年，大医院是个平房四合院，还有地下室。我们一家当时也住在那一片。"那会儿到处贴大字报，医院天天开会，晚上开大会，"造反派""保皇派"打起来，都站在房顶上。冯志达一看，就把患者往南边的房子搬，那边的房子离墙近，安全点。

这时，有一个"造反派"拿着手榴弹就要打冯志达，当时冯志达正推着氧气瓶，特别危险。正好"造反派"里有个人认识冯志达，给挡了一下。"要不，当时也就死了，哪能活到了现在，还能看报看新闻。"说起这段往事，王淑贞像开玩笑似的。

王淑贞说，自己活了一辈子，不知道用化妆品，抹脸油都不擦，穿衣服也随意，只要方便舒服就行，从年轻时就不爱打扮。"说句老实话，这也是多年在部队锻炼出来的，受的就是这个教育。我家这两个闺女也从不化妆，随我。"王淑贞一辈子大大咧咧，过去好些东西都没想着留。"现在只要有人来采访我们老两口儿，总想看看我们以前那些老物件，什么从前的旧军装什么的，哪有啊。当年我跟老头儿参加抗美援朝的军装，这个邻居家小孩说借去穿穿，那个邻居家大人说孩子想要帽子，我就给了人家，到现在一样也没留下来。喝水的搪瓷水杯，上面都有抗美援朝的字，还有先进工作者的，有多少个，用着用着就没了。"王淑贞说，当年穿的列宁服、裙子，戴的大盖帽，转业后，不是送邻居就是送朋友了。

"早知道我能活到九十多岁，就留着了，留下来多好啊。"

四

宁夏五医院前身就是宁夏煤炭总医院，也就是王淑贞所说的大医院，医院的病历本上写着这段历史。

"当时医院有个山西医疗队，有专家给传授技术。儿科、内科，妇科，像张丽珠、徐珠，这几个人就专门培养医护人员，把人培养出来了，都能干了，医疗队的人才走的。走了一部分，还留了一部分，像麻醉科大夫、妇产科大夫就都留下来了。这样，大医院这些人都掌握技术了,才可以开展工作了。"

王淑贞说到这儿,一直站在一旁的大女婿接过话说:"我岳父母跟我父母是战友,他们当时都在部队共事。最开始的时候,我岳母在胶东根据地,后来属于华东野战军。抗美援朝时,分批入朝,华东野战军的一部分组成九兵团,入朝是最早的,参与了抗美援朝五大战役,他们也撤得早,1953年停战,陆续撤回。十六军是1951年入朝的,1958年撤出朝鲜的。这个过程中,我岳父母他们随所在部队先期回国。回国后,十六军进行整编,我岳父被整编到十六军。后来我岳父转业到大武口后,开始组建医院,当时叫局医院,又叫大医院,再之后,局医院划归为基建公司。1969年珍宝岛战役后,开始'深挖洞、广积粮',把一些内地的医院迁过来。我父亲当时在贺兰山煤炭工业公司卫生处。我父亲到天津与当地相关部门接洽,就把天津四医院迁了过来。当时还准备把天津四医院和原小医院(石炭井矿务局医院)合起来,建成一个总医院。1982年,天津四医院整建制走了。后来还是以这个大医院为班底建成煤炭总医院,现在成了宁夏五医院。前几年,宁煤改制,就交给地方了。"

女婿说到这儿,王淑贞似乎想起来什么,接过话头:"当时这里办'五七'干校时,国务院部委的一些部门的领导都在这儿劳动改造,他们就到我们大医院来看病。"

1970年以后,医院条件逐渐好起来。医院的科室分开,各有一间房子,这才开始正规化,有专门的手术室、病房。医院职工生活上也好了,有吃的了,家属也有工作了。

王淑贞一直在妇产科干到退休。她也不记得,前前后后有多少孩子是她接生的。"工作忙的时候,家里全交给大闺女,要不大闺女现在老怨我，说她个子没长起来，都是从小干活儿干的。来这儿时大闺女才十二岁，挑水，收拾屋子，在家背着弟弟做饭。那时候，我经常半夜三更就被叫去处理单位的紧急事，一直到第二天，接着上班。当时人少，没办法。有一次夜里十二点多，有大夫值班，还是把我叫去了，一个产妇生孩子，孩子出不来，都准备手术了，我戴上手套一摸，把胎膜一掐，羊水破了，孩子就出来了，也就不用手术了。那家长把我感谢的，我说这有啥呀。"一提及过去在医院的事情，王淑贞的记忆就被唤醒了。

## 五

"他现在还天天看报纸，拿个放大镜低个脑袋，看不了也要看。家里一大堆报纸，从退休到现在一直攒着，不让卖。我就说收拾收拾都卖了，将来咱们一走，不给孩子们添麻烦。我一说卖，他就不让，说有好材料，他还要看呢。"王淑贞老人说，家里有两个电视，她那屋是个小电视。王淑贞喜欢看电视剧，可冯志达不爱看，但前段时间演的电视连续剧《跨过鸭绿江》，老两口儿终于坐在了一起，看得老两口儿都挺激动。王淑贞说："我还掉眼泪了呢，演得挺真，我们那时候在朝鲜打仗就是这样的。"

2021年4月，老两口儿在自治区眼科医院做了白内障手术，两个闺女一人陪着一个。"还要再做右眼，约的是这个月（5月）28号，我说不做了，这把年纪了，还能看多久。现在能看出个亮来就行了呗。以前看啥都是黑的，现在你们的脸我都能看清楚。你不知道，出院回来那天，我一照镜子，哎哟妈呀，镜子里的老太婆我都不认识，一脸的老年斑，怎么老成这个样子了。"王淑贞说着哈哈笑了起来。

# 第三章　煤矿工人多光荣

## 人生转折

一

到石嘴山二矿之前，张建华是哥哥，张建雄是弟弟。哥哥张建华高高壮壮，弟弟张建雄长得细长瘦溜，两个人相差四岁，不论是外形上还是性格上，都完全不一样。

就在张建华顶替弟弟招了工，成了石嘴山二矿一名矿工后，哥儿俩就换了名字。

这还得从五十多年前说起。那是1969年的夏天，石嘴山二矿在隆德县招一百多名矿工，招工指标分到隆德县所辖的二十来个乡，每个乡四个指标。在那个年代，当了工人就能吃上商品粮，除了当兵，就数当工人最有面子也最实惠。宁夏南部山区家家日子过得穷，连吃饱肚子都困难。张建华家在隆德好水乡庙湾村，是一个靠天吃饭的穷地方，能去当工人，哪怕是煤矿工人，也是一条相当不错的出路。

父亲是大队支书，终于争取来一个指标。这个指标是给弟弟张建雄的。为啥给弟弟？一来，张建华是长子，身体好，能帮衬家里；二来，也是最主要的，1966年夏天张建华初中毕业时，学校不上课，张建华和同学留在学校里闹革命。1966年底，张建华和同学还搞过大串联，从隆德翻过六盘山，步行一直走到西安，又从西安扛着红旗，打着背包，背着药箱和宣传材料，一路走到延安。对张建华来说，那段日子挺难忘，一路上最起码还有吃的，好坏不说，总比窝在家里强点儿。但张建华的这段经历，令他的人生有了某种说不清道不明的阴影。父亲怕有人说闲话再把招工这事给搅黄了，就把争取来的指标给了弟弟张建雄。于是，大队招工名额上写的是弟弟张建雄的名字。

招工要体检，弟弟没有出过门，不知道在哪儿体检，张建华就带着弟弟张建雄去县城体检。当时负责招工体检的是石嘴山二矿劳资科的工作人员吴计仁、贾斌，还有二矿医院的大夫赵哈哈，这三个人一看，就对弟弟说，你这身板不行，太瘦了，井下的活儿干不了，回家去吧，说什么也不要弟弟张建雄。那时候，招矿工就看身体，不管你是不是上过学。其实，那年弟弟刚十八岁，就是瘦，但个子也不小，后来没过多久长得比张建华还高好多。

张建华一听说不行，让回去，就急了，说："名额是给我家的，弟弟不行，你看我行不行？"

招工体检的这三个人都笑了。看上去，张建华明显要比弟弟壮。也许是因为缺人，急于招工，这几个人就把张建华留下体检，体检完让张建华回家等消息。张建华回家等了四五天，招工通过的通知就到了公社，公社又通知到各队。这时父亲说，还是让弟弟去，虽说弟弟个小点瘦点，但身体没问题。

二矿的大卡车就在公社门口等着，张建华把弟弟送到公社。张建华正要扶弟弟上车时，负责招工的人说，不行不行，这个人不是说了不要嘛，怎么又来了。原来，招工的人已经把兄弟俩认下了，死活不让弟弟上车。哥儿俩一商量，张建华就顶了弟弟的名字上了车。不能白白浪费一个宝贵的招工指标啊！

　　矿上来了四辆解放牌大卡车，一百多人都站在车斗里，有带着铺盖卷的就坐在铺盖上。张建华当时啥都没有带，别说铺盖了，全家连条像样的裤子都没有，家里十一口人，没有一床像样的被子，日子就这么穷。张建华，不，张建雄就这么光杆杆地来到了矿上。登上卡车那一瞬间起，张建华就成了张建雄，从此以后，哥儿俩的名字就此调了个个儿。

　　直到今天，张建雄还在想，当时要是不去送弟弟，也许就蒙过去了。1969 年底，弟弟当了兵，他在陕西安康当了五年兵，在部队入了党，复员后，回到大队接了父亲的班，当了大队支书。

　　当年，一起招工到二矿的，张建雄的同乡有四个，其中三人都是初中生，另一个高中没毕业。

　　张建雄到二矿井下后，没多久，就跟矿上的人都熟了，张建雄就笑着骂劳资科的吴计仁，你们不像话，我弟弟检查身体不让检查，来的时候又挡着不让来，把我弄来了。当时吴计仁还说，一看你就比你弟弟身体好，矿工这个工作就要身体好的。

　　张建雄说，这就是命吧。

二

　　20 世纪 70 年代以前，宁夏各煤矿都是面向全国招工，从张建雄这一批起，才开始在省内招工。张建雄参加的这次招工之前其实还有一批，那是 1966 年招的矿务局土建队合同工。张建雄这批煤矿工人是石嘴山从宁夏本土招的第一批正式工，算是首批解决南部山区农民的就业问题。

张建雄 1947 年出生，到二矿时已经二十二岁。当上矿工对张建雄来说就是人生中最大的转折。

为什么这样说？20 世纪 60 年代，隆德非常穷。张建雄兄弟姐妹九个，张建雄是老大，也是全家唯一的初中毕业生。在张建雄记忆里，从 1958 年开始，全家人就吃不饱。当时家里穷到什么程度？榨过油的油渣、榆树皮、六盘山上的蕨菜根、草衣子、草根，张建雄都吃过。张建雄上初中时，村里人均口粮每个月七斤。当时他在学校里还算好些，国家有补助，一个月能补二十三斤粮票，全国粮票和宁夏粮票搭着。这种穷日子一直到 70 年代中后期，国家开始恢复生产，才稍有好转。而对于一家人来说，张建雄到了石嘴山二矿以后，才算彻底摆脱饿肚子的日子。

张建雄下井，一个月工资四十几元钱，两年后涨到了六十多元钱，不仅张建雄自己能吃饱饭了，家里人也有吃的了。张建雄上班后，每个月给家里十五元钱，这十五元钱就把一家人从死亡线上拉了回来。直到今天，张建雄都认为，被招工到石嘴山二矿是他一家人生活的转折点。

石嘴山惠农区二矿路路边的那栋老红楼是二号楼，往北还有三号楼，矿工们当时就住在这样的楼里。张建雄住的是三号楼，一个房间四个人，全是一个单位的。那时候，矿上这样的条件已经很不错了。

张建雄刚到二矿时，在采煤三队当采煤工。井坑条件好的，八小时可以下班，条件不好常出现故障和事故的，十几个小时下不了班也是常有的事情。可能是招工中经历的波折，加上家里太穷，张建雄对这份工作非常珍惜，不管工作多长时间，他从来没有抱怨过。

三

采煤队实行三班倒，早班从早上七点上到下午三点，中班从下午三点到晚上十一点，夜班从晚上十一点上到第二天早上七点。这三个大班都是采煤班。在采煤班之前还有三个打眼班，打眼放炮，要把这一方煤都炸好。挖煤前要支柱子，柱子支起来，再把原来老塘（井下采过煤的工作面）的煤柱子移到工作面上，缩小老塘的空间，这样循环式地往前推进。一个班的工作量是八十厘米的采煤工作面，三个班就是两米四。采煤工进去后，把工作面炸下来的煤一锹一锹出到电溜子上，皮带把煤拉到煤仓，整个煤才算出完。一个工作面一般要二三百米，得几个月干完，全部干完再进入下一个工作面。

张建雄初到二矿，井下支的顶板高度不一样，有的一米高，有的一米五高，也有一米八高的。张建雄说，支撑井下工作面的空间都得靠柱子，过去的柱子不像现在用的是液压杆，一按就到顶了，那时候用的是铁柱子，铁柱子上有支撑眼，是斜眼，要靠人力用铁销子往里砸。空间小顶板低，人都站不直，更砸不上劲儿，这样手工操作的铁柱子，支撑力就很可能达不到标准要求。而顶板因为煤采空后呈悬空状态，压力一大，特别容易冒顶，很容易出事故。放炮出煤时，一放炮也会导致柱子受外力而倾倒，危险得很。

张建雄采的煤层只有八十厘米厚，也就是说，顶板和底板之间就八十厘米高度，铁溜子离顶板就几十厘米，人爬不进去，只得拿着短锹跪在那里出煤。张建雄参加工作第二年，就遇到了一次危险。

那天的工作面上，上面煤没出完，下面已经出完了。张建雄性子急，他在那儿只顾着低头加紧干，正撮煤时，上面的顶板突然就掉下来了。顶板的石头并不是整体的，是一块一块的，有十几厘米床垫那么厚。当时一块单人床板大小的石头一下子就把张建雄盖住了。冒顶的石头一头压住张建雄，另一头就压在溜子边上，溜子有二十几厘米高，算是没有把张建雄彻底压在石头下面。幸好开溜子的人看到，赶紧把溜子给关停。带班的班长腿都吓软了，当场就哭了。几个小伙子过来想把石头垫起来，可是石头太沉垫不起来，他们拿了木杠子才把石头撬起来。石头撬开了，可张建雄躺在那里就是起不来。后来他们好不容易把张建雄从石板底下给扒了出来。送到医院，一查，张建雄第八节、第九节腰椎骨折，左脚脚腕拉伤。张建雄在医院躺了整整一个月。

出过这次事故后，张建雄才真正感到害怕。可是怕也没办法，干的就是这个活儿，再怕也得干啊。不干采掘，就只能到二线三线去，到了二线三线就得降级，工资也就低多了。这时候，张建雄已经成家，既要顾自己的小家，还要拉扯弟妹，得养活一家老小。

## 四

招工第二年，张建雄就结了婚。直到1986年，张建雄才把媳妇从隆德老家接到石嘴山。1985年，国家出台给煤矿工人家属解决农转非的相关政策，张建雄和矿上许多职工在农村的家属才从农村户变成城镇户，才把家属从农村迁来，把家安在了石嘴山。

张建雄媳妇是甘肃庄浪人，是当年爷爷给说下的亲。庄浪离隆德很近，结了婚后，媳妇一直在老家。要不是在矿上成了工人，家里那么穷，张建雄还找不上媳妇。虽说当年的煤矿工人是铁锹加洋镐，纯粹拼体力，但那时候工人阶级很有社会地位，农村人对工人还是很高看的。就因为当了煤矿工人，解决了全家人的温饱，张建雄很快说上了媳妇有了家。更重要的是，要不是矿工身份，后来也解决不了媳妇的农转非。因为有了房子和户口，张建雄终于把一家人迁到石嘴山，成了城里人。

张建雄媳妇从老家来二矿那年，正是何嘉平当矿长，在矿上北面盖了五六排平房的时候，当年盖的这批平房就在现在的塌陷区，今天的宁夏煤炭地质博物馆北面。当时这片房子是矿上专门为采掘一线的队长、书记解决住房问题而建的。队长、书记一家两间，在当时已经是最高等级。张建雄那时是采掘队队长，因此分到了两间平房。

2004年，张建雄家搬到风水洞那片矿家属楼后，塌陷区这片平房才拆掉。风水洞家属楼是二矿最后一批房改房，张建雄家在五楼。2008年，张建雄搬到现在住的惠安一区，二楼，七十八平方米。

1969年，张建雄刚来二矿时，石嘴山还是沙土路，就南北大街一条街，整个石嘴山市没有一辆公交车。那时候八角楼都还没有，八角楼旁的电影院也还没有，唯一的电影院在现在的东方红商场那里，叫石嘴山市电影院。他刚来那几年，石嘴山人烟稀少，那时的风沙比现在厉害得多，赶上风沙天出门，头上就是包得再严实，还是觉得呛得很。

虽说来这儿上班第二年就结了婚，但是算起来，张建雄在这里过了十七年的单身生活。当时在矿上上班的工人中，像张建雄这样的不少。除了上班，一天也没个去的地方。那时工作时间长，有时候井下要干十四五个小时，下了班休息都休息不过来。矿工是重体力活儿，工时又长，每天的采掘任务必须干完。"每天的工作，队长、书记还有矿上调度室不通过，你就走不了。上早班的话，七点就得到，地面上有一个小时班前会，学习文件、交代工作、强调安全，要等班前会在地面开完才下井。"张建雄说。

张建雄刚上班时，井下是没有班中餐的，一直到20世纪80年代中期，厂长负责制实行以后，井下才有了班中餐。一般就是面包、包子，还有一桶开水，送到工作面。没有班中餐之前，张建雄从不带饭，也没有这个习惯。有时候工时一长，到最后都饿得干不动了，也得挨着。

张建雄觉得，对于像他这样农民出身的来说，在当年能当上工人就幸运得很，所以，什么样的苦都能扛得住。

## 五

因为工作中肯出力气，任劳任怨，干了一年后，张建雄就被提拔当了班长。1984年，张建雄当了副队长。副队长当了还不到一年，1985年开始实行厂长负责制，张建雄被提拔为采掘队队长，从采煤三队到了采煤六队。

1989年，井下工作面发生了大型冒顶。那个工作面之前发生过一起小型冒顶，井道过不去，张建雄就带着采掘队的工友打了个斜井绕过去，在打斜井时，因张建雄指挥上的失误，结果造成大面积冒顶，虽没有造成人员伤亡，但导致了工作面停产，设备也受影响，直接造成一定的经济损失。张建雄是队长，因此受了处分。

两年后，张建雄从井下调上来，到了二矿房产科当了书记。2000年，张建雄退休。退休时，石嘴山二矿还在生产。

## 脚伤了，也没觉得多大事儿

一

十八岁这一年，马生银正好赶上石嘴山矿务局招工。当时，固原县各公社分了四个招工指标，马生银所在的公社报名的就有六十多个人，算下来，一个大队还摊不上一个指标。当时，能招工进矿得是贫下中农，马生银不仅是贫下中农，还是公社的先进青年。"要不是条件硬，招工指标也轮不到我马生银头上。"马生银说。

马生银所在公社的招工青年要和彭阳区（今彭阳县）招上工的年轻人，先到彭阳区集合，体检合格了以后，再到固原县（今固原市原州区）再次体检。马生银所在的公社去了五个人，体检完了后，矿上招工的人给他们五个人登记了旅舍。

直到现在，马生银还记得当时到他老家招工的是二矿工程师，叫林庆华。招工当天晚上，林庆华把马生银几个召集到一起，说，体检发现他们五个人中有一个肺部有白点，这个人没通过，其他四个人包括马生银，一人发三十元钱，让第二天早上先回家，回去等通知。马生银很意外，他手上还从来没一下子拿过这么多钱。从县上到家里还有三十里路，马生银是走着回去的，这三十元钱就省下来了。等了十一天，通知终于来了，马生银又到了彭阳，跟着近二百名新招的矿工一起，坐着三辆解放牌卡车到了矿上。

马生银把家里仅有的一床好被子带到了矿上，单身楼房子有点紧张，马生银和其他二十多个新招来的矿工就住在二矿托儿所一个大通间。第一个月先发了一个月生活费，马生银和其他新招来的矿工们天天学习，学政治、学简单的采煤知识。

在村子里，马生银是第一个出门当工人的，当上了工人也就意味着家里有了帮衬。马生银兄弟姐妹六个，在招工之前，他一直给生产队放羊。生产队有近二百只羊。从十一岁起，他天天跟着队里的一个老汉去放羊，算是娃娃工，一天记六个工分。直到十六岁这年，他从娃娃工变成了大人工，一天能挣十二个工分。

## 二

1972年9月，马生银到二矿上了班。

1972年12月27日，这个日子马生银一辈子也忘不了。那天，在工作面没干多长时间，煤刚放到溜子上拉走，溜子就带倒了板梁，一下子顶到马生银脚上。马生银喊了一声，溜子停了，他疼得当时就休克了，后来的事情就啥也不记得了。等他醒过来，发现自己已经在医院，连怎么从井下出来的都不知道，手术过程他也不知道。单位当时派了两个工友来照顾马生银，他们告诉他，他工伤了，脚骨骨折了，手术都做完了。马生银这才知道是咋回事。

马生银住了七个月医院。脚骨受伤不容易愈合，出了院，马生银拄拐拄了一年多。工伤后，马生银调到二矿保运队，开皮带，开溜子，这样能少走路。

保运队在矿上算是大单位，人多工种多，溜子工只是其中一种，皮带工、电工、水泵工、维修工，等等，有好多工种。马生银很快当了组长，当了大班长。干得多，学得多，会得多，他很快又当上了工长。虽然不是井下一线，马生银工作却很努力，电路、水泵、皮带、维修，这些他都会。他说，要干班长、工长，保运队的所有工种都得会，不然，靠什么来管人。

### 三

1973年，马生银工伤还没有好，家里催着他结婚。媳妇是家里给找的，是邻村生产队的。等脚能走路了，马生银回老家成了亲。

能说上媳妇，就因为马生银是工人，这在当时是很体面的。马生银出了工伤，媳妇也知道，没觉得这是个事儿。

马生银跟媳妇结婚时，彩礼花了三百元，在当时这算是最多的，就因为马生银当了工人，这钱家里才能拿出来。马生银说，那时候，钱也值钱，一盒火柴二分钱，羊肉五角钱一斤。当上了矿工以后，有了钱，粮能买点，穿的也能添点，在当时的农村算是条件很好的了。

马生银刚上班第一个月，开了四十多元钱工资，他就留了二十来元钱生活费，余下的钱抠得紧紧的，一分钱不敢乱花。虽说当时矿工的工资福利标准高，但他总觉得粮食不够吃，一顿饭没有三个馒头根本吃不饱。

那些年在井下，马生银一般就带个馒头带点咸菜，随便吃点，后来媳妇到了矿上后，就带点自己家做的干粮当班中餐。

1985年，马生银家属解决了农转非，户口迁到矿上来。当时，马生银已经有三个小孩，大儿子七岁，丫头三岁，小儿子一岁半。家属户口转到矿上时，劳资科要绝育证明，马生银媳妇就做了绝育手术。

媳妇来到矿上后，在二矿蜂窝煤炉厂干了好些年。当时，二矿所有的蜂窝煤煤炉的炉胆（一个圆形的泥罐子）都是这个厂子做出来的，全靠手工生产，材料是胶泥、白灰等和在一起的三合土。媳妇去学了几天，学成了，就一直在这家厂子里干临时工，干了十一年，每个月上三十天班，工资三十多元钱。

最初，马生银全家在二矿朝阳新村租别人的土坯房住，后来，马生银自己和泥拓土坯，盖了小两间，盖房子的木头檩条是在石嘴山市物资局买的，两三个月就盖起来了。想不到，住进去不久墙就裂了。朝阳区是个低洼区，是矿井塌陷区，马生银家房子比别人家房子低二三十厘米。那时候地已经明显塌陷，但是没办法，只有在那个地方盖房子没人管。再想在别的地方盖房子，都没有地方，就是有地方还需要层层手续，办不下来。房子裂了，马生银找房产科要房子，可是矿上没有房子。

到2006年塌陷区改造，马生银一家这才分了现在静安小区的楼房。马生银交了两万三千元钱，2008年搬到了静安小区五区。

## 四

2002年，石嘴山一矿破产，石嘴山矿务局出台内退政策，下属各矿符合内退条件的，都可以申请退休。马生银就此退了休。

那会儿，惠农安乐桥有个万豪酒店，马生银就在酒店当保安，干了有十年。一个班的服务员有四五十个人，都归马生银管。后来，老板让马生银去桂林、三亚旅游了一趟，回来后，老板说马生银上年纪了，再干不了了，马生银这才彻底退休回家了。

马生银已经退休二十年。刚退休时，工资不到一千元，现在三千六百元。

这几年退休金涨得快得很。马生银说，我们退休工人每月十五号领工资，有一些老工人还不满，我就想说你有啥不满？过去我们这个年龄，在农村不还要下地干活？现在就是让你造一颗子弹你都造不出来（啥也干不了的意思）。你也不想想，社会发展了，国家也富了，光养活退休的人就一亿多。这要是在别的国家，能养活得起吗？想想这，人还是要知足呢。

## 悬着心壮着胆

### 一

1979年12月17日，年满二十三岁的刘代良招工到白芨沟矿。刘代良在白芨沟矿采一区采煤一队干了七年。他说，打眼放炮、回收支柱都干过。

干打眼放炮时，刘代良是班长，管着一个班十一个人。打眼放炮一般是两人一组，一百二十米长的炮线，上面一个放炮员，下面一个放炮员，一个负责打眼装药，一个负责看护安全。"我们这边一放完炮，采掘队就开始采煤了。大约要用四个小时，整个工作面就干完了，要是有啥情况，再增加一两个小时。比如有时候没电了、煤太多了，都会影响放炮影响采掘面。不管咋说，打眼放炮都是井下采煤的头一道工序。当时有个火药管理制度，用不完的要及时上交，防止丢失。"刘代良说，没下过井的人不知道，井下都是通的，跟电影《地道战》上演的地道是一样的。井下各工作面是通的，主井和辅道是通的，这便于井下通风。

"当时采煤工艺比较落后，人工打眼放炮速度也比较慢，一道道工序全是人工的，这道工序干不完，下一道工序就没有办法进行。各工序之间衔接不好也有很多隐患。煤巷大顶就跟房顶一样，通常放完炮，大顶的石头就往下掉，跟地震一样，很容易就把柱子给压倒了。一不注意，石头猛地就掉下来，不仅石头会砸死人，而且瞬间就改变了井下的风向，风呼地冲过来，形成一个巨大的冲击波，人一下就给拍出去了，眨眼工夫矿工帽给扇跑了，人都可能给扇飞了，直接就给你拍煤壁上了，不死也是重伤，特别可怕。还有，最怕的就是片帮，煤墙或者岩层给炮炸松了，没来得及撬，一下就落下来，立马就伤着了正在工作面干活的人。那时候，工人大多没那个意识，炮一放完，就想着赶紧下去攉煤，抓紧时间干活，要是碰到不细心的人，特别容易出事故。打眼放炮也危险，虽说按规定操作，但危险还是防不胜防。

首先它是第一道工序，可能面临各种各样的隐患。一是要防止电缆出问题。电缆一般都在溜子上，要是打眼放炮时一开溜子，就会把电缆拉断了，所以，放炮时要断电。二是要防止柱子崩倒。这边一放炮，就有可能把柱子崩倒，板梁也有可能给崩倒。这些都得注意到，要时时提醒到，不注意往小了说会影响后面的工序，往大了说，就是安全的隐患，事故的导火索。"刘代良说，那时候下井真会要人命的。

井下安全，天天班前会上都要说，每次上班，刘代良边往井下走边给工友们强调。

"井下的安全事故是多种多样的，控制好了还好，控制不好，即使死不了人，断胳膊断腿那都是常有的事。"刘代良说，和他一个班的工友，有腿断了的，也有脑袋砸了的，有没手的，也有没脚的，都是当年井下工伤留下的。

"实际上，按规定，应该等炮放完，煤尘落下来再让采掘工人进去，井下刚一炸完，根本看不见人，煤尘也危险，这时候就特别容易出事。但那时候，人人都没有那个意识，工人不管，管理人员也不管，一放完炮，管事的人就催着工人快进去干活。好在，白芨沟矿井下没有发生过煤尘爆炸这类事故，也算是幸运。"

## 二

刘代良是安徽人，但是在东北长大的。刘代良父亲曾在东北鹤岗煤矿，后来觉得井下太苦了就回了老家。刘代良十二岁时跟着父亲回到老家，在安徽老家待了四五年。

初中毕业后，刘代良在老家当过两年民兵排长，之后参了军。复员的时候，正赶上石油系统招工，刘代良以为能回到县上，就没有参加此次招工。可是复员后，根本没有办法留在县上，刘代良只能回农村老家。20世纪70年代末，安徽农村太苦了，老家一个人不到两亩地，又缺粮食又缺钱。刘代良有个叔叔，1966年从鹤岗调到宁夏石炭井一矿。刘代良就奔着叔叔来到宁夏，这就到了白芨沟矿。

除了打眼放炮，井巷通风工、防尘工、钻机工等工种刘代良都干过。

在矿上这么多年，刘代良很少在穿衣服上花钱。每年矿上发一套单工作服，五年发一件羊皮袄。因为上班下班都穿，刘代良觉得单工作服一年一套不够穿。除了工作服，矿上还给职工发毛巾肥皂线手套，三个月领一次。说到这些劳保用品，刘代良说，那时候，人都没有什么健康意识，当时矿工们发的口罩是那种最厚的，二十层棉纱，但实际上，很少有人戴，就是偶尔有人戴，也戴不了多少时间，因为干活时戴着喘不上气，就都不戴了。矿上发的口罩都让家属给拆了，拆成了棉纱布，用来当蒸馍的笼屉布，当抹布。

## 三

2009年，白芨沟矿发生特大瓦斯爆炸事故。当时井下事故点发生瓦斯爆炸之后，引起其他井巷连锁爆炸。幸亏发现得及时，瓦检员发现起火后，赶紧撤人，刚撤完人，紧接着就开始爆炸了。事故发生后，现场需要打密闭，就由刘代良所在的通风队去打密闭。在井口打隔离密闭很危险，因为巷道内还在不停地爆炸。

什么叫打密闭？打密闭就是用料石在井口砌一道石头墙，让井口和外界隔离，阻止空气对流，以阻断爆炸再发生的可能。刘代良所在的通风队有个密闭班，是专门打密闭的。当时要由运输科将密闭所需的材料，如石板、水泥沙子、石头，通过矿车运到井口。

刘代良说："井下的瓦斯气体是很可怕的，谁不害怕？都害怕，这种时候，谁都不知道自己的小命在哪儿吊着呢。但没办法，我们通风队就是干这个的，就是死也得干，这就是你的工作。"通风队共有十七八个人，当时总共打了二十八道密闭墙。

"井下的光线不行，空间也没有地面上宽敞，窄得很，那会儿就光顾着连垒带砌，根本顾不上想别的，就那阵子，时间可真是生命。"

在刘代良看来，井下哪个工作也不好干。瓦检员的工作就是在通风口待着，对封闭的矿道、封闭的火区，每天定时检查检测，一天三次，一个班巡查一次，要八个小时守在现场，他们最先接触有危险的地方。就是打支柱的支护工也不容易，一根柱子一百八十斤，虽说运输队已经扛到大巷去了，但还需要当班的工人往工作面上背。井下巷道，现在一般在三米五宽两米六高，那时候，最宽也就两米到两米二。工作面离大巷还有点距离，有几米的也有一百来米的，哪个地方缺支架，就要往哪儿背，得靠人背。刘代良说："那时候我才二十多岁，背柱子也厉害，力气大，别看个子小，重心低也好背，肩扛支架，一口气能走好几十米。"

## 四

1986年，刘代良把家属的户口从老家迁到矿上，转成城镇户。一家人住进自建房。刘代良家的自建房，就在白芨沟矿育新小学靠市场这边的斜坡上。

2007年，刘代良提前退休。

退休前，刘代良在大武口丽日小区的房子就分到手了。房子七十多平方米，花了七万一千多元。刘代良说，一下楼都是过去矿上的老熟人，挺好。

"从矿上往山下搬家时，就几个邻居来帮了帮忙，东西不多，基本没带旧东西，都给我妹妹了。"刘代良说，妹妹当年跟他来到矿上，在矿上开了个肉店，这一搬走，好些旧东西她都能用上。

刘代良退休时不算一线。刚退时，退休金不到五千元，算是中等，但已经算不错的了。当年参加工作，刘代良第一个月工资五十二元两角五分。"就这，还是井下工资水平最高的。大概就在2000年前后，矿上工资都发不出来，发工资还要到处借款。这样一想，现在我也很知足了。"

对门邻居比刘代良提前退休几年，刘代良说退休那天邻居哭了，那真是激动得眼泪都出来了，当时只有一个想法，终于熬过去了。

"能活着退了休，说句心里话，我真是高兴得不得了。"刘代良说。

## 住在塌陷区

一

退休前，张秋月在石嘴山二矿宣传科任科长。2007年5月，石嘴山一矿、三矿破产后，矿机关合并，科级干部一下子多出了好几个。当年7月，张秋月退休。退休后，因工作需要被返聘，他又干了近一年，2008年1月正式退休。

张秋月在二矿好几个单位待过，在井下挖过煤，当过采掘队的工会主席、团支部书记，后来因为擅长写新闻报道，被调到二矿宣传科，先后当了副科长、科长。

有段时间，《宁夏日报》差不多一星期要发张秋月一篇稿子。那是20世纪80年代末90年代初，没有手机，也没有电脑，都是手写稿子。报社要稿子，就打电话给张秋月，张秋月念对方记，再起个标题，第二天就见报了。张秋月说，那个时候发报道，就为挣个稿费。那时电话费很贵，一分钟六角钱，二十多分钟讲一篇稿子，这样的电话当然是报社打给张秋月。张秋月说，报社、电台要这种现场报道的稿子，一般的通讯员干不了，他们就找我。

张秋月写的第一篇报道是有关1986年二矿采煤队的生产进度，是给石炭井《矿工报》（今《神华能源报》）写的一篇报道。当时张秋月是石嘴山二矿采煤队工会主席。这篇新闻报道，张秋月收到了五元钱稿费。钱并不算多，但对于他来说却记忆深刻，这五元钱非常实用，可以用来改善全家的生活。

后来，二矿宣传科要调张秋月，但张秋月并不想去。虽说是从井下到地面，又是矿机关，但是宣传科工资低，而下井有下井费。张秋月说，要养活一家五口人啊。

二

1977年，张秋月来宁夏时刚二十岁，先到二矿南农场。二矿南农场就在石嘴山惠农区境内黄河边。张秋月来了不久就当了队长,带着矿工家属们干了一年多,便招工当了矿工。

张秋月也没想到自己会到煤矿来工作生活。张秋月是湖南娄底人,家里八口人,母亲有病,父亲一个人种田。老家所在的公社,张秋月是唯一一个上了初中的。因为上学的路很远,他都是跑步去。

张秋月已考上了县重点高中,公社书记不让他读,张秋月哭着要去。公社书记想让他在公社当文书,他不干,一生气就跑去市里参加招工,当了火车司机。三个月后要转正了,公社书记不让张秋月转户口,证明也不给开。张秋月说,现在想想,要不是因为公社书记阻挠,他早就当上火车司机了。

张秋月舅舅在石嘴山二矿劳资科工作,张秋月就给舅舅写信。舅舅回信叫他来,说这里在招工。张秋月带了三十五元钱,坐了七天火车,"光从老家到北京就三天,还要倒车,又是好几天,才到了石嘴山。"张秋月说。

因为户口还是从老家迁不出来,张秋月就在石嘴山现报了农场户口。虽然在老家没能上高中,但他到石嘴山后,从没有放弃学习,自学了高中课程。

工作安定后,张秋月就回老家结了婚。

直到现在,两口子在家里说的都是娄底方言。

张秋月的三个孩子都是在石嘴山出生的,孩子能听懂老家话但不会说,一张嘴都是标准的普通话。这也是矿上许多家庭的特色,说的"双语",老一辈是老家话,下一代讲的是普通话。

张秋月下井的时候,已经算比较安全了,但跟他一起参加工作的好几个工友都死在井下了。当时的说法叫百万吨出煤百分之三到百分之四的死亡率。销子一松，柱子倒了，都会砸死人，更不要说遇到爆炸、着火、片帮之类的大事故。有一年，二矿井下瓦斯爆炸，死了九个人。

出了事故，矿上会做善后处理。张秋月当时是采煤队工会主席，工作内容之一就是要安抚事故中工亡、工伤家属，做好伤亡事故的善后工作。张秋月因此不止一次亲眼见过工伤事故的现场。"那是很惨的。"张秋月说，"话说回来，井下挖煤就跟打仗一样，害怕是害怕，但是越机灵越不会受伤。干哪一行，时间长了，你要学会钻研，要善于总结经验，经验有了，眼勤手勤，耐心细致就能避免危险。"

## 三

2008年，张秋月一家搬进惠安小区安置房，之前，一直住的是自建房。

张秋月家的自建房是1982年盖的。最初，他买了工友的两间土坯房，花了二百元，后来，又在院子里盖了砖房。"当时就在火车站买了些细木头，好的也买不来。都是我自己动手，每天下班盖一点，只有上房泥是请的人。做门做窗子打柜子，也是我自己动手。门窗和柜子用的材料是矿上的板皮，跟领导打个招呼，花两元钱能拉一手扶拖拉机。"木工活儿是张秋月现学的，家里除了床是买的，碗柜、八仙桌、食品架等家具，都是他用一把斧子、一把锯子、一把锉子，一点点做出来的。

二矿职工家家房子都差不多，都是这样的自建房。刚开始还凑合，时间一长，下起雨来漏得厉害，整个屋子没一块地方是干的。有一次下雨，梁子一塌，差点没把张秋月小儿子给压在下面,"幸亏我反应快,以最快速度冲进去,把孩子抱了出来。就这样的房子,冬天生着炉子屋子里也不暖和,水缸还结着一层冰。"

张秋月一家五口人就在这平房里一直住到2008年,住到三个孩子都上了班成了家。住了这么多年,墙早已经裂出一道道口子。塌陷区的地一动,房子能不跟着动吗?

二矿的房屋建设历史,张秋月说他还是比较了解的。1983年,石嘴山矿务局就有了第一批商品房,房子几十元钱一平方米,就在现在惠农区文景小区南小区,这也可以说是宁夏第一批商品房。当然,当时买这个房子还得够条件,得是亡工家属,还有干部等。

1987年前后,何嘉平当矿长时,承包二矿,建了北小区,就在老汽车站那片,那是矿上盖的第二批福利房,这之后才陆续开始住房改革。

2002年,张秋月参与了矿上塌陷区职工住房调查。二矿八万多名职工,几乎全住的是土坯房和红砖平房,"如果不是国家重视,塌陷区自建房还不知道要存在到什么时候。当时中华全国总工会来了人,给补了多少亿元,这才有了今天的职工安置区。"张秋月说。

2004年,静安小区开始建设,2006年,矿区实行住房改革,危房最厉害的搬进了静安一区。当时的价钱是八百元一平方米。

2006年,二矿的矸石山推平了,进行绿化,种上了树。2008年,张秋月家搬到静安小区,以前住过的平房都拆了,建成了七彩园。

乌金时代

# 当年，矿上可好了

## 一

赵玉兰是个热心人，退休以后，她时常会去丽日二区居委会帮忙。

2015年，赵玉兰从内蒙古阿左旗宗别立居委会退休后，住在大武口丽日二区。没退休之前，赵玉兰一直住在乌兰矿社区宿舍。宗别立社区就在乌兰矿街面上，原乌兰矿医院旁边的妇幼保健站，现在就是宗别立社区居委会办公地。矿区虽然停产，但社区居委会的工作一如既往。

2021年"七一"过后，赵玉兰才把户籍关系从宗别立转到大武口。此前，赵玉兰的户口一直落在内蒙古，这也是因为乌兰矿特殊的地理位置。乌兰矿的居民，只要不是矿上的职工，户籍都曾归属内蒙古阿左旗宗别立镇。

即使现在已经退休，要是社保上有需要认证办手续的，赵玉兰还得回内蒙古去。因为她是从宗别立社区退休的，社保关系还在内蒙古，归内蒙古管。赵玉兰现在所住的大武口丽日二区，多是白芨沟矿和乌兰矿的退休职工和家属。有些乌兰矿的家属跟赵玉兰一样，从乌兰矿迁居到大武口，但户籍关系还在内蒙古。在大武口丽日二区，像她这样的大概有二十多个。赵玉兰和这些宗别立户籍的家属们建了一个微信群，需要回内蒙古办啥手续，大家就在群里知会一声。

乌兰矿地属内蒙古阿拉善左旗宗别立镇，以前这里叫呼鲁斯太，2005年改称宗别立。

7524次绿皮小火车经过乌兰矿时，这一站的名字仍叫呼鲁斯太。

## 二

1979年，二十三岁的赵玉兰来到乌兰矿农场，割麦子，种菜，修田埂，啥都干。艰苦就艰苦吧，赵玉兰说，我到这儿来，一无亲二无故，就是奔老白来的。

1979年8月，赵玉兰和老白结了婚。矿上给他们分了一间宿舍，除了两张小床，啥都没有。他俩的结婚照是在大武口照的，是那个时代最时兴的上了色的黑白照片。赵玉兰怀孕时开始申请房子，矿上给他们安排了两间窑洞房。刚结婚时，老白工资八十九元钱，每个月加上奖金总共一百元钱，在当时算是高的。

"以前我家住在乌兰矿山东那片，隔小河过去，那儿现在是内蒙古庆华公司的地盘。那些年住着也没事，当时内蒙古和乌兰矿也不像现在扯这么清。"赵玉兰说。

1979年，内蒙古勘探到乌兰矿山东那片家属区的房子底下有煤，就让矿上的职工家属迁走，有搬到四队的，也有搬到小河北边那片的。"当时四队那儿有以前部队留下来的房子，修了修就让大伙儿搬那儿去了。实际上，迁走以后，内蒙古庆华公司正式投产都到了1997年了，中间有近二十年那块地方都没动，乌兰矿这些居民搬走后，一直就有人在那片开小煤窑。"

赵玉兰翻出家里影集里仅有的几张老照片，指着其中一张说："乌兰矿最好的景，就是这个叫宗别立大桥的地方，在从乌兰矿区到矿农场的路上。我们大伙儿都来这儿拍照片，现在桥还在。我们那会儿还没有自行车，都是从矿上走到农场去，走好远。站在大桥底下照个相，为了好看，就借辆自行车当背景，可有意思了。"

放下照片，赵玉兰说："就是有点可惜，我家老房子的照片，搬家那会儿我都没往这儿拿，现在都没有了。"

## 三

老白退休前在矿工会，他爱照相，家里好多照片都是他自己拍自己洗，当时留下来好多。"他洗照片可简单了，就搁床上一猫，窝在被子里，里面放个洗脸盆，洗的时候就跟我说一声，你可别掀被子。"

1996年，老白调到乌兰矿工会，2008年，老白内退。2011年，赵玉兰家从矿上搬到大武口，不到一年，老白就走了。

"2012年，矿上职工体检，处级以上领导才给做核磁共振，他是在副处级上退的，也让去做了，就查出毛病了。"赵玉兰那时是宗别立社区居委会主任，那几天正在北京参加全国三八红旗手和中外妇女招待会，本来想在北京多留几天，得知消息，赶紧回来。复查结果出来，老白得的是脑癌，当时老白就瘫坐在医院的长椅子上了。"结果手术做完，在医院躺了七个半月，2012年12月13日，老白走了。"

2011年，赵玉兰虽然没有退休，但是已经把家从乌兰矿搬到大武口丽日小区。搬家时，赵玉兰没带老照片，当时嫌这些零碎儿怪麻烦，就撂在老房子了。

赵玉兰家的老房子一直在乌兰矿山东那片，早年迁走的都是地下有煤的住户，因为赵玉兰家在边上，所以就没有搬。后来，老白在外面又接出一间半。搬走时，她连老房子的房产证都没有拿。家里的老房产证和旧照片，都放在后来接盖的这一间半房里。赵玉兰寻思，自己就在居委会住着，随时可以去看看老房子老照片。

2015年的一天，赵玉兰听说矿上的房子都要扒掉，等她回去一看，连老白自己盖的那一间半房子也没了。赵玉兰和矿上职工都把矿上的公房交了，交了旧房才能分到大武口这边的房子。赵玉兰说："屋子里除了旧房本、老照片，还有一个大鸽子笼。可惜了。"

矿上没停产的时候，小河沟一直流着水。乌兰矿的河南河北就是这么叫起来的。那条小河你知道是啥河吗？赵玉兰说，就是矿井下抽出来的地下水，加上澡堂子里流出来的水，都引到那儿，就成了条小河，后来，就以河为界，北边的叫河北，南边的叫河南，就这样叫开的。为啥叫山东？也是以一个小山梁子为界，东边的就叫山东，西边的就叫山西，到内蒙古界内了。

以前生产时，小河沟一直有水，夏天发山洪的时候水就变大了。现在没水了，一停产就没水了，就真成了沟了。

四

赵玉兰有俩闺女，大闺女是1981年出生的，大学毕业后在福建石狮当记者，小闺女是1982年出生的，博士毕业，在北京工作。两个人差一岁，但在外人看来，俩闺女从小就像双胞胎似的，一块上学，一块考上大学。矿上的学校离赵玉兰家不远，隔一条河，俩闺女高中是在石炭井上的。乌兰矿没有高中，只能去石炭井。

赵玉兰在石炭井高中附近一个叫四百户的地方租的房子，让两个孩子住那儿，上学走着去，放学走着回来。赵玉兰两口子当时都在乌兰矿上班，俩孩子这个星期回乌兰矿，下个星期赵玉兰就去石炭井，三年时间，一家人就是这么过来的。2001年，俩闺女一起考上大学。

年轻时，赵玉兰喜欢照相，隔段时间就要照张全家福。赵玉兰说："全家福老白可照不了，我们一家在乌兰矿照相馆照。从我家出来，隔一条马路就是照相馆，一开始是国营的，叫呼鲁斯太镇照相馆，后来承包给个人了。"

赵玉兰手巧，孩子们小时候的衣服都是自己给织的、做的，衣服上的花也是自己剁的。有那么几年，矿上特别兴剁花，算是绣花的一种，只是针法不一样，家里的门帘、电视机罩都是赵玉兰剁的花。

邻居家小孩、闺女的同学都爱上赵玉兰家照相，觉得好看、气派。赵玉兰说，我家条件在当时矿上算可以的，电视机、组合柜、双卡收录机都有。1982年我家就买了电视机，十二寸，日立牌彩电，邻居每天晚上早早到我家占位置看电视。电视、洗衣机、电冰箱，我家都是最早买的，我家买的时候，好多人都没见过。

五

1984年，赵玉兰到了居委会后，成立了妇女服务队，叫乌兰矿三八巾帼服务队。工会主席带着赵玉兰和服务队的女同志们，一起到井下送温暖。夏天熬绿豆汤，挑到井口去，给矿工发绿豆汤。

"那时候井下真困难。"赵玉兰说,第一次下井,她新奇得跟小孩似的。三八妇女队一下井送温暖都挺高兴,就是有一点不好,拿一点东西就累,这个背点馒头,那个背上绿豆汤,还往井下背过西瓜。当时都是坐猴车下井,也有一次例外。那次工会主席说,今天听你的,你说走下去,还是坐猴车?赵玉兰说,你看井口就在那儿,走下去吧。"一边走,一边数梯凳(台阶),六百多个梯凳。等上了井后,姐妹们说,你可把人坑坏了,大腿都蹲不下。我说,这下你知道了吧,井下工人多苦,一个铁腿子(井下矿坑支架),咱三个人都抱不动,人家那些矿工,一人胳肢窝底下夹一个,一直要走到掌子面,多辛苦。这以后在家少打点牌,多给你家那位做点好吃的。"

尽管井下特别艰苦,但矿上在现有条件下,照顾得也比较周到。过年时,矿上发带鱼发肉发福利,家家分大白菜,都卸到大广场上,家家户户都用板车去广场上拉。

矿上这好那好,可就是有一样最不好,连玩的地方也没有。赵玉兰和老白一休息就领着孩子上大武口来玩,专门坐火车来,带着两个孩子上青山公园。

以前,矿区人没迁走的时候,影院经常放电影,赵玉兰还老编节目演节目,在影院里上演。春节时,赵玉兰还演社火。2001年,乌兰矿社火队去银川表演,在自治区煤炭系统得了第一名。

有一年,有个北京来的剧组到乌兰矿拍电影。应该是2008年,赵玉兰记得那会儿大武口安置区的房子刚分下来,大多数家属还都在矿上。当时就在矿上拍的,拍矿上的事。赵玉兰组织乌兰矿的居民当群众演员,大伙儿都挺配合,在矿井跟前,让跑就跑,让哭就哭。没想到头天在井口拍电影,第二天井下就出事了,死了一个人。

"就拍了那么一天。老人们说,这可有讲究,不能在井口哭啊号啊。可不,这一哭一号就出事了,后来就再没拍。实际上演的也是提醒大伙儿注意井下安全。那次拍电影期间出的事,听说是给人家家属赔了十八万元。"赵玉兰说。

可惜的是,那时候没条件,拍的时候,啥也没留下。赵玉兰说,当时她也没留下照片。

"那些年,井下老出事故。我家老白在工会,井下一出事,他要到现场去处理,到井下救人。紧急之下,扒得手指头肚流血,指甲盖都扒秃了。"赵玉兰像是突然想起来似的,说了这么一句。

在乌兰矿影剧院看的最后一场电影,赵玉兰不记得了,但是在影剧院里演的最后一场节目倒还在脑子里。

2011年6月底,为庆祝建党九十周年,矿上组织文艺会演。那时候,矿上的家属大部分已经搬下来了,矿上只剩下职工。赵玉兰记得特别清楚,自己上台说了段相声,绞车房的女工跳的是水兵舞。那之后再没有在影剧院的舞台上演过节目,因为家属们很快全都迁了下去,矿上的老房子都扒掉了。没有人了,也就组织不起来了。

# 旧物都是有故事的

## 一

"现在二矿路路口的红楼，就是最早二矿工人住的单身楼，是石嘴山最有历史的楼房，可惜现在就剩一栋。另一栋是2003年前后拆的，听说挺难拆。这栋楼是苏联人设计，1958年盖的。宁夏煤炭博物馆刚建好时，旁边还留了六七间旧的砖建窑洞房，后来也拆了。要是留下来，正好形成过去与现在的对比，多好。整个惠农区再找不到当年的窑洞房子。可惜了。"刘道恒就喜欢这些老建筑和老物件。

1952年，刘道恒的父母从河南洛阳到石嘴山，早先住在平罗县宝丰镇，后来搬到石嘴山。那时，石嘴山还不叫石嘴山，叫石嘴子。当年经营石嘴山第一家公私合营照相馆的两个人中，有一个就是刘道恒父亲。

当年有文化的不多，刘道恒说，父亲算是个读书人。20世纪六七十年代清理阶级队伍，把刘道恒父亲定为国民党驻洛阳的"军统特务"，给"群专"起来。就因为这个，刘道恒受到影响。

## 二

初中毕业，刘道恒想当兵，身体虽好，但政审过不去；想当语文老师，去报名，人家一查，说就你这种身份还想当老师，孩子都让你教坏了；刘道恒到邮电局参加招工，招工的人说刘道恒是不是想里通外国；到粮食部门参加招工，他们又说，你这种人要是往粮食里掺毒咋办。刘道恒找了个熟人，想到铁路上，还是不行，人家说你要破坏铁路那不是更糟了。后来，刘道恒报名到石嘴山树脂厂，结果，政审还是通不过。刘道恒实在是没有办法了，他直接找到厂长家，把自己招工的遭遇说了一遍。厂长一听，挺同情刘道恒，就说再争取两个名额。这下刘道恒才进了厂。

进厂第一天，刘道恒领了工作服，高兴地跑到照相馆拍了张照片。刘道恒当时就想，一定要积极工作，想办法向组织靠拢。后来，刘道恒当了车间副主任，单位推荐他到北京学习。整个石嘴山工业系统推荐了五个人，跟刘道恒一起去学习的其他四个人，老陈后来到国家部门工作，小赵到市阀门厂当了厂长，小闫到公司当了经理，小张到机修厂当了厂长。刘道恒呢，哪来哪去，照旧回厂子当副主任，一直干到1976年。这一年，刘道恒想离开厂子，但厂长不给他办手续，给他做工作，让他留下。刘道恒想办法借调到了石嘴山剧院。

一直到1980年，刘道恒总算正式调到剧院。1987年，刘道恒终于入了党，还是石嘴山剧院第一个入党的职工。1991年，刘道恒从剧院到电影公司当经理。2000年，他调到市文化局机关。

三

刘道恒虽然没有当过井下工人，但是上中学时，下过三个月井。

那是1970年，刘道恒上初三。当时他在红卫中学，也就是现在的石嘴山一中上学。刘道恒这一届学生临到初中毕业，要到基层锻炼，同学们有到粮食部门的，有到交通部门的，有到广播站的。像刘道恒这种出身不好的，就让到井下去。

头一天下井，刘道恒穿着工人师傅的靴子和工作服，虽然不合身，又肥又大，但刘道恒和同学们却觉得很是新鲜。他们跟着矿工师傅从一矿井口下去，去的时候还挺有劲头，等撅了几个小时的煤，再回来就走不动了，差点从井下上不来了，第二天几乎连床都起不来。过了好几天刘道恒才适应。

到了井下，得分配任务，咋分配？班长扔锹把，扔到多远，这一片就是你的工作面。刘道恒和同学们领了任务，就在掌子面撅煤，趴到那儿，一天得干完。干一天补助八两粮票，一元二角钱。

有一次，刘道恒和几个同学在井下撅完煤，有个年轻的二矿工人，说井下巷道都是通的，要带他们从三矿的井巷上去。同学们很好奇，也想走平常从来不走的巷道，可没想到，走到半路，前面放起炮来，把刘道恒和同学们给吓的。当时他们不知道，井下工人从来不走这条巷道。后来，他们再不敢在井下乱走了。

在一矿下了一个月井，后来又在二矿下了两个月井，这就是刘道恒人生最初的社会实践。刘道恒的化学老师叫史尚文，常听学校师生们说他有历史问题，让"群专"过。学校让史老师带着同学们一起下井。

"史老师这个人胆子特别小，有时候，在井下看工人拉坑木，拉到半道上可能累了，工人就躺在坑木上睡觉。史老师就吓得赶紧叫醒那个工人，说危险，不让人家睡。我们干活的时候，他就站在巷道，一会儿头上方掉个小煤渣砸到矿灯帽上，他就赶紧挪个地方，一会儿又听到有响声，再挪个地方。"刘道恒说，现在想想，那时候真不懂事，就觉得在矿井下，老师给吓得那个样子，一会儿往这儿躲，一会儿往那儿跑，特好玩。一起下井的男孩子们特别调皮捣蛋，故意拿个小煤块，趁老师不注意朝老师矿灯帽上扔，嗵一下砸在矿灯帽上，史老师就喊，同学们，危险，快跑。刘道恒和同学们就使劲乐。

在矿井里面，除了两个眼白和一口牙齿，哪儿都是黑的。刘道恒就记得，当时工人有戴着手表的，就用大手绢包起来，往脖子上一系，说是这样才碰不着。给同学们送班中餐的是个矿工师傅，背个筐，一人给分两个包子，也不管手脏不脏，同学们抓起来就吃。刘道恒说："矿灯下，包子上都是大黑手印子，就那还吃得挺香的。"

## 四

刘道恒喜欢收藏，前几年他收过一个当年一矿掘进队给井下送水的绿色大水桶，有人让他卖了，他没舍得，打算捐给宁夏煤炭博物馆。

这些年，刘道恒收藏了不少旧物件，其中还有老伴儿的姑父1958年支宁时带来的箱子。姑父是支边青年，退休后就回老家了，箱子留给了他。

"我收藏的东西，都是有感情因素的，不是用来换钱的。"说到收藏，这也是刘道恒到剧院工作后，才有了这个爱好。

石嘴山剧院经常会请一些国家艺术团体来演出，刘道恒在接待剧团时，顺便存了好多字画，其中有侯宝林、关肃霜等老一辈艺术家的题词。这些东西曾经一直在他家书橱上放着。有一次，刘道恒下班回家，老远就看见房子前面的垃圾堆上，堆着些字纸书画。刘道恒回家一看，还有一些字画在院子里堆着，他就问家里人，柜子上的东西呢？家里人说，你一天尽往家里拿这些没用的东西，都给收拾掉了，扔外面垃圾堆了。

"这下完了，你可知道，那是20世纪80年代，那会儿的垃圾堆上又是屎又是尿，字画已经没办法再取回来了。"

从那以后，刘道恒意识到，旧东西是有着无可估量的价值的，一旦不注意保护，只会一去不复返。

那块摆在宁夏煤炭博物馆的煤也是这样收来的。

## 五

那些年，刘道恒还住在石嘴山一矿的老平房。原先收藏这块煤的是一个姓李的矿工师傅，李师傅家离刘道恒家并不远，前后隔着十几排房子，住在这片平房的人都知道李老爷子家摆着一块煤。在没有搬到新区静安小区时，一矿职工家属都住在这片土平房，天天要烧煤炉。很多人跟老爷子开玩笑，说，这块煤可以做好几顿饭呢，老爷子一听就不乐意。刘道恒去过李老爷子家好几次，他想要这块煤，但又不好意思开口。

2015年，这片家属区的老住户们终于都要搬到安置区的新房子了，邻居们一边忙着收拾各自的家当，做好搬家的准备，一边抽空串串门，跟从前的老邻居们打个招呼告个别。邻居们知道刘道恒搞收藏，所以谁要有搬不走的"破烂"，就来问他要不要。刘道恒心里惦记着老爷子的煤，想看看老人要怎么处置这块煤，就又去了老爷子的家。当得知老人不打算把这块煤带到新家时，刘道恒就跟他要。老人说，你要是拿去烧了，就不能给你，我都保存这么些年了,也没舍得烧。刘道恒说自己是搞收藏的,不会拿回去烧了的,你就送给我吧,我给你买瓶酒喝。老爷子说,什么都不要,这块煤跟我几十年了,只要你把它保存好,收好就行。

这块煤就这样到了刘道恒手里。为了保存得更长久,刘道恒给这块煤涂了一层黑色保护漆。

不知是因为时日过久,还是因为当初并没有在意,刘道恒已经记不得老人的名字,只依稀记得老人姓李,是当年一矿的退休工人,搬家时已经七十多岁,搬走不久就去世了。刘道恒甚至都不太清楚这块煤的具体来历,只知道这块煤来自老人曾经工作的一矿矿井下,在老人手里也有好几十年了,至于更多的信息,由于李师傅的离世,再也无从知晓了。

手 记
# 煤的故事

## 一

在石嘴山北大街的尽头，有座老旧的红色三层楼，看上去笨重而结实。这座楼建于20世纪50年代末，是原石嘴山矿务局二矿单身楼，也是目前石嘴山市保留下来的最老的仿苏式建筑。2016年，这栋老房子跟其他二十多处工矿遗留被列为石嘴山市工业遗产项目。从生产单位的宿舍楼变身为工业遗产，印证着这个城市从煤炭生产重地转向资源枯竭型城市，再转型为工业文化旅游城市，包藏着这个城市在兴盛之后经历过的阵痛，和阵痛之后的蜕变成长。

老红楼旁边就是三小，前身是建于20世纪60年代初的二矿小学，2006年，随着宁煤改制，由矿子弟学校归并至石嘴山市第三小学。这座看上去并不起眼的学校，跟旁边的老红楼，跟脚下的这条二矿路一起，刻印着这个城市发展变化的脚步。

二矿路路口多是些半新不旧的低矮老楼。墙根下听广播的老人，半闭着眼睛倚在折椅上，似乎在打盹；一个老汉骑着一辆二八自行车费劲地爬上坡去；上学的孩子三三两两，说笑着，勾着肩搭着背穿过马路。午后，石嘴山惠农区西北一角，似乎是由孩子和老人构成的世界。

顺着二矿路往西走不远，一片土黄色的建筑群映现眼前，在一片绿色中，醒目却不突兀，既古朴又具现代感，这就是宁夏煤炭博物馆。宁夏煤炭博物馆所在地就是原石嘴山二矿塌陷区还没有塌陷的地方，地下的七根煤柱支撑着这五万平方米的地面。二矿路的尽头，距宁夏煤炭博物馆千米之外，就是宁夏煤业集团金能公司，它的前身就是二矿。这里是整个塌陷区地势最高处，很早以前的平地陷出了巨大的坡度。

站在宁夏煤业集团金能公司的门口，尽览惠农区街景。白天，市区的车流人声依稀可闻；夜晚，城市的灯光就像是星河一样流淌在脚下。这里还有一样更为壮阔的景致，那就是不远处缓缓而过的黄河。

从二矿所在的高处望去，脚底的这面坡就像贺兰山伸出去的手臂一样，缓缓地掬住了黄河。

老与少，旧与新，静与动，粗糙与细腻，坚硬与柔软，如此和谐自然地交织一体，在煤城角落静静地流淌着，印证着地图上、史志中的描述：石嘴山地名源于山名，贺兰山北段末梢位于区境，其山抵临黄河，山石突出如嘴，故俗名石嘴子。

## 二

石嘴子码头位于宁夏最北端，黄河从这里流出宁夏境内，拐了一个几乎九十度的弯。每年 11 月到来年 2 月是黄河冰期，也是黄河水温度最低的时候，黄河冰凌多发生在这几个月，冰凌常常拥堵在这里，形成特殊的冰河景象。仅仅看到这些冰凌，就能想象黄河水有多冰冷。然而，就在这天寒地冻的季节，一个叫王源清的二十多岁小伙儿，喝下半瓶白酒后，一头扎进黄河水里，打捞落入黄河的煤矿机电设备。

这段令人唏嘘的故事最早记录在下面的回忆文字里：

（1956年）11月15日正逢寒潮到来，天气突然变冷，黄河流冰，到距石嘴山五六里路的地方，一个（牛皮）筏子因躲避冰块突然搁浅，半截筏子架在滩上，半截淹在水里。筏子划不动了……第二天早晨，我们将组织好的人力带到河沿，租借了老乡一艘小船，将船撑在筏子附近的水里往上捞，我站在河东岸上指挥。由于没有经验，船是空的，把机器箱子抬出水面往船沿上一放，船却被压翻了。原先箱子半截淹在水里，现在船翻了，反倒把箱子全部掉进了河里。……想来想去，我最后想出个"三船吊装"的打捞方法。我在笔记本上画了个草图，即用三只空船，两艘船放在箱子沉河点的两边，以其为两脚，用四根木橼绑成人字形四脚框架，顶部挂上倒链，将机器箱子高吊空中，然后把第三只空船划至框内的适当位置，再把高高吊起的箱子稳落在这只空船中央，拖其上岸。回到家里和大家一商量，都认为此法可行。第二天大家到了出事地点，正要开始紧张的工作，但又遇到如何将钢丝绳拴在装设备的箱子上的问题。箱子沉在河底，水面上看不见、摸不着。下水吧，天气寒冷，河面流凌，弄不好会把人冻坏。怎么办？正在这个重要关头，七级起重工王源清同志自告奋勇要求下水拴绳。我们同意他的要求，给他喝了半瓶烧酒。王源清同志把衣服脱掉，一头潜入流凌之下的水中，用了约十分钟时间，把钢丝绳拴在机器箱子上，就这样安全地把机器打捞上岸。王源清同志人冻僵了，但心里却热乎乎的，大家的脸上也都露出了胜利的微笑。

这篇回忆文章出自石嘴山矿务局第一任局长孙昶之手。其中用牛皮筏子这一古老的黄河河运工具运送进口大型矿山机电设备的过程，再现了石嘴山地区煤炭建设初期的重重困难。如果不是黄河，如果不是借助黄河运力，六十多年前，在西北边地交通运输落后的状况下，是不可能在石嘴山这个偏远地带进行煤矿基础建设和煤炭生产的。从运来设备的牛皮筏子，到有了将煤源源不断地运往各地的火车，中间不到两年的时间，而这一切是因为有了来自五湖四海的人，有了人们的冲天干劲，才有了发展工业的"面包"——煤；有了源源不断的煤，才发动了电力，带动了火车，炼出了钢。

当年，开拓者们开天辟地般的智慧、勇气和坚韧，迅速改变了这荒芜的山地。在那个百废待兴的年代，我们的父辈身上那种不怕苦不怕难的国家主人翁精神，使得贫穷不是问题，落后不是问题，偏远也不是问题。

宁夏的第一吨煤第一度电第一炉钢，是在产业工人们的实干中诞生的，石嘴山每一步的成长，都离不开煤矿工人的心血。在石嘴山这个地方，曾经涌现出多少劳模和先进？留下名字的和没有留下名字的，太多了。

王源清老人已不在人世，写下这段文字的孙昶也早已离世，但是一代代开拓者敢为人先的激情和理想，却永远注入了这个城市的血脉之中，成为这个城市黑色矿藏之上，最大的精神宝藏；成为一代代劳动者战胜一切困难，永远充满活力的精神资源。质朴深沉，胸怀火热，这煤一般的品质早已经成为这个城市永不蜕变的精神底色。

## 三

曾经的荒凉之地拔地而起一座煤城，石嘴山的历史就在几代人生活的贺兰山里，就在矿工们畅饮过的黄河水里，就在这一块块煤里，就在这一道道矿井里，就在一条条由泄洪沟改建成的矿街上。

世上本无路，走的人多了便成了路，似乎指的就是脚下这条二矿路，指的就是构成这个城市的纵横千里的矿街和矿路。

六十多年前，脚下的这条二矿路还是一片长着芨芨草和野生红柳的荒寂山坡，正是因为有了煤，有了人，才有了二矿，才有了这条连接北大街东西向的二矿路；才有了地下阡陌纵横的煤田，和路边陆续建起的成片住房；才有了石嘴山这个以煤著称的黄河边的城市。

老一辈人一再说，如果没有煤，没有以煤为主的工业基础，宁夏就没有工业；史志专家们说，如果没有煤，宁夏的城市发展、交通建设会更为缓慢而滞后，城市化现代化的路走得会更加艰难更加漫长。这是建设者的亲身体会，也是专家们的共识。就因为有了煤，才有了眼前这座煤城，也才有了今天的宁夏。贺兰山里的煤田和矿井，不就是一代代建设者用生命书写，最终留在这片大地上的永恒的证明吗？

放眼望去，宁夏煤炭博物馆四周满目绿意。这片昔日的生产区、生活地，由最初的热火朝天，一度变成了沉寂的塌陷地，如今，又成为一片苍翠的绿地，还有了一个新的名字，叫七彩园。这里与博物馆，还有不远处的黄河石嘴子码头组成惠农区新的旅游景点。

看着眼前这片绿地，很难想象这里就是人们所说的矿区塌陷区。这片塌陷区曾经有着成片错落的老旧砖平房和土坯房，如今只有路边的水泥杆无意中留下了时间的足迹。三十多年来，水泥杆由原本跟整个路台齐平陷落到路基下四五米的位置，这四五米的错位，就是塌陷区的塌陷落差，整片地基下陷已经超过一层楼的高度。塌陷的地表下面就是纵横相连的矿井，是几十年来煤被挖空的地方。

博物馆的建成开放，老二矿的停产留守，有如接力赛道的交棒瞬间，同时展示在眼前。这极为特别的新旧交替，令我生出时光交错、空间重叠的恍惚之感。当站在石嘴子码头的木栈桥上，看向浩浩荡荡向北流淌的黄河水，我内心涌动着深深的震撼和猛烈的冲击。

想象六十多年前，孙昶一行落脚于此的那一瞬间，看到四面荒凉，看到奔流不息的黄河水时，心生怎样的苍凉而又豪迈的情思。那一刻，他是否会有"黄河之水天上来，奔流到海不复回"的英雄气概，是否会有"念天地之悠悠，独怆然而涕下"的悲壮情怀，今天的我无法揣测，但我可以肯定，面对天高地阔，面对贺兰山和黄河，他们一定有过好男儿顶天立地，要在这个天当房地是床的地方成就一番事业的宏愿。

孙昶是陕西人，高节是河北人，第一代石嘴山建设者，还有后来更多的建设者，多是来自祖国各地的支援者。外来移民一直是这个城市强大的建设力量。一直以来，石嘴山这个城市就是一个外乡人创业的地方，奋斗的地方，扎根的地方。

当年，不断涌向这片荒凉土地的人们，那么多有名有姓的人，不管他们什么时候从何处来，目的地都是初建时期的石嘴山。如果把他们各自来的路线标在地图上，一定会形成长长短短的放射线，射线的轴心，就在贺兰山。

这个城市的生长史，是因煤写就的，更是由移民写就的。

从20世纪50年代以来，石嘴山第一代工业移民的来向，一直由外向内，由东向西，由南向北。直至20世纪80年代初，隆湖吊庄建立以后，石嘴山的移民才不再由外省输入，而是由南部山区移向本地，大规模的外省移民才算告一段落。这些开拓者建设者和他们的后代一起，共同成为这片热土的新主人。喝过了黄河的水，开掘了贺兰山的矿藏，这块以煤为标志的地方，变成了这些外地移民的故乡。

## 四

贺兰山里，只要是有煤的地方，都曾是石嘴山这个城市最有活力的组成部分。石嘴山下辖的矿区广布于贺兰山中，条条沟壑既是矿区的自然区划，也成了矿区之间天然的间隔。这些矿区或大或小，形成一个个既有关联，但更多时候是各自独立的煤的生产单位，依着煤矿规模形成了大大小小的聚落，仿佛石嘴山这个城市辐射到贺兰山深处的一个个卫星城。

贺兰山深处的煤矿，既广大又分散，从一个矿区到另一个矿区，并非像平原地带，从一个村到另一个村那样便利，更不像城市，从一个城区到另一个城区那样便捷。从一个矿区到另一个矿区，意味着从一条沟绕过数条沟再进入另一条沟。这些孤岛般的煤的世界，连成一片，便成了石嘴山。无论是石炭井矿务局，还是石嘴山矿务局，辖区范围远远超过一个普通城区的面积，散落于贺兰山中的矿区像数十枚星星，相隔既远又近，又宛如沙漠里的绿洲，构成这个城市活力的基础。

"这座工业城并不是一个空降而成的城市，而是一代代人付出积累建设而成的。"

"无工不富，20世纪60年代，一听石嘴山招工，多少人想到这里来，多少人都想方设法要到这儿来当个工人。"

"一直到20世纪80年代初，能当个工人无上光荣，而整个宁夏又只有石嘴山这个地方厂多矿多。"

"过去的铁路和煤矿，可以说是石嘴山市地标。当时石嘴山人十有八九都在矿上上班。"

这是我在石嘴山采访时，听到的最多的几句话。

在矿区人的内心深处，贺兰山里的煤矿，不管怎么变，它一直就在那里。它既是我们的出生地，养育我们长大的地方，更是我们精神的原乡，是我们出发的地方，是我们矿工和矿工后代存放记忆、放飞希望和寻求精神抚慰的老家。

五

重走无数条矿沟，听到了这么多煤矿的故事，我不禁在想，建在煤城老矿区的宁夏煤炭博物馆的镇馆之宝是什么？当然是它的主角——煤。

我想起了采访原石炭井矿务局局长王福林老先生时，他所说的一句话：在煤矿工作了一辈子，唯一的遗憾就是没能为死于矿难中的矿工师傅们建起一座纪念碑。这是老煤矿人的情怀，也是一个煤矿管理者的情感所系，让我感动至今。我以为，眼前的宁夏煤炭博物馆，就应该是这样一座纪念馆，它既是有关煤的地质科技馆，更应该是在这块乌金大地上流过血汗奋斗过的建设者们留下历史和纪念的地方。

对,煤就是这个城市的基础,是这个城市的来路,是这个城市、这片地域,最初、现在以及未来的命脉;也是父辈、我们及我们的后代,洒下血汗、留下情感、种下希望的根据地;更是承载这个城市精神底色的依托。

火时代 沸腾

文明の創造

# 第一章　火热的年代

## 十六岁那年，我接了老爸的班

### 一

如果不是当时家里人催着李国祥接父亲的班，也许他会读完高中上大学。

李国祥是家里的老小，上中学时学习挺好，可是父亲担心他考不上大学，将来上技校还是一样在煤矿工作，不如早点接班。1981年，李国祥正在石嘴山二中读高一，父亲已经五十八岁。矿上的职工五十五岁就可以退休，父亲拖着不退，就是一心想让儿子接班，觉得如果就这样退了，家里没人接班，一个工作的机会就白白浪费了。

石嘴山厂子多，李国祥的哥哥姐姐都已经工作。从小到大爱好文艺、有着文艺情结的李国祥根本就不想在矿上上班，可是父母和姐姐轮流做工作，架不住家人的再三劝说，李国祥高一只上了一学期，也没跟学校打招呼，就直接辍学了。过了好长一段时间，同学来李国祥家，问他咋这么长时间不去上学，才知道李国祥已经上班。

这一年,李国祥才十六岁,就这样稀里糊涂参加了工作。

上班第一天,父母一起把李国祥送到上班的地方,连着一个星期都是这样。现在回想起来,李国祥也不知道当时是父母觉得他还小,要陪着他适应一下,还是怕他闹情绪跑了。

一上班,李国祥就去了二矿灌浆站,工作任务就是往矿井打泥浆水,用于井下防火灭火。这是井下最早的灭火办法。李国祥每天和师傅们的工作就是在地面和泥浆,在地上打个洞,往地下对应的井巷里灌注。

李国祥说,这个工作实际上和灭火队的工作性质差不多。井下最主要的工作,除了采煤作业外,就是安全防范,也就是"一通三防","一通"就是通风,"三防"就是防尘、防火、防瓦斯,怎么防?主要靠灌浆。

因为地面工资少,井下挣得多,再加上李国祥一直认为,既然已经在矿上上了班,不下井有啥意思,所以,在地面干了半年,他提出要下井。

## 二

李国祥在井下干的第一个工作是挂风筒。风筒是井下通风的主要设备,掘进面到哪儿,风筒就要从地面接到哪儿,有风,有了空气,工人才能在井下正常挖煤。风筒是玻璃纤维做的,上面刷了一层胶,十米一截。李国祥说,井下用的风筒有点像现在家用抽油烟机的风筒,十米一接,从掘进面接到大巷井下的主巷道,再接到地面的压风机房。只有下过井的人才知道,井下的通风来自井口压风机房,只要矿井一通,压风机房就得一直保持正常工作，以保证井下通风、防止瓦斯集聚，以及给工人师傅们供氧。

干了两三年之后，李国祥加入了采掘班，扛起了钻机。当时煤井都是炮采，在打眼放炮前要先用钻机钻眼。在扛钻机的这几年里，李国祥完全熟悉了井下工作面的情况。他印象最深的是，打钻机时，煤层里的瓦斯气流隔着煤墙就能听得到，特别是瓦斯气流强时会发出跟鸡叫一样的呜呜声。缺乏经验的人不知道这种声音是瓦斯气流，在井下突然听到，还会有各种各样的迷信说法，有的人甚至以为是鬼叫。

这种声音就是瓦斯气流造成的，瓦斯闻着有一股臭鸡蛋味儿。

在井下打眼放炮前，工人师傅们先要解决瓦斯的问题，想办法让瓦斯释放出来，再接上管子，把瓦斯抽到地面。二矿地面建有瓦斯抽放泵站，就用这种方式把地下的瓦斯释放掉，把可能存在的危险排除掉。"后来到20世纪90年代，技术提高了，瓦斯从井下抽出来后不排掉，而是用来供给民用，像白芨沟矿20世纪90年代初就烧瓦斯做饭。这样，瓦斯就跟煤气一样，成为一种可供使用的燃料。但在当时，还没有这个技术和条件，就要把瓦斯抽放掉，不抽放掉，直接打眼放炮，会引起矿井爆炸，非常危险。"李国祥说。

打钻要喷水，那时候工艺技术落后，打钻的时候，水跟不上去，加上有瓦斯气流，煤粉就会往外喷，严重时会伤人。这时候如果瓦斯气流大的话，在钻眼的同时，煤巷瞬间就像大风刮沙石一样，冲击波很强，煤末儿喷到脸上和眼睛上，能让眼睛失明。即使不出现这么危险的情况，钻机的水跟不上，机子也会突然卡住动不了,这时候就得处理钻机,如果处理不当,使蛮劲,钻机后坐力是很大的,机子就有可能打到人脑袋上,导致受伤。和他一个班组的工友就出现过这样的事故,后来人送到医院也没抢救过来。

"四十年前,只要出煤多完成产量就行,不像现在,首先是抓安全,再加上现在机械化程度也高,防护措施都要做好。当时工人的文化程度普遍低,你给他说安全,他也无所谓,光知道出傻力气。这样能不出事吗?在井下稍不注意,一出事就是人命关天的大事,仔细和认真是为了大家生命安全。"李国祥说,"我觉得,相对来说,石嘴山二矿是到了2000年以后,井下各项安全措施才健全了,以前不管是管理上还是工作细节上,都还是比较粗放,不只是宁夏,全国大概都是这个样子。"

李国祥为人比较仔细,下井第一件事,就是先把自己的安全管好,后来当班组长,还要顾及全班组员的安全。李国祥一直遵循着一个工作习惯,就是下井后先熟悉周围环境,比如敲帮问顶,先观察工作面整个环境,看看有没有安全隐患,有看上去松散的石头先敲下来,上下顶杠、前后顶杠都要检查。钻机打钻要固定,帮和顶要固定好,稳当了才操作,如果碰到机子晃荡,立马停下来检查,重新固定。

银北的煤矿基本上都是先抽后采,岩层掘进完了,就要先抽瓦斯,抽了瓦斯后才能采煤。"这是因为宁夏北部绝大多数煤矿煤井里都含有较高的瓦斯气,一旦爆炸,形成的冲击波就像定时炸弹,杀伤力非常强。"

因为有过多年井下工作经历,李国祥成为矿区瓦检员,专门监管井下瓦斯验收。这个工作,他一直干到退休。

## 三

1956年，李国祥的父母来到宁夏。父亲一开始在吴忠搞地质勘探，到了20世纪60年代初，李国祥全家从吴忠搬到石嘴山。

当年从吴忠搬家时，半路发生车祸，李国祥的大姐就在那次车祸中去世了。

李国祥有一个哥哥和两个姐姐（去世的是大姐），本来还有一个妹妹，1981年12月18日，十岁的妹妹得脑膜炎去世。李国祥不怎么记得自己第一天上班的具体日子，却一直记得这个小妹妹生病去世的时间。

从1972年到2007年，李国祥家一直住在二矿塌陷区。李国祥家以前住那儿的时候，大人孩子们都知道那里是塌陷区，但是不住在那里，又能住在哪儿呢？只有那儿有空地，又离上班的二矿近；只有那儿可以随便盖房子。李国祥小时候跟邻居小伙伴玩的时候就能看到地面上裂开了个大口子。他家紧挨着二矿小学（今市三小），就在矿坑上面，马路边上，现在这一片成了绿地。

2009年，李国祥搬到了安置区惠安三区，住进了七十七平方米的楼房里。

李国祥妻子是1990年招工到石嘴山矿务局工程处工作的。2003年，工程处改制为旭飞集团，2007年破产，李国祥妻子分流到汝箕沟矿地磅房，给拉煤车称重过大秤，干了四年后提前内退。

2016年，二矿彻底停产，李国祥只得内退。内退时，每个月才拿一千多元钱。内退后，李国祥在市地税局当了一年多保安，2019年正式退休。现在，他每个月退休金能拿五千多元钱。

## 能活到现在纯属命大

### 一

何金仓的工友伤残的挺多，他自己有好几次都差点把命丢在井下。"我是命大，能活到现在。"何金仓直言不讳地说。

生于1963年的何金仓退休五年了。1981年1月15日，他招工到白芨沟矿，先在采二区采五队，后来到采七队挖煤，再后来到南二政工组，到矿工会、矿宣传科待了七八年。退休前，何金仓的工作单位是矿灭火队。

2011年，何金仓全家从矿上搬到大武口南沙窝丽日小区。"搬家时，家里的好多旧东西都撂了，好几本《矿工报》（今《神华能源报》）剪报也给扔了，没带到山下的新家。"从20世纪90年代到21世纪初，何金仓在宣传科负责矿上的宣传报道，当时他写过不少报道刊发在这张报纸上，自己都剪下来，做了保存，可最终还是在搬家时给丢掉了。

何金仓老家在宁夏贺兰县农村。1980年，何金仓高中毕业，当时他大哥在石炭井矿务局工程处工作。大哥说农村太苦了，在家没啥出路，矿上工作每个月有一二百元的固定收入。"过去，农村出身的孩子能挣上工资，就是好出路。大哥这么一说，我就到矿上来了。"何金仓说。

何金仓刚参加工作时住在矿上单身楼。当时矿上条件差，好多人家都住在土平房、小地窑，没有卫生间，屋里架着土炉子。因为公家没有房子，职工只能在半山腰自己盖小地窑。何金仓解释说，山里的房子不能盖在山底下，山洪一来就给冲走了。住在半山腰上，吃水烧煤都困难，水和煤都要往家里抬。

通向山外的公交车一天跑一趟，上午来了下午就走了。当时矿上就这么个条件。

何金仓到矿上那会儿，矿上刚通了自来水，是从大武口引的地下水。他刚到矿上时，听说之前矿上吃的矿井循环水，所以早些年矿上得病的人挺多。大概20世纪90年代初，矿上盖的楼房才有了卫生间，也就一平方米左右，但已经很高级了，算是矿上最好的房子。

何金仓参加工作后，对矿上印象最深的就是，矿上一年工伤不断，断胳膊断腿的太多了，矿医院外科老是住得满满的。他自己就经历过井下事故。

有一次在井下正攉煤，出现冒顶，周围的煤墙突然间倒了，就何金仓站的地方有七八根支架柱子没倒，他就站在中间那一小块唯一没有倒塌的地方。眼看着跟自己一块下井的工友老刘当场就埋到煤堆和乱石底下，埋进去时，老刘头顶的矿灯还亮着。何金仓赶紧顺着乱石缝里的矿灯光，一点点把老刘给挖出来。"好在老刘当时只是腰给砸伤了，挖出来后送到地面上，送到医院抢救，腰伤最终治好了，幸好伤得不算太重，没瘫。"

这是何金仓印象最深的一次井下工伤事故，就发生在他眼前。

后来还有一次，是井下大片帮。何金仓正准备攉煤，一堵屋墙大的煤块塌了下来，幸亏何金仓反应快，跑得慢点就被埋在底下了。那一次，死了两个人。还有一次，何金仓亲眼看到一个工友一脚踩到溜槽里，溜槽的护板掉了没有及时上上，溜子的刮板直接把工友左腿斜斜地拉掉了。何金仓和工友们赶紧找了段铁丝扎住伤处，往井上抬，往医院送，最后命保住了，但一条腿就这么没了。

"这些就是发生在我眼皮底下的工伤事故，我只能给你简单说说，我到现在都不愿意回想当时的情景。"何金仓说完反问我，"你知道为啥白芨沟矿医院外科骨科在全国都有名吗？就因为经常要处理工伤事故造成的外伤骨伤。从建矿到后来，矿医院住院部从一层建到两层，啥时候都住满了人，大部分都是断胳膊断腿的。"

## 二

那时候，不管发生了什么样的事故，矿救护队都要抢先赶到井下去，先救人。救护队员下井时，一定得把担架拿上，那是专门用于井下抢救工伤用的，特别是重工伤。平日没事儿的时候，救护队的人要经常下井熟悉巷道。何金仓在救护队工作时，救护队分夜班、中班、早班，只有这样，一旦出了事故，才能做到熟悉急救线路，才能不慌乱。

矿救护队的队员必须是有过井下工作经验、熟悉井下生产，并且身强力壮胆子大的。毕竟，井下一出事故，什么情况都可能出现，他们是最先面对这种惨烈场面的人，胆子小的可不行。

"你想想，我们下到事故现场，里面多半都是乱七八糟的，视线不好，空气也不好。这种不好是说比平时井下作业时更糟糕，井巷看都看不清，全是煤尘，巷道有些地方不是塌了就是堵了，很有可能还有危险。事故现场已经工亡的人，我们要抬到地面上来；受伤的人，要及时止血做简单处理，快速送到地面上，送到医院，以最快的速度争取救治。当时那个场面，一是你也顾不上想什么，因为要抢时间；二是你什么也不能想，光想着怎么完成现场的清点和清理就行，如果再想点别的，你是根本没办法按照要求做好救护工作的。"何金仓说。

离开救护队后，何金仓到了矿南二采区工会，仍会经常接触到矿井救护的现场处理及善后安抚工作。

"20世纪80年代是煤矿事故最高发的时候，一年死五六个人很正常。比较严重的大事故，一是要紧急救援，二是要解决血源。矿医院有血库，但时常没有库存的血液，输血就要现场抽血。"有一次，南二采区出了工伤，矿上派何金仓坐大轿子车去平罗县头闸村、二闸村去拉输血的人。

"为什么到那么远的地方去找血源？因为矿区附近没有。矿上没有，就只能到附近农村去找。只要输血的人没有什么大病，输血前喝两碗淡盐水就来供血了。那时候物价便宜，抽一管子血二百毫升补偿四十元钱。"何金仓说，因为一年总有那么一两次到农村找输血的人，矿上就和平罗县的几个村子建立起供血关系。

需要输血前，矿上提前跟村上联系好，给当地村干部打电话说好，村干部再跟当地村民联系好，把人组织起来。一般来输血的都是女人，男人都是家里的主劳力，还舍不得让来。"有时是三五个人，最多十来个人，看当时用血的情况和需要输血的情况。"何金仓说。

在白芨沟矿南二采区工会任干事时，每次有工伤，何金仓就坐上矿上的大轿子车，和司机把输血的人拉到矿医院，输完血，再用大轿子车送回去。当年，矿上就是这么解决工伤救援中供血不足的问题。放在今天看来，这肯定是不合规乃至不合法的，但是在当时，却是最管用最及时的救命办法。

## 三

何金仓记得 20 世纪 90 年代初，白芨沟矿的煤（太西煤）那么好都卖不出去。为了弄到车皮，矿领导让矿上干部职工背上钱去铁路部门找关系，并在大会小会上都说，谁能跑到兰州铁路局弄来车皮，就给现金提成。

"20 世纪 80 年代起，白芨沟附近大大小小的山沟里几乎都有小煤矿。这种情况对白芨沟这样的国营煤矿影响特别大，一是山里一下子变得又脏又乱，二是直接影响国营煤矿的正常销售，最重要的是一定程度上破坏了矿脉。当时边角煤，大矿还没采到，小煤窑就去乱挖乱采。这些边角煤，煤层也有两三米厚，关键是这种乱挖乱采对矿井结构会产生特别坏的影响。可以说，就那些年，私人小煤窑这么一乱采，对当时白芨沟北四区北五区有很大破坏，导致国营矿井无法再往下延伸。"

一说起这些，何金仓至今仍感觉气愤无奈。"说白了，这些个体小煤窑就是钻国家政策的空子，对国家资源进行偷盗，就像肖永升兄弟俩那几年有组织、大规模、明目张胆偷盗国家煤炭资源，明的暗的存在了好几年。这几年加强法治建设，扫黑除恶才拆掉的，再别说其他那些个小打小闹的。那几年，在贺兰山里偷挖乱采的太多了。"

何金仓说，那时候确实乱，这些大大小小能在山里开矿的，哪个没有点背景？可以说，没有背景在贺兰山里也开不了矿。还有人打着给单位搞三产的名义，实际上给自家挖矿。资源是国家的，这些人就当这是块肥肉，都想吃一口。矿上的执法部门根本没法执法，没人把国营煤矿的执法单位放在眼里。甚至说起来，谁也都搞不清，这些小煤窑的地质图纸是从哪儿搞到的，有着什么样的背景。"好在现在全部关掉了，关了好几年了，山里面这才算是慢慢清静了，干净了。"何金仓十分感慨，"不能说那些年矿山脏乱差全都是这些私人小煤窑给害的，但绝对有很大关系。那时候，大矿的日子真不好过。"

## 四

何金仓刚上班时一个月工资七十多元钱，奖金最高十几元钱。他印象最深的是，当年在矿上，看场电影就是最时髦的娱乐。

工会负责矿职工的业余文化生活，影剧院、游艺室、俱乐部这些地方都归工会管。何金仓调到南二采区工会后，南二影剧院卖电影票，人手少顾不过来时，他常去帮忙。在那之前，给自家买电影票都是妻子的事情，何金仓到了工会后，有了工作上的便利，就成了他的任务。当何金仓第一次坐在南二影剧院售票窗口里卖电影票时，也许是换了一个角度，他又一次体会到了矿工生活的不易。他第一次看到小小的窗口外，为看个电影，矿工和家属们几乎要挤破了头。小窗口前无数只手都抢着伸进来，买票的人骑人，小小的售票窗外这一拥挤的场景，何金仓至今忘不掉。

## 五

何金仓妻子没工作，她是白芨沟矿"矿二代"，从小在矿上长大，中学毕了业，就在矿上待业。"煤矿工人的老婆，百分之八九十都是没有工作的。那个时候，矿上女工特别少。像我这样从农村出来的，根本不敢想找个有工作的女人，那真是癞蛤蟆不敢吃天鹅肉。"何金仓话虽糙点，但是实话。

何金仓是2011年从矿上搬到大武口的。

搬家时，矿上给每家安排了一辆卡车，一家发一百五十元钱搬家费。"剩下的就自己想办法。那时家家户户也没什么东西，只是些锅碗瓢盆、被子，其他的大部分东西都扔了，洗衣机电视这些旧的家电都卖给了收破烂的，老房子里的东西再带到山下也没办法用。"

大武口南沙窝这一片，包括锦林六个小区、丽日六个小区、安康四个小区，共有十六个小区，全住的是矿上的职工家属，石炭井矿务局下属各矿职工都有，当时是宁煤集团统一分的。除了大武口区的煤矿职工安置小区、宁煤职工安置区，还有贺兰太阳城、永宁望远银子湖等。当时，下迁到哪个安置区由职工自己选。何金仓开始选的贺兰太阳城，又听人说丽日小区好，过去就是大沙漠，地干净，他就选了这个地方。

丽日小区这一带是原白芨沟矿农场二居民点。当年，白芨沟矿农场和建井处都在这一带。何金仓说，安置区建在这里，也许就因为这一片属于矿产，再加上这里是沙地荒滩，不存在产权问题。

其实，何金仓在搬来之前就知道南沙窝。过去在矿上上班时，矿上组织干部职工在这里栽过树，只是他已记不得自己当年栽下的树在哪里。

## 大学毕业，我来到矿区

一

1988年7月，杨自平从宁夏大学物理系毕业。按当年的大学生毕业分配原则，他应该回原籍中卫，但杨自平最终却去了白芨沟矿。

杨自平上大学时，有一个要好的同班同学A，A同学的成绩不错，但也留不到银川。正好白芨沟矿到宁大招老师，负责文教的副矿长到学校举行招纳人才的演讲。副矿长说，白芨沟矿经济发展、生活富裕，人称"小香港"。对于这些并不了解社会的在校学生，特别是根本不了解矿区的农村学生，副矿长的话很有诱惑力，A同学第一个报名到白芨沟矿。

第二天就要公布分配去向了，当天晚上同学聚会，A同学喝多了，哭得挺伤心，说一个人要去山沟了，挺孤单，有些伤感。家在隆德的同学B也跟着流眼泪，说，他要不是独子就陪A同学去了。杨自平为了安抚A，没多想，就说："我家弟兄四个，我陪你去。"第二天早上，A同学和杨自平转到教学楼前，正好碰到系书记。A同学就说，书记，自平也要去白芨沟。杨自平当时一下子就蒙了。他认为昨晚说的都是醉话，一觉醒来也就忘了，谁知道，A同学当真了。系书记一听，过来握住杨自平的手，说杨自平是好样的，他马上就去办公室，跟用人单位联系。

杨自平就这么来到白芨沟。说实在的，当年他对矿区是个啥样子没有什么概念。

杨自平家在中宁县白马乡。参加高考时,他才第一次进县城,上大学后,也才第一次去银川。

杨自平父亲听说他分配到矿上了,特别生气,好几天没跟他说一句话。

杨自平原以为,干上一年就能调回去,没想到,到矿上以后,学校老师和家长给他介绍对象的挺多。不久,经人介绍,矿南二小学的孙老师成了杨自平的妻子。孙老师也是矿工子弟,1986年职高毕业后,一直在南二小学当音乐老师。

## 二

杨自平刚工作时,矿区教育水平几乎达到了顶峰。1988年到1992年,矿上高考成绩特别好,年年考出去不少矿工子弟,有不少还考入名牌大学。那时候,下了班,各家各户门开着,哪家做了饭,相互招呼,吃完饭串个门打打扑克,杨自平感觉矿上的生活氛围特别好。

杨自平在矿育新中学教了十年物理,先从初二带到初三,又带了六年初三毕业班。在教了七年初中物理后,他开始带高中物理,从高一带到高三。当时,矿育新中学的物理老师王平是年级组组长。杨自平说,王平老师特别正直,平易近人,业务上钻研,对年轻人特别好。现在在杨自平回想起来,当时能让他留在矿育新中学的,就是受到像王平老师这样的老前辈的影响。直到现在,杨自平都觉得自己在矿中学的头七年是他人生中最好的时光。那时候,矿上的学生家长普遍重视教育,风气也正,大家都比较敬业。

说不清从什么时候开始，风气一下子变了。矿学校的老教师先后退休，成绩好的学生往山下转学，家长的意识也不一样了。

1998年开始，矿上的学校不再归矿上管，划归太西集团（原石炭井矿务局，1998年更名为太西集团）教育处直管。当时矿上想留些专业人员，挖些老师和文艺骨干，就从学校调出来一部分人。正好当时矿工会缺个写材料的，杨自平就调到了矿工会。

当年和杨自平一起分来的老师前后离开了三个，那个A同学也离开了白芨沟。后来，矿学校陆续又分来四五十人，只坚持了两三年，就陆续走了，有些老师调到银川，还有些调到外地很远的地方，有到北京的，有到新疆的，还有到广州的，全国各地只要有招老师的地方，这些在矿学校待不住的年轻老师，都陆续走了。

2000年前后，矿学校老师和矿医院医生调走的特别多。那两年也是社会大环境、矿区大环境变化最大最快的两年，人员流动非常频繁。

杨自平说："那几年，矿上的人员流动大，出去的多，流进来的也多，包括当时一些社会上的煤老板对矿区的渗透也比较大，人与人的关系，跟以前不太一样了。大小煤老板的孩子花钱就能上矿上的学校，而且这些人花了钱就感觉特别有理，有的直接就冲我们矿学校的老师说，我给你钱，只要你能把我家孩子送到大学去，口气大得不得了，跟以前矿上的职工家长完全不一样了。"

### 三

2005年前后，矿上的老师流失特别厉害。孩子上到初二下半学期，杨自平把孩子转到大武口的学校。杨自平两口子都还在矿上，孩子只能住在他小舅子家。

从2007年到2008年，矿上陆续实行迁居工程，先撤了矿学校高中部，2009年又撤了初中部，只留了小学和幼儿园，直到2011年，矿上的医院学校这些社会性单位全部撤了下去。居委会倒还在，但是从这以后，就不再属于矿上，直接划归大武口区管理。

杨自平在大武口的房子是2005年宁煤集团的安居工程，当时是优先分给退休职工和矿上老职工的，杨自平老丈人有分房资格，可老丈人没钱。杨自平考虑孩子以后要在大武口上学，没房子不行，就要了这个房子。房子在大武口区三住宅（文鹏小区）东面的前嘉小区。这一片过去叫三区住宅区，石炭井矿务局哪个矿的职工都有。

2016年，杨自平妻子退休了。妻子是从大武口十九小退休的，她是企业身份，一直算是以工代干。退休的时候，她到十九小已经七年，矿上的小学迁并到大武口也有五年了。

## 四

杨自平曾在南街的二层简易楼房对面住了好几年。1998年，他又要了房子，就在矿运销科地磅房对面。当时，原先的住户在山下分了房子，杨自平已经到工会，得知这个信息，就找领导要了这套房子。房子七十多平方米，上下两层，楼上两间大卧室，楼下两间起居室。这属于第二次调房，算下来杨自平要交七千多元钱，还有四千多元钱的税，光这个房子杨自平花了一万一千多元钱，装修又花了一万多元。杨自平当时是这样打算的，孩子到大武口上学，他们两口子还要住好长时间。

后来，杨自平小舅子的同学要结婚，正好看上了杨自平新要的这套房子。杨自平把这房子以三万元钱出了手，算了算，也就挣三千元钱左右，还觉得有点亏。虽说，当时矿上的房子要三万元钱也不算低。

没想到的是，小学和幼儿园一下迁走，白芨沟、汝箕沟、大峰矿一合并，矿上的房子立马变得一钱不值。职工家属大都搬到了大武口，有条件的矿区职工，有不少在银川买了房子。矿上的房子，哪怕是当年最抢手的，一下子都空置下来。

2009年到现在，杨自平一个人在矿上待了十二年。矿上的职工多数都是这样，工作日在山上上班，周末下山与家人团聚。

1998年刚来工会时，杨自平是干事，2003年2月，他任机关副书记，2004年，又回到矿工会。2013年11月1日三矿合并时，杨自平是工会副主席。三家单位的工会合成一个工会，有三十多号人，人多了，活也干得轻松，但没多长时间，退的退，走的走，现在就剩下十三人。

# 第二章　群山变奏

## 三十年有如一眨眼

### 一

白芨沟矿原采一区采煤井口是白芨沟最早的井口，也是宁夏银北地区唯一仍在生产的井口。不过，今天的井下跟以前大不一样，这个井口被改造成了人行井口。在井口，能看到下井乘坐的猴车。猴车又叫乘人器，乘坐时就像猴子一样往上一坐，脚一挨地就下来了，随时可以上下，特别方便。二十四小时一直是轮转的。猴车从高处的井口循环转到低处的井深处，共有五十一个座位。

"到了下面大巷里，灯光通明又干净，二十米一个灯。之前矿工下井坐车，还是轨道车，坐的是那种小型面包车，一趟只能坐十几个人，运量小，现在都是绞轮车。当年父辈下井都是步行，是没有这样的猴车的。"那会儿井巷没现在这么深。过去，从井口到工作面也就十几二十来分钟，随着采煤工作面往前推进，井下巷道变得越来越长，从井口到工作面越来越远了。2010

年前后，井巷改造，工人进出的井口和运料运物的井口彻底分开，这个老井口也就成了人行井。先坐猴车，再坐绞轮车，才能到工作面，这样也是为了减轻工人的劳动强度，减少体力的消耗。

杨宝全说，现在所有的煤矿井下巷道都差不多，宽敞明亮，井下灯火通明，比地面上的马路都干净。大巷每周用水冲两次，就跟铁路隧道一样，路面宽敞，还有红绿灯，还有错车会车的侧巷。

杨宝全所在的单位叫皮带运输队，现有一百多人。杨宝全和工友们分三个班组，除了他所在的安全维护班，还有机电班（维修电工）、清理班（打扫井巷卫生）。杨宝全的工作就是负责井口检升，包括井口的卫生安全、轨道维护等。"主要是安全方面，看工人有无带超长超重的违规物品的。比如，不能超过一点八米长，重量不得超过三十公斤，像钎杆，进出矿井要有个套子，防止从井巷滚落。"

早班是下午四点半下班，从井下出来，过文化长廊，一交矿灯，就到了洗澡堂。井口这个澡堂也是过去的老澡堂，以前这里是采一区时就有。洗完澡，有车的开车，没车的坐通勤车，就回大峰办公区公寓楼了。

"在大峰住条件好着呢，有卫生间，有热水。就是下班早了，没车的话，得等，唯一不好的就这点，不像以前，家在跟前，抬脚就回家了。"

## 二

杨宝全生于1969年，在白芨沟矿工作三十多年了。"我媳妇今年（2021年）五十岁，3月刚办理了退休，退休前她在保运队。媳妇一退休就回大武口了，说实话，我在这儿有点待不住了，也想退休。好在我们这个班是上一周休一周，下周就可以回家，在家能待上一星期。"

杨宝全属于二线，上个月（2021年5月）领了六千二百元钱，"还报了两个加班，跟去年比不算高。工资高一点的是采掘一线，能比我们高出两三千元钱。"不过，对于目前的收入，他觉得还是不错的。

杨宝全老家是河南的，1991年被招工到白芨沟矿。他父亲一直在石炭井二矿下井，干了三十多年，退休后查出硅肺病。"那会儿条件不好，机械不行，全靠人力，干打眼，干砌碹，在采掘工作面干上几年，最容易得硅肺病。老一代工人多少都有硅肺病。父辈一代，在煤矿真是吃了苦了。"杨宝全说，"像我这样的，学习不好，没考上大学，唯一的出路就是矿上招工去下井。不当矿工，还能干啥去？"那时候，他唯一的愿望就是能在家门口招工，能在石炭井二矿找个工作。

有一年，石炭井二矿招待业青年，只招三个，父母跑前跑后，专门托了人，结果也没招上。这么大小伙子蹲家里，总得给找个挣饭吃的地方吧，杨宝全父亲又是托老乡又是找熟人，好不容易找到当时矿务局劳资科的老乡。在矿上，劳资科的人掌握着各矿招工用人的信息。老乡说，上大峰矿开拉斯车去吧。

杨宝全不想去。他从小在石炭井长大，还从来没去过大峰矿，就想再等等，还是想留在二矿。又等了几个月，劳资科的老乡又说，去白芨沟吧，开电车。父母一商量，再不去怕以后再没有机会了。那时候，杨宝全已经二十三岁了。

给杨宝全帮忙找工作的老乡还说，你先去，干上一两年，再想办法给你调到大武口去。就因为这句话，杨宝全并没有打算在这里长干。可是，没多长时间，老乡生病去世了，杨宝全也就再没有机会调走。调不走了，也就只好塌下心留在矿上。后来，杨宝全在这儿找了媳妇成了家。媳妇姓王，以前在大武口矿农场，1992年，小王到白芨沟矿工作。她能到矿上工作，也是因为她哥当年在矿上当工人，1990年井下出事故，人当时就没了。矿上的政策就是招工优先照顾亡工家属。小王到了矿上，先去的选煤楼，后来调到保运队。

他俩是经人介绍认识的，说到这儿，杨宝全问我："以前在矿育新中学那片卖凉皮的张菊花你认识不？我跟张菊花的男人认识。矿市场有个叫朱咋呼的，他家二姑娘在张菊花摊位旁边卖冷饮。那会儿我刚上班没多久，一天没事干，就老在朱家二姑娘的摊上喝冷饮，闲来没事我就跟张菊花开玩笑，说，嫂子你给我介绍个对象呗，我也老大不小的了。"

小王跟卖凉皮的张菊花认识，在矿农场时，她们两家住在一栋楼上。张菊花就把杨宝全和小王俩人介绍到一起，这一介绍就成了。一找对象一成家一生孩子，就彻底走不了了。杨宝全说，那时候挣钱又少，家里又没啥门路，找关系也不好找，拉关系送礼也没钱，就这么干着吧。这一干就三十年。

## 三

杨宝全这天上早班，早上六点二十分坐矿上的通勤车到井口，五点半就得起床，吃完早饭赶着坐车，从大峰到白芨沟。

"为啥管住的地方叫大峰呢？你听我给你慢慢解释。"杨宝全说，职工们现在住的地方是原大峰矿的地盘，唯一的井工矿在白芨沟，但公司的名字又叫汝箕沟无烟煤分公司，实际上原来老汝箕沟矿已经停了有五年了，改露天矿时都给拆没了，2016年，大峰和汝箕沟这两个露天矿就都关停了，现在就剩白芨沟矿。

杨宝全的这番话，我一时没太听明白，但也大致知道了三个老矿区纠缠不清的关系。

2018年，杨宝全家搬到了大武口。

三十多年前，帮忙给杨宝全找工作的老乡曾经答应过，把他调到大武口去，后来虽没能调成，但大武口还是成了他最终的归宿。想想，挺有意思，杨宝全说，再有三年就退休了，就彻底离开矿区，常住大武口了。三十年如眨眼一样就这么过去了，再等三年又能有多长呢。

## 我变了，矿区也变了

### 一

"老矿区还是有些人才的，不过分流走了一部分，现在公司基本上全剩以前老白芨沟矿的人了，老大峰矿的这次分流走了，老汝箕沟矿的剩下不到三十个。这次分流连内退（指2021年5月11日汝箕沟分公司职工分流），老汝箕沟的走了二百一十人。"季学云说。

2012年，季学云调到汝箕沟矿工会当干事。到工会之前，季学云一直在汝箕沟采掘一线，除了采煤，他在通风干了五年，瓦抽干了三年，算起来，前前后后在井下干了二十年。

季学云出生于1972年，1991年参加工作。他刚参加工作时，汝箕沟矿用的是摩擦支柱，工作一年半之后，才逐步替换成液压柱。当时，汝箕沟还是炮采，工作面条件错综复杂，特容易出事故。

季学云当时所在的汝箕沟采煤队叫回采队。井下采煤掘进队分两个队，煤巷采一队又叫开拓队，煤巷采二队叫回采队。井下放完炮，矿工们就到工作面去攉煤。炮采的工作面条件恶劣，容易发生各类事故，所有的瓦斯爆炸、塌方，各种事故都集中在这个地方。打眼放炮时，放炮的位置，贴着煤帮的支柱受到冲击以后，承重是最大的，倒塌的可能性也是最大的，最容易发生危险。

"看到我脸上的疤了吗？这就是在井下受的伤。"季学云指着右脸颊上方说。2010年9月的一天，季学云上下午班，去支液压柱时，钢梁突然倒了。他正好站在倾斜倒塌的方向，钢梁砸到他的脸上，差点没把他的鼻子给毁掉。

十几年过去了，季学云脸上的这道疤痕已经不是很明显，但细看还是能看出来，他的右眼眼角明显比左眼眼角要耷拉一些。

当钢梁砸到右眼眶上时，季学云以为右眼肯定保不住了。好在保住了，但是右眼从此留下后遗症，"一休息不好，压力大，眼压就高，感觉眼珠子都要爆出来了。"

工伤后，季学云只得休息，拿了一年半工伤工资，一个月也就几百元钱。季学云说："那段时间日子过得最惨，娃娃啥都吃不上，雪人雪糕，别人家的孩子都吃着呢，我家娃娃吃不起，哪有钱？天天跟老婆干仗，连正常生活都快维持不下去了。"那是他出生以来最灰暗的日子，作为一个男人，季学云觉得丢尽了面子。他说，如果不是出了这事儿，他可能现在还在井下，不可能调离一线。

这次事故彻底改变了季学云的生活轨迹。不只是季学云，在矿区，只要发生一次事故，即使性命保住了，伤残也会导致一个矿工和矿工家庭发生意想不到的改变，甚至危机。

"井下是越干越害怕，一提起来，真是恨不得流着眼泪说呢。"这次工伤事故不只让季学云体会到健康和生命的重要性，也让他的性格发生了变化，他第一次学会了反省。季学云说，他以前是一个啥都不在乎的人，但是工伤后，他的性格都变了，变得比以前小心了许多。

## 二

季学云自己受过伤，也亲眼见过身边的工友出事故，甚至搭上了性命。

1992年9月，季学云参加工作刚满一年。那天上早班，早上六点开班前会，开完会，季学云和工友到了井巷，班长简单说了一下分工和要求。分完工，工友去一号溜子开皮带，季学云到工作面跟前准备攉煤。那时候刚放完炮，巷道里一片煤雾，季学云正忙着扶支柱，发现所有溜子都停了。溜子怎么停了？班长走到机头一看，刚才在一号溜子开皮带的工友夹在溜子和夹板中间，人都挤扁了，这就把溜子绷上劲儿，溜子动不了了。班长赶紧把开关扳到零位，招呼救人。一听出事了，季学云第一个冲到溜子跟前，把出事的工友抱了下来。抱下来时，季学云听到工友长长出了一口气。季学云第一次遇见这种事，以为工友还活着，还有救。

但紧跟着,就看血从工友的耳朵里流了出来,就像打开的水龙头一样,汩汩地往外冒着。季学云这才意识到,工友不行了。

汝箕沟矿井是高瓦斯井,巷道风大,非常冷。工友的血还在从耳朵里一直往外流着,季学云找了件滑雪衫,把工友的头包上,背起工友往巷口走。走到半巷子,快到升井的地方,季学云腿软得一步路都走不了了,直接瘫倒在那儿。这时候,季学云意识到工友已经死了,他感到又惊又怕。季学云跟工友是发小,他们是从小一块玩大的,几分钟前他还活蹦乱跳,还跟季学云有说有笑,几分钟之后,人就没有了。

季学云觉得采掘面一线的工人所承受的工作量,还有工作面的环境压力、安全压力都太大了,是没有经历过井下作业的人根本想不到的。煤炭行业所有的利益,都出自生产一线,一个是产量,一个是安全,这两方面是根本。"当然,现在井下的工资说起来还算可以,一线的工人,干得最好的能拿到一万元钱。"季学云说。

"井下为啥会出这样那样的事故?好多都是人为的。那时候,我们干活就图快。干得快跟干得慢的,绩效分不一样,拿的钱不一样,为了效率,工作上就不那么细致。一到井下,光想着快快把自己的活干完了,好让班组长再调配到其他组帮着干活慢的人干,这样就能多挣个两分三分,一分就是十元钱,说白了,就为了多挣个二三十元钱。"季学云说,煤矿工人嘛,想法简单,下井挖煤不就是为了多挣钱,所有的人都这样。

在井下那会儿,一开完班前会,季学云就用最快的速度跑到澡堂子(工作服都在澡堂的衣柜里),换上衣服,再以最快的速度，拿上大锹、液压枪、扳手，各种称手的工具，第一个冲到工作面去。"谁也不想落在人后。当时，甚至所有的活儿都存在着不同程度的违章。如果不违章，你就抢不到别人前头，就没办法干快。所有人都这样，都没意识到这是不对的。"

## 三

宁煤集团历来重视企业文化建设，每年都要开展各种文体比赛活动，从参加工作开始，季学云就是踊跃参加各项文体活动的积极分子。

季学云平时好打个篮球、跳个舞，时不时还到社区扭个秧歌。他在矿篮球队从队员当到队长，后来当领队，在舞蹈队也是。这在矿领导眼里是特长，但在当时采掘队领导眼里就是不务正业，每次矿上有个啥文体表演或者比赛之类的，一说抽调他，采掘队领导就一脸不高兴。虽说基层领导不高兴，但是这也没挡住季学云发挥他的文体特长。

季学云能调到工会，就因为他的文体特长。

季学云操着带有浓重平罗腔的普通话说，他从小就生活在汝箕沟煤矿，是矿二代，土生土长的汝箕沟人。季学云老家在河北沧州沧县，但他从来没有回去过，就连他父亲也没有回过老家。他的爷爷在世时只回过两次老家。对于爷爷辈怎么从河北老家到了宁夏平罗，父亲又怎么从平罗到汝箕沟，这段横跨三代人的家族历史，他还是知道一点的。当年，季学云太爷排行老二，老家还有三太爷、四太爷。据说，当年太爷哥几个怕抓壮丁，就跑到宁夏来。他老家跟马本斋家近得很。这些都是季学云听爷爷说的。小时候听了这段家史，季学云就想，太爷为啥不学马本斋，也当一回抗日英雄，咋跑到这里来了？要是到了马本斋的部队，他可能就是抗日英雄的后代，可能也就不在这儿了。说到这儿，季学云笑了。

季学云爷爷一直住在平罗高庄子，后来，父亲因为在庄子上老受欺负，就来到汝箕沟矿当了矿工。那是20世纪60年代初的事情。

四

季学云现在只要看见手机上有跟汝箕沟有关的文章和视频，就收藏。

"对于过去的汝箕沟，一砖一瓦我都特别熟悉。"季学云说，汝箕沟矿周围的山峦，几乎到处都留下过他的足迹，"野松沟、厂子庙、沽沽台、化石泉，哪个地方我没去过？这些山梁子，真是望山跑死马，看着近，走起来特远。"季学云当年去采贺兰山紫蘑菇，都是从汝箕沟走到古拉本，再穿到松树洼，得走十五公里左右，来回三十多公里，捡蘑菇得走一天，少说也得走五十公里路。

每年8月底9月初是采蘑菇的好时节，季学云凌晨两三点就从家出发，赶到松树洼五六点钟，天亮了才赶到洼边，在林子里绕一天，能采回来不少紫蘑菇。回到家得到晚上八九点了。每次到了洼边，他再决定走哪个方向。避开头两天走过的地方，才能找到更多的紫蘑菇。松树洼是很大的一片松树林，这片林地到处都是采蘑菇的人起的地名，什么香池子、一道冰沟、二道冰沟、大洼小洼、胡林，等等。这些在外人听来十分陌生的地方，当年都留下过季学云和矿上许多职工的身影。每到夏末秋初，矿上的许多青年工人都到那里去采蘑菇。季学云采得最多的几次，装满身后的背篓不说，脱下来的工作服裤子，两条裤口扎起来，都装得满满的，驮在脖子上带回来，差不多有一二百斤。

"不说别的，就这一片松树洼，汝箕沟人给起下名字的不下十处，这些名字从老一辈人就这么叫。"

以前，汝箕沟矿山梁子有个叫三角架的地方，是季学云最爱去的地方，上去就能清清楚楚看到汝箕沟的全景。往下看，整个汝箕沟是一架飞机的样子，现在检查站那个地方就是机头，这是汝箕沟人多年来总结出来的。季学云说："今天的汝箕沟，啥都没有了，我只能指着那些啥也看不出来的渣台给你讲了。"

2021年6月17日下午，季学云带我来到汝箕沟治理保护区。"你看，一进汝箕沟矿区的这个渣堆是以前的马棚区，这也是汝箕沟最有历史的地方。最早的时候，20世纪初到20世纪50年代末，汝箕沟还用过骡马车拉煤，这里就养着马和骡子。再过来这个渣堆，是原来的汝箕沟小学，我在这里上过学。"过了检查站，他一边往汝箕沟矿深处走，一边说。

"正前方这栋破楼，就是原来的平罗工商银行汝箕沟分理处，旁边是多种经营公司办公楼。这些留下来的楼房，当时因为产权是个人的，拆迁的时候，有两家钉子户，所以这房子就没有扒成。旁边这个二层楼是汝箕沟长途车站，也是平罗运输公司的公交车站。另一边是家属楼，也是因为有钉子户不愿意迁，才没拆。"季学云指着这栋破败的楼房说，他在这个没有拆掉的老房子里租住过三年，一个月五十元钱。

"没拆掉的就这一小片。车站对面这个地方是邮政储蓄银行，楼下是鸿运酒楼，是当时汝箕沟特别红火的饭馆。"季学云像一位盲棋高手,指点着只存在于脑中的棋枰:"现在看到这些地方,说实在话,我心里特别伤感。"站在这片破房子前,他指着西面一大片沟底,说:"你看这条沟对面,这就是化石泉。化石泉这片原来全是房子。化石泉过去两边葱郁,现在看不到,地脉都断了。左前方也全挖断了,其实那也是一个采矿区,那边停的大型设备,看见了吧?那是一个私人煤矿的设备,也是搞露天开采的,矿山治理时停了。汝箕沟两大采区之一阴坡采区,主井就在这个位置,一直向南延伸一千八百多米。矿办公楼、职工宿舍、大广场就在这片洼地。这个地方叫洼坑排,往下就是矿中学。汝箕沟小学是1975年建的,汝箕沟中学是1979年建的。小学区再往下就是刚进矿时我给你说的马棚区。现在全都看不着了,没了。"

季学云转过身来,指着台子下方三栋呈几字形的平房说:"这就是汝箕沟矿中学,我没有这个福气,没在这个学校上过一天学。"顺着季学云所指的方向看去,坡下二三百平方米的平地,三栋平房围着的平地上,立着三个漆色斑驳的健身器,这曾是矿中学的操场。

季学云姨妈家就在中学旁边。"洼坑排,那时候是一个特大的地洼,以前我走古拉本最近的就是这条老路。"

季学云所说的路,现在能看到的只是一个坡道,上面露出一小截石板,其他都给砂石埋住了。

"矿中学这个地方就接近中心区了。看到那个破楼上的牌子了吧,汝箕沟镇商业区,这几栋破房子这片就是原来的矿中心。什么时候最热闹?就是贺兰山蘑菇下来的时候,大街上别说小车进不来,摩托车也进不来。"季学云用他的回忆重建着拆掉之前的汝箕沟:"东边这个地方,是汝箕沟矿最大的粮站。当时这是供两三万人吃粮的地方。旁边这个地方叫蓬莱餐厅,当时汝箕沟最火的餐厅之一。现在这个水坑就是以前的老矿坑,正是地面上原矿医院的位置。这坑水是挖露天矿才有的。矿医院旁边是大车队,这个地方也叫中槽区,中心区。我们家住的地方叫寺湾子,一边是排水沟,一边有一个弧形大马路。矿医院跟公安局隔条马路。公安局在右沟坡上,有四五十栋楼房,当时住的全是矿上的职工家属。现在看到的水头这儿是工会办公楼,再往下,是矿长科长干部楼,再往上走点,左边是条公路,一栋六层楼,楼前有一个大广场,旁边是公园,叫长寿园。"

这些渣台渣坑,原来都是山梁子,山坡上都盖着房子住着人。季学云说,发小马海玲家就住在小学那边的山梁上。

## 五

季学云家在寺湾子那一片,曾有一个很大的四合院,总共十一间房子。院子里面东三间,面北四间,面南四间。当年盖房子时,父亲心气高,想着三个儿子都住在这个院子里,老两口住两间,一个儿子两间,都是套间,还有一个大客厅,两个库房。院子里三层鸡舍,下面养鸭子,中间养鸡,最上面养鸽子,鸡舍包在大门旁边。

2007年9月17日,季学云家的房子被彻底扒掉。当时矿上规定,当年9月20日之前必须扒掉,拆迁费每家三万八。扒房子的时候,他就站在自家老房跟前,眼看着房子一点点没了。"光房梁上的木头,大卡车装了两车没有装完。这些木头我老爹送给了农村的亲戚,他们都能用得上。"季学云说,"汝箕沟矿的房子都扒光了，现在残留的也就这么几栋。这些都是非矿产，有的房主本来是想坐地起价，想发笔财，一直就跟矿上缠着，后来矿上干脆不拆了，才留到现在。这些房主也要不上钱了，别说是一百万元、十万元，怕是两分钱都没人给，它已经彻底失去价值了。但这些房子反倒留了下来。你知道不，大武口区、惠农区有不少工业遗产，提出要保护工业遗址发展工业旅游，要我说，汝箕沟矿就叫工业遗产。现在一提汝箕沟，仍说这是一个有着近二百年历史的老矿，是宁夏境内历史最悠久的老矿。"

2011年，季学云被评为最美汝箕沟人，这是他获得的最高荣誉，也是老矿区留给他的最后一个荣誉。那之后，季学云调到工会，没多久，2012年底，汝箕沟矿改露天矿，开始了剥山挖地的露天开采。

"当时矿工会还管着矿影剧院，2013年11月三个老矿合并，合并前汝箕沟矿影剧院还在，2014年2月矿影剧院拆了。这一拆，汝箕沟就什么都没有了。"

## 大　厨

### 一

"我三岁来石炭井，从小在这儿长大。"张金花说着挽起袖子，拿过盖着一块白纱布的不锈钢面盆，看了看盆里洗好晾干的拌馅子用的莲花菜，然后从柜子下面取出一把大葱，开始剥葱。

张金花边忙着手里的活边说："我以前开过饭馆，开饭馆前我在焦煤公司（原石炭井矿务局）食堂待过，还给矿上的领导做过饭。"

20世纪80年代初，张金花刚招工上班，在二矿供应科，具体工作是出炮泥。说到这儿，张金花问我："你知道炮泥是干啥用的吗？炮泥就是打眼放炮时，炸药装好后，回填炮眼的。"做炮泥这活儿干了没多久，张金花在供应科当了保管员，给职工发劳保用品，干了一段时间，又当办事员。20世纪90年代初，提倡搞活经济，当时二矿供应科成立了鼎新工贸有限公司，号召大伙儿都下海。

"啥都倒腾，啥挣钱倒啥。我就在那儿当出纳，办事员兼出纳。"张金花说。干了一段时间，工贸公司从矿上供应科分离，当时叫脱钩分离，所有在公司就职的人都要彻底与供应科脱钩，公司领导就问张金花想不想从供应科出来。"我当时不想出来，回家一问我家那位，他说脱钩呗，到公司不就是图挣钱，还在乎什么身份。结果我就听了他的，从原来的供应科出来了，彻底成了工贸公司的职员。"说着，张金花把洗好的葱放在案板上。

"工贸公司啥都干。最早供应科长牵头整了个铅笔厂，生产一种叫伊斯德牌的铅笔，你听说过吗？没听说也正常，没干多长时间，铅笔厂就干不下去了，倒了。"张金花说，那两年工贸公司没少折腾，可折腾了半天也挣不上钱，挣不上钱张金花就想回供应科去，可是矿上不让回。当时二矿供应科出来不少人，这要回去可不是一个两个，矿上不好安置，就都不让回。

"最后矿上说要回也可以，只能回三产，我就回到矿上的多经公司。"张金花说着把一把大葱切成了葱碎。

多经公司就是多种经营公司，20世纪90年代初期，各矿都办了这样以创收为目的的多种经营公司。石炭井多经公司下面有好几个单位，建安公司、福利厂、食堂，这些后勤福利单位都归多经公司管。张金花去了福利厂，做劳保服等矿劳保用品。

"反正缝纫机我也会用，去就去吧。"张金花一边说一边把葱碎搅进了盛馅子的不锈钢盆里。"在福利厂待了没一个月，我就调到食堂去了。到了二矿食堂，我先干保管，后来食堂改造，一下子人又富余了，好多人就又回到福利厂，我没回福利厂，直接给弄到干部食堂，也就是小食堂，专门给矿上领导做饭。"张金花讲着，手下没停活儿，磨刀，揉面。

要当厨师，那家里真是啥都顾不上，家里人吃饭时，师傅们正在食堂忙着呢。当时小食堂有三个师傅，有一个家里有事脱不开身，张金花就顶了她的缺。结婚后，公婆跟张金花两口子一起住着，孩子有婆婆帮着带。就这样，张金花到了食堂，一直干到退休，退休金每个月三百九十七元钱。"钱不多，不过那个时候能拿这些钱也算可以。"张金花揉好了面，用一块纱布盖上。

## 二

张金花在二矿小食堂的时候，一直都是自己一个人配菜掌勺，做标准客饭，一百二十元钱、一百四十元钱、一百六十元钱，三种标准的配菜不一样，张金花都能拿下来。

2005年，张金花退休以后，食堂的承包人又把张金花返聘回去。有一次，小女儿去食堂找她，正赶上食堂职工开工资，张金花工资一千元钱，其他人四百元钱。女儿就问张金花，妈，为啥你开一千元钱，何阿姨开四百元钱？跟张金花一起上班的何师傅说，你妈是大厨，掌勺儿的。

这一千元返聘工资,加上退休金近四百元钱,说起来,虽然退休了,但工资倒比上班时挣得还多。张金花说,2005年,这个工资水平算很可以了。可张金花干了一年就不干了。2006年2月,她辞了职。

"为啥?我家那个以前一直在石炭井二矿机电科工作,那时候比较闲,最多就是下井下检查抓抓违章啥的。1998年前后,他就不想干了,那时候他一心就想下海挣钱。当时整个矿区,好多职工都有这种想法,看别人干,不管是倒腾煤还是开小煤矿发了财,好多人都坐不住了。当时我家条件也算可以,就俩闺女,婆婆公公都有退休金,又不缺钱,可就那两年,说啥他都不想在单位待,就想出来做生意。""笃笃笃"的切菜声,伴着张金花干脆的话语,她顺手把案板上大小均匀的碎豆干用手扫进了拌馅子的大盆里。

"我家那个就非想出来自己干小煤矿,结果赔得一塌糊涂。想得都挺好,可真不好干。2005年,家里的钱也折腾光了,人也没劲折腾了,他就又回矿三产。当时矿上是鼓励职工下海的,下海后,要回来就只能回三产。他先到建安公司,后来又到福利厂,给各单位送货。我们两个人都在三产,矿上的三产光开基本工资没奖金,跟原来在矿上一比,这收入就少了一大截子。这个时候,我就想找找矿长,看能不能给我家那个调回矿上去。"

那是2006年初,快过年了,张金花拎着东西到矿长家。矿长说,你们都想回矿上去,三产咋办?张金花说,我家那个又不是啥领导,就想回矿上,图的是能多拿点奖金。那不行,矿长一口回绝了张金花。

张金花一生气回了家,决定自己开个小饭馆。石炭井二矿好多人都知道张金花，知道她做饭好吃。但是张金花一说要开饭馆，丈夫却反对，怕赔钱。张金花说："赔不赔我也不知道，我得试一试。"

离职两个月后，2006年4月，张金花家的小饭馆开张了。饭馆就开在石炭井新华街上，大下坡单身楼旁边，饭馆不大，就三个小雅间。张金花掌勺，丈夫下班后也来帮忙。张金花又雇了两个服务员，帮着配菜。

到2007年10月，饭馆开了一年半，张金花自己也没想到，生意竟这么红火。丈夫一看她把饭店干大了，就想换个大点的地方。饭馆从单身楼旁边搬到了现在石炭井街道环卫站斜对过。那地方以前是新华书店，门脸儿大。那会儿书店刚搬到大武口，房子空下来了，虽说租金一年一万元钱，当时也算够贵的，但是地方大，白事红事都可以办。这下子，张金花家饭馆就成了六个雅间，大厅里还有四个散座。

2007年，石炭井人还挺多，矿上的职工家属还没有迁到大武口。张金花根本不怕生意不好，她愁的是客人一多忙不过来。这下就得再雇人，一个月一个厨师开两千二百元钱，一个服务员四百八十元钱，一个配菜师傅一千元钱。她雇了八个人，一个厨师一个配菜师傅一个刷碗的，还有五个服务员。张金花每天张罗买菜、算账，人多忙不过来时，也上灶炒菜。

饭馆搬到新址第一年，生意特别好，尤其一到矿职工发工资的时候。一矿职工每个月十五号开工资，二矿职工二十八号开工资，月中和月尾这几天，生意火得不行。这一年，张金花挣了十万元钱。

2007年12月，石炭井二矿破产，丈夫内退。他是井下电工，属于特殊工种，符合政策也就退了。正好饭馆也忙，他就来帮忙。张金花说："没开饭馆前，家里没一点儿钱，有点钱也都让我家那位前两年开小煤窑全赔进去了。开了饭馆后，钱又来了。"

第二年，张金花雇的厨师一看生意这么好，就嚷着要涨工资，张金花心想，算了，自己干吧。第二年一开始，生意还行，后来街上又开了两三家饭馆，生意就没以前那么好了。

## 三

"你问我厨艺是从哪儿学的？我没专门学过。"张金花说，在家时就老做饭，知道菜咋炒好吃，后来又买了些做菜的书，看看书，没事再瞎琢磨琢磨。刚到矿食堂那会儿，食堂雇了个厨师，张金花给他配菜，时间长了，张金花也就看会了。

"我老婆婆是三级厨师，最早就是焦煤公司行政科大食堂的师傅。"张金花说。张金花是在黑龙江鹤岗出生的。20世纪60年代，煤炭部从全国各地抽调了好多人到石炭井。张金花父亲当时在鹤岗东三矿，1965年调到石炭井，第二年，父亲把一家人都迁过来了。到石炭井那年张金花三岁，来这儿以后，她只回过一次东北。因为父亲是家中唯一的儿子，父亲就把爷爷也带到了石炭井，奶奶那会儿已经去世了。

张金花小学到高中都是在石炭井上的。张金花公婆是浙江人，20世纪60年代支宁。张金花和丈夫两家原先住在一个街道，小学是同届同学，上初中时，他家搬走了。后来，介绍人做媒时，张金花和他一见面，才发现彼此认识，是同学，又曾是邻居。"在石炭井长大的孩子，好多不是邻居就是同学，或者是邻居的邻居，同学的同学，就是不认识也见过，脸熟。就这么大点儿地方，谁没见过谁。"张金花说。

饭馆满打满算开了六年。2013年，石炭井职工分流后，矿上的人明显少了，一天能来两三个人，认识的，张金花就招待一下，不认识的，张金花就说没饭了。

就这样晃到2015年，饭馆彻底关了张。这一年，张金花家从石炭井搬到大武口。张金花从厨架底下拿出一只大号饭锅和电磁炉，给电磁炉通上电，又给锅里倒上淘洗干净的绿豆，接着说，这就在家休息了几年。

2020年底，听妹妹说石炭井街道食堂缺个大师傅，张金花就来了。

张金花说，我倒也不全是为了挣钱，就觉得反正待着没事儿。因为退得早，退休时工龄才十八年，张金花现在退休金一个月两千八百元钱，丈夫退休金三千八百多元钱。

张金花从冰箱里取出电饭锅的内胆，里面有剩米饭，她说："就用这个做稀饭，既不浪费还快。这边周六周天休息，节假日也休息，就冲这个我才来的。你不知道，我退休前，星期六上午还上班呢。"她把电饭锅里的米饭扒到煮开的绿豆汤里，随手把电饭锅的内胆放进了里间的水池子，用水泡上。

四

张金花姊妹兄弟四个，张金花是老大，妹妹是老小。1970年出生的妹妹从焦煤公司退休后，又到石炭井街道办环卫站工作。张金花还有两个弟弟，大弟在大武口光明中学做后勤工作，小弟在银川铁路局上班。

"我是我家老大,我妈早早就脑血栓半瘫了,我从小就照顾我妈和我这几个弟妹,所以啥活都会干。"张金花说着打开煤气灶,开始烧水,准备蒸包子。

"我们灶上用的是煤气罐,一个大的两个小的,能用十几天,大的用完了,换小的。一到换小的时候,就该让大武口煤气站的人往山上送了。"

石炭井街道办食堂就餐人多时有四十人,平常就二三十人。因为街道办所有工作人员周一上班才上山,周五下山,所以,街道办食堂周一早上不提供早饭,周五晚上也不提供晚餐。每周一一早,张金花九点来,来了直接准备午饭,周五午饭做完就可以下班了。"平常九点前吃早饭,我七点过来,摊点鸡蛋饼啥的,豆浆、玉米糊糊、白饼子夹荷包蛋,有时候还有我自己腌的小菜。"张金花说。每次回大武口,张金花就坐跟她搭班打下手的张师傅的车。张师傅原是环卫站公益岗职工,张金花来后,他就过来给她搭把手。

包子一上锅,张金花暂时闲了下来,她说:"我这个人啥都干过。我高中毕业待业的时候,跑到矿上的饭馆去帮忙,学会了做豆腐。"那时候,矿上安排待业青年给食堂做豆腐,做好了用架子车拉上,到石炭井三矿四矿去卖。在食堂当保管员时,食堂的师傅们去卖早点,张金花也过去帮忙,他们做水煎包啥的,她就去搭把手。

"所以,我老早就会包包子。"正说着,厨房的门开了,帮厨的张师傅进来,张金花一边介绍,一边拿勺搅拌看绿豆煮烂了没有。

盖上锅盖,张金花看了一眼手机:"哎哟,五点半了,开饭的时间到了。"

## 矿嫂开店

### 一

2021年3月10日，大武口南沙窝的桃花开得特别灿烂，似乎自顾自地赶在了时节前面，比银川的桃花开得还早。当地人告诉我，西边比市里还要热，夏天更是如此。这倒应了我一直以来对大武口的印象，这里比银川热，热得早，大概跟这一带多风干燥多沙地有关。

这天，我走访了大武口名声最响的三家凉皮店老板，听到了刘红梅、三住宅、一棵树这三家凉皮店的故事。

三住宅、一棵树和刘红梅这三家凉皮店是大武口凉皮的代表。这三家都是2019年被当地政府命名的大武口老字号企业，2019年下半年获得自治区级非遗认证。

凉皮成为非遗，我是第一次听说。据我所知，大武口凉皮的历史并不长，不过几十年的时间，能成为非遗，说明它的确很有特点。大武口有近三百家制作售卖凉皮的小店，店名多是这两种风格，一种如三住宅、一棵树，以最初售卖的地址特征为名，一种如刘红梅，以制作凉皮的作坊主人的名字命名。

从20世纪50年代起，一直到80年代，全国各地不断有人到石嘴山来支援煤炭工业建设。他们操着南腔北调来到这里，也带来了东南西北各地的美食。经过了几十年的融合，凉皮却成了石嘴山大武口这个地方食物的代表。大武口区工信商务局工作人员马立新说，虽说这里全国各地的人都有，但是能融合天南海北所有人口味的就是凉皮，其他的还真做不到像凉皮这样"众口可调"，就从这一点来说，改良后的大武口凉皮就跟其他地方，如陕西、甘肃的凉皮不一样。现在完全可以说，在大武口这个地方的发展过程中，最有代表性的食物就是凉皮。

大武口凉皮这个名字是啥时候叫起来的？马立新说，在2010年左右，有三个大武口小伙儿在北京开了家凉皮店，店名叫0952大武口凉皮，从那时候开始，就有了这样一个名字。后来，大武口区政府比较重视，就注册了大武口凉皮集体商标。

## 二

刘红梅正在店里忙碌着，虽说已是下午三点，店里还不时有进出的食客。刘红梅把我让进了店后的里间。里间摆着一张双人床，一个大衣柜，还有一张书桌，书桌上有台电脑，电脑上显示着店门口、店里，以及制作凉皮的操作间的监控画面。

下午三点的阳光，把屋子照得暖洋洋的，大红床单显得整个屋子很喜气。

"每天早上五点，所有员工就到齐了。我六点来，因为早上六点就得开始准备。中午我要在店里，就在这屋休息一下。隔壁那个屋，这会儿员工正在洗面，今天下午准备明天的，下午洗好面，明天一早五点半就直接蒸。早上七点开始往银川走第一批货，现做现装现走，最早一拨九点以前就到银川了。这些车不拉人，专拉凉皮，一车能带四五百份。高峰期是过年时。都是固定的送货渠道，最晚要在上午十一点之前赶到银川各卖点，中午要卖，不能晚了。往银川拉凉皮的车每天有三四辆，运费我们不管。"

一坐下，刘红梅就给我介绍凉皮店里的操作流程。

"为啥一大早起来做凉皮啊？不就是为挣钱嘛。"她说，"好多人都说，早上六点谁来吃凉皮？他们不知道这么早来做凉皮，是要准备往银川送的。"

1992年，刘红梅开始做凉皮，至今三十年了。在卖凉皮之前，刘红梅一直在白芨沟矿开轧面房。那时候矿上没有卖轧面机的，刘红梅去银川买了个小型轧面机，可是带不回来，太沉了。"不像现在有钱可以雇车，过去可没这么方便，都是人托人。那会儿矿上有好多拉煤车，都是空车上去，拉了煤下山。我弟弟就帮着找了辆空车，把轧面机捎到矿上。"

轧面机买回来，刘红梅又找人买线接了电，专门弄了个小铁皮房，买卖就算开了张。"就是那种铁皮组装的房子，就在我家那排房子的房头，最早白芨沟矿长途汽车站那块。那时候我家小孩儿还小，我一边带小孩儿一边轧面，特别忙。我婆婆就帮我把孩子带上。"每天上午十点，刘红梅打开轧面房，一直到下午五六点才关门，一开始光做面条生意。"那时候一袋面才八元钱，开始轧面一天能挣六元钱，再过一段时间一天能挣八元钱。"这可把刘红梅高兴坏了，天哪，一天就能挣八元钱，八元钱就能买一袋面了，这就越干越有劲头。

20世纪90年代，矿上的小煤窑越来越多，各种包工队来到矿上，每次一来，就要轧一袋面的面条。"这么多，咱可没弄过，轧一次老费劲，我就用一个大盆，一顿乱忙活，最后都能给弄出来。"这就是刘红梅最初的生意。刘红梅倒不怕累，可就是机器用的次数多了老出毛病，成天出状况。刘红梅就找矿机修厂的人帮忙修，修是修好了，但就是噪声越来越大，机子一开特别吵。干了一年后，除了轧面条，她开始琢磨怎么做凉皮，做好了，让邻居们先尝尝，看好不好吃。再后来就一边轧面条一边卖凉皮。

矿上的邻居孙姨和郭姨都是甘肃人，她们都会做凉皮。郭姨来刘红梅家轧面条时，刘红梅就问郭姨，你家那芥末咋弄的，咋那么香？郭姨就教她怎么做。问着学着，刘红梅就会了。

矿上有个姑娘小陆，在车队财务室上班，离刘红梅家近，老来刘红梅家吃凉皮。刘红梅说，可怪了，她一来吃凉皮，就来轧面条的，机子一动，就吵得小陆受不了。小陆就说，能不能我吃完你再轧面啊，太吵了。本来安安静静地卖凉皮挺好，这一吵，刘红梅也心烦。吃凉皮的一屋，轧面条的一屋，又忙又吵。就这样，有吃凉皮的，刘红梅就不轧面了。

那时候，刘红梅做凉皮还得找粮本，"比如说，你家供应粮吃不完，作废也是作废了，我就去把你家粮本借来。每次一买粮就要找好多本，就这样用别人家的粮本买来平价白面。"那时候做凉皮，还特意烧个西红柿汤，这也是刘红梅跟孙姨、郭姨学的。现在早不烧了，现在调汁子，一个大桶，按比例全部倒进去。

每年辣椒下来，刘红梅都去平罗，那里有专门给她供辣椒的，二十年了。最初，要配齐那几样调料得到处找着买，看矿自由市场上谁家辣椒好，买回来自己磨成辣子面。后来买得多了，市场的辣椒就供不上了。

刘红梅在白芨沟卖凉皮整整二十年。当时她就认为，只有在矿上才有生意，到大武口谁会来吃她家的凉皮。虽然不想搬，但当时刘红梅就想，到大武口宁愿不买住房，也要先买营业房。那时候，就怕以后万一生意好了，要是租的营业房，人家一旦撵她怎么办。

从担心到了大武口没生意，到买房先选营业房，再到终于搬下山来，在胜利村这一带开了店，也就不到一年的时间。刘红梅当时的想法就是，住在大武口胜利村这一带的都是白芨沟职工，自己的生意是在白芨沟矿火的，到了大武口，她的凉皮也就只有以前的白芨沟人吃。

2012年，刘红梅和妹妹都在大武口买了营业房。刘红梅说："我那时都不知道啥叫装修，因为矿上的房子从来没有装修过，我就没这个概念。"等房子装好，刘红梅来一看，才觉得还是大武口好。"唯一不方便的就是当时这片还没接瓦斯。"说着她笑了，"你看我还叫瓦斯，在矿上叫惯了，其实就是天然气。"

刚搬下来那会儿，白芨沟的凉皮生意由刘红梅丈夫盯着，找人接通天然气后，刘红梅的凉皮生意就在大武口开了张。

三

在矿上开始卖凉皮的时候，啥都没有。刘红梅说："孙姨家卖凉皮用的调料瓶，全是用过的空罐头瓶。那时候我就模仿人家，找空玻璃瓶子。"就这样要了好几家，瓶子还是不够，她就到矿商店买了两瓶水果罐头，吃完把瓶子刷刷。"就没有想到商店专门买几个盆子碗当调料用具。"有了空罐头瓶子，没桌子板凳，刘红梅又得想办法。这时候，正好从前的邻居说，她家有闲置的案板、桌子、板凳。刘红梅就找了辆拖拉机，上邻居家拉了一拖拉机。这就啥都有了，案板有了，碗柜也有了，八仙桌、板凳都有了。之前刘红梅卖凉皮，顾客只能坐在轧面房的床上。

虽然邻居给的家具不是新的，但是实用，全都能用上。刘红梅这才把轧面机给撤了，专卖凉皮。

一开始生意就好，凉皮总是不够卖。"那时候好辛苦呀，半夜就开始蒸，一直蒸到天亮。天天半夜起来蒸凉皮，就不知道把小锅变成大锅。当时邻居张姨也帮我做，张姨一看我这么费劲，就帮我买了大锅，六十元钱，连锅带屉都买了回来。"说着，刘红梅圆圆的脸上现出笑意，"虽然难吧，但是卖凉皮来钱快，轧面条两角钱加工费，一天最多能挣八元钱，可卖凉皮挣的就多多了。"

刘红梅家生意一天比一天火，天天有排队买凉皮的，一到中午，她一个人根本忙不过来。

## 四

当年，刘红梅父亲是奔着叔叔来的。刘红梅的叔叔20世纪60年代当兵复员后来到石炭井，后来又到白芨沟。叔叔来到石炭井之后，慢慢把安徽老家人都带到了这边。

"我从小学习不行，五年级升初中时，死活升不上去。"刘红梅说，考个初中对于她来说就跟考大学一样，愣是考不上，后来没办法，只好托亲戚到石嘴山上了两年初中。

刘红梅不上学以后，想打工也不知道去哪儿。成了家后，她就开始在矿上做生意。刘红梅丈夫家以前在大武口二居民点，父母都是矿农场的老职工。他是1986年矿上最后一批接班的，一上班就在运输区工作。凉皮生意火起来时，刘红梅丈夫还在矿上上班，后来生意越做越火，他也不想再下井了。就这样，丈夫跟刘红梅一起做凉皮生意。

"那会儿在矿上卖凉皮，来一个人切一张，一勺子一勺子现调汁舀汤。一个小屋里排了那么多人，现弄现切现拌。实在忙不过来，小姑子就来帮我，到大武口后小姑子又帮了我十年。"刘红梅说，现在要比以前省事多了，机器上得多，包机、辣椒机都有，现在都是机器灌装。儿子现在也是她的帮手。"机子得时常维修，我家儿子就管这些机子。家里必须得有个人懂，现在可不像矿上，还有个机修厂，能找人帮忙。"

"这几年生意做起来了，也就没有那么费心了，每天这点活儿特别有条理，下午洗面、炸辣椒。每天需要的调料、菜，一个电话，就送过来了，一个电话，粮也送来了，哪像以前在矿上做凉皮的时候，到处打醋打酱油，到处找调料。"刘红梅说，现在她雇了十几个人，都是按钟点付工资，有洗的有蒸的，有切的有卖的，每天这些活儿都很有秩序。

买门面房时，刘红梅只买了一间，她想，就卖个凉皮，哪用那么大地方。现在她的门店用了四间门面房，先后从妹妹手里和哥哥手里各买过来一套，后来又租了一套。她说，店面也是这几年逐渐扩大的。

手 记
# 凉皮的故事

## 一

小区对面开着好几家铺子，有两家小超市、两家水果店、一家馒头店、一家熟食店，还有一家凉皮店。懒得做饭时，我就去店里买点凉皮，既当菜又当主食，完全可以混个肚子饱。这家凉皮味道非常接近我小时候吃的凉皮，面皮厚软筋道，辣子略有些发甜，不算很辣，有着宁夏辣子特有的香味。孩子到南方上大学，放假回家第一口，通常也是吃一碗这样的凉皮。凉皮和羊杂碎、烩羊肉一样，成了这里的年青一代对家乡的记忆。

凉皮是西北常见的面食小吃，宁夏有，甘肃有，陕西有，新疆、青海也有。各地凉皮大同小异，不同只在于那张面皮的厚薄、软硬，那勺辣子的冲劲、口感罢了。就比如，宁夏盐池的羊肝凉皮除了拌有羊肝外，凉皮白薄略有些韧劲儿，大武口凉皮则面皮发黄略软，厚实筋道，口感介于面条和凉粉之间；宁夏盐池凉皮用的是细如粉面的辣子面，大武口凉皮则是能见得着辣籽和辣皮的颗粒，不那么辣，有点发甜。就这一点点的不同，小小的凉皮就有了地理上的分支和料理上的流派。

楼下这家凉皮店的招牌上标着"大武口"字样，在银川开着好几家连锁店，一年四季生意兴旺，堂食和外卖都不算少。然而在大武口人眼里，这家凉皮不算拔尖，似乎它还排不进大武口当地最有名的前五家。据我了解，这几年，大武口凉皮只要是在银川开店的，生意准保火，就是在银川各大超市代卖的也不少。这当然更印证了大武口人的说法：凉皮只有大武口的最好吃。

其实，说起来，大武口并不是一个以饮食文化著称的地方。石嘴山的餐饮，除了平罗黄渠桥的羊羔肉和糖麻丫（一种油炸面点）之外，给我留下深刻印象的并不多。在大武口凉皮兴起之前，几乎难以众口一词说出当地最具代表性的饮食。这也难怪，石嘴山这样的工业城市，从它诞生的第一天起，最为有名的就是煤，或者跟煤有关的产业加工，支撑这个城市的似乎只是煤。可以说，大武口是一座无中生有的城市，是在一片空白之地上靠煤白手起家的。这样的新兴城市，过去和现在之间，是一座断崖峭壁间的飞桥，几乎没有什么过渡。

六十多年过去了，这座以刚硬著称的城市，高楼耸立，店铺林立，曾经南来北往的外来客成为这个城市最初的开拓者。原本东西南北各自不同的生活习惯，经过三四代人的交融，变得混杂趋同，昔日难调的外来口味日渐混合成为移民后代的皮实胃口。于是，小小的凉皮，竟然形成了独特的产业。

二

大武口现有三百多家做凉皮的大小门店，听上去，似乎大武口人酷爱吃凉皮，吃的人多，开店的人也多，也因此，才有了大武口凉皮产业，凉皮也成了近些年最能代言大武口的地方特产。

这么多大武口人都在做凉皮卖凉皮，又有这么多人爱吃大武口凉皮，这真是一件有意思的事情。我纳闷，凉皮在西北不过是常见的小吃，为何却偏偏在大武口成了气候？

　　有人说，凉皮是大武口人的乡愁。这样一个诗意而饱含情感的说法，倒一下子把我击中了。因为，在石嘴山这个地方，再也找不出来比凉皮更能代表这个移民地带被时间调和和融汇了的食品，再也找不出比凉皮更能宣示石嘴山这个地方移民文化的特色小吃。

　　只是一碗凉皮而已，大多数西北人都可能吃过的一种普通小吃，在大武口，却有了乡愁的说法。乡愁是什么？是一种怀恋故土的情结。凉皮成了大武口人的乡愁，便显出了这个城市故土情结的与众不同。

　　煤城的记忆和乡愁，远非传统农业地带的田园诗意，也非小镇文脉悠长的风情婉约。有关这里的乡愁和记忆，是贺兰山里特有的煤尘气息、机器轰鸣，有着与这座山自成一体的粗犷坚硬。这里的乡愁因此显得那么铿锵有力。

　　大武口原为"打硙口"，最早见于明弘治《宁夏新志》，民国三十二年（1943年），大武口这个名称作为正式地名开始使用，1973年，成立大武口区，这就是大武口这个地名来源的简略历史。作为一个现代城区地名，它的历史并不算长，可想而知，有关它的乡愁不会更早。

　　当然，乡愁不仅仅是以时间的长度来衡量的，它是情感的度量。如此说来，把乡愁寄予一碗凉皮，就不只是关乎那一口吃食，而是记忆，是某种剪不断理还乱的牵念。那些轻易不说出口的过去，那些无法稀释和遗忘的记忆，在今天，幻化成短暂却又悠长的情感，粗放却又绵密的心声，盛放于一碗凉皮里。

于是，对于煤与粮食，对于黑笨的石头与温软的生活，居于贺兰山里的矿山人有着更为独到的体验和理解。这感觉时而粗放，时而细腻，时而叹惋，时而炽烈，也许全都可以盛放在这碗凉皮里。

## 三

刘红梅、三住宅、一棵树，这三家凉皮店，可以说是大武口凉皮的代表，每家小店一年的收益都可达一二百万元。凉皮本是小本生意，能干到今天，能干到这个份儿上，全凭店主的勤劳和精明，还有多年的坚持。

他们的生意都是从矿区开始起家的。不管是刘红梅，还是三住宅凉皮店店主小管的妈妈张彩平、一棵树凉皮店店主小杨的妈妈马凤兰，这些以凉皮发家致富的，都曾是矿区女人，是矿工的妻子。大武口凉皮这种融合移民特色的地方小吃，与贺兰山深处的煤矿紧密关联，追根溯源的话，矿区是它明确的地理源头之一。

这也是令我最感兴趣的地方。她们的经历，在我听来，不仅是矿区女性的创业故事，更是矿区生活的历史。她们的讲述，不只让我了解了凉皮店各自的生意经和经营史，更勾起了我深深的回忆，一再地把我带回到贺兰山深处的煤矿。

我年少时在矿区的生活经历，那些难以忘却的往事，不知不觉中，和她们的讲述交集在了一起。

## 四

贺兰山深处曾经有许多煤矿，国营的、集体的、个体的，大大小小的煤矿算起来有上百家。每个矿区都有一条通向山外的马路，那是矿区最宽也是最长的一条街。这条矿街最早是沙砾路，后来垫了煤渣，成了煤渣路，再后来，硬化成柏油路。矿街两边砌着高高的拦洪坝，那是矿街独有的特色，也是对洪水最有效的防范疏导。这样，它看上去才更像条路。而最初，它确实不是路，而是条泄洪沟，一旦发洪水，水会从这条沟壑一泻千里，流向沟口外的滩地。但它确实是条路，在通往贺兰山的绿皮小火车开通前，来自五湖四海的人们，都是通过山间这条路，从城市或者乡村进入矿区的。矿区所有的人进山出山，都得从这里经过，别无他途。除非大雪封山，或者突发山洪，这条通往山外的路才断了。当然，一年当中这样的时候毕竟有限。

经常从矿街走过的除了矿区的人们，还有装满了煤的解放牌大卡车。进山时是空车，发出哐啷哐啷的声响，出山时满载着煤，冲下山路，发出沉闷的喧嚣和刺耳的喇叭声。矿街两侧，是大大小小或高或矮的房子。

矿街的一头连着生产区、矿井，那是矿区的由来，另一头总会分出几个枝杈，通向矿办公楼、矿学校、矿医院、家属区，那是矿区的生活区，也是矿区最有故事的地方，是藏着矿区人喜怒哀乐的地方。

矿区的路就像矿区的血管，一头延伸到矿山深处，另一头通向山外的大千世界。在过去几十年里，这条血管一直在源源不断地把山里的煤运出山外，成为山外那个世界的动力之源、热量和光明之源，也同样把山外的生活用品，和外面的精彩运进山里，点燃着矿山人的期待。

山里每一个矿区都有这样的一条街，一条在雨季就成了泄洪沟的矿街,一条矿区人上班下班、上学放学、采买串门、出山进山的必经之路。每个矿区的这条矿街,都活跃着矿区人最富有生活气息的烟火。矿街两边是矿区人的衣食住行、日常生活。家属区位于矿街两边,家属们开的小店也在矿街两边。

我对于小时候矿上吃食的记忆,就是从这样一条矿街和矿街上的小店开始的,就是从开在这矿街边的凉皮小店开始的。

做凉皮卖凉皮的是我家邻居,住在第三栋楼倒数第二家的孙大娘。这个孙大娘不是别人,就是刘红梅所说的孙姨。这是我跟刘红梅共同的记忆,也是这个矿区所有孩子的成长记忆。

孙大娘家的凉皮小店既没有门头也没有招牌,就开在她家院里的小伙房。推开小伙房的窗子,窗台上摆上七八个盛满各种调料的罐头瓶,孙大娘家的凉皮店就这么开了张,一开就好多年。在我的印象中,孙大娘开的是矿上第一家凉皮小店。常吃孙大娘家凉皮的,除了我们这些女孩子,还有那些住在单身楼里的青工们。凉皮的价格从一碗两角钱涨到两角五分钱,再到五角钱、一元钱。凉皮小店开了没多久,孙大娘就在小伙房的窗子外面,加盖了不足两平方米的一间小土房,摆了一张桌子两张凳子。小屋子挡得孙大娘凉皮店里黑乎乎的,那个黑乎乎的小窗口里,是孙大娘忙碌的身影。赶在饭口去,吃凉皮的人还真不少,有时候得排队。孙大娘胖胖的身体裹着围裙,齐耳的短发梳得光滑整齐,忙着切凉皮……

初见刘红梅时,她在柜台窗口后面忙碌的背影,竟让我一下子想起了孙大娘。在我还是小女孩的时候,孙大娘就像刘红梅现在的年龄,或者再小一点,那个时候的女人总是更显老一些。孙大娘切好凉皮,一勺一勺从窗台上罐头瓶子里浇盐水、蒜水、花椒水等调料水，最后再来一大勺自家做的西红柿汤。这汤，夏秋用鲜柿子做，冬春则用自家蒸的西红柿酱做。这汤，作为一种调味的配料，曾经也被刘红梅依样学了去。只是，刘红梅说，现在量太大了，没法做了，改良后，这汤被简化掉了。

孙大娘当年随着孙大叔从甘肃山丹矿务局调到石炭井矿区。孙大叔是井下工，孙大娘是没有工作的家属。孙大娘是勤快人，手又巧，换着花样做一日三餐，给家里的老老少少缝衣裳做鞋子，灶台上的事儿、针线活儿，样样都拿得起来。无奈孩子多，总是粮不够吃，钱不够花，家里人口多，挣工资的只有孙大叔。20 世纪 80 年代初，矿区开始做起小买卖的都是像孙大娘这样的家庭主妇，又勤快脑子又活。开轧面房，做豆腐，卖油条，开小店做小买卖的，都是没有工作的家庭妇女，以吃苦能干、勤劳持家著称的矿区女人。她们原本隐在男人背后，抛头露面做买卖之后，就成了撑起这个家的主要劳力。最早在矿上做凉皮的大娘大婶多是这些来自甘肃、陕西，从小就会做凉皮的西北女人。把有限的食材做出花样来，是她们的生活智慧。

这就是我对于凉皮的记忆。或许不只我，从小在矿区长大的孩子，对于凉皮的记忆，大抵如此。这也是刘红梅、小管的妈妈张彩平、小杨的妈妈马凤兰，这些祖籍并非西北的女人，学会做凉皮的开始，就是矿区凉皮生意的源头。

刘红梅就是这样一个靠勤劳努力而成功的凉皮加工商人，从家庭小作坊到有了营业房有了品牌，经验和财富，就这么积累起来。更令我意外的是，如果不是她还记得我的名字，我如何能想到，面前的她曾经是我小学一年级同学。

在刘红梅讲到孙大娘时，我们才渐渐从记忆里捞出了彼此，认出了对方。时间真是奇妙啊。

因为时间，我们成了陌生人。因为时间，我们再次相遇。因为时间，我们共同跌落在几近失去的记忆中。

而这几近失散的记忆，联通它们最主要的介质，就是昔日的矿区，昔日矿区的生活，昔日矿区的凉皮小店。

## 五

孙大娘家的凉皮店就开在这条矿街上，刘红梅的凉皮店也开在这条矿街上。还有三住宅凉皮和一棵树凉皮，都是从这样的矿街上起家的。

一直以来，矿区都是一个重工业生产地带，这个地带惯有的风格粗粝生硬，仿佛生来就是一个以男性为主的世界。矿区的女人，或者说，矿区的生活，一直以来都是被隐没在矿区生产的背后，隐没在矿工们粗线条的背后，矿工和家属们多姿多彩的生活也因此总是被隐没在煤的背后。

而人们劳动生产不就是为了过得更好一些吗？矿区更是如此，越是艰苦的环境，人们对于生活的向往和期望就显得越为强烈和鲜明。实际上，这些并不为外人所知的，生活的、柔软的、纤细的、背后的东西，那些隐在矿区生活深处的东西，才是矿区最为丰富繁多的毛细血管，是一直活跃在矿区背后的最活跃的因素，构成了这片煤的世界最为多彩的部分。

没有在矿山生活过的人，是不会有这样深切的体会的。没有在矿街上奔跑和行走过的人，没有在矿街那没有店名的小店吃过凉皮的人，怎么会想到，今天的大武口凉皮，其实就是当年矿区女人们智慧、手艺的延续和伸展，就是当年矿区生活的基因遗传。

## 六

孙大娘是我们这片家属区最会做饭的女人,一到过年,家家都请她去帮着和糖面炸糖花。她家八月十五做的花馍馍,端午节做的粽子糖糕,平日里做的酥馍,皆为令我们这一片小孩们垂涎三尺的美食。

手又巧又能干,像孙大娘这样的矿区女人,应该算是石嘴山矿区第一代矿嫂,只是那时候,没有矿嫂一说。

我到现在都不知道孙大娘叫什么名字,因为她的丈夫姓孙,她便被叫了孙大娘。因为唯一的儿子叫矿生,邻居女人们常管孙大娘叫矿生妈。要么以男人的姓为称呼,要么以孩子的名字为称谓,矿上许多女人都是这样被邻居们大人小孩们知道的。除此之外,她们还有一个共同的名字叫矿工家属。而从小时候到现在,我所熟悉的是,矿上的人把结了婚的女人,统统称为家属、媳妇儿、婆姨、老婆、家里的,鲜有人称她们为妻子、夫人、爱人、太太、内人,也没有人称她们为矿嫂。矿嫂这个名词,至少是我离开矿区近二十年之后才衍生出来的名称。

在我看来,矿嫂这种称呼似乎是一种时间的赠予,也是外来人以外来视角对矿区女性的定义,令我有一种旁观和陌生的感觉。

## 七

一直以来,矿区的人是逐煤而行的,就像远古的人逐水草而居一样,煤在哪儿,以煤为生的人就到哪儿。

宁夏现代煤炭工业生产，经历着从无到有，又经历着从银北到宁东的历程。以煤为生的产业大军经历着从外省到银北，从银北到宁东的过程。煤是他们到来的理由，也是他们转移离开的原因。

今天，宁夏煤业有近五万名在职职工，仍是一支庞大的队伍，仍是一个数目可观的群体，和以往不同的是，在职职工仍然每天奋斗在矿区，而他们的家人，则分散居住于远离矿区的各个市区。从这个角度来看，说矿区没落了没人了，也许说得没有错，但并不算全对。

一个地方的衰落，总是伴随着另一个地方的兴起。在煤的世界更是这样，或者说，自从人类发现煤，学会了从地下开采这种化石能源，一部分人就成了跟随着煤迁徙的鸟。

资源改变人的迁徙，带来了山里山外的变化。

除了山上山下山里山外的改变，除了生产条件的更新，实际上，几十年来，和外面世界的变化相比，煤的世界最为根本的东西，是永远不可能改变的，那就是人与环境，人在生产环境中的处境没有变。一直以来，矿区就是人改造环境利用环境的能力再现，在这个改造利用的过程中，人以肉身与精神，不断地和生产环境发生着最直接的关联碰撞，在碰撞中，人们一直在最大限度地体现着力量之美、创造之美，一直在试图寻求与自然和谐共生之路。

## 八

从前，矿上的人都管进矿叫上山，出矿叫下山。因为，早年宁夏的煤矿在山上，在贺兰山深处。今天，山上的矿工们终于下了山，到了黄河边的宁夏东部。这片曾经荒凉寂静的戈壁滩，在矿工等建设者们的手里，变成了厂房林立、矿井纵横的新煤城。矿工们背后的女人——矿嫂也随着矿区生活区的下迁，陆续由矿山走向平原走向城市。

矿嫂们勤俭持家、吃苦耐劳的身影，就这样从矿沟里消失，又出现在城市的角角落落。矿嫂们的凉皮从此由矿区到了煤城，由煤城流向了全宁夏，甚至走向全国。

所以说，这是一碗普通得不能再普通的凉皮，但更是一碗滋味特别、意味丰富的小吃。这碗凉皮里，有太多厂矿的味道，有太多三线建设的踪迹，藏着太多新中国西北工业建设的细节和历史。

于是，无论在哪里，来一碗大武口凉皮，过去和现在就是一个完整的故事，就是仍在延续不断的回味，就是不畏辛劳，对世界永远充满乐观的美好滋味，是对时间的缅怀，对生活的致敬，对希望的寄语。

光时代 重塑

# 第一章　到宁东去

## 最后一道防线

### 一

"煤业救护工作明显的变化是从2012年开始的。"危化二中队队长张小龙说，那一年，国家应急管理中心在宁夏举办了一次全国比武，宁煤救护队伍开始实行军事化管理。从那以后，张小龙和队友们经常搞训练，参加自治区甚至全国演练。在张小龙看来，自2012年起，从平时的管理和紧急救援来说，他们的工作性质和工作程序，跟消防队没有什么区别。

张小龙任职煤炭行业一支特殊的队伍，有人管他们叫矿山卫士，也有人管他们叫逆行者。他们是煤矿煤化工生产安全的守护者，也是煤业生产一线一旦出现紧急危急情况的救护人。这就是宁煤应急救援中心，最早叫矿山救援队。

宁煤应急救援中心驻地位于宁东煤化工基地。平日里，这是一片安静的角落，一旦警报声响起，这里立马充满了战士冲向战场、战争即将打响的紧张气氛。这里的工作人员，即使是行政后勤人员，也有着一种鲜明的军人气质。

宁煤应急救援中心大楼一楼是装备库，二楼是值班室，三楼是经营科室和生产科室。整个救援中心共有特种车辆六十四辆，有集成装备车、应急救援车、供电照明车、宿营车，还有生活保障车、气体化验分析车等。集成装备车有用于井下支护和破拆装置，可以在井下受限空间进行破拆等操作。中心有三支矿山救护中队，两支危化消防中队，一支特种装备支队，近四百人。其中，危化一中队主要负责烯氢公司和甲醇生产车间消防救援；张小龙所在的危化二中队主要负责煤制油公司与烯氢二公司的消防救援工作。危化二中队分两个班，一个班二十三人，上两天休两天。工作内容包括训练、战备、值勤。

"相对来说，现在生产的危险在减少。过去管理没有现在这么严格，用具设备也没有现在这么完备。"张小龙说，"我刚来时，用的还是负压呼吸器，现在是正压的，负压的比较危险。"虽说设备好了，生产的安全性提高了，但救援队员们的压力并没有减小，相反，每个人都觉得压力大。这跟整个企业的安全要求和生产安全压力加大有关系，也跟整个社会对于生命安全更为重视敏感有关。

## 二

张小龙老家在贺兰县农村，舅舅在石炭井二矿当工人。为了有个城镇户口，他落户在舅舅家。1998年，张小龙在陕西当了四年兵，复员后到了石炭井二矿。

2005年，张小龙参加战友婚礼，碰到当时灵州救护队的领导。领导看他身体素质挺好，就问他想不想到救护队来。2005

年3月15日，张小龙从石炭井二矿掘进二队，调到了宁煤矿山救护总队灵州救护队。

在到救护队之前，和矿区绝大多数职工一样，张小龙只知道这里是专门从事井下救援的，但是具体怎么工作就不知道了。

张小龙一来就赶上了集训，集训三个月后，又赶上全国矿山救护比赛。2005年9月，张小龙和队友代表宁煤矿山救护总队参加了在河南平顶山举办的第六届全国矿山救护比武。第二年又参加全区比赛。自2005年调到救护队以后，有八年时间，张小龙年年参加比赛。2007年参加全国比赛时，宁煤刚并入神华集团，张小龙和队友在宁煤内部比赛拿到了技能状元。那次，是在汝箕沟颁的奖，他就是在那次比赛中获得了救护技师称号。

2012年，国际矿山救护技能比赛在波兰举行。通过全国选拔，张小龙和他所在的团队入选国家队。代表国家出征比赛，让张小龙迎来一生中的高光时刻。

2016年，宁夏煤制油公司、烯氢二公司创建。随着宁东化工产业的发展，救护队伍也在逐渐壮大，宁东救护二中队和危化三中队合并后分成两个中队。这一年，成立了宁煤应急救援中心。

"也就是说，在2016年之前，宁煤集团的救护还主要侧重于矿山救护，2016年之后，矿山救护就向危化应急转型，这也是宁煤公司煤化工发展壮大的需要。两种救护是不一样的。像我这样既干过煤矿救护又干过危化救护的，整个应急中心没几个。"2018年，张小龙成为中队长。

说起两种救护的不同，张小龙有着切身体会。

井下是一个受限空间，而危化是在地面上，环境不一样，发生的事故不一样，救援的方式不同，设备的养护也是不一样的。比如，矿上一出事故，首先要断电，井下是没有照明的，又是一个相对密闭的环境，视野是受限的，救护人员要背着救护氧气到井下去。

危化事故的现场视野是不受影响的，但是，单以煤化工这块来说，引发事故的介质要比井下多得多，危险程度也比井下要高得多，复杂得多。危化救援是一个全新的领域，从环境到工具，再到风险，以及救护措施和方式，都跟以前不一样。相比之下，矿井下的风险是可以判断的，一般情况下，隔绝氧气、阻隔空间，危险源就切断了。而煤化工要更复杂。

中国煤炭事业发展多年，矿井下的安全救护相对比较成熟。而煤化工不一样，这些年才大力发展起来，虽然说安全设施都是跟得上的，但是人员的业务素质和整体素质，特别是安全素质，还有许多不成熟的地方。这些素质也是需要经验积累的，而经验是在事故的处置中积累的，相对矿山事故救援，煤化工事故救援经验要欠缺一点。

"过去从事矿山救援，体能要求更突出。在井下救援要抢时间，拼的主要是体力。危化消防救援同样要抢时间，除了拼体质，技能更要突出一些，包括对消防设施的操作技能上要求也更高。"张小龙说。

2012年，汝箕沟发生瓦斯爆炸事故，张小龙是救护加强小队队长。在救援的三天时间里，张小龙只睡了四个小时。刚去的第一天，第一小队下去勘察，第二小队运料，第三小队打封闭。因为人手紧张，张小龙先跟着第一小队勘察完，又跟着第二小队把料运到，第二小队退出去后，他又留下来，跟着第三小队打封闭。"那个矿井巷道特别宽敞,我戴着呼吸器面罩,踩在另一个人肩膀上,钉木板壁。当时框架刚搭起来,要把木板钉死,才能把有毒气体阻绝。正常情况下,拿锤子钉钉子,本来都不是啥事,但当时体力消耗太大,我拿锤子的手都抡不起来,好不容易才把钉子钉牢。当时矿井下很热,我带的两瓶矿泉水全浇到脖子里降温,临出来时,绒衣都湿透了,往井口走时,那件红绒衣都拿不动了。我戴着面罩,在巷道走了一公里多,感觉马上要丧失意识了,差一点就上不来了,最后是同事拖着我走出矿井的。"

这种经历,张小龙和队友几乎都经历过,特别是救援到最后时刻,队员几乎完全处于体力透支,甚至缺氧状态。

"比起过去,现在矿山救护安全系数要高许多。以前老矿都是高瓦斯矿,现在老矿关停的关停,封井的封井,宁东这些矿都是低瓦斯矿,危险系数低了许多,宁东地貌没有贺兰山里那么复杂,矿区的环境也跟以前大不一样,光是井下的交通工具都不一样,都是坐绞轮车下井,又快又省力,井下巷道照明监测也比过去全面明亮精细了许多。"张小龙说。

2020年,氢化厂外包单位在清理炉膛时,有两个人当场窒息。张小龙和队友赶到现场,人都没有呼吸和心跳了,好在身体还是热的。他们马上对伤者进行人工呼吸和心脏复苏,很快,人抢救了过来。

危化应急,包括消防应急和救护,救援人员要以最快速度赶到现场,除了相关的救护设备,还要依靠相关的救护知识和操作能力,第一时间抢救遇险人员。

和矿井事故不一样的是,一般煤化工厂区发生事故,都会面临着比较强的有毒有害环境,光是有毒害的介质都有上百种,仅仅这一点，比起矿井下要复杂得多。多数情况下，危化厂区燃烧爆炸，有毒介质都有一定范围，范围以内是污染区，之外就是隔离区，再之外才是安全区。

"就说单纯的煤粉泄漏，会造成窒息中毒、燃烧爆炸，这都是有危险范围的。危化厂区多数泄漏的都是有毒气体，达到一定浓度，都会爆炸、燃烧，还会有意外的次生危害。救援人员每一次都是背着呼吸器，以最快速度进入最危险区域，我们自身面临的危险可想而知。但这就是我们的工作。"张小龙说。

相比较而言，一旦煤化工生产过程中出现危险，它的风险和危害，以及急救的难度和风险，都要比矿井事故更难更复杂。这也是救援人员平时特别注重日常训练的主要原因。

## 三

每天早上，各中队要开班前会，开完进行体能技能训练，包括各种特种车辆的操作训练、有关消防灭火实际操作训练，等等。下午两点半要进厂演练，在厂区现场排兵布阵，有一套进行警戒演练的程序。每周一到周五都要进行演练，反复演练。

这两年，救援队员们不只对宁东厂矿进行应急救援，附近的居民区火情他们也会协助处置，包括高速路油罐车出现意外，自治区消防大队也会召集宁煤应急救援中心的救援队伍进行抢救。正因为在化工救援、危化救援方面，宁煤应急救援队更专业，所以，只要有危化救援，自治区应急救援中心就会召集他们去处理，每年也会来考核这支专业的救援队伍。

一些事故的善后处理，张小龙和队友也会参与。一般现场处理完要给厂区移交，但是有些事故在交给厂区处理时还可能面临危险，这时，救援队员们就要在现场监护，由厂方善后，救援队员们监督，一旦遇到有险情复燃等情况，就要协助事故单位进行处理和追查。

只要是属地出现情况，接警后五分钟，宁煤应急救援队就要到达现场。这五分钟就是队员们的出警纪律。为了在五分钟内赶到现场，队员们必须分秒必争。中队车库门有个按钮，为了节省时间，他们就在这个小按钮上进行了改进。车库在一楼，救援队员住在二楼，为了做到人车同行，张小龙和队友设置了一键启动，在二楼楼道口设置了一个机关，接警后，他们穿着衣服往下跑的同时，顺势一拍按钮，楼下车库门就同步启动，队员们下楼后直接就可以开动车辆，做到人车同行，这样一来就节约了三秒时间。"别小看这三秒，在处置事故时，每一秒钟都是非常宝贵的，都是可能救命的。"张小龙说，"我经历处理过的厂区事故，从2016年到现在有几十起，一年总有个十来起。"

张小龙觉得，定义救护工作最好的称谓就是矿山卫士。"因为这个工作，面对的就是处理事故，每一次出警都跟危险靠得最近，所以，你也不知道哪天可能就不在了。"张小龙说到这里，脸上表情平静，仍然保持着军人端正的坐姿，"多数情况下，我一休息先去看看父母。"休息时，张小龙最喜欢去钓鱼，对他来说，钓鱼比较放松也比较解压。

## 四

和张小龙一样，强永国也是从矿工转型成为矿山救护的中坚力量。

强永国是土生土长的灵武人，父亲曾是原磁窑堡煤矿矿工。

1996年，十九岁的强永国被招工到灵新矿当矿工。

初到灵新矿井下挖煤，强永国总感觉两三个月都见不着太阳。早上没出太阳就上班了，一直要干到晚上七点多才下班。当时灵新矿还是炮采，用的是溜子和摩擦支柱，条件也不行。上下班坐大篷车，就是大卡车拉个篷布。下井攉煤出一身汗，等下了班出了矿井，衣服一直都是潮的，往存衣服的箱子里一放，等第二天下井，衣服还潮着呢，强永国穿着就干活去了。

井底深处的黑和极差的工作条件，让强永国萌生了离开这里的想法。

这一年一个深秋的早上，上班路上，一辆红色的救护车从赶去上班的强永国身旁驶过。救护队人员穿着军绿色制服，每个人身后都背着一台呼吸器。当时，羊场湾矿正扩建矿井，井下出了事故。救护车从灵新矿开过去的一瞬间，强永国觉得这些救护队员太神气了。那一刻，不管是救护车还是制服，还有他们如同军人般的形象，都给强永国留下了深刻的印象。自那刻起，强永国就想离开井下去当个救护队员。

恰好，灵新矿那一年改建救护队，强永国如了愿。到救护队后，强永国才发现，不管是当救护队员还是当矿工，在体力付出上和面临危险的程度上，并没有太大的区别。既然已经选择了这里，那就好好干吧。

宁煤集团成立之前，强永国所在的灵新矿救护队属于银南矿区，2002年底，宁夏煤业各单位组合成为集团，宁夏各煤矿就彻底成为一家，之后不久，灵州（原灵武矿务局）救护队、亘元（原石嘴山矿务局）救护队、太西（原石炭井矿务局）救护队三家救护队合并成立了宁煤矿山救护总队。

宁东和银北两个煤炭产区，除了煤质不同，最大的区别是宁东矿区属低瓦斯矿井，银北都是高瓦斯矿。"现在只有白芨沟还有一个矿井，其他都关了，这倒还好多了。在银北那些高瓦斯矿没有关闭以前，特别是2003年救护队刚合并时，我们几乎全都在处理银北矿山出现的事故。"回忆当年的一次救护经历，强永国说，差点没让活埋了。

　　2003年夏天，白芨沟矿南四发生瓦斯爆炸。当时，宁煤矿山救护总队刚成立，包括强永国在内的原灵州救护队队员二十一人正赶上这个事故，被派过去增援。那次是他第一次处理瓦斯事故现场。他记得，在打防火墙时，时任救护中队长（现任宁煤应急管理中心工会主席）的陈超，当场让沙袋给打骨折了。强永国和队员去堵进风巷一个小口。因为是进风巷，感觉不到有瓦斯。就在强永国用沙袋堵住这个小口的时候，突然感觉耳朵嗡了一声，旁边的人说话完全听不到了，瞬间，里面再次发生瓦斯爆炸，强大的冲击波把堵防火墙的沙袋直接冲到强永国脸上，当场就把他的嘴给打扯了，他立马什么也不知道了，是队友把他抬到地面上。"到现在我嘴上还有个印子。"强永国指了指右嘴角。

　　睁眼一看，周围全是穿白大褂的，强永国一下子蒙了，以为眼前是幻觉。这时候，有个医生拿着灯，冲强永国问，小伙子你咋样？强永国说，没事儿。说完这句话，听到了自己的声音，强永国的意识才恢复过来。医生说，什么没事儿，你都吐血了。说完，医生立马把强永国抬进车去，拉到白芨沟医院。在医院，强永国总共进了三次高压氧舱。实际上，当时强永国吐的血是嘴让沙袋打烂了流的血。

　　后来，强永国才听说，灵新矿供应科给强永国和所有参加救援的队员准备好了二十一副棺材板，想着这些人肯定不能活着回来了。

那次的经历至今让强永国心有余悸。"下过井的人都知道，井下一条大巷，旁边通着一条辅巷，这个辅巷道是进风巷，里面一爆炸，氧气消耗完了，瞬间的冲击波猛然间和进入进风巷道的风对顶住了，这时候气压就变了，所以才能感觉到像是耳鸣一样的反应，啥都听不到了。我们带队的何书记，他体重有一百八九十斤，爆炸的瞬间，连人带沙袋一下子给吹起来，直接跌落到大巷里，沙袋把大巷口的人都给砸骨折了，你就想想这个冲击力有多强大。"

当时，老队员还跟强永国开玩笑说，他们这些人都快退休了，才经历了瓦斯爆炸，强永国这么年轻就见识了，挺幸运的，就当作一个宝贵的经验吧。

老队员的这番调侃其实是救护队员的常态。实际上，不管是过去还是现在，救护队员许多宝贵的救护经验，都是在与死神擦肩而过的瞬间获得的，每一次残酷的事故现场，都催生出他们日后准确及时处理事故现场的判断力和行动力。当然，这种亲历也让他们在救人的过程中时时面临着危险。

当初一起参加营救的二十一人，现在只有三人还在救援岗位上，受伤比较严重的四名队友在经历这次救援后，选择退休。强永国说："我们肖队长退的时候才三十多岁，其他人有的调到其他矿，从事别的工作了。"经历这次事故时，强永国刚满二十六岁。

和张小龙一样，强永国参加过好几届全国矿山救护技能比赛，也得过不少奖。像张小龙和强永国这样的，既是应急管理中心的救护骨干,又是教练员。作为应急中心的中坚力量,他们用自己丰富的实战经验,带领和管理着这支专业的矿山和煤化工救援队伍。日常不间断的训练是这支队伍变得强有力的唯一办法。"以前,每年集中训练,一封闭就是半年,现在我们都是日常训练,天天训练。"

2018年后,强永国到危化一中队担任支部书记,2020年4月,领导考虑矿山救护的力量相对薄弱,又把强永国调到矿山救护中队当队长。从工作经历来看,强永国和张小龙一样,有着矿山救护和危化救护双重工作经验。

对于两种救护,强永国有自己的认识。在他看来,以前矿山救护的一个主要工作是要做好预防检查,要时时熟悉井下巷道。那时是炮采工作面,井深才一百多米,走着也就去了。现在都是现代化矿井,机械化开采,越开越深,到工作面要坐绞轮车,光坐车都要半个来小时。所以,现在的矿山救护就不能按过去那种方式训练,现在叫科学训练。过去是熟悉巷道,现在要学习国家制定的井下预防检查指南,对采掘工作面、井下运输、通风、爆破等环节都要熟悉,训练都要有针对性。

不只是矿井生产环境发生了变化,矿区从业人员也有了很大的变化。矿区职工的素质和安全意识也跟过去大不一样。过去矿区采掘招工,初中生就可以,现在基本上都是矿大的本科生,首先要学的就是安全生产,凡是跟生产安全有关的都要掌握。相应地,救护工作也一样,要讲究科学,要有全方位的知识,不能光知道下去抬人,还要会分析原因。碰到着火,除了知道怎么灭火,还要准确判断是啥原因。"过去出现事故,领导让你下去打壁就打壁,现在救护队员下去要采取啥措施咋处理,不光是听领导指挥，同时个人也都得具备各种应急反应和准确判断的能力。说老实话，以前曾经有过救护队员因为瓦斯爆炸死在井下，属于指挥失误造成救援人员伤亡。现在，这种事是不可能发生的，因为这属于违规指挥。现在的救护队员各方面都要学，包括学规程学法律。今天如果还有像过去领导的那种不科学的指挥，只要我们的队员掌握了相关知识，这个时候，就能指出救援措施的问题和漏洞，就能避免不必要的危险和牺牲。说白了，在井下干活儿，不能把自己的命交到别人手里去，你掌握科学，对错正误你就知道了。科学救援，讲的是科学化精细化。现在比以前事故少多了，管理上法规也明细化了，有《安全生产法》《煤矿安全规程》等系列法规。我们平时也学这些东西，不断学习，增加科学和法治的理念。"这是强永国多年来在救援一线得来的宝贵经验。

## 五

2016年，强永国经历了宁夏近二十年来最大一次井下事故的营救。

据2016年9月28日新华社报道：9月27日上午，宁夏石嘴山市白芨沟林利煤炭有限公司下属煤矿发生瓦斯爆炸事故，事故造成十九人遇难，还有一名被困人员未找到，搜救还在进行。事故现场离地面约两千五百米，目前，各方参与救援的队伍已达二百多人，现场指挥部正在组织救援……

强永国带着救护队的新老队员一起去现场营救。新队员都是前不久才招来的二十岁左右的小伙子，就跟当年强永国初到救护队时一样的年龄，长这么大，谁也没见过这么惨烈的场面。就连强永国这样从业已经二十年的老救护队员，也被当时的现场震惊了。从井下事故的现场可以看出来，这些人都快跑到大巷了，井下一爆炸，瞬间造成大面积缺氧，矿工基本上都是一氧化碳中毒遇难的。

新队员们吓坏了，腿都软了，没办法，还得靠老队员。就这样，一个新队员跟一个老队员一组一起抬尸体。一边抬遇难矿工的尸体，同时，老队员还要给年轻队员做心理工作，说我们这个行业就是这样，早点把他们从井下这个事故环境里抬出去，这样才能让他们早点入土为安，这是积德行善，所以，没必要害怕。这么疏导着，年轻队员慢慢才不那么紧张害怕了。

"这就是林利煤矿救援的情况。那次给我留下的印象特别深，可以说是二十四小时营救一直没间断。我们这些人下去，作用就是尽早处理完事故现场。"

只要井下发生伤亡，强永国带领队员们参加完救援，都要进行一场心理上的疏导。"特别是刚入行的年轻队员，如果不及时疏导，真的是很容易产生心理阴影。"

这是应急管理中心的一项传统工作，也饱含着强永国的切身体验。

1998年，强永国成为灵武救护队的小队长。那年，他跟着救护队肖队长到中宁石空一家个体小煤矿处理事故现场。这家小煤矿的井下是一个斜坡，出事前，矿井的通风设备非常简陋，矿方就用手扶拖拉机的机头接了个风筒进行井下通风。事故发生的原因就是风筒断开了，井下两个工人正在井巷打钻，当场就死在井巷里。事故发生好几天了，矿方没有任何办法和能力处理现场，便求助于灵武煤监局，煤监局就派强永国和队友前去处理。

强永国和队友跟着肖队长到了现场,两个人一组往上抬,就这么硬是把尸体给抬上来了。那是强永国第一次抬井下的死难者。

"当时,我们肖队长就说我们做的这是积德的事情。从那以后就这么干下来了。后来经历得多了,心里也就不那么害怕了。"后来,这句话也成了强永国带新队员的法宝。

## 六

实际上,危险和害怕,是每一次事故现场都要面临的,甚至,救援队员直到退休的那一刻,才可能总结出自己的职业生涯中,哪一次是最危险的营救。

2003年,强永国第一次到高瓦斯煤矿参与营救。到了汝箕沟,当地营救队员正在井巷里打封闭,强永国的主要工作是运料。那会儿,他就想着快快运完,不知道背的氧气已经耗尽,等想出来的时候,已经出不来了。"运料过程中,呼吸器剩五兆帕就要返回。我光顾着干活了,没注意氧气的情况。后来队友们搀着我往外走,走到井巷中间我就栽倒到水里了。"地面上有接应的救援小队,一看强永国他们几个人怎么还不出来,就进来接应。"幸亏进来得快,要不然,因为缺氧窒息就会把命给要了。"强永国说,"现在为啥我们的工作规章上明确规定,救援时,一定要留够五兆帕氧气剂量,一旦有啥意外,才可能及时处理。"

以前,强永国和队友救援时,背的都是负压呼吸器,没有报警装置,现在用的都是德国进口的呼吸器,如果坐定一分钟不动,呼吸器就会自动报警,声音非常大,周围的人都能听到。

"所以说,我们现在的应急配套装置和物资也和过去不一样了,国家对应急管理系统以及应急训练基地每年都有相应的拨付资金，每年国家局有个质量标准化检查，南北方互检，就是为了保证矿区生命和财产安全。宁煤应急救援中心属于国家一级资质。"强永国说，"我们现在是四十八小时值班，说实在的，跟队友在一起的时间，要比跟家人在一起时间长多了。有时候，队员之间也会闹矛盾，每到这个时候，我就说，我们都是因为干了这个工作才在一起，能有啥深仇大恨？上班期间不要太计较，你要想想你恨的人，也许就是在紧急情况下救你的那个人。平常都是这样做大家的思想工作的。"

每一次营救，每一次处理事故现场，对于救援队员们来说，都是一次团队协作的过程，不抛弃不放弃，这就是宁煤应急救援中心各中队的工作座右铭。

"当然，说心里话，这个工作干的时间越长越害怕。一是什么事情干的时间长了，就越发觉得不好干；另一个，年龄大了，想得也就多了，不像年轻的时候，傻乎乎的，啥也不想。"强永国说，"应急救援算是特殊行业，危险行业。一旦发生啥危险，工人往井上跑往厂外跑，我们是往井下去往厂里跑，我们要冲进去。那种感觉，是挺悲壮的。"

强永国参加的最近一次井下营救，是发生在梅花井矿的透水事故。事故发生在大年里，媳妇给强永国买了件大红羊绒衫，强永国刚穿上就接到出警电话。放下电话，他把战斗服一穿就下到井下。等强永国和队友把现场处理完上来，花了近千元钱的羊绒衫，在黑水里泡得完全没了样子。

"现在井下设备好了，条件也好了，和过去相比，不太容易出现人员伤亡的事情。即使如此，对于我们这些救援人员来说，仍然要做好平时的练兵和准备。只要有生产，就有安全隐患，煤炭生产企业必须得有这么一支消防工作队。不是说环境改善了，危险就不存在了，实际上正相反，因为生产的面扩大了，生产的环节增多了，危险因素变得更为复杂，相对来说，应急救援任务更重了。安全不同于其他，跟营利没关系，不管什么时候，我们都承担着保护好生产安全的最后一道防线。"这是宁煤应急救援中心工作人员常常念叨的常识。

## 小煤窑变身记

金凤煤矿位于宁夏盐池县冯记沟乡，它的前身是20世纪70年代建设的县属地方小煤矿冯记沟煤矿。20世纪80年代，宁夏石嘴山各矿陆续用上了综采机械设备，这个小煤矿还在靠人工采煤。进入21世纪，几经改制，冯记沟煤矿变身为宁煤集团金凤矿，经历了从小煤窑到智能化煤矿的巨变。这家煤矿的跨越历程，也是宁东煤业腾飞的缩影。

魏真现任金凤矿的纪检书记，他说，从过去手拿铁锹挖煤、用背篓背煤，到今天的机械化智能化，完全不可同日而语。

一

"现在想想都觉得后怕，坡度四十五度，顶板上还淋着水，人都站不住，更别说干活了。上人的工作面有五道绳，人就拉着绳子干。搁现在，谁干？谁敢干？但那会儿就是那么干过来的。"那时候，魏真和工友们穿着雨衣，水淋得噼啪作响，说话声都听不到，要在井底连续工作七八个小时。"说句不好听的话，我们小便就直接在井巷里尿着呢，尿出来，都能看见热气冒着呢。"魏真当年的好几个同事后来都得了风湿性关节炎，干了没几年就没办法干了，只能离开煤矿。

五十八岁的魏真1985年到冯记沟煤矿，从工人到班长、队长，再到主管生产的副矿长，就这么一路干了过来。

20世纪80年代，冯记沟煤矿有两个井口，一号井是1970年建的，是建矿时就有的矿井，当时年产设计在四万吨左右。1988年，冯记沟投建二号井，就在一号井的北边。1992年，二号井正式投产，设计年产十五万吨。那时候，一号井的煤已经快采完了。虽然已经进入20世纪八九十年代，但冯记沟煤矿仍以人挖肩扛的方式采煤。

"当时为了防止顶板漏煤块，煤巷顶部用柳条编织衬着，两米宽一米长，一截接着一截，布在工作面顶板上，哪像现在用的都是金属网子，完全不是一回事。那时候还是炮采，打眼放炮，放完炮，柳条网子往上一支，煤一攉，再把支柱往回一撤。那时候，回撤支柱要用拔柱器一个个往下拔。那么小的空间，又是水，一米多的柱子，支和拔都特别费劲。"魏真一边说一边直摇头。

冯记沟煤矿是县办企业，条件非常简陋。当年，宁东一带像冯记沟这样的小煤矿有好几家，通通被称为小煤窑。"煤井巷道不到两个断面，也就一米多高一米多宽。"魏真所说的断面是煤井专用名词，指煤井的空间体积，一个断面就是一米见方。矿工师傅常年工作在这样一个狭窄的空间，身体或多或少都落下了毛病。

魏真的腰椎病就是那时候下井，一直曲着身子挖煤造成的。

魏真刚上班那年，冯记沟矿井下用的还是木支柱，到1986年，冯记沟煤矿矿井才改成金属支柱。1992年，二号井投产。"二号井比一号井条件好一点。当时是串车提升，零点七五吨容量的小矿车，一连五个，向井上运煤，斜井就是串车运输出煤的巷道。人行入井的井口，是一个九十米深的立井。"对于当年矿井的情况，魏真至今记得十分清楚。现代化的矿井都是先探后掘，在开采前先排水，这都是采矿的基本常识，可魏真刚工作时，冯记沟煤矿根本没有这个条件。"没有条件疏放水。在井底，泥岩层是挡水的，井巷刚建好，泥岩层一破碎，跟着水就下来了。就这么淋着水，我们这些工人也得去采煤。"矿井水能大到什么程度？矿工们现采着煤，水就能漫到近一米高，就这种条件下，师傅们照样干着活。咋干？魏真和工友都穿着雨衣攉煤，干着干着，雨衣根本都不起作用，水太大了，身上都是湿的。特别是二号井北翼工作面倾角大，整个工作面呈四十五度倾斜，工作面采掘的煤，现采着用脚一蹬，直接就随水冲下去了。

刚参加工作那会儿，和魏真同龄的矿工好多都受不了，不少人离开了冯记沟煤矿。矿上呢，走一批招一批，基本上每年都在招工。"招工的条件很简单，就看谁劲儿大，根本不看文化程度。当时文化程度高的还不想招呢，井下要的是干体力活的，就要能吃苦耐劳的。"

当年参加招工，招工的人让魏真耍单杠，引体向上，就看能耍多少，谁耍得多力气大就录用谁。"只有这一个标准。你想想看，都到了20世纪80年代，煤矿招工还是这样的。"能留下的都是像他这种家庭条件比较困难，身体比较好的，家庭条件稍好的身体稍差一点的，根本就干不下去。

就这样的工作环境，也不是谁想去就能去，还得盐池县给各乡分配名额。1985年，魏真参加招工那一年，是最后一批由县劳动人事局分配名额，一个大队一个名额，招的是农民轮换工。从1986年以后，就变成了矿上自主招工。

冯记沟煤矿最早是盐池县和定边县联合开矿，地方都瞅好了，也都准备好了，结果两边发生矛盾，定边县把人撤了回去。1970年，冯记沟煤矿建矿时，总共有几百号人，属县办集体企业，等干到1999年，两个矿井都关闭了，煤采完了。

2000年，全国煤炭行业不景气，到年跟前，冯记沟煤矿连工资都发不出来。那时候，冯记沟矿的煤质量不行，又一直在井下泡在水里，根本就卖不出去。"当时三十元钱一吨，给大坝电厂送，还得靠关系。"魏真说。

2000年，冯记沟煤矿改为股份制。改制时，盐池县政府引进银川一家叫爱国扶贫公司的企业来投资控股。这一改制，等于把一个县办集体企业转为民营企业。职工根据工龄入股，一股是一百六十元钱。可改制后还是不景气，一是盐池县当时是贫困县，根本没有能力对煤矿进行改造扶持，二是煤炭行业那几年不景气，煤矿也不好管。

2006年，冯记沟煤矿转入宁夏发电集团。一年多后，又转入神华宁煤集团。2008年6月20日，发电集团和宁煤正式移交，冯记沟煤矿正式交由国企管理。

从这个过程可以看出，冯记沟煤矿跟宁夏石嘴山的老矿不一样。"它从一个地方小煤窑几经改制，由县集体到股份制到民营再到国企，身份变化非常大。大致说来，冯记沟煤矿经历了六次机构重组，历经四次改制，这也是宁夏其他煤矿没有经历过的。"魏真说。

自从交由宁煤管理以后，冯记沟煤矿的条件才算彻底改变，井下巷道由过去一个断面增扩到几个断面，从一米到四五米，井巷宽敞多了，运输条件也变了，由矿车运输改为皮带运输，设备也更先进。

## 二

魏真是盐池县青山人。农村条件不好，最好的出路就是能当上工人挣上工资。高中毕业，魏真跟着哥哥来矿上。来后没几年，魏真又把弟弟也带到矿上。哥儿仨在冯记沟煤矿干了大半辈子。现在，哥哥已经退休，弟弟在矿物业公司工作。

1985年8月，魏真被招工到矿上，等了两个月才进了矿井。1985年10月1日这一天，是他下井的第一天。他记得真真切切，那天的工作就是打巷道。魏真一到矿上就分到掘进队，当天的任务是打七八米深的巷道，要打断面一点四五的连巷。老师傅带着魏真他们这些新工人进入井下，越往井巷深处走，空间越狭小。

冯记沟一号井的老巷道，不管是回风巷还是机巷，都十分狭小，全靠连巷来通风。矿井狭小，炮一放完，矿工们要蹲倒了，用短把锹撮煤，然后靠人拉肩背，把煤弄出狭窄的巷道。因为矿井下有水，蹲下装煤时，屁股和腿一直都是湿的。装煤的背篓是用芨芨草编的，一篓能背三四十斤煤。一背篓满了，就赶紧往地面上背。除了背篓，魏真和工友们还用风筒布背过煤。就这样背了好几个月，巷道才算贯通，才开始用矿车运煤。当时所用的矿车也都是人力推车。

"一上班，干的就是这样的活儿，可就这么干也是高兴的，因为一天能挣好几元钱呢。当时也不知道什么叫害怕，就想着能挣上钱，有钱了就能找个对象成个家。"虽说都知道井下的活儿不好干，四块石头夹着一块肉，但是月月有个麦子黄，这就是农村远比不上的。魏真到矿上第一个月就挣了一百多元钱，这一百多元钱让魏真高兴得不得了。拿到工资那会儿他就想，这下可干到钱窝窝里了。

"20世纪80年代的钱值钱，我也能下苦。"魏真说。那些年，就是轮到魏真休息，他也不想休息，就想下井挣钱。每次轮休时，魏真给要上班的同事买一碗饺子，请人家吃个饭，然后提出来，替工友上班。从小家里条件就不行，到了矿上后，魏真就一个想法，多下力多挣钱。"那时候，下井一天能挣八元钱，可一休息，睡在宿舍里，这一天就没钱。我那时候特想替别人上班，就为多挣这八元钱。"

初当矿工的日子就是这样过来的。

"好在我这人比较谨慎，也算幸运，还没遇到过特别危险的事情。"魏真说，过去他腰部骨折过，但他一直都不知道。前几年体检，医生说是陈旧性骨折，魏真才记起，当时掘进巷道所用的矿车，都是人力推车。有一阵子矿车脱轨，魏真和工友们就往井上背煤。有一次背完，他觉得腰疼得厉害，以为就是人们常说的岔气了，根本不知道是腰骨骨折了。那次受伤，魏真在家休息了一段时间，疼得没那么厉害了，就以为好了。"当时根本没有那个意识。也不是我一个人这样，大家都不当回事儿。"

刚上班时，井巷窄，风筒有几十厘米粗，攉煤时大家就都觉得风筒碍事，影响干活，干脆就拆了扔一边。谁想，干着干着，一个工友晕倒了。大家都说是一氧化碳中毒了，吹上一会儿风就好了。魏真就把工友拖到风筒跟前。就这样，风一吹好了，继续干活。"当时在井下，就是这种思想意识，不觉得这样是会死人的。以前年轻不懂，也不想那么多。"

2006年，冯记沟煤矿归入宁煤之前，还发生了一次工亡事故。运输用的绞车偏了，开绞车的小伙子直接上脚一蹬，裤子挂住了，一下子人就带进去，当场人就完了。那一年，还发生过这样一个事故，在掘进巷道，两个工人在下面干活，一个工人去放矿车，控制矿车的钢丝绳突然断了，矿车一下子顺着井巷溜下去，当场就把人给挤死了。

"这都是冯记沟矿在民营企业时发生的事故，在今天都是不可能发生的。"魏真说。2006年起，魏真提任主管生产的副矿长。魏真从事煤矿生产管理就是从那会儿起步的。

三

冯记沟矿归并宁煤后，一开始实行的是一套班子两个牌子，一个是冯记沟煤矿原生产单位，一个是金凤矿的牌子。

2008年，金凤矿开挖井巷，2011年，原冯记沟二号井彻底关闭，2012年，金凤矿投产。原冯记沟矿的工人全部转到新矿井，整体划过来六百多人，三百六十多人是合同工，其余的是农民轮换工。改股份制时，合同工配有股份，农民轮换工没有股份，转到金凤矿，这六百多名工人全按合同工对待，农民轮换工的身份也转成了合同工，这些人到现在还都在金凤矿。

转到宁煤后，老冯记沟矿的一些遗留问题也一并得到解决。魏真在井下当掘进队队长时，冯记沟矿让职工交养老保险，职工都不交，还不让单位扣。"那时候人的意识落后得很，只认拿到手的钱。到现在一退休，拿退休金时一看怎么这么少，这部分人就来找。最后，企业又给这部分人补了，通过社保办协调沟通，从1986年补起，按当时职工工资的百分之二十八补的，记工龄也就都从1986年记。"魏真因此工龄少了一年，"但也就只能这么解决了。20世纪70年代招工的老职工肯定有意见，也有找的闹的，但没办法。过去一直在宁煤的老职工，工龄长的退休能拿到六七千元，可是原来老冯记沟矿的也就能拿到两三千元。"

魏真叹了口气："这属于历史遗留问题，以前国营煤矿和地方集体煤矿还是不一样。那时候人的法律意识也不强，农民工大多是大老粗，每个月能发工资就行了，别的事情不懂也不想，到最后退休了才反应过来，但也只能这样处理了。"

## 四

"以前冯记沟煤矿在生产上投入比较小，利润也不高，同时还要给县政府交利润，企业负担重。后来归到宁煤，有了更长远的眼光和更科学的规划，包括煤的销售路子也宽了，由集团统一规划。职工们只把生产和安全管好就行。"说起从冯记沟煤矿到金凤矿的变化，魏真有着切身体验。

冯记沟矿从小煤窑变成宁煤集团的一分子，变化最大的，一是职工收入明显提高，统一按宁煤职工的标准开工资，这个标准就比以前县上定的高多了。"以我自己为例，刚来矿上时，工资一个月一百多两百元钱，后来有了二号井后，能拿四百多元钱，再后来才慢慢到两三千元钱。现在按宁煤的标准，能拿到六七千元钱。二是煤矿的安全管理比较规范，机械化提高了，环境管控、管理水平也提高了，职工素质整体提高了。"

魏真当掘进队长的时候，井下作业大部分是人力，安全管理远没有现在这么精细。当时只有一本井下安全生产的书，现在光是安全管理方面的手册就好几本。"现在要求就多了，各个环节，把各种危险源都要辨识出来，都要管控。咋管控？新思想、新理念、新的工作方式，全都靠人去实施，智能化更要靠高素质的人来管控。矿上现在招工都是大学生，就是劳务工也至少是高中生，人员素质和过去不可同日而语。现在管理都是按标准执行，非常到位，包括一个开关的安装都有标准，螺丝要求上几扣就几扣，严格标准。过去那种管理和现在根本没法比，差距太大。"魏真说，"这当然也说明，小矿和大矿还是不一样。像过去冯记沟那种小矿，就讲投资小见效快，除了出煤，其他都是次要的。放现在根本没人愿意干。"

今昔对比，魏真颇有感触："过去生产环境差，企业能坚持那么多年，说到底，是因为整个社会和企业压力没有像现在这么大。现在，生产上安全上的弦一天天绷得紧得很。"

## 五

现在，金凤矿年产四百万吨煤。魏真介绍说，冯记沟北部采区都采过了，过去采了三层煤，下面还有煤，下一步还要对以前的老矿井进行探放水，再进行开采。现在矿井的位置，井底就在省道边。"再开采基本就到冯记沟乡的沙梁上，接近原来的老一号井，水的问题解决了，就可以出那边的煤了。原矿井离地面二百八十米，新开的矿井就更深一些。冯记沟乡马上要搬迁，这一片属于塌陷区，乡上找的评估公司，宁煤也找了评估公司，共同评估。拆迁的补偿由宁煤出，对于企业来说是一笔比较大的投入，可能得一亿元过点儿。"魏真补充了一句，只是听说，数字并不十分确切。

乡政府的院子就是魏真工友们当年住的地方。乡政府的楼板房，也是当时老冯记沟煤矿给老工人分的福利住房。魏真当时还没够分房条件，没分上，矿区有几百号人，住房也是很紧张的。

1997年，矿上放出地盘，让职工们自己建房子。魏真是采掘队队长，矿上就在路南给魏真划了三间房的地盘，十二米长二十二米宽，魏真就在这块地上，面对面，盖了大三间小三间，带个大院子。地盘是矿上的，房子是自己建的，这对那个时代的矿区来说，是极普遍的事情。"盖房的材料自己买，木料是到吴忠买的。"魏真说，在建房子之前，他一直租村民的房子，一年租金几百元钱。

房子盖了几个月，都是家里亲戚帮忙。魏真带领着采掘队一百八十多人，矿上天天要生产，忙得根本顾不上家里。

"现在，那个地方拆平了，拆迁费也就几百元钱一平方米。"2010年，魏真在银川买了房子，还享受了一套宁煤安置房，七十多平方米，在永宁银子湖。

这些年，宁煤除了给所有职工建安置房，在煤矿拆迁扩建过程中，还要负责所占地居民的搬迁安置。比如，金家渠煤矿建矿时，当地村民搬迁后的住宅都是宁煤盖的。

金凤矿所在地属于冯记沟乡三墩子村，这里过去是个大沙坝。"开工奠基时，这一片是个沙窝，好大一片沙坝沙梁，比金凤矿四层办公楼都高，就用绞车一车车地转掉了。"魏真说，金凤煤矿是宁煤建矿投产最快的，三年建成五年投产，一方面因为牵扯着过去六百多名冯记沟矿职工的生存，再加上这个地方施工条件好，属于沙地，没有住户，建设阻力小，所以建起来比较快。

## 六

"老实讲，过去的煤矿跟现在根本没法比，现在是钢铁长城，过去也就是个土长城。现在开掘巷道，第一件事情就是先探放水，过去哪有这个条件。现在煤巷子打的地平，整个井巷道像过车的隧道，变电所，水泵房，都是无人操作，完全实现了智能化。"魏真很是感慨。

为啥在金凤矿建智能矿井？一是井型小，二是条件好。实际上，金凤矿只是试点单位，双马煤矿、枣泉煤矿做得比金凤矿还好，金凤矿不过是先行试点，试行成功了，再在其他矿区推广。"因为金凤矿前身冯记沟矿是老矿区，人员成分比较复杂，老职工多新矿工少，像年轻的科班出身的，一年也就来七八个，再先进的设备，再好的愿望，需要人来实现，所以说，这也是金凤矿智慧矿山建设的一个短板，目前金凤矿一直在大力培养人才。"魏真说。

像宁煤集团所有的矿区一样，金凤矿所有的矿领导都有下井任务，矿领导一个月带五个班，早上八点入井，下午四点升井。过去入井出井要在井口签字，现在都有定位卡，公司、集团，还有国家能源局都能从网络上看到。

"很快，金凤矿就要启用智能矿灯，要是使用的话，卡跟矿灯都是一体的。只要下井，不可能不带矿灯，只要带了矿灯，下井的信息、位置就同步传到公司，传到国家能源局。将来所有人都是这样的，只要地面调度打开电脑，就能看到。这也是智能矿山信息化的一个方面，相当于GPS定位。"魏真畅想起来，"过去老矿采了一部分，但是没有采利索，原有的整装煤田还有一部分在下面，现在准备再开采。可以说，过去解决不了的问题留着现在甚至后人来解决。随着科学技术的发展，装备水平的提高，原来煤层顶板软、底板软、容水量大等过去无法解决的问题，现在用一些科学技术就能解决，就能采下来。这也是因为老矿区向智慧矿山变迁才能得到的条件。"

2022年，魏真退居二线。他由衷感慨道："在煤矿干了这么多年，虽说辛苦，但说到底也是为自己，为生活。"说完，他又补充了一句："说句老实话，煤矿养活了我们一家子，煤矿对我们这些职工是有回报的。"

## 老矿区　新矿区

一

"但凡有故事的地方，一定是老矿区，这些年新建的矿区，都没有住宅区，不可能有太多故事。"在金凤矿专职副书记戴良宗看来，这也是新矿和老矿的一个区别。

金凤矿现有职工，大部分都是原银北和宁东老矿陆续分流到这儿的，从今天金凤矿职工的组成，就可以看到这些年来宁煤的巨大变化。

宁煤每一次的规划发展，都会牵扯到一线矿工的流向，而宁东新矿接收安置原银北老矿分流职工，几乎成了常态。以金凤矿为例：2010年至2012年，磁窑堡煤矿、灵新煤矿职工分流至金凤矿；2016年，金能公司（原石嘴山矿务局二矿）、焦煤公司（原石炭井矿务局二矿）职工分流至金凤矿；2016年至2019年，从焦煤公司、金能公司、乌兰矿、汝箕沟公司、石沟驿煤矿陆续分流来了一批又一批职工；2021年5月初，石沟驿煤矿最后一批职工和汝箕沟分公司部分职工分流到金凤矿，前后有千余名矿工从老矿区分流至此。

可以说，今天的金凤矿，过去宁煤所辖各个煤矿的职工都有，金凤矿十几年来的发展改造，每一步都离不开老矿熟练而富有经验的职工的加入。

分流过来的这些人，工作地点可以变，但是家庭住址不可能变——职工基本都居住在银川，其他各矿都没有配通勤车，因为职工居住太分散，不方便发车。金凤矿也没有通勤车。

宁煤集团有规定，没有通勤车的矿区，交通有补助，六十公里到一百二十公里，补助为五百元到六百五十元。"现在条件好了，矿上的职工大部分都有私家车。最近金凤矿区又新建了一些车棚，就是为了方便职工停车。"戴书记说。

## 二

2021年5月，在金凤矿接收了石沟驿老矿区最后一批职工后，石沟驿煤矿彻底停产，老矿区的看护也托管给了金凤矿。

石沟驿煤矿是一个井田面积约十五平方公里的老矿区，它的面积和乌兰矿差不多。石沟驿煤矿得名于矿区西南三公里外的一座古驿站。关于石沟驿，有一个广为流行的传说。据《灵武志》

记载，唐天宝十五载，朔方节度使郭子仪率兵讨伐安禄山时，曾经屯兵石沟驿城，军卒在城中做饭时，无意中燃着一块石炭。这也是有关宁夏境内发现煤炭的最早传说。老石沟驿是出产香矸子煤的地方，在宁夏所产的煤炭中，灵武地区的香矸子煤和汝箕沟的太西煤是煤质最好也是最有特色的。灵武境内的古磁窑遗址就位于石沟驿古城以北，据考证，系明清时期民窑。古窑的存在，有一个最为重要的条件，就是要有充足的燃料。而在古驿城附近，就发现有古代小煤窑口三百多处。这也从侧面印证，有关唐代石沟驿就发现煤的说法很有可能是真的。除了石嘴山地区，磁窑堡煤矿和石沟驿煤矿是宁夏境内开发较早的煤矿。从20世纪70年代起，石沟驿就是宁东地区最有代表性的煤矿。2011年，石沟驿矿区搬至距离老矿千米远的新址。在新址采煤不到十年，资源枯竭。

"宁煤正宗的香矸子就产自那里，2004年就已经采完了。香矸子有一股清香味儿，因为这个才叫香矸子，烧完灰是白的抱成团不散，剥开里面还有一团火，有股香味儿。据说，当年慈禧用的就是这个煤。"戴良宗说。时过境迁，一时闻名的香矸子煤和太西煤一样，都已渐成历史。煤没了，采煤的人也就陆续走了，他们去往的正是宁东新矿区。

2021年5月一个月，金凤矿接收的分流职工，就有一百多人，一部分是石沟驿煤矿的，一部分是汝箕沟分公司的。"所接收的石沟驿矿分流人员中，有十六人一下子变更。"戴良宗说，因为工作地点不同，离家远近不同，职工上下班的交通问题就成了一件大事情。现在，宁煤集团唯一集中运输的只有煤化工这几家单位，因为煤化工仍留在石沟驿老矿区，负责看护地面设施。

接管老矿区的分流职工倒不算什么，同时要接收几百名内退和伤残职工，这对于企业来说，在管理上是最难的。实现企业利益的最大化是每个生产单位的目标，但是要体现一个现代国企基本的人文关怀，又需要企业背负和消化历史遗留和现实问题，这的确是一个不太好平衡的事情，不只是煤业，其他生产行业也是如此，这是最考验企业管理者的难题。

老矿职工分流遵循双向选择的原则，接收分流人员的单位提供井下岗、地面岗，供分流人员选择。但分流职工的安置，还是面临着许多具体而实际的问题。比如说，分流人员年龄都在四十岁左右，原一线操作岗的职工分流安置都没什么问题，最难办的是管理岗。"要是一下分流来几个科级干部怎么安置？这在哪个矿区都是头疼的事。本来矿区机关就不缺人，管理岗又有指标限定，但还要安置，而且还要考虑方方面面的因素。"戴良宗说。

在绝大多数职工看来，宁煤集团分流政策还是比较合情合理的，一是双向选择，照顾职工就近选择；二是两口子都在宁煤，实在是照顾不了老人小孩的，女同志四十岁以上就可以内退。"比较人性化，总得有一个奋斗一个顾家。只不过，内退收入相对低，工资不到两千元。"戴良宗说，"从老矿区分流来的员工，有男同志也有女同志，不过，相对来说，女同志很少，这也是矿区的现实，女职工本来就少。矿区劳动一线是不用女工的，国家相关劳动法规定女工是不能下井的。"

这次石沟驿矿分流到金凤矿的只有四名女职工，而汝箕沟分流来的全是男职工。金凤矿现有一千零六十四名职工，只有五十名女工。这五十名女工，机关有二十多人，其他多在井下生产相关的辅助岗位上。

矿区的远程调度也像煤化工煤制油公司的中控室一样，全部由电脑控制操作，煤化工电脑程控是对各煤化工工作面的操控，煤矿电脑程控是对井下各工作环节的操控。

"矿区这些地方都可以用女工。矿上原来的机电队、压风机房、通风机房、井下水泵房，以前是女工比较多的地方，现在都改自动化了，仍由女工操作。"戴良宗说。

这次石沟驿矿分流来的四名女工，机控室分了两名，贮运车间分流了一名，还有一名分到机关。"2021年底，机控室有两名女工退休，这两名分流来的女工有两个月的学习熟练期，正好可以接替这个工作。"戴良宗说，"这也是矿区特色，在矿区，女同志除了进机关，或者一些电脑操作岗外，其他再也没有更多的合适岗位。汝箕沟分公司这次分流来的都是男职工，都是原大峰矿和汝箕沟矿负责露天开采和运输的职工，原来都在露天矿开大车、铲车或者大型运输车，正好金凤矿煤厂需要大车驾驶员，这些人多数被安置到煤厂去了。也有选择到井下绞轮车队开皮卡车的，相对来说，收入能多一点。"

## 三

20世纪80年代，灵武矿务局成立，标志着宁东煤炭生产开始走向成熟。进入21世纪以后，随着国家煤炭工业的进一步发展，宁东迅速兴起。

在戴良宗看来，宁东的建设发展，跟20世纪60年代的石嘴山市颇有相似之处，它也是在几乎一无所有的荒地上建起的一座工业城。短短二十年，今天的宁东厂房林立，公路铁路交通快速发展，成为宁夏通向全国的又一个交通枢纽。"就是因为这片地方建设宁东煤化工基地，才有了高速路、铁路的快速发展。如同 20 世纪五六十年代，石嘴山煤炭工业的发展，加速了当时宁夏北部地区公路铁路交通事业的发展，同促进宁夏城镇化进程一样，宁东的建设，再一次加速了整个宁夏的现代化发展。"

戴良宗在灵武中心区住了十年，孩子上小学后，家才搬到银川。对于宁东的发展，他是亲眼所见亲身经历的。

"过去，灵武矿务局办公楼就在宁东大道的十字路，以前那一片可热闹了，有影院，有商场，后来灵武矿务局不行了，这些地方也都跟着倒了，现在唯一红火的就是吃饭的地方。伴随着灵武矿务局这片冷清下来，宁东跟着就起来了。"戴良宗说道。

不管是石嘴山，还是宁东，煤业单位多是在荒地上崛起，靠的就是国家政策，靠人、靠技术塑造出一个新兴的工业城镇。"就说大武口吧，原来一半的地都是原石炭井矿务局的，是宁煤的。说白了，如果不是因为石炭井和石嘴山两个矿务局，怎么会有石嘴山市呢，怎么会有大武口呢？所以，过去，石嘴山这个城市一直是在打煤炭工业的牌，现在，宁东也一样。"宁东一带城镇中心的迁移，和石嘴山地区矿镇的兴起和没落，如出一辙，都是随着煤业的兴衰而起落。甚至可以说，这早已经不是某一个地方的经验，而是整个人类社会的现象，是工业发展对现代城市最直观的带动和影响。

戴良宗从宁夏煤校毕业时，正值 20 世纪 90 年代初。"一直到 2000 年，宁东这边还啥都没有，就有个磁窑堡矿、灵新矿、石沟驿矿，什么梅花井、双马、羊场湾、麦垛山、枣泉，这些矿都是在 2003 年宁东煤化工基地初建之后才陆续有的，宁东这些高楼大厦，也是这十来年陆续起来的，宁东这个镇子也就是这么发展起来的。"戴良宗记得刚成家的时候,他和妻子散步到北边(今煤制油公司所在地)就不敢走了。"过去煤制油煤化工那个地方好荒的,大冬天人冻得厉害,风也大,时间久了站都站不住。现在虽说只是生产区,常住人口也不多,但是能看看厂房有多壮观。"

宁东镇过去地属灵武磁窑堡镇,名叫黎家新庄子,现在是独立城镇,副省级区划,公安分局、消防队都属于银川市直管。今天,宁东的重要性,不亚于当年石嘴山市在全国煤炭行业的重要性。就如当年石嘴山是全国十大煤炭基地之一一样,如今的宁东是全国十三大煤化工基地之一。

戴良宗对此颇为感慨:"刚参加工作没几年,就听说将来宁东要跟银川联上,我还不相信,想着像做梦呢,现在再看,果不其然。"

## 四

近几年,金凤矿的煤主要供给宁东煤制油公司,向煤制油供煤也是因为金凤矿的煤热质高品质好,也有少部分给电厂,供给盐池供暖公司。

金凤矿年产量四百万吨,在宁煤集团并不算大矿,但是盈利却排在前几名,因为它煤质好,热能在五千大卡。在煤炭市场比较困难的时期,金凤矿的动煤利润也在一吨一百元钱。虽说离市区路程要比其他矿更为偏远,但是与其他矿相比,金凤矿作业环境还要好一点。在宁东,有好几个煤矿地下温度都比较高,比如羊场湾煤矿和枣泉煤矿,矿井随着采深的加深,温度上升,越深越热,甚至能达到三十三四度,跟银川夏天室外温度一样。因为矿井是一个相对密闭的空间，就显得更加闷热。

在宁东煤矿工作二十多年的戴良宗对此深有体会。他在灵武矿务局灵新矿工作了十六年，又到羊场湾工作了六年，之后，来到金凤矿。

"煤矿跟文艺界一样，是吃青春饭的行业，过了一定的年龄，在体能体质上就不适合井下工作了。"戴良宗说，宁煤集团公司现有四万七千名在岗职工，但存在着年龄结构问题，普遍老龄化。当然，这也是当下中国很多行业的现实。"现在的年轻人，特别是大学毕业以后，面临择业时是不愿意到煤矿的，虽说是煤矿现代化程度已经很高了，但是煤矿井下作业毕竟是受限空间，依然属于高危行业。虽说现在伤亡事故极少，可就是几年出一个事故，那谁也受不了，别说像过去那样的伤亡率，现在就是出现碰手碰脚都是影响人一辈子的事儿。"说到这儿，他感慨道，"其他行业的人总说，煤炭行业收入还行，但是要从人的辛苦程度风险压力来说，煤矿职工的收入并不算高。"

宁煤集团诸如煤制油煤化工这些离银川近的单位，每年都要公开招录，集团内部员工都可以报名，但是像金凤矿这样的矿区是不愿意放人的。"因为放出去一个两个，就意味着要放出去更多，而金凤矿也需要人。"戴书记一席话道出了煤业的现实：在矿区，能来的人欢迎，想走的人却并不能轻易地就走。在今天，更是如此。对此，虽然有些职工偶有怨言，但也只能服从。

身为矿区管理者，戴良宗体会最深的是，这些年来，宁煤集团越来越重视安全生产和民生稳定。"什么是民生稳定？吃好了穿好了，老有所养，幼有所教，住有所居，人心安定了，企业就稳定了，社会就稳定了。这就是民生稳定。"戴良宗说，从2021

年起,宁煤集团补充了职工商业医疗保险。"基本医疗报销不了的,有商业保险做保证,这是从今年(2021年)开始的,针对所有在职职工,每个职工有两千元到四千元的商业保险金。宁煤有四五万名职工,这是笔不小的投入,但真是很大程度上解决了企业职工的后顾之忧。"

在计划经济时代,矿区发生工伤、工亡,货币补偿并不多,但是当时国有企业承担着社会责任,会酌情以接班、优先子女就业和定期发放抚恤金等方式进行补偿。从1993年起,职工开始交社会保险以后,长期延续计划经济时代的赔偿抚恤标准,就不能适应社会现实了。

"不管是计划经济还是市场经济,煤矿生产压力最大的事情就是安全问题,不管是什么时候,谁都不想出现工伤工亡事故。虽说生产条件生产环境有所改进,职工的个人防护比以前要好多了,比起从前安全隐患要少得多,而且跟过去天壤之别的是,现在只要员工发现不安全,他是可以拒绝继续生产的,现在什么都是依法依规办事,不像过去,领导让咋干就咋干。但是,啥时候井下作业,都无法完全排除危险和事故。"

煤矿是生产单位,目的就是出煤卖钱创造利润,使国有资产保值增值,提高回报率,但对于国营煤炭企业来说,首要的是抓好安全,首先是维护好企业职工的生命权,这是宁煤集团领导班子、全体干部员工最大的目标,也是最大的压力。"为此,宁煤集团这些年有很多举措,第一,矿区安全生产方面有巡查制度,比如,今天上午我们几个副总就下井排查,这是常态工作。第二,员工健康方面,安排员工定期体检。一些煤矿的老职工过去都是有职业病的,现在每年体检都能查出几个,有些病人是十年前二十年前积累下来的，有个潜伏期。现在全国煤炭企业在职业病预防方面，在理念上在管理办法上都有很大进步。第三，日常安全防护方面加大了投入，就比如今年（2021年）起，我们矿区使用的都是进口防尘口罩，光这样一个防尘口罩要三四百元钱一个。现在工人穿的下井靴子都是鞋头夹层里包着铁皮的防砸靴，也能在一定程度上预防工伤。第四，为了加强督促生产安全，集团公司要求所有的领导干部，每周要义务值班一天，矿上的领导干部每周只休一天。这样，一方面杜绝了安全隐患，另一方面矿区的生态环境也在变好。政治环境生态环境整个净化了，企业稳定和信访的压力也在减小。"戴良宗说。

安全生产、民生稳定，既是国家倡导的，也是国有企业身体力行的。比如住宿，金凤矿办公楼后面就是公寓楼，干部和职工一样，全部住公寓，公寓的条件都是一个标准，配着冰箱、洗衣机、无线网络，回不了家，总要住得舒服一些。在用车上，矿区用车都是公务用车，平时有公务用公车，回家上下班都开私家车。当然，这个变化是全国性的，但也是宁煤的变化，也是矿区的变化。

对于在职职工来说，矿区既是工作的生产区，也是工余的生活区。要让职工们安心生产，必须给职工提供一个比较温馨舒适的生活环境，食堂、公寓、文体中心，这是宁煤集团下属各煤矿的标准配置。文体中心一到晚上灯火通明，有球场，还有图书馆，职工们可以选择在这里度过工余时间。许多像金凤矿这样的矿区还有个不成文的规定，就是不允许工余时间喝酒，这也是出于生产安全和职工人身安全考虑。

宁煤所有的新建矿区，基本都和金凤矿一样，是一个封闭式厂区，四周是围墙，墙头上有摄像头、红外线监控，井口和办公区都在围墙内。

相比较而言，如果说过去的老矿区是一个小社会，有学校、医院、市场、商店，畅通无阻，人来人往，甚至偶尔可听闻鸡鸣狗叫，俨然一个小镇，现在，矿区就是一个厂区，就是一个大车间，每个工区分区明确，人进人出，实时监控，一目了然。

党的十八大以后，国家对安全生产更加重视，投入也更大，对企业党组织的建设也更重视。身为金凤矿专职副书记，戴良宗除了带头加强学习，还经常给职工讲课，到宁煤集团其他矿区进行学习交流。

"最近，马上要歌咏比赛了，我们以前是天天晚上练，我着急，让从今天早上就开始练。"随着时代的变化，煤炭企业发生了许多变化，但是不变的是，宁煤集团一直注重企业文化建设，注重职工的文体活动。几乎每隔一两年，公司都会举办一些大型的文体比赛，以活跃职工文体生活，增进职工文体素质。戴良宗以前特别爱打羽毛球，在羊场湾矿时就是"重量级"选手，代表矿上参加集团羽毛球比赛并取得过不错的名次。"去年（2020年）还打呢，今年膝盖不行了才不打了，医生建议我最好游泳。在我们金凤矿，我只能在沙堆里游泳。"戴良宗笑着说。

五

戴良宗跟妻子是经同学介绍相识的。妻子家在乌兰矿，她是土生土长的矿二代。

戴良宗妻子高中毕业还没出过矿，光知道呼鲁斯太镇（今宗别立），最远去过石炭井，还是中学时学校搞文艺会演时去的。

戴良宗为此笑话妻子说，虽说他是农村的，十来岁时大坝去过，吴忠去过，银川去过，妻子还是城里人呢，条件要比农村好多了。但妻子说那会儿矿区真是闭塞，以前车少，路也不好走，出趟门真不容易。

说到这儿，戴良宗颇为感叹："现在倒是车也方便，路也好多了，但是老矿也没人了。"

2000年刚结完婚，戴良宗跟妻子去乌兰矿大姨姐家做客。当时，小两口是坐班车去的，一进门，大姨姐说你去把脸洗一下。戴良宗一照镜子，看自己脸上一块灰一块黑的，这才知道，坐了一路车，脸都给刮花了。矿上一刮风，到处是煤灰，在矿上洗了白衣服白床单，都不敢在外面搭，平时在矿上都不敢穿白衬衣。

戴良宗听岳父说，当年矿区的同事感情深，一说起当年都是同一趟车来的，彼此就特别热乎。等到了戴良宗这一代，他所体会的是，矿区同事之间感情越来越淡化。其实，这不只是矿区，整个社会人际关系都在发生着变化。

如今，大姨姐早就搬离了乌兰矿，戴良宗也有很多年没有再去过乌兰矿。乌兰矿现在只有留守的几十名老职工。一切都变了。

## 六

从结婚到孩子上小学，再到孩子上大学，戴良宗的工作单位换了三个，但始终没有离开宁东这一片。自从孩子上学以后，戴良宗最强烈的体会就是，他从此只能当"周末爸爸"。因为工作的地方离家离孩子上学的学校远，一家人一周才能团聚一次。细想起来，似乎孩子成长中的许多细节，身为父亲，他都错过了。

孩子生下来后，戴良宗媳妇就请了假，专职在家带孩子。三岁后，戴良宗就把孩子带了过来，在灵新矿上幼儿园。这段时间，算是父子在一起时间最长的。孩子上小学后，戴良宗两口子只得请父亲帮忙照顾孩子。戴良宗父亲帮他照看小孩，母亲给弟弟看孩子。孩子上初中时，学校离戴良宗买的房子近，孩子自己一个人住在银川，自己照管自己，他们两口子周末时回来给孩子做点好吃的。孩子上高中时，他们给孩子选择了可以住宿的学校，一周回家一次。孩子中学六年就是这么过来的。

这不只是戴良宗一个人的经历，在煤矿工作的许多职工都是这么过来的。陪伴孩子和老人，这样的人之常情，对于他们来说，常常只能是一个愿望。"只要在岗位上，这个愿望就像一个奢望。"戴良宗说，以前他在灵新矿和羊场湾矿时，一周至少还能回一两次家，"现在在金凤矿，来了就回不去。就是让我回我都不想回，路远太麻烦，每次回个家单程差不多得两小时。"

矿上的职工多数对于家和单位的距离，心理预期是车程一个小时内，比如像宁东煤化工离银川的距离。但宁煤所属生产企业多，相当一部分矿区离职工的居住地比较远。金凤矿离盐池县城三四十公里，离吴忠、灵武百十公里，离银川一百三十公里。

对于今天的矿区人来说，生活区和工作区之间的距离，是他们每个人都得面对的现实，是今天所有煤炭行业职工不得不面对的特殊考验。"不说别的，好几天都回不了家，一个星期回去一次，就好像探了个亲一样，相当于一周跟媳妇会面一次，在家吃上一两顿饭到头了。天天回不了家，家也就不像个家。"这不只是戴良宗一个人的苦衷，也是许多煤矿职工不得不面对的现实。

"十天半个月轮休一次,才能回去一趟。要是原金能公司分流过来的职工,家住在惠农,那就更远,只能半个月回去一次,一次休上四天。基本上就是这样。这是煤炭行业所限。"

戴良宗的妻子在灵新矿,现在在后勤物业管考核。戴良宗一直称自己和妻子是牛郎织女。现在孩子在外地上大学,"我们一家三口想见面呢,一家人就开个视频会,在网上见见面,聊一聊。"

据了解,上级主管部门在对煤炭行业进行劳动法普及等方面的监督时,也发现了这个问题。有的煤炭一线职工,月收入在一万元左右,但是并不能像工作在城里家也在城里的员工一样,可以天天回家,天天体会家庭的温暖。

"现在的矿区早已经不像过去的老矿区。过去的矿区虽然条件差点,但是矿工下了班,蹬个自行车或者步行就回家了,一到家,就能见到老婆孩子,就能享受家庭生活。现在虽然条件好了,吃的住的都不愁了,但是,矿工们下了班回不了家,这势必造成了某种欠缺。"这样的新旧对比虽说难免偏颇,但在矿工中却有一定普遍性。

"过去条件都差,现在生活水平绝对提高了,收入绝对是提高了,生活的品质也提高了,但是生活的幸福感,老实讲,却体会没那么明显,因为生活的成本,生产的成本,比过去投入更高,人对环境的要求也高,生产和生活的矛盾更加突出了。"戴良宗说,"过去老一辈矿工,一个月挣个三五十元钱,基本上都用在吃上了,今天煤矿职工一个月能挣一万元钱,用在吃上的是很少一部分,可以肯定的是,这些方面是发生了翻天覆地的变化,这是整个社会的变化,不只是矿区的变化。过去在矿区,职工生活成本非常低。现在呢？这些整个社会的矛盾和压力，对于矿区来说，也是一样的。"

## 七

黄昏时分，结束了采访，我跟戴书记一同坐车返回银川。

出金凤矿大门，顺着矿区大门前的小路开车十来分钟，快到308国道附近时，戴良宗指着路两边的空地，说："中午我们在井下的位置，就是地面上这一片。这一片方圆5.8平方公里都在井田范围内，对应的是地下纵横交错的井巷。这是片塌陷区，矿井采过了，地面就会出现下沉，我们把黄土盖上去，种上植被，不说的话，谁也看不出来是塌陷区。现在国家规定，所有露天煤矿和井工煤矿，塌陷的地方堆渣的地方，都要进行治理，恢复植被。不像过去，这边是坑那边是渣，又是灰又是尘，现在是不允许的。"

戴书记的话，让我想起当天中午，他和金凤矿副总工程师张铁聪陪我一起下井的场景。

下井要换衣服领矿灯帽，戴书记专门安排矿工会干事巨姐带我去换衣服。我跟着张工叫她巨姐，但我推断她一定比我小。在企业工作的女性，五十岁就可以退休，如果巨姐比我大的话，一定早就退休回家了。更何况，从相貌上看，巨姐也比我年轻许多。巨姐拿着矿灯帽和毛巾，带我去了女澡堂。进入联建楼，经过采掘队的会议室、队长办公室，拐弯，一直走到最里头，女澡堂门口立着一张长条桌，一张单人沙发，看澡堂的小陆就坐在门口的沙发上。小陆是五年前从汝箕沟矿分流到这里来的。澡堂大门上贴着一张红纸，纸上写着：职工澡堂，禁止带老人和小孩入澡堂洗澡。进了门，就是更衣室，里面有四排更衣柜。最靠里的一号柜和二号柜开着，一号柜里是洗澡用的洗发液、香皂之类的用品，二号柜里是橘红色工作服和拖鞋，长条凳上放着一套黑色的秋衣裤。这是巨姐自己的洗护用品和特意为我领来的下井工作服。

巨姐说必须都是全棉的，不能穿化纤衣服。她又叮嘱说，手机也不能带。

如果不是她提醒，这些我可没想到，普通手机、相机跟非棉质衣服一样，在井下这个特殊环境里，都是潜在的引发矿井爆炸的危险因素，井下只能带专业的防爆手机。

午饭后，整个女澡堂就我一个人。我按照巨姐的要求，换上了全棉的工作服。套上胶靴时，我发现有点大不跟脚，这是男靴，最小号是三十九码。我一边试着来回走了几步，一边在脑子里想象着，一个穿着三十九码胶靴下井的男人，大概跟我个头差不多吧。

在井口，我们坐着矿上的下井专用车辆，经过安全检查，进入井巷。灰黑色的巷道和我想象的矿井不一样，仿佛是一条又宽又长的公路隧道。一直开下去，前方就是出口，而不是通向前方采煤工作面的井下死胡同。

金凤矿井下留给我印象最深的：一、井道里的红绿灯设置和井下车道的会车方式，矿井下的智能化很大程度在这些地方体现着。车辆在井下行驶时，均遵从红绿灯的指挥，这跟地面交通是一样的，红绿灯为感应式，跟来往的车辆互为感应，及时灵便地掌控车辆的通行。井巷内，每几百米处有一个稍宽敞的会车处，让行的车辆可在这里停留等待对面的车通过再正常行驶。宽四五十米、高近十米的巷道，跟过去人们印象中狭窄黑暗的井巷完全不一样，可谓宽敞明亮。二、井下调度室和主水泵房——这里以前都是有人看守的维持井下生产、抽水、用电的重地，现在全部是智能机器人看护。凑近看去，可见泵机上写着职工的姓名，四五个泵机上写着同一个人的名字，整个调度室里，大概写着六七个职工的名字，这些职工就是负责这些泵机日常维护的工人，他们的工作职责是定期到现场检视。三、主巷道和回风巷道之间有两道风门，用以控制井下的通风和正常的气压，第一道门打开，待车辆进去，第一道门紧闭后，第二道门才打开。我问为什么要设置两道门，张铁聪说，就是为了控制井下正常通风、正常气压。看我仍是一脸糊涂的样子，张工又说，简单说吧，如果没有这两道门，井巷里通风就会发生改变，气流就会对顶上，井下的气压就会突变，形成强大气压，这是很危险的。四、工作面综采机。我没有看到正在生产的场面，只有三五个工人在维护，因为各矿区现在基本上都是早班维护，午班和夜班才生产。综采工作面上，有五六个指示灯，一旦出现空气、热度、压力等相关指标异常的现象，相应的报警灯就会亮起，同时，井下的各项数据，同时传感到地面的调度室。也就是说，井下生产运输等所有的工作环节、相应的数据和操控跟井上调度室都是相互联网的。这就是我能理解的最简单最直观的智能化和数字化控制。

  国家能源局、能源集团煤监局，在全国范围内确定了七十四家智慧矿山建设，其中包括宁煤三家，金凤矿就是其中之一。宁煤集团在这方面投入大量物力财力改造更新，在煤矿生产许多环节实现了自动化、智能化。因为金凤矿小，智慧矿山的好多试点都是先从金凤矿开始试验。"比如，现在井下，红绿灯的设置比地面上还要密集，精度还要高。我们金凤矿是先行先试。"戴良宗说，在取得初步成功后，宁煤集团再推行到双马煤矿和枣泉煤矿。

## 八

车过冯记沟乡时，戴良宗指着路边一片圈起来的大院子，对我说："这就是冯记沟乡，乡政府和矿区都连着呢。有房子有运输仓的地方，就是老冯记沟煤矿。再前面的院子，就是冯记沟煤矿原来办公的地点，过去是煤场子、矸石山，现在都进行了绿化。"

北行二十来公里，戴良宗再次摇下车窗，指向车窗外说，很早以前，这里是片沼泽地，20世纪70年代有了湖水，当时还有野鸭子，有人还来这里耍水。后来水干了，因为有些煤矿建井时，地下水渗透到了地层深处。宁东建设以后，地下水又返上来，就形成了现在的南湖。说到这里，戴良宗就提到了水与煤的话题。

"现在水太宝贵了，保护淡水资源不只是中国环保问题，也是世界难题。煤化工要用水，我们生活要用水，2000年前后，黄委会给宁夏的用水是四十亿立方米，出于环保的要求，现在连三十亿立方米都不到，给煤化工的用水可以说并不多。所以，我们就更要利用好现有这点水。灵武中心区有个鸭子荡水库，对二次循环水进行深度处理后，用于井下降温降尘，宁东煤矿和煤化工用的都是这样的循环水。过去我老家青铜峡，打个十几米就有地下水，现在地下水水位在不断降低，要打几十米才能看到地下水。现在包括宁夏种水稻都少了，有些地方直接改种旱作物，据说就是要农业反哺工业，把节省下来的水用在煤化工上。所以，虽说增加了煤化工，但宁夏用水总量没增加，反而提高了水的使用率和循环率。"戴良宗说，煤化工用水量大，需要一定水煤比例，才能保证宁东煤化工的正常产出。他停了一下："这我只是大致了解，说不准确，这涉及另一个专业领域，煤矿生产跟煤化工完全是两个板块。但我知道，宁煤专门有个煤化工研究院，这些年招录了好几个博士在研究，宁煤还有个煤研所在银川，也在研究。宁煤已经形成了自己的科研能力，包括环保方面的研究，不然的话，一遇卡脖子的问题，就是要命的问题。像煤化工生产中最主要的煤制油项目，过去就是南非对我们中国的'卡脖子'工程，费托反应炉，又称神宁炉，就是宁煤科研突破的代表，这是很厉害的。宁煤煤化工自主率不敢说百分之百，但自主能力已经是相当高了。"戴良宗所说的，在今天已不是行业秘密，早就成了令宁煤人骄傲的科技进步成果。

"为啥说煤制油是一个战略项目，它的战略意义大于经济意义？就因为一旦发生战争，车可以不跑，但是飞机坦克不能不跑吧。这也是为了备不时之需。"能听得出来，戴良宗语气里满是自豪。

不知不觉中，车程已近一半，戴良宗再次提醒我看窗外。

路两侧，厂房和建筑渐渐多了起来。再往北去，路两边的双马煤矿、红柳煤矿、麦垛山煤矿，都是每年六百万吨到八百万吨的产能。

林立的厂房和高耸的建筑在车窗外一闪而过，说话间，车已驶过石槽村煤矿。公路旁就是铁路专用线，一直通到金凤矿煤场。这条铁路是2012年建的，2013年通行，铁路路过双马、红柳、梅花井各矿，一直到宁东煤制油公司，到宁东后就接通了通向全国的铁路运输线。这条铁路是运煤专线，是跟宁东煤炭生产配套的运输线路。就如当年通向银北的平汝线铁路一样，煤在哪里，铁路就伸向哪里。

## 九

今天，矿区环境治理的重点主要是三废：废水、废渣、废气。

在金凤矿，废渣就是矸石。由于征地困难，宁煤下属其他单位都是在原地堆放矸石，再在上面覆土，进行治理，种草绿化。近两年，金凤矿的矸石山都是这么处理的。金凤矿把冯记沟乡过去的几个尾矿坑，还有过去挖了沙子的大坑征来，把矸石填埋进去，覆土种树种草，因此，金凤矿基本上都是在平地上进行绿化治理，不像其他矿区有矸石山。"主要是这两年雨水不好，长得不好，还没达到预期效果。等到这一片绿了后，就可以交给政府，这对当地生态本身就是一个促进。"戴良宗说。

从矿区的取暖方式，也可以看出矿区对废气的基本治理情况。宁东这些矿井生产区取暖，多数用电锅炉，金凤矿虽然仍用燃煤锅炉，但是，用之前要对煤进行脱硫脱硝，就是说，即使是燃煤，但是冒出去的，基本上就是水蒸气，不含污染物质。在金凤矿，能看到所有建筑的楼顶上，全部装置着太阳能板，不管是联建楼还是职工公寓。一到夏天，矿区用的热水都是由太阳能供热。

煤炭市场每几年都会有一个波动。1996年到2002年，是煤炭市场最低迷的时候，2002年到2012年是一个黄金期，2013年到2017年又是波动期，2018年才又恢复了正常。

说到煤的生产与供给平衡，戴良宗说："原来国能没合并时，宁煤自身的煤炭供应是可以达到内部平衡的，和电力统一到国能后，统一向电力供煤，这下子宁煤自身所产的煤是不够的。宁煤自产也就一年六千多万吨，还有区内民营企业的两千多万吨，再加上内蒙古的煤，除此，还实行过疆煤进宁，这样才能达到基本平衡。"

进入21世纪以后，宁煤的整合，一直在进行着更为科学合理的探索。二十年来，宁夏煤业几经历练，在市场的风浪中，提升了竞争能力，增强了抗风险能力。

"过去这个季节（夏季）是淡季，煤卖不出去，现在就不存在这个问题。现在叫淡季不淡，比如，现在宁煤煤制油的定价跟国际原油挂钩。原煤市场虽然仍影响煤价，但煤制油煤化工却在延长煤产业链条。今年（2021年）以来煤还是卖得不错的，一是国际大环境，二是国内环境，对宁夏煤业来说都是有利的。从国际大环境来说，美国、澳大利亚对国内的煤炭、铁矿石出口有所压缩，进口得少了，国内的需求量就大了。从国内现状来讲，整顿政治生态，环境治理，这对于煤炭行业健康发展是大有益处的。一些对环境具有破坏性或者不良影响的中小型能源企业的关停，也是对整个煤炭生产生态的净化。比如内蒙古倒查三十年，不合理不合规的煤矿关停，长远来看，这都使得国内煤业生态持续向良性发展。"

宁煤现有十四对煤井（一对煤井，包括主井和风井），一年的总产量是六千多万吨，加上宝丰能源、太阳山等民营企业，还有宁夏发电集团所属几家煤矿，如王洼煤矿、宋新庄、高家坝等，这些所有的煤矿加在一起，全区产能是八千多万吨。

2002年底，宁煤集团成立时，自治区领导讲话说，将来要在宁夏建亿吨大矿。当时，戴良宗就在现场，那会儿他还觉得这怎么可能呢。"但看看现在，也算是初具规模。"他点点头说。

# 第二章　留守贺兰山

## 分流是常态

### 一

2021年5月11日，汝箕沟分公司办公楼前锣鼓喧天，人头攒动，在热烈的欢迎仪式中，分流安置员工有序踏上开往宁东各个厂矿的客车。前来欢送的干部员工向分流转岗员工挥手告别。最后一辆载有五名转岗员工至基建公司的商务车驶离矿区，标志着汝箕沟分公司七百七十余名富余员工分流安置工作圆满高效完成。

2021年5月11日，微信公众号《新宁煤》（后更名为《国家能源宁夏煤业之声》）以饱含情感的笔触记录了宁煤老矿区员工分流的场景。这场看似平常的工作变动，可以说是近年来矿区变迁的一个小小缩影。从来没有哪个时代像近二十年来这样，经济的发展、企业的竞争，带给煤炭行业这样频繁的分分合合；也没有哪个年代像今天这样，推动着煤矿工人如流水一样，随着煤矿的发展需要而频频流动。

每一次分流也好合并也好，都是宁煤发展的一次迈进，但对于所涉及的职工来说，则意味着个人职业生涯甚至生活的一次重大变更。

## 二

"最近天天唱歌，这个月（2021年6月）11日就要比赛了。"刚刚升任宣传科科长的张虎说，这次分流影响大了，把一些文艺骨干都给分流走了。

受影响的当然不只是合唱，整个汝箕沟公司因为此次分流，不管是机关还是基层生产单位，都面临着人员重新调整。

2021年5月7日下午两点半，公司机关召开视频会，开始组织分流。四点钟散会，四点十五分召开党委会，研究分流方案，临散会又安排晚上八点召开干部大会，宣布分流要求。干部大会散了，晚上九点多又召开小组会。第二天，矿机关全体人员到基层单位宣传动员。

接下来的一天报名选岗，公司上下又是一通忙碌。那天，张虎和同事们一直忙到晚上十二点。到10日这天，分流的人员名单就公布了出来。

"这次分流从开始到结束就四天。以前也分流过，但没有这么多人，这次一下子七百多人，因为安排得紧凑，所以效率和秩序都还是挺好的。"张虎说，"当然，主要是这次分流的政策比较好。"

这次分流，采取双向选择的办法，其他矿区提供了好多岗位，职工自己可以挑选岗位，到年龄不想分流的可以提前内退。内退年龄提前了十年，女工四十岁就可以内退。汝箕沟公司职工这次内退的有一百多人，分流人员总计六百六十三人。

"这次分流，原露天矿的全部走，连副总、队长都得走。两口子都在我们分公司的，男的分流，女的就跟着男的走，这样的情况不多，但也有十个八个。副总有单位要的，继续保持级别，要是没有单位要的，就只能安排别的岗位。一般工人绝对想走，因为到哪儿都一样。哪儿缺的都是一线工人，只要是到一线，不管是采掘还是开绞轮车，哪个矿都抢着要。"张虎说。

在这次分流中，年龄最小的有二十多岁的劳务工，他们都是原大峰矿的。"所有四十多岁挑不上岗位的，最后就归到我们分公司的物业公司，绿化，保洁，打扫卫生，这些活儿，五十多岁的都能干。如果这个活儿再不干，也就只能内退了。不过，这种情况很少，属于极个别的。"张虎说，"职工内心肯定有波动，但是大家也早有思想准备。一方面，这些年来，集团内部一直在分分合合，一直在寻找最优组合；另一方面，自2016年开展贺兰山环境整治以来，露天开采就停了下来，停了这几年，国家环保政策十分明确，不可能再露天开采了，谁都知道分流是迟早的事。像过去分流还要先谈话做工作，现在直接上会，会上把基本原则和去向讲清楚，会后通知相关人员。现在这种办法也是以前多次分流积累的经验，职工也觉得很正常。"

近二十年来，宁煤职工队伍的分分合合，早已经是家常便饭，职工们早就习以为常，学会了直面和接受。"这次分流的人中绝大多数是想走的，特别是一线工人。为啥？在这儿挣不上钱。干同样的活，这儿的工人一年要比在宁东少拿两三万元。作为一个工人，到哪儿都是干活，到了宁东，除了人头不熟，苦一点，但能多挣两个钱。集团下属的各矿各分公司都缺人，年富力强的到一线,哪个单位都举双手欢迎。"张虎说。

2013年底,汝箕沟矿、大峰矿、白芨沟矿这三个老煤矿合并成为宁夏汝箕沟无烟煤分公司。此次分流后,公司尚有职工一千三百二十三人,平均年龄四十七岁。分流人员百分之九十是原大峰矿职工,百分之十是原汝箕沟矿职工,原白芨沟矿职工一个没有动,因为白芨沟矿井一直在生产,这些人还在从事井下作业。

分流结束了,但分流人员占了全公司近三分之一,调整涉及整个分公司各个岗位,分流后,好多基层区队有队长没书记,有队长没副队长,好多科室没有科长副科长,连原来从不缺人的政工口,也出现了人手紧巴的情况。

三

分流后,要调整的不只是职工的工作岗位,职工宿舍也要调整。汝箕沟分公司办公楼附近有九栋公寓楼,其中三栋是夫妻楼,也就是双职工宿舍,其他六栋为单身楼。白芨沟矿区还有三栋公寓楼。分流前,全公司两千余名职工,就住在这几栋公寓楼里,职工最多时曾经是三人一间公寓。这次人员分流了近三分之一,好多公寓空了出来。

"尽管公寓一下子富余下来,但是公司有规定,不允许职工一个人住,也是为了避免出现什么意外情况。"张虎解释道,近十年来,家属区搬迁后,矿职工除了上班之外,基本上就是集体生活,吃饭有食堂,睡觉在宿舍,要娱乐打球的话就到文体中心。矿职工家在山下,家属也都住在山下。如果一个人住,就怕出现意外,包括突发疾病之类的。如果晚上出了意外,等到第二天发现就迟了。曾经出现过好几例这种情况,所以,虽然房间富余,但是按规定,还是必须两个人住一间。

分流导致的变化无所不在,比如说,分公司物资供应站原有的食堂彻底关闭。物资供应站在汝箕沟火车站附近,离分公司办公区还有五六公里。以前,物资供应站工人一般早上来,下午下班才能回公寓,跟前有个食堂方便就餐。分流前,这里还有维修车间,环境治理用的电铲车渣车、需要修理的矿区用车都送到这儿。这里还配有锅炉房,负责这一片区的供暖。分流以后,锅炉也停用了。现在,物资供应站还有十几个人在这里看护管理物资,而人一少,食堂和供暖都没办法开了,以后在这里工作的留守人员,就只能自己想办法克服这些不便。

分流前,办公区公寓区这一片路两边根本没地方停车,现在一分流,两边空空的,人一少,车自然也就少了。"说起来走了七百多人,咋也走了六百辆车。"张虎说。

影响不只是在公司内部,连街面上那几家小饭馆的生意也变得冷清起来。如果平时职工们想换个口味,不吃食堂的话,常会来街边的小饭馆改善一下。街面上原有五六家饭馆,在这次职工分流后,前前后后关了三四家。张虎指着不远处一家店面刚装修好的拉面馆说,这家馆子才装修好不到两个月,就赶上公司职工分流,开张没几天就关了门。

## 四

"火车站这片还有个分选厂。人员一分流,分选厂也暂停了。"分选厂的职工都是原大峰矿的工人,主要通过机械运输操作来完成各种工序。以前一天能分选出一两千吨煤,现在一天也就分选五百吨。上个月，职工分流后，抽调了白芨沟选煤楼的一些工人补充到分选厂。"但是一时半会儿还恢复不过来。选煤这活儿，不是谁都能干的。"井工矿和露天矿开采方式完全不同，工人的技术侧重也不同，比如说，井工矿没有挖掘机司机、装载机司机、大型运输车司机，这些都是露天矿必有的工种。"一般的矿工没有这种执照，也没干过这种活儿，所以从白芨沟井工矿调来的这些工人，还得学习，还在适应中。分流前，厂外的人进来得有专门的司机载人，不是谁开车都能进的。这些矿区内的专职司机，公司每年要办内部驾照。和一般的交通规则不同，这些出入矿区的工区车要靠左行，这也是为了照顾大车的行车习惯，大车的驾驶室在左侧，左行是为了避免视野盲区，也是为了安全。只有生产口的人有内部驾照，像我们这些矿机关的人是没有的，分流前，我要进来，也得要他们带进来。"张虎说。

分选厂靠近火车站，围栏围起来一大片场地，地面上全是煤堆，立着三个白色筒状设备，连接它们的是三条封闭的倾斜运输仓。这就是分选厂的主要设备，相当于一座小型选煤楼。分选厂的主要任务就是把院子里圈起来的脏杂煤选出来，把矸石去掉。围栏外围就堆放着分选出来的矸石。

分选厂堆放的所谓的脏杂煤，基本上来自煤层跟石头交界的地方，就像边角料一样，煤质差，灰分达到百分之三四十，一半是矸石一半是煤。在过去，这种煤就当渣一样排掉了。

"现在呢，产量少了，这点煤又吃香了，也就想办法要利用起来。虽然是边角料，但它还是好煤，是可以用于炼钢的优质煤。这样的煤多用于高炉喷灰，煤磨碎成粉，炼钢时，把煤粉喷到钢水里，提高钢的含碳量。这煤发热量比宁东的煤还要高，宁东才是三千大卡到四千大卡，这些煤都在五千大卡，就是石头多一点，灰分多一点。"张虎补充道，"过去本想着不进行分选，直接卖给电厂。当时拉了一两万吨，一吨才一二百元钱。用过一次，电厂再也不要了，说是石头太多了，炉子容易结焦。后来，就想了这么个办法，进行分选。现在分选下来，一部分是百分之二十几灰分的煤，一部分是百分之三十灰分的煤，分选完，火车运到洗煤厂。这煤以一吨三四百元钱卖给宁煤集团，再由集团往外卖，市场价要七八百元钱一吨，反而提高了它的利用率和价值。"

离分选厂大门口最近的是入料口，旁边是一间小小的帆布棚子，里面黑乎乎的，支了张钢丝床，这就是值班工人的操作间。入料口的铁丝网要对煤初筛一遍，然后用勾机，往料斗里加料，直接通过皮带拉了上去，进入分选设备。这个小窝棚就是操作这个筛子的。

站在入料口的台子上，能清晰地看到厂门口那块长方形的"自留地"，有近两米宽，三四十米长。地里长出半米高的玉米苗，稀稀拉拉，看上去有点蔫头耷脑。这是分选厂职工种的试验田。今年人员分流走，地没人管了，往年这里还种了茄子西红柿等好几种菜。去年，张虎陪着领导来厂里，他们还给张虎掰了两根嫩玉米。

"看样子，今年（2021年）没事了，结不了了。"

## 五

这些年，张虎夫妇一直住在八号公寓楼。七、八、九这三栋楼是矿上的夫妻楼。像张虎这样，两口子都在矿上工作的，都住在夫妻公寓。夫妻楼原本是住满了的，上个月一分流，矿上就剩了几十对夫妻，屋子空下了三分之一。

矿区的公寓条件都是标配，不管是汝箕沟还是金凤矿或是乌兰矿，都是一样的，每个屋子都有冰箱有洗衣机，二十四小时供热水。公寓的暖气是矿上自己烧的锅炉，除了像乌兰矿这样停产的老矿区用的是电锅炉，仍在产煤的矿区烧锅炉用的都是矿上的煤。"每年差不多一过'十一'就供暖，'五一'以后才停暖，天气好的时候就少送点，像今年天气不好，'五一'放假以后，汝箕沟矿这边才停暖。从这一点来说，矿区有自己的便利。"张虎说。

张虎1999年从宁夏煤校毕业后，分配到白芨沟矿。他跟媳妇是在矿上认识的，媳妇是矿三代，土生土长的白芨沟人。她的爷爷是20世纪60年代从淮南矿务局迁过来的，后来，她父亲接班，再后来，她招工到矿上。

张虎分到白芨沟工作那年，正是矿上人口最多的时候，光职工四五千人，连家属带周边开小煤窑的最少有三万人。

"一到月底，矿上发工资那几天，沟里尽是摆地摊的，卖东西的，唱卡拉OK的。夏天晚上，沟里人都满了。一到傍晚，支几张折叠桌、几把塑料凳子，就是个烧烤摊，热闹得很，哪像现在，街道两边破破烂烂的，快成鬼城了。"张虎调侃道。

2002年5月11日，张虎媳妇在矿医院妇产科生孩子。那时候，矿职工都在矿医院生孩子。到现在，张虎还记得给媳妇做剖宫产手术的大夫叫武会真。当时，张虎把媳妇送到医院以后，媳妇疼得一天一夜生不下来。等到第二天下午，羊水破了还是生不下来。一直到第三天早上八点，刚值完夜班本该休息的武大夫说，要做手术。张虎女儿出生没几年，武大夫就辞职了，现在是银川一家医院妇产科大夫。

孩子生下来时，张虎天天走着去矿医院送饭。当时，矿采一区位于矿东边，医院位于矿最西边的沟里，中间相隔近三公里的山路。张虎说："天天走，就觉得这个大坡子走得人挣的（宁夏方言，乏累的意思）。"

现在，这条通向矿医院的坡路被一根铁栏杆挡着，车是过不去的。即使勉强绕到旁边的坡子上过去，路也是坑坑洼洼的，一半路被砂石盖住了，路南原灭火队家属区的平房和矿医院附近的家属房全拆了，北坡上职工盖的自建房都还在。紧挨路边的房子门窗上漆皮剥落锈迹斑斑，窗玻璃多数是完整的，但蒙了一层厚厚的灰，每个窗户后面都似乎是深不见底的黑洞。临街小二楼的一扇窗户后面，一只红塑料壳的暖水壶很是醒目，似乎它还在等着从前的主人回来似的，似乎过去的一切还没有完结一样。

送媳妇去医院，给媳妇送饭，再从医院把媳妇接回来，这条路，可不只保留在张虎一个人的记忆中。对于当年矿上的职工来说，在这里上班，在这里结婚，多数都是在矿医院里生孩子，有多少人从这条路走过，又有多少新生儿从这里开始了人生最初的路。当时的矿医院，不只是骨科好，能做工伤手术，连生孩子这样的大事，也是完全可以交给矿医院的。白芨沟矿医院虽然只是一个矿区医院，却比当时许多县级医院的医疗水平还高。

矿医院现在只剩了一片房架子。"你看这房前房后的槐树，至少有三四十年了。矿上干旱，树长得要比山下慢。"张虎说，2010年前后，矿医院和矿学校迁下山去，以前矿医院的医生护士大多数都归到了大武口宁夏煤炭职工总院，现在的宁夏五医院。今天，矿办公楼旁边粉红色的圆角二层楼成了宁夏五医院的矿区门诊，平常有值班的大夫和护士，不只是负责矿区职工的日常医疗，最主要的是协助分公司应急救援中队做好井下突发事故的医疗救援工作。

## 六

2005年，张虎女儿上幼儿园，幼儿园就位于矿影剧院后面。当时，张虎还没有调到矿宣传科，还在运输一队。他先在运输队干了三年，后来又到机电班干了六年。张虎媳妇在南二瓦斯泵站，三班倒。两个人常常为接送孩子倒不开时间而烦恼。"那个时候，可羡慕别人在机关在医院上正常班的，抽个空就把娃娃接送了。"张虎天天早上七点十分开班前会，七点就要赶到单位，孩子八点上学，时间正好冲突。后来，张虎就中班连夜班，上十天休二十天，从下午四点半，一直上到第二天早上八点，就为了倒时间看娃娃。实在倒不开了，他就骑车把娃娃送到媳妇班上，再回来上班，媳妇下班了坐通勤车把娃带回来。

2005年，张虎在贺兰县买了商品房。他说："那时候也没有啥钱，有个亲戚正好在房地产公司，就给便宜了几万元钱，我就买了一直放在那儿。"孩子上学后就到了贺兰，跟张虎爹妈住在一起。和矿上许多同龄人一样，张虎的女儿也是爷爷奶奶带大的，张虎两口子一直都在矿上，根本顾不上管孩子。

张虎家在白芨沟老采一区附近的住房至今还在。2014年，张虎和媳妇搬到公寓楼时，自家的房子只能撂空在那儿了。屋子里面的东西，他们两口子啥都没带，全搁在那儿了。从2011年家属区迁到大武口南沙窝安置区后，这些房子就基本空置了下来，仍在矿上的职工都集中住进了公寓。

"房子并不是一下子全部空下来的。虽然公寓条件好，但一开始，仍有好多白芨沟的职工不住宿舍，更愿意住在自己家的老房子。那时候，家属区水电和瓦斯都还有。但家属搬迁之后，矿上的住宅楼，整栋楼就住着一两个人，安全上是存在隐患的。再加上，绝大多数住户一搬走，房子很快就开始朽坏，不仅如此，有收破烂的还有小偷，进进出出，也把房子糟蹋得厉害，楼里的门窗包括楼梯扶手钢筋没多长时间就都不见了。这样的老房子，可以说就住不下去了。"张虎说，但就这样，还是有个别职工偷偷住在自家的老房子里，勉强住到了2018年。这一年，为了彻底避免隐患和浪费（因为常年不用加之失修，水电跑冒滴漏的问题越发严重），家属区的老房子断水断电，瓦斯也断了。这些住老房子的职工，才不得不回到公寓楼。

就在搬到矿公寓楼后不长时间，张虎发现，自家老房子原本锁得严严实实的门，让人给撬开了，屋子里面翻了个遍，东西也丢了个乱七八糟。看着这情景，搁谁心里都不是个滋味，可也没办法，人不在里面住了，整个楼都空了，还有谁管？这七八年里，张虎偶尔回去看一下。"她不愿意看。"张虎说，"也简直是没法看，一不住人，这房子就不是那么回事儿了。"

张虎和媳妇结婚时就住在这套七十平方米的楼房里，女儿出生也在这里，这套住房是当时矿上分给他的房改房。当时房改时，张虎花了一万五千元钱，至今，房产证上还写着张虎的名字。因为这套住不了又卖不掉的房子，张虎再想买房的话，已经享受不了相应的优惠。

"一点办法也没有。现在矿上尽是这样的房子，这房子就是一套一千五百元钱也没人买。有时候，想起来真是个麻烦和累赘，但是一想大家都这么扔着呢，也不是我一个人，也就只能这样了，不然怎么办？"张虎说，现在矿上留下的也就这些后期盖的楼房，周边的小平房都拆了，不拆也没办法，没人住房子迅速朽坏，再加上小偷也偷得不行。建于20世纪七八十年代的这些小平房门窗、木梁全被偷了，原本没塌的也都塌了。

到2013年底，白芨沟、大峰矿、汝箕沟三个矿一合并，这三个老矿就跟过去完全不是一回事了。现在，白芨沟除了办公楼那一片，还有井口那一带有人住之外，大片的房子都空着。"想想都觉得够荒的，汝箕沟矿连房子都没有了，建露天矿的时候全扒完了，大峰矿也就我们办公区那一片房子，原来的老房子基本上都没有了。"张虎说，"以前，白芨沟这条主街两边全是商店饭馆，现在就剩三四家了。现在就这片当时矿上最值钱的临街的楼里还住着为数不多的几户，有开商店的，有开饭馆的，还有不多的老年人。夏天还好说，冬天没暖气能冻死。"

不只是汝箕沟分公司的老矿区，整个贺兰山现存的所有老矿区，不管是仍在生产的矿区还是留守矿区，除了办公楼公寓楼，其他地方全断了水断了电。供水供电都存在着管线老化、安全隐患的问题。断水断电后，矿上仅存的这些商户和住户就每天去矿办公楼接水。用电的问题，有的是自己想办法重新拉电，有的就将就对付着。

"办公楼里的水当然也让他们这些住户接，不收费，咋收费啊？都是过去矿上的退休职工，最多也就十几二十户，说实在的，都不好意思不让他们接。"张虎说，"水的问题算是凑合着还能解决，但到冬天真受罪，以前都是烧瓦斯取暖，现在没有瓦斯气了，这些人重新又烧起煤炉子。煤从哪儿来，说白了，就是从偷煤的手里买点煤，矿上不可能卖给他们，矿上所有的煤都外运了，不地销。虽然矿上没有以前那么多人，但不是还有人吗，只要有人，就有捡破烂的，就有无业游民，不管是捡也好偷也好，总还是能弄到煤的。就是让抓住了也只能把他偷的几袋子煤给没收了，还能怎么样？矿上治保队也没有执法权，顶多是教育教育。有些人还会找到一些煤层浅的地方，挖下去一两米就有煤，而且煤质很好。这些偷煤的挖一个洞，就用木板子一支，人钻下去就挖，没啥投入，挖的煤也不称斤，一蛇皮袋子三五十元钱就成交了。当然，这样偷煤特别危险，但是再危险，总有人这么干。"

## 七

矿办公楼西北侧有一片未及时填埋的矿坑，高高的渣台被称为观景台。渣台的位置以前是煤坑，东边采出的渣就填在了这个地方。

"露天开采有个工艺叫倒堆工艺。什么叫倒堆？就是剥离采矿现场，把剥离的岩石渣子堆在采挖出来的矿坑旁边，形成渣台，等煤采完，再把旁边的渣台倒到挖过的煤坑里，等于是现挖现填，把挖出来的渣回填到煤坑里。如果把这些渣石往外运，距离太远，成本太高。"张虎一边介绍着一边带着我登上了观景台。在这几年矿山治理中，只要是老矿区治理区，都会形成这样一个观景台，成为看向矿区四周的制高点。

"如果继续挖掘，就能继续把西边的渣往东边的坑里填，一直循环下去，这就是倒堆工艺。今天我们能看到的一些地方，都是过去开采过的煤坑填进渣土后的样子。在开挖之前,这些地方实际上就像这四周的山一样,是这山的一部分。因为底下有煤,开采时对这些山体进行剥离,深挖成坑后,再填平就是现在看到的这个样子,成了一个个平头渣台子。如果不是因为露天矿突然停下来,这片矿井渗出的水是看不到的,因为这片洼地也就随着倒堆工艺给填平了,那一坑水早就埋住了。因为突然停了下来,没有回填,地下水渗出来,慢慢就成了个大水坑。"

汝箕沟分公司辖地内的观景台原是露天采场,现在,这个地方成了国家和自治区环保部门的重点监测点,自然资源部的卫星观测实时监控,时时进行对比,稍有不同,就会自动报警,问责下来。这是自 2016 年加强贺兰山环境治理以来,对矿区治理最为有效的监察方式。

"除了这一片,包括汝箕沟的露天采场,一层一层像梯田一样,最上面一层就是石头,剥完下面就是煤,这就是一个采剥工作面,都要保持目前的样子。"张虎说。

从观景台往下看,层层渣台下,地势最低处,就是张虎说的大水坑,那是矿井渗出的水,淤积了雨水,形成的矿井沉积湖。因为水里富含矿物质,这一小片水坑发出绿松石般的颜色,在灰黑色渣台的反衬下,显得极为醒目艳丽。

原来宁煤集团还想利用这一坑水,把这片渣台修得跟梯田一样,上面铺土种草种树,把这一带做成景观,后来也被叫停了。按上面要求,只能以自然恢复为主。

眼下,这片被露天开采深挖硬剥之后的山地,完全裸露出它不为人知的脆弱一面。好在,这一切都停止了。张虎让我看向东侧渣台上面铺的纤细的黑色水管:"那都是前几年铺的。现在能看到渣台上已经有绿色了，其实上面铺土也就二三十厘米，现在多多少少长出来点绿色，就算很不错了。这个渣台的绿化是去年开始的，最近人员一分流一撤，这些地方就不好跟进了，主要还是人一少顾不上了。"

矿山治理只投入没产出，对于企业来说是很大的负担，但是作为国企，宁煤只得做出这样的付出。

张虎把车开到红梁西侧的渣台上，指着这一片说："当初，我们单位的职工在周边渣台上栽这些树，也是老费劲儿了，先要把挖机开上去挖沟，再把铲车开上去填土。这几年，我们分公司机关的人年年在这儿栽树。早上上班，下午栽树，一到春天天天如此。渣台上挖坑不好挖，树栽完了，我们再把洒水车弄上去浇水，后来就拉上管子浇水。当时矿办公室，除了几个司机是男的，剩下的都是女的，这活儿女的干不动，司机呢又要天天出车，就没人。"

那会儿矿办公室总共十九个人，人多分的坑也多，"一分五六十个坑，可能干活的就五六个人，把人给苦死了，天天如此，年年如此，干了两三年。前年（2019年）是最苦的。你看过去撒的草种，虽说没有浇多少水，但是多多少少有点绿色，差不多都活了，矿山绿化就是要一步一步都得跟上，才会越来越绿。"

在办公区公寓区一带，树和草长得比较好，职工们喜欢在这里跑步做操，这一片也是汝箕沟分公司一个重要的矿山治理点。

"现在矿招待所下面的沉积水，用于绿化、灭火，还有降尘。过去那片就是个出完煤的采坑，灰大得很，现在种成一小片树林，做成梯田的样子，铺了水管，如果投入足，把喷灌上上，效果会更好。绿化关键在后期养护,光种不行。"张虎说着,指着不远处郁郁葱葱的小树林。

虽然山还是那个山,矿区还是那个矿区,但是相对来说,现在矿区的绿化比以前要好多了。这些,即使不听张虎详细介绍,就是看也是能够看得到的。

## 三个老矿合并

一

"2021年5月11日这次分流,从开会决定到下发通知,到选岗离开,前后不过四天时间,这么短的时间,矿区职工的分流工作做得井然有序,没有一个职工对此提出异议,因为大家已经有了这样的思想准备,因为矿区的分流已经不是一天两天一次两次了。"在闫建西看来,相比这次分流,八年前那次合并其实动作更大。

2013年11月1日,白芨沟矿、大峰矿、汝箕沟矿三个矿合并成立了现在的汝箕沟无烟煤分公司。

那天是星期五,闫建西像往常一样,中午和同事一起去矿食堂吃饭,在食堂就听有人议论说,下午所有的中层以上干部要到大峰矿开会,开会的还有汝箕沟煤矿中层以上干部。

听到这个消息,闫建西和同事们都觉得有点奇怪。这三个矿,都是宁煤下属的二级单位,当时都还保留着建矿以来的格局,如果开集团大会,都是到银川宁煤总部开,除此,平时开会都是各矿开各矿的，从来没有这么兴师动众，要求三个矿中层以上干部都聚到一起。当天下午，白芨沟矿科级以上干部全部前往十几公里之外的大峰矿开会。不出半小时，前去开会的人从大峰矿那边传来消息——三个老矿合并了。一下子，矿办公楼里炸了锅。

听到这个消息时，所有的职工都觉得特别突然，他们没有想到，原本三个各自独立的生产单位会这样突然合并到一起。"这之前谁都没听说过，从哪儿也没露出一丝合并的迹象。当时传说宁煤集团要对这三个老矿做调整，但是都说白芨沟矿将来还是作为独立单位保留，不过就是从矿改成公司罢了。"闫建西说。

那天从下午到晚上，不管是到食堂吃饭还是回到宿舍，大伙儿一直在议论纷纷。那时候，谁都不知道，合并意味着什么，更不会想到三四年后，这三个老煤矿会经历那么多意想不到的变化。

第二天就是周六，矿上紧接着开会宣布，三个矿就这样迅疾而正式地合并了。新任领导开始走访三个矿区，闫建西和宣传科其他工作人员跟着领导先后到这三个矿去宣传合并政策。

那时候，闫建西从白芨沟矿井下运输队借调到矿宣传科还不到三个月。当时，闫建西已经在白芨沟矿工作了八年，可是对他来说，在矿区长这么大，他还是第一次有机会去大峰和汝箕沟这两个相邻的矿区。在他的印象中，从小到大，不管是上学工作，还是出门办事，好像一直以来也没啥机会更没啥必要去这两个邻矿。

从地理位置上看，这三个老矿都位于贺兰山深处，白芨沟和汝箕沟位于宁夏境内最北端，大峰处于两矿中间。自建矿以来，三个矿就是各成一统的小社会，如若没有亲戚故友之间的往来，三个矿区之间还真是少有相互走动的必要。中间层层大山的阻隔，使得每个矿区都像自给自足的小社区，更像一个个封闭而独立的孤岛。现在，这三个各自为政的孤岛突然连成了一片大陆，在各矿区的职工们看来，这是绝没有想到的变化。

周六开完会，合并一事就算是板上钉钉了，三个矿区开始宣布动员，摸清各矿职工情况和资产情况，多少人、产量多大、人员结构等这些最基本的信息。闫建西和宣传科的同事们跟着新矿长到各矿，主要做的就是这些工作。

那时，闫建西在宣传科还属于借调，三个老矿一整合，生产单位并没有受多大影响，过去怎么生产，合并后仍然继续生产，而对机关人员影响最大，原来一个矿的机关单位，现在要三合一。以宣传科为例，三个矿宣传科要整合成一个宣传科，从原来七八个人，一下子变成三十来个人，原有的办公室都坐不下了，机关里一下子富余出好多人。而像闫建西这种借调的，自然更属于多余的人，也就面临着回原单位，回到井下运输队去。

对于何去何从，闫建西想得很开。他心里明白，自己就是一个借调人员，让回去就回去，该干啥就干啥去。果然如此，拖延了近五个月后，2014年4月，闫建西又回到了井下。这是闫建西第一次从井下生产单位借调矿宣传科的经历，从2013年7月一直到2014年4月，闫建西在宣传科干了八个多月之后，又回到井下干起了老本行。

"刚合并时，人肯定有波动。波动大的多是管理岗的，特别是机关干部，他们会觉得自己的位置可能不保。但是，矿上的大多数群体还是工人，对于工人来说，到哪儿都要完成生产任务，该是哪个岗还是哪个岗，该挣多少钱还挣多少钱。就像我，我就是个借调的，你让我干我就干，不让我干，我就回井下干我的活儿就行了，我没有任何其他想法。"闫建西说。

三个老矿合并后，2014年初，所有政工口和经营口的工作人员都搬到了汝箕沟分公司办公楼，生产口的大部分人员还留在白芨沟。

## 二

"今年（2021年）宁煤效益不太好，工资不高。去年疫情开始倒没咋受影响。今年主要是因为井下石头太多，一出煤尽是石头，煤出得慢，质量也受影响。没办法，白芨沟最厚的煤层最好的煤层已经采完了，现在就剩边边角角。白芨沟的煤煤质没的说，这儿的煤永远是最好的，只能说，煤的厚度和处的位置越来越差了，采煤工作面越来越深，煤越发不好采，越到深处煤越薄，采出来一半是煤一半是石头，产量也就低了。产量少了，但是人还是这么多人，效益就不行。企业就是这个样子。说白了，白芨沟最辉煌的时候已经过去了。"

2006年，闫建西被招工到矿上，成为一名井下工人，虽说在矿上工作不过十五年，但是，闫建西对这里的一切极为熟悉。1980年，闫建西在老家河南出生，四岁时到了矿上，算起来，他在白芨沟生活了三十多年。除了上技校那几年离开之外，他一直在白芨沟生活工作。

三矿合并后，闫建西才从白芨沟到了大峰煤矿地界。

2016年，闫建西从井下运输队正式调到宣传科。他在井下满打满算干了十年。在井下运输队时，闫建西就喜欢看书写东西。他说他这个人没别的爱好，不好喝酒，打牌打麻将都不会，打游戏也不感兴趣，那些东西他都觉得无聊，浪费时光。因为矿宣传科缺写材料的人，闫建西又有些文才，每次宣传任务重时，就把他从井下抽调出来，让他写材料、写矿区新闻通讯。但是，每次一旦机关人员够了，他就又回到井下。来来回回，闫建西前后有过三次从井下借调到宣传科的经历。对于这样的调动，他并没太当回事，至于是在井下还是到宣传科，闫建西觉得都无所谓。

1997年，闫建西初中毕业。回忆起自己的中学时代，闫建西黑瘦的脸上露出一丝微笑，说："当时高中也考上了，那时候考高中也不容易，我的化学老师劝我上高中，还说我不上高中可惜。可是那会儿我就想早点上班，父母也是这个想法——上什么高中，上个技校，出来一样工作。"闫建西最终上了石嘴山矿务局技校。

从技校毕业后，闫建西在市里打了几年工，后来发现打工不是长久之计，正好赶上2006年矿上招工，父亲让他回来，闫建西就回到了矿上。

闫建西的父亲是1972年从河南老家来到白芨沟矿的，在井下干了一辈子，知道井下危险，活又苦又累，当然不希望自己的后代继续下井。那时候，闫建西的哥哥已经在矿上招工当了矿工，父亲希望闫建西能干点别的。但现实是打工不稳定，干别的又没有什么门路，对闫建西来说，矿上招工可能是唯一能让他拥有正式稳定工作的机会。

闫建西成了一名井下运输工，每天的工作就是往井下运送生产用的物料。当时，井下已经用绞轮车运物料，比起父辈们来说，还是省力多了。当然，井下工作面脏还是避免不了的。"但是脏，对于一个井下工人来说，几乎是家常便饭，是完全可以不当回事的。"

闫建西下班没事干，就喜欢写点东西。2006年，山下电脑已经普及了，但是矿上有电脑的家庭还很少，矿上网络也不通。那时候，闫建西写稿子，全用手写，写好塞进信封，写上报社地址邮出去。好在单位订了报纸，过一段时间，闫建西一看报纸，稿子发了，还挺有点成就感的。

三

闫建西是在矿上长大的，上学工作、结婚生子都是在矿上，父母亲在矿上，家和孩子也在矿上，亲人都在矿上。闫建西说："矿山就是我的家。矿上的环境，矿上的人，我都非常熟悉。"

闫建西觉得，对于像他这样工作生活都在矿上的，可以说，完全不必要出去。如果不是这十来年，矿区发生这么大的变化，闫建西现在也许还在白芨沟待着，并且觉得一切都挺满足。

2008年，学校从矿区剥离。先撤下山的是高中，第二年紧跟着撤走的是初中，小学随后也撤下山。矿医院撤得稍晚一点。闫建西至今还记得，2009年之前，矿上职工每年体检都是在矿医院，每次体检人还挺多，在医院门诊排队，一直能排到医院下面的沟里。

在闫建西看来，矿区的真正改变也就是从2008年开始的。至于之前种种改制，从矿务局改称公司成立煤业集团，并没有什么实质性的影响。但是从2008年起，学校一开始往山下撤，闫建西和矿上的许多职工就觉得矿上跟以前大不一样了。直到一年后小学撤走,家属和孩子也陆续搬下了山,矿上一下子少了许多人,闫建西就觉得,跟自己少年时代相比,矿区真是变了太多。

"20世纪90年代,是白芨沟煤矿最辉煌的时候,那时候人也是最多的,大概有三四万人吧。矿上啥都有,中小学,医院,商场,菜市场,长途汽车站,一应俱全。"的确,那时候的矿区就是一个五脏俱全的小社会,那时候,人们完全有理由相信,可以在矿区一直这样生活下去。

"人是群居动物,人多有人气儿,不只如此,那时候医疗教育文化娱乐,社会上有的,矿上都有,矿区就是个小社会,生活很方便。虽说没有大城市风光,环境条件还有距离,但是基本生活是啥都不缺。矿上的孩子,出生在矿医院,上幼儿园在矿上,从小学到初中到高中,矿上都有学校。十几年前的矿区什么都有,一般来说,除非考上大学,矿上的孩子才可能走出大山。只要你没有上大学,就完全可以不必出山。这就是当时的矿区,跟现在完全是两回事。"闫建西感慨道。

四

现在,闫建西平时在矿上上班,媳妇在大武口的家里带孩子。

闫建西父母的房子是2010年初分的,闫建西的房子是当年年底分到手的。当时,闫建西父母分的是三楼。父亲生于1951年,在退休职工里,并不算年龄大的。那些退休好多年的,年龄超过七十岁的才可以分到一楼或二楼。

2010年底,闫建西拿到了大武口丽日小区新房子的钥匙。分到房子,拿到钥匙,他挺兴奋,毕竟,对于矿工来说,能在市区拥有一套住房，一直以来就是个梦想。

2011年天暖和了，闫建西开始装修新房子。大概是2011年6月，房子终于装修好了，闫建西一家搬下山。"当时就是不搬也不行，因为孩子马上要上幼儿园了，矿上的幼儿园在2009年和小学一起迁下了山。"

2011年夏天，媳妇和三岁的女儿搬到大武口，闫建西又回到单身时代。

搬家时，闫建西家旧房子里的东西基本都留下了，包括碗筷勺子，山下的新房子里都是新添置的。闫建西只带了小两口2007年结婚时拍的结婚照，其他的啥也没带。当时，年轻职工大都没把旧东西搬下去，新家都是重新置办的新东西，除了一些特会过日子的老年人。

当时，矿上还有瓦斯，闫建西在自己的旧家住了一段时间。每天下了班，回到家中，洗衣做饭，看书睡觉，一个人守着自家的老房子。当时有好多人都像闫建西这样，还住在自家的老房子里，一直到2018年3月。

2017年，瓦斯气明显小了，已经带不起来暖气了。这年冬天，屋子里暖气不热，冻得不行。这一年，白芨沟井下的煤已经采到底了，煤少石头多，气也就少了，带动不起来这么多人家烧瓦斯。后来，矿上就停止往管道供应瓦斯。2018年，矿上彻底不允许职工再在老居民房里居住，闫建西和许多还留在老房子的职工这才陆续搬走。

2018年初，闫建西随着白芨沟矿大部分职工搬到大峰这边的公寓，另有一小部分生产一线的职工住在白芨沟的职工公寓楼里。

"2013年底，白芨沟矿、汝箕沟、大峰矿三矿刚合并时，大峰矿的煤正是煤层最厚的时候，那时候煤出得多，煤质也好，效益也不错。可以说，现在这三个老矿最辉煌的时候都已经过去了。汝箕沟矿和大峰矿都停产好几年了，白芨沟现在虽然还在采煤，但采的是边边角角的煤。"闫建西说。

## 五

闫建西和媳妇以前并不认识。矿上河南人挺多，她家也是矿上的河南人，河南老乡一介绍一撮合，俩人就成了。"80后"的闫建西，找对象结婚的过程，还是过去传统的方式，这在当时的矿上来说并不少见。

要结婚就得有房子，闫建西在矿上住过土坯房、砖平房，也住过楼房。

闫建西家最早的住房，是20世纪70年代，父亲刚到矿上工作时自己建的土坯房。1984年，父亲把一家人从河南老家接到矿上来，一间土坯房实在太小，一家四口凑合住了几天后，父亲就把土坯房扒了，在原来的地基上盖起了砖房。这几间砖房就位于矿育新中学路边，成了闫建西和哥哥长大的地方。

1997年，闫建西父亲分到白芨沟矿最后一批职工福利楼——采一区河沟后面的两层楼。后来，闫建西哥哥要结婚了，父亲就把这个房子给了大儿子。

闫建西在矿上搬了几回家，从育新路的砖房，搬进了父亲的两层楼。哥哥结婚时，闫建西和父母又搬回到育新路的老房子。闫建西结婚后，一直跟父母住在老房子里。

哥哥比闫建西大两岁，现在仍在白芨沟矿井下一线。闫建西哥哥初中毕业直接就招了工，当初分配安置房时，哥哥要了在贺兰的房子。

闫建西嫂子没工作，闫建西媳妇也没工作，矿上的职工家属没工作的，差不多占了大半。矿上以前也老招工，但是从来不招女工。矿上有工作的女性，多数都是接父辈的班。不过，那都是在 1986 年以前，之后，就再没有接班这一说了。

## 六

当年，闫建西父亲来矿上，是来投奔亲戚的。闫建西的姨奶奶两口子，是 20 世纪 60 年代到白芨沟的，老两口十年前去世了。那时候，河南老家农村困难，肚子都吃不饱，一说到宁夏煤矿能吃饱肚子，还可以入城镇户口，闫建西父亲就奔亲戚来了。父亲在白芨沟找上工作上班后，回到老家相亲成了家。母亲跟着父亲来到矿上住了几年，但当时矿上条件实在是太差，房子又小又破，口粮又不够，母亲就又回了老家。当时老家还有地，等生了闫建西哥儿俩后，在闫建西四岁时，一家人才在矿上定居下来。

闫建西父亲 2006 年退休，退休时五十五岁。2010 年分到安置房后，闫建西父亲搬到山下，在大武口住了不到五年，就去世了。

## 七

汝箕沟分公司的办公楼后面就是宿舍楼。职工们的生活区和矿办公区是在一起的。这片宿舍楼是 2012 年建的，比白芨沟矿的公寓楼要新，条件也要好些。马路对面就是文体中心，矿区开展活动、会议、职工业余时间打球锻炼都在那儿。除了周末，文体中心每天晚上都开着。这里也是闫建西工作之余常去的地方。

周一到周五，闫建西上正常班，周末休息两天。他说，这也仅限于在机关工作的职工，生产单位每天都在生产，休息是轮休、排休，也有集中休的，像生产一线的综采队就是集中休，一个月休两次，月中休一次，月底休一次，总共休八天。辅助单位根据工作需要安排轮休，人安排好，休息时间不固定。

矿上的职工休息就回市区的家。以前进山出山都是坐火车，现在私家车多，有的职工也顺带拉人，在群里招呼一声，几点上山，几点回家，有需要的搭个顺风车，出点油费。也有专业的出租车，不干别的，专门山上山下拉人，大概有十来个这样的面包车司机，到大武口十五元，到银川贺兰三十元。专拉矿上职工上下山的有好几个拼车群，加在一起总共有五六百人。"每天早上醒来一睁眼，到晚上八点，任何时间，每个小时都有车，基本上等车不超过一小时。在公寓前坐车，送到居住的小区家门口，车多，也挺方便。"闫建西说。

## 亲手建的矿井，亲手封掉了

一

绿皮小火车一过陶斯沟站，手机就会收到"内蒙古阿拉善欢迎您"的短信，这标志着火车进入内蒙古境内。下一站就是呼鲁斯太站，站台外紧挨着的就是乌兰矿区。

在 7524 次列车途经的贺兰山矿区中，呼鲁斯太站是离矿区最近的站台。坐在火车上，就能清楚地看到乌兰矿工业广场和矿职工公寓楼，直线距离连二百米都没有。其他矿区不管是大磴沟还是白芨沟、汝箕沟，火车站离矿区办公区至少三四公里，步行的话是一段不短的山路。火车出呼鲁斯太站不出两分钟，手机显示再次进入宁夏境内，也就到了此次百里矿山之行的最后两站——白芨沟站和汝箕沟站。

这列火车在两个自治区之间的短暂游移，显示出乌兰矿的特殊地理位置，不由得令人想到"飞地"这两个字。时至今日，乌兰矿仍像是"飞地"一样，既属于宁夏，又不完全属于宁夏。小小的矿区身夹两区之间，有着一段鲜为人知的历史。

1955 年，宁夏回族自治区成立之前，煤炭工业部决定开发以石嘴山为中心，包括石炭井、呼鲁斯太、汝箕沟区域的贺兰山北段煤田，当时，阿拉善左旗归属宁夏。1959 年 1 月，石炭井成立"岱开煤田建井公司"，统管矿区开发事宜。此时，宁夏回族自治区成立仅三个月，辖区内的阿拉善左旗刚刚划归内蒙古管辖。

1959 年 5 月进行的宁夏、内蒙古两个自治区划界工作，将"岱开地区"（石炭井）划归宁夏平罗县管辖。当年 11 月确定，乌兰矿归属于宁夏石炭井矿务局，但是地方行政属于当时的呼鲁斯太镇乌兰街道，就此划定了乌兰矿从南到北超过十六平方公里范围。

乌兰是蒙古族女孩子常见的名字，红色的意思。呼鲁斯太在蒙古语中意为生长芦苇的地方。2001 年，呼鲁斯太镇更名为宗别立镇。宗别立意为东坡，大意是说它处于贺兰山东麓。今天，镇内仍以宁夏乌兰煤矿、阿拉善左旗百灵煤矿、庆华煤炭有限责任公司和洗煤厂为主体，乌兰矿街为镇区主干街。

## 二

2016年12月27日，一个寻常的星期二。对于敖景森和他的工友们来说，这却是终生难忘的日子。

这一天，乌兰矿结束了它四十多年的煤炭生产历史。这一天，也是敖景森在矿井下的最后一个夜班。上完这最后一个夜班，他和工友们在井口拍了一张照片，用手机记录下这特殊的时刻。

在井下工作这么多年，敖景森和队友们从来没有在井口照过相，一来这是他们平时工作的地方，因为过于熟悉，大家很少想到要在这里照相；再者，虽说有了手机，照相非常方便，但是所有的矿工下井是不允许带手机的，更不允许在井口照相。除非专用的防爆手机。

但关井这一刻，曾经的工作纪律自然消解，忙了两天一夜的工友们在井口留下了这张前所未有的合影。

拍照的时候，敖景森的心情复杂极了。

"那一刻真是眼看着亲手建的矿井，坚守了这么多年的工作岗位，战斗过的地方，就这样被封了，就这样一点点被水淹没了。乌兰矿的矿井是我父亲他们这辈人打下的，我从参加工作就一直在下井，到最后，井又是我封的，你想想，这心里是啥滋味。"敖景森低下头，看着手里的水杯，似乎想了想，又说，"现在，封闭的矿井应该已经淹掉了一半，矿井水差不多有百十来米深了吧。"

1966年7月1日，乌兰矿开工建设。1975年6月30日，移交生产。到2016年底，乌兰矿已经走过半个世纪的历程。

　　"矿井这一关，意味着这个叫乌兰的煤矿永久性关闭，这还不像金能公司，生产虽停了，但矿井还在。"直到今天，提及关井的那一刻，敖景森语气里仍是满满的惋惜。

　　关井闭坑这一天，乌兰矿一多半职工已经分流，只留了一百八十人，除了矿机关工作人员，剩下的就是敖景森所带领的回撤队的工友们。

　　"可以说举全矿之力回撤物资。我们专门负责回撤的开始有一百二十多人，就在紧张回撤的第二天，又分流走了四十人，就剩了我们八十人。这时候，机关剩下的几十人，也都配合着一起参与回撤，帮着拽电缆帮着装车，要不然，以当时我们的人手和能力，这么短时间内根本撤不完。"

　　回撤物资，要先断电。停电之前，井下还是正常状态，水泵还在抽水，机电还在维持井下的正常运行，这时是无法回收的。断电之后，水泵等设备一停，井下的工作面就处于非正常的状态。井下断电后，六十小时内还是比较安全的，必须在安全状况下，才能保证全部物资的顺利回撤。这也是敖景森和他的队友们要赶在两天半时间内紧急撤回矿井下所有设备的原因。回撤的设备，包括井下所有的电器、开关、缆线、运输设备、矿车、照明、井下换车机、皮带机，这些能拿上去的都要回撤到地面。

　　国资委限定的时间是2016年底，乌兰矿必须封井，宁煤集团公司决定，除一些因时间紧迫、技术能力所限、有一定危险性的，比如支护、轨道、大型管路等不撤外，其余都要在这六十小时内撤回地面。

当回撤到第三天时，矿井里的水已经漫上来了。水一上来，井下就处在紧急情况下，这时要用最快速度，把最后该回收的，诸如缆线等，全部回收上来。时间很是紧迫。

最后一次回撤设备，已是27日凌晨四五点，此时，矿井里的水已经淹过敖景森的脚面。

井下物资全部回撤完，按照规定，进行封井，要严严实实地把矿井口给封堵上。封井前，要把井口带金属的全断开，电路系统全断开。主井跟副井同时封闭，都是打了两道石壁，中间间隔三十米填充砂石料，这是封闭矿井的标准要求，也是井下停止生产以后，敖景森和工友们做的最后一项工作。

## 三

"乌兰矿关停跟其他矿不太一样，是响应国家号召，去产能，自动关停退出的。那两年（指2015年前后）焦煤价格太低，赔钱太多，当时咱们银北这几个矿差不多都关了。没想到关停刚半年价格就起来了，老闹心了。实际地底下的煤还多着呢，对面内蒙古庆华公司的矿井一直还干着，今年（2021年）还在挖煤。"

"乌兰矿的煤好啊，都是无烟煤。乌兰矿关停前，井下出了一亿吨煤，现在一吨煤都没了，老底子都卖掉了，集团内部早就消化了。"

敖景森和杨志东两人边说边带着我走出办公楼。

一出办公楼，敖景森往右侧一指："看见了吧？这就是以前的乌兰矿影剧院，封了。矿井关了以后，把矿上各个场馆能封的都封了。后面的料场、采掘楼，地面上的建筑都用砖砌死了，彻底封了。"

1975年正式建乌兰矿前，影剧院就有了。在20世纪90年代以前，文化娱乐方式还比较单一的时代，乌兰矿职工家属主要的休闲方式就是到影剧院看电影。在乌兰矿影剧院看过多少电影，敖景森和杨志东记不清了，但他们记得这个地方是留下他们少年和青春足迹最多的地方之一。"一直就是这个影剧院，后来就光把前脸和外立面重新装修了一下，里面的木板椅，坏了就换一下，维修一下。分流之前影剧院还用着呢。"敖景森记得，2015年矿职工大会还是在影剧院里开的。

2016年底的分流大会是在文体中心开的。关井之后，影剧院就给封了。"现在要想用，打开一样用，设施都好着呢。"

敖景森又朝南指了指，说："这边就是乌兰矿的工业广场，封闭的井坑就位于这里。"

广场的空地上，堆放着几件大型配件，满是锈迹。这些生锈的大型金属配件，都是当年从井下回收来的，能用的这几年陆续都调到宁东其他矿区，剩下这些都是已经变形作废了的。

站在工业广场的空地上，一抬头，就看见广场后方高高耸立的选煤楼，选煤楼下方就是铁路。这条铁路线就是通向矿区深处的平汝线。"从前这条铁路线上都是各矿源源不断运出的煤，现在老矿区停产后，只有白芨沟矿一个矿生产的原煤，由这条线路运往太西洗煤厂，在那里完成洗选后，进入市场营销环节。"正说着，一列黑色的运煤火车开过，敖景森说，"当年我们乌兰矿的煤就是这样，装上车，直接拉到大武口洗煤厂。"火车悄然驶过，此刻，除了我们的说话声，再也不可能听到选煤楼里轰隆隆的皮带运输声，更看不到人来车往，工人师傅们热火朝天的装卸场面。今天的乌兰矿和所有关停的老矿区一样，有着喧闹之后的寂静，寂静中，一切都还是原来的样子，但一切又都不是从前的样子了。

"这边转过去就是副井口，当时运砂石料的痕迹还在。立于井口的这道墙壁就是刚才我讲的用来封井口的，里面都填的砂石料，往下三十米还有一道壁。"敖景森指着旁边残存的房子说，"这个筒子没有封，为啥没封？当时还牵扯到两边的暖风机房，这是往井巷供风的风筒，锅炉往井口供暖气，风机一开，热气就吹到井下去了，要不井口不就结冰了吗？结了冰井下就运行不了了。"贺兰山里所有的井口都是这样，都有一个暖风机房，顺着巷口往里吹热风，以备矿井的正常生产。当时封井时，暖风机房还在工作。

"这是压风机房，这是压风机的风包，是储气的，这就是地面往井下输送新鲜空气的主设备。这是栈桥。"敖景森指着面前连接矿井和联建楼的封闭走廊，说，"这是更衣室，里面是洗澡堂，前面是男澡堂，后面是女澡堂。那边连着井口，采掘工人换上衣服通过栈桥，直接就进井口了。从栈桥过来，就到这儿了。"

敖景森又指着眼前方方正正院门一样的建筑物，说："这就是主井口，主井到栈桥里面两边还有文化墙，都是照片，专门用于安全宣传。"

尽管只是在当年生产建筑的外围转着看着，但是因为有敖景森和杨志东两位老大哥的带领和讲解，矿区从前的一切，似乎在眼前活了过来。"乌兰矿就这两个井口，副井是走物料的，主井是走人的，工人下井坐猴车，主运输皮带在主井的左边，索道人车在右边。主井运输皮带还要运煤，煤运进煤仓，直接到了选煤楼，然后就进火车皮了。"

四

2016年底，乌兰矿停产后，职工走向有两种，一是内退，一是分流，差不多各占一半。分流的职工到宁东各矿的都有。"当时留下我们这些人是因为工作需要，还有另外一部分老弱病残，到新矿他们也适应不了，没办法安置。"敖景森说。

目前，乌兰矿还有七十四名留守职工，主要任务就是矿区的治保看护。除了治保人员，管理岗还有十几人，后勤、服务中心也还有十几人。后勤和管理岗承担着矿区的打扫绿化，冬天还要烧锅炉取暖。从2019年起，矿区留守职工取暖由煤锅炉改成了电锅炉，也是为了节约能源。矿区虽然停产，但要维持正常的看护管理，得有人，而有人就得有吃有住，就不能断水断电，这都是必须的。"除了没有生产压力，其他一样都不少，还是那些活儿。"不太爱说话的杨志东补充了一句。

现在，敖景森和杨志东每月工资在五千元钱左右，"工资是死的，没啥奖金。已经不错了，乌兰矿现在是破产单位，不生产了，拿集团最低工资，这也没啥可说的，集团给多少就接多少吧。"敖景森说。

和其他老矿区职工一样，乌兰矿职工家在大武口，半个月回去一趟。敖景森说："我们不像别的矿的留守职工，不值班的时候，一趟子就回家了，乌兰矿这儿可不行，一是路太远了，单程得一个多小时，关键是，每次回家都得跨内蒙古、宁夏两个区，来回高速路过路费就得三十元钱，就挣这点钱，回的趟数多点全交给收费站了，真有点回不起。"

乌兰矿职工回家只能从乌银高速到石炭井，再从石炭井到大武口，慢的话一个半小时，现在路好了，也得一个小时。"坐火车倒是省钱省事，但早上从大武口到这儿得十点半了，时间不赶趟，不可能十点半才来上班吧。班车倒还有一趟，早上六点半从乌兰矿到大武口再到银川，晚上快八点返回乌兰矿，职工们也赶不上。"在敖景森看来，下班回家路线又长又费钱。有车的就开车上下班，没车的就搭同事的顺风车，拼车上下班。"相比较而言，焦煤公司（石炭井）的人要好点，四十分钟不到就到家了，方便，也不牵扯跨省过路费。所以，我们这些人周一一直上到周五，这中间，从来也不寻思回家的事，就是让回，我们也跑不起。"敖景森说。

不管是石炭井，还是白芨沟，还是乌兰矿，这些贺兰山深处的老矿区，今天都面临着家远带来不便的问题。

## 五

乌兰矿最红火的时候，矿区有近十万人。

敖景森指着乌兰矿唯一的一条街说："以前这可是矿区最繁华的一条街，现在这地方连个人影也看不见。这地方逢年过节小饭馆一关门，都没有地方吃饭。"

乌兰矿路西的公寓，停产前是矿上的夫妻公寓，停产后就没人住了，现在职工们都住在路东的公寓。现在的乌兰矿跟汝箕沟分公司、焦煤公司一样，矿区除了办公楼，只有食堂和公寓。乌兰矿街两边的房子多数还在，这些以前生意火爆的门面房，因为是呼鲁斯太镇镇政府的房子，所以得以保留下来。

"镇上的房子都留下了，但凡是矿区的房子、归矿产的房子都拆了。"敖景森指着矿街门面房后头,说,"以前这后面全是矿职工的住房,有矿上给职工盖的,也有职工自己盖的。我家原来也在这一带住。"像汝箕沟矿、大峰矿、白芨沟矿和石炭井矿区一样,大部分矿属公房都扒掉了,街面上能看到的房子不属于矿产,大多数看不出原来的用途。如果不是敖景森给我指认和比画,我根本不知道,刚刚路过的街面房曾是乌兰矿医院和公交客运站。

原矿公交客运站附近,路边不远处立着一棵沙枣树,沙枣树两边各有一棵槐树,树下长着稀稀拉拉的芨芨草。敖景森说:"看到那棵树了吗?那棵沙枣树那一片就是我家。"房子没有了,树还在。在敖景森的讲述里,粗壮的沙枣树下坐落着发旧的红砖房和小院子,邻居的孩子围着这棵树揪沙枣吃的情景,仿佛再现眼前。"原先这一片是好大一片住宅区,乌兰矿人管这片叫河北。"乌兰矿家属区分四个片区,河北、河南、山东、山西。这条矿街就叫河北路。"不是河北人多。以南边那条小河沟为界,河之北就叫河北,河之南叫河南,山东山西是河过去,中间有个小山包,山包前面叫山东,山包后面叫山西,名字叫得挺大,四个省都有了。"说到这儿,敖景森笑了笑。

"乌兰矿人最多的时候,不说别的,光小饭馆就近百家。从1996年到2000年,矿区开始不太景气,走了一些人,但那时矿区大部分人还在,路边还有饭馆小店啥的。现在,屈指可数就三两家小馆子,大一点的好一点的饭馆就一个,还能吃个炒菜。平时不过年不过节还有个把小店开着,一到过年过节,街面上一个人都没有,连小铺子也不开。"杨志东接过话头:"说实话,要是矿上不开食堂,我们这些留守人员吃饭都是个问题。"

矿上拆迁安置从 2008 年开始，从那以后人陆续都走了。没人住了，房子空了，最后就只能给扒了。"这些老旧房子，一没人住，就越来越没个样子，也有一定的安全隐患。"敖景森说，"我们这些留守的人挺困难的。一开始觉不出啥来，这几年越待心里越凄惶。过去那么热闹，现在矿上基本就没什么外来人，偶尔来个人，要么是来办退休手续的，要么就是一些老矿区的人来怀旧旅游的，也就能见到这些人。跟乌兰矿无关的人，谁来？"

杨志东也说："就是我们这些人，除了上班，也再没个啥调剂。虽说有文体中心，可以打打球，但很少有人打，不值班就回家了，老上白班的就这十几二十来个人，人一少，也没个打球的心劲儿了。"

乌兰矿文体中心是 2010 年跟公寓一起建成的，从外观看还比较新。矿井没有关停时，这里是职工最爱来的地方。

## 六

敖景森现任矿生产安教部部长，杨志东任治安保卫队队长。他俩所在的这两个部门都属于矿山看护安保部门，每天二十四小时负责现场巡查看护。矿区十六平方公里范围内，都属于他们看护的地界。

关停以后，留守乌兰矿的七十四人，首要任务是看护矿山，重中之重就是固定资产、设备、矿坑的看护管理，还有过去矿上留下来的工业建筑物。

虽说范围不小，好在现在渣台是环境治理区，不需要费力看着。一开始没有大面积进入施工人员的时候，防止渣台盗采也归治保和生产安教部门管，得天天巡查。2017 年，贺兰山开始大规模治理后，就由内蒙古当地政府和施工人员肩负起这个责任。

自从2016年矿井关闭后，矿区就形成制度，看护点光填文字记录不行，还得在现场拍照，值守人员到实地巡查，就像打卡一样，必须将实地巡查的照片及时发到工作群里。

为了看护好矿山资产，矿区采取了许多措施。地面的工业建筑，最远的地方往南有四千多米，往北有五千多米，实时监控，以防地面相应建筑遭到破坏。工业广场路口设有栅栏，就连敖景森和杨志东的车也进不去，矿区职工的车到这里都得停下来。栅栏上了三把锁，所有的大门都是三把锁。治保队，安全管教部，还有矿纪委，三个部门联合通过，车才能进到工业广场里面，才能打开重要看护点的大门。

一路看一路讲，敖景森和杨志东带着我，很快返回到了工业广场。"生产的时候，掘进联队、采煤联队，都在联建楼办公，后来都封了。你看联建楼前这几棵大槐树有半抱粗，至少有三四十年了，跟这个楼一样，有点年头。在矿上种树能够活下来不容易，都是最皮实的。"矿区料场也在这儿。从进入工业广场的大门开始，一共有三个场地，原来的机修厂大车间叫机械化车间，还有供应站，加上机电科原厂房，所有的大门都是三道锁。"这是矿上的机修厂，车钳铆电焊啥都有，最早连锻工打铁的都有。"眼前这排平房是他们当年工作的地方，杨志东在这儿当过书记，敖景森在这儿当过厂长，过去他俩就是搭档。隔着铁丝网围栏看向里面，生锈的铁杆，一个个说不出名堂的零件，大大小小的轮胎，一堆又一堆，完全是个大仓库的样子。

"这里全是乌兰矿井下回收上来的东西，过去用的东西，包括废旧物资，全在这院里。这块是重点看护的地方，任何车辆进不来。"敖景森说,"回撤的时候,单位制定的方案也缜密,集团领导也重视。回撤下来后,包括集团设备管理中心、机电管理部都有账。当时乌兰矿回撤的物资,有四百多大项,比如电缆、开关各是一项,大项下面又分为四千多件,全在这里保存着,包括构置物、建筑物。当时回收上来的东西,这几年集团陆续调走了二百多项,年限不到没报废还能用的,就调配到宁东各煤矿去了。"

宁煤集团每年都要对各矿进行资产巡查,前一阶段又开始了资产巡查上报。"把调走的,剩余的,再进行普查。有的东西使用年限是八年,已经到了第九个年头,这种物料就得更新报废,有的少一年,就得做原值减值登记,所以,资产普查工作每年都要做,每年都要进行核查。去年做得最细最严格,宁煤集团请来北京一家专业评估公司,专门来做这个。请来的三个专业人员,在焦煤公司、乌兰矿住了有十天半个月,挨个查,把砌好的已经封闭的,比如像机房,这些地方要再打开,到里面细查,一件件看,登记完再封存。"

报废的物资,矿方只有建议权,没有鉴定权,能不能用要通过普查,由宁煤集团设备管理中心、机电管理部来现场共同鉴定,拍照以后,再往集团公司上报,接下来的招标处置由集团公司来决定。

"调拨的物资也是,今天哪个矿区要用什么物资,他们要到集团设备管理中心、机电管理部申请要调的东西,要盖四个管理部门的公章,手续全了,再来乌兰矿,到杨队长这儿开出门证,手续备在这儿,以便备查,然后才能拉走。哪怕是一根管子,都得过这一整套手续。一年一年,矿区的管理越来越正规和制度化，不像以前那么松散和随便了。"尽管是留守单位，但是在管理上并没有松劲。杨志东补充说："以前矿上有自购权，还有处置权，现在都上交了，只要是动用国有资产，都得经过几个管理部门，物资归物资管理中心管，设备归机电管理中心管，现在已经形成这种规范。集团相关部门每年都来，一年至少来两次，针对性地现场抽查、对账，往上申报，走流程。"

敖景森接过话头："有些人说你们矿都黄了，还有啥可看的，有啥可管的啊，实际上他们根本不了解。虽然现在不生产了，但是整个矿还是完整的，原原本本的，谁想在这儿偷东西那是偷不上的，管控机制在这儿，一个是不敢动，另一个是不给机会动。矿井关停到现在，乌兰矿没有丢失一件东西。"

敖景森和杨志东是土生土长的乌兰矿人。杨志东比敖景森小一岁，都是20世纪60年代生人，两人打小就认识，几乎一起上学，又前后脚参加工作，他们的父母亲都是相识相知的辽宁阜新老乡。在乌兰矿，职工家属几乎没有不认识的。如今，敖景森和杨志东在这里已经生活了五十多年。

"对矿区，我们是有感情的，这种感情到现在自然而然就成了一种责任。"敖景森说，"我们在这儿都生活几十年了，跟矿上这些东西打交道又有多少年了。到我们这一代，那真是把这些矿产当成自己家的东西，骨子里就认为这就是我们的矿。每次调拨矿上的东西时，我真是不由得要多望上两眼，这是乌兰矿的东西，要用到别的地方去了，我得好好再看看。"

稍停了一会儿，敖景森又说："这地方虽说停产了，政府机构还健全着呢，镇派出所还在，派出所有十来个人。镇上的派出所，除了管乌兰矿的治安，也管周边的牧区。以前这里叫呼鲁斯太镇,后来合了,改成了宗别立镇,下面有七个'嘎查',原来有五个居委会,现在三个居委会。三个居委会中,有两个是矿区居委会,一个是百灵居委会,另一个是乌兰居委会。乌兰矿过去是宗别立最大的单位,纳税大户。现在也就是矿黄了,不然,还是纳税大户。"说到这儿,敖景森突然话题一转问我,"知道'嘎查'是什么意思吗?就是村的意思,蒙古语。"

七

2016年下半年,乌兰矿没关停就已经开始治理。乌兰矿的环境治理也像其他老矿区一样,分为两大块,一是办公区住宅区的绿化,一是遗留矿坑的治理。乌兰矿区从南到北有七个从前遗留下来的矿坑,都在治理范围内,从一进矿的拐弯路开始,坑都不小,都是20世纪90年代挖的矿坑。

最南边的矿坑是乌兰矿治理范围内最大的矿坑,治理前全部是矿渣,自燃成火山,着成一片,治理起来非常困难,也很危险。矿上先是进行灭火,再一层层整平,跟梯田似的。这就是一号矿坑,也是矿区重点治理的地方,中间有条土路,是运渣排渣时填埋水坑填出来的路。

"现在治理的大坑与乌兰矿的井工矿没关系,都是那些年搞的灭火工程。那边的煤层薄,开采不了,当时乌兰矿就把这部分给承包出去了,当时叫三产公司,对外承包经营,大矿回收利润,作为三产多种经营项目。"敖景森说。20世纪90年代末到2000年前后,煤炭企业为追求效益,在国家允许的范围内将部分矿区承包给个体。当时,乌兰矿成立了服务公司,后来叫三产公司。

井下富余下来的人没事干，都加入了三产。敖景森也干过三产，干了有两年。三产也跟在大矿井下工作面干活一样，出的煤归矿上，挣的还是大矿的工资。三产给矿上增加了效益，也留下了不少问题。这片地方承包出去后就被挖成现在这个样子。毕竟是矿上的地盘，又是矿上承包出去的，还在乌兰矿的范围内，现在还得由矿上来治理。在今天的矿山治理中，有相当一部分都是在治理从前遗留的老问题。

"看见了吧，对面的渣车正在坡上治理，那是内蒙古庆华公司的。庆华公司去年（2020年）开始治理。乌兰矿开始治理的时候，就跟他们一样，也是这样上了渣车铲车钩车，治理时，先把原来堆得老高的矸石山推平。内蒙古的煤矿是最近（指2021年6月）才停的。内蒙古古拉本那边上个月还干着呢，听说今年6月全停了，他们也是按照国家对贺兰山环境治理的要求停的。"杨志东说。

敖景森指着渣台前那条小路说道："那是个泄洪沟，就是我刚才给你说的，以这条河为界，南边就是河南，路过去那片就属于内蒙古庆华公司了。现在河里没有水，干的时候就是路，有洪水的时候，它就成了河。以前，一发山洪，那条小河沟就成了大河，洪水能一直流到大武口。"

没停产的时候，乌兰矿一边挖煤一边小规模治理着。2016年矿井关停了，按照国家要求开始彻底治理。

"现在治成这个样子还不知能不能过关呢。庆华公司像我们这样，也是先打了台子，但是据说现在这样还不合格，他们又接着整填呢。虽然咱们的治理办法也是通过权威机构，专业的设计院专家给的治理方案，但是能不能通过内蒙古相关管理部门的审核，现在还是个未知数，还没有验收呢。因为乌兰矿占的是内蒙古的地盘，治理成果要由内蒙古来验收，人家说行才行。石炭井跟乌兰矿一样的治理方式，按照一个标准进行的，石炭井已经过关了，但是乌兰矿目前还是个未知数。矿山治理这个事情，按说属于贺兰山，应该都是一回事，但是乌兰矿跟石炭井不一样，就因为跨省，有些问题就显得更麻烦。"敖景森说。

在矿山治理时，乌兰矿的特殊身份再次显现出来。

## 八

"这两年，乌兰矿的看护任务稍微减轻了点，但是治理又带来了新的工作量。因为乌兰矿特殊的地理位置，治理要不断地跟内蒙古自治区政府盟政府旗政府等相关地方政府进行交涉，只要办任何一件事情，都要跟属地政府反复协商，不只是矿上要跑，集团领导也没少跑。"敖景森说。

权属的不同，过去的遗留，已经关停的乌兰矿仍必须面对。"因为牵扯两地管理的特殊处境，即使是治理的需要，但要涉及动用土壤等相关事宜，需要不停打报告到内蒙古自治区政府有关部门，批复没有下来，就迟迟不敢动。直到现在，宁夏境内其他矿区治理已经基本完成，就乌兰矿，治理到现在还没有完结。"在留守职工们看来，这样的牵扯简直就成了麻烦。现在，矿虽然关停了，但很多事情还需要两省协调，甚至集团也做不了主。这样一来，一些看似简单的事情，做起来真是挺费劲儿的。

乌兰矿现有的常住人口，除了矿上值守的职工，还有一部分宗别立镇上的工作人员。"矿上还得承担他们用水用电的费用，企业停了不赢利了，但是现在仍在人家地盘上。当地派出所用的是矿上以前的公寓楼，反正空着也是空着，矿上就无偿提供给了当地派出所。还有以前矿上的文化宫，现在也是镇上无偿在用。说到底，就是因为矿上占着人家的地盘。"也许因为分属两个自治区，地方工作人员和企业职工的身份虽然被划分得一清二楚，但是在工作上生活上常常藕断丝连。

## 九

乌兰矿的特殊，不只是体现在地域管理、矿山治理上，它特殊的地理位置，使得敖景森和杨志东这一代人及他们的后代择业都受到很大影响。

当年招工，就因为是乌兰矿子弟，敖景森和杨志东没少碰壁。乌兰矿是宁夏企业，但乌兰矿所有职工的户口都是内蒙古的，身份证号都是152打头的。敖景森记得，中学毕业时，他跑到宁夏企业参加招工，人家一看户口本就说不要，说他是外省的，招工只收宁夏本地人。等敖景森到内蒙古的单位去参加招工，内蒙古的单位也不要，说他是宁夏企业的人。有那么几年，铁路、电厂等这些单位时常招工，每一次敖景森都会去碰碰运气。每次报名，用人单位一看户口本，就给他退了回来，连名都报不上。

"那时候，我们这些人就只能待在乌兰矿。"说起这段经历，敖景森至今哭笑不得，"我们乌兰矿子弟除非考学，比如考上矿务局技校，把户口迁到宁夏，考上大学把户口迁出去，不然的话，不管是银川还是其他地方招工，一报名就给退回来了，只有在乌兰矿当工人这一条路。所以我们这一代人，只要没有考学考出去，就只能在乌兰矿招工，哪儿也走不了。"

"当时内蒙古招工的单位都特好,什么公安税务工商银行,那几年需要大量人,可我们就没有这个资格。宁夏内蒙古两自治区的标准,乌兰矿的人哪个也不符合。粮补肉补,一开始还按人家内蒙古这边的标准,大概从 20 世纪 80 年代开始,就把乌兰矿的人彻底给排除了,我们乌兰矿的人就成了户口是内蒙古的,但是粮油补贴标准又拿的是宁夏标准,一直到 1993 年以后,全国取消了粮油补贴,开始市场经济了,这种差别才没有了。"

一直以来,乌兰矿就是夹在两个自治区之间的一块"飞地",但对于生活在这个地方的矿子弟来说,要"飞"出这个地方,却真是不容易。宁夏不要,内蒙古不管,乌兰矿子弟招工就业只有本矿这一条路。能走出乌兰矿的年轻人很少,乌兰矿职工的后代大多数只能留在矿上。

后来,矿区家属下迁,敖景森的女儿到大武口上学,全家人这才把户口迁出乌兰矿。"好在那会儿也不严格了,户口随着住房走,这才算是迁出乌兰矿了。"

敖景森苦笑了一下,说:"五十多年了,我们这一代人只能待在这个地方,年轻时不走,是因为走不出去,处处受限制,把我们逼得也是没有办法。现在老了,不想走了,但是矿又停了,迟早得走。"

这时候,杨志东开口道:"话说回来,这人也怪得很,越到老了越是离不开,这感情就越浓。"

十

乌兰矿东北人多。当年石炭井建矿时,敖景森和杨志东的父母从老家辽宁阜新来到石炭井。最初,阜新人都在石炭井一矿,后来分出来到了乌兰矿，一矿就都剩辽宁本溪人了。

乌兰矿的主副井开始建设是在 20 世纪 60 年代，正式投产是 1975 年。"要知道，一个矿井的筹备生产差不多要十来年呢，这可不像关井闭坑，几天就完事了。建成前，乌兰矿叫二十一建井处。这边最早的工人都是 1966 年来的，跟白芨沟建矿差不多前后脚。"敖景森说，他的父亲是 1966 年从阜新来到石炭井，1968 年，一岁的敖景森跟着全家来到乌兰矿。1971 年，杨志东三岁那一年，全家来到乌兰矿。1975 年，乌兰矿井下生产出第一吨煤时，敖景森跟杨志东已经在乌兰矿上了小学。

"那会儿乌兰矿已经建成一个小社会了。那时，哪家都有四五个孩子，都在矿上上学，从幼儿园到小学到初中。我们学校老师有上海的有北京的，都是知识青年，挺厉害。石炭井哪个矿有厉害的老师，矿上的孩子考大学也考得挺好的。"提及过去，敖景森再次陷入了回忆中。

1985 年，杨志东初中毕业就参加了工作，一招工就在井下，干了两年多。1988 年，乌兰矿成立矿救护队，他又到了救护队，干了十六七年。"救护队平时就在危险的巷道，就是普通工人进不了的那种巷道，平时要去维护，关键时刻要去抢救工伤人员。救护队员都是戴着呼吸器之类的仪器进去，挺危险的。"提及当年的工作，杨志东轻描淡写地说，那会儿年轻，也不知道害怕，就这么稀里糊涂过来了，现在救护队都招不上人，每家就一个孩子，谁舍得让去，多危险啊。

1988 年，敖景森到井下干综采。因为一直在生产一线，乌兰矿井下各种设备，没有敖景森不熟悉的。"乌兰矿的综采还评上了国家科技创新奖，被称为乌兰模式。那时，全矿务局除了乌兰矿，只有白芨沟矿上了综采。就因为乌兰矿储煤条件好，中厚煤层，工作面大，我们乌兰矿后来还建了一个三号井，工作面刚圈起来，刚要干，这就关了。要是不关停，现在乌兰矿会是一个很好的产煤大户。"

2016年，赶上整个煤炭行业不景气，又赶上国家出台了去产能关停政策，宁夏把五家煤矿（银北占三家：金能、焦煤和乌兰矿）一起上报国资委。时运就这样决定了老矿区的命运。到了第二年，也就是2017年，集团领导意识到，这下要彻底关停了，整个银北焦煤矿一个都没有了。再三考虑，再次申请，国家批复金能公司保留井口。就这样，金能公司的井口保留下来了，暂处于关停状态。

"再等半年就好了。乌兰矿当时的年产值是二百多万吨呢，如果当时能再晚一年半年，也许就不会关闭了。这当然一方面是受大环境还有国家政策影响，最主要的还在于当时的决策。从当时来看，关停银北三家老矿主要是为企业减负。当然，中国煤炭资源丰富，乌兰矿在宁夏占一定分量，但在全国也就不算啥了。如果从国家能源未来发展来看，现在关了，未必就有什么不好，这些煤可以留给后代。这是从国家大局看。"杨志东说。

"要说，宁夏经济最早全仗着煤了。说句不夸张的话，宁夏如果没有银北这些矿，没有煤，整个都可能成西海固，全都是贫困地区，全要靠国家来扶贫，经济发展不起来。"敖景森所带的徒弟，他以前的年轻同事，现在都在宁东搞机械化智能化生产，有些当了副总当了队长，成为骨干。

"乌兰矿跟别的老矿一样，已经经历了三代人，我们属于'矿二代'。留在煤业的大部分还是矿工的后代。"敖景森感慨道,乌兰矿就这么没了,关井那一刻,我们每个人都眼泪汪汪的。现在就是想开也开不起来了。如果重开的话,从投资成本来说,比新建一个矿还要大。

2024年2月2日,内蒙古阿拉善左旗人民政府发布消息:

根据《国务院关于煤炭行业化解过剩产能实现脱困发展的意见》(国发〔2016〕7号)、《自然资源部办公厅关于政策性关闭矿山采矿许可证注销有关工作的函》(自然资办函〔2019〕1574号)以及《神华集团2016年化解煤炭过剩产能任务落实情况公告》,阿左旗自然资源局于2023年2月按照规定向国家能源集团宁夏煤业有限责任公司送达《告知书》(阿左自然资告字〔2023〕第3号),要求依法注销采矿许可证,至今国家能源集团宁夏煤业有限责任公司未按相关规定完成采矿权注销,依据上述文件和《中华人民共和国行政许可法》第七十条的规定,经旗政府研究,现决定对神华宁夏煤业集团有限责任公司乌兰煤矿(采矿许可证C1000002011071140116463)予以公告关闭。

关闭后未完成的矿山生态修复义务仍由原矿业权人继续履行。

## 改造后的老矿区

一

贺兰山里的老煤矿现在只有白芨沟矿仍在生产,有两个井口，一个位于原采一区的老井口，现已改为人行井口；还有一个是运输物料的井口，也就是平硐井口。平硐井口是由过去南二小学改造成的。

2009年，白芨沟矿育新小学和南二小学一迁走，南二小学就被改造成平硐井口。平硐井口位于矿区的东南部，人行井口位于矿区的东北部，直线距离至少有两三公里，但井下都是相通的。平硐井口用于井下辅助运输，生产用料、生产设备、地面上的物资都是用车从这个井口拉进去，接送人员的车辆也都从这儿进到大巷，把乘坐猴车下到井巷口的工人拉到采煤工作面。平峒口还是出渣的井口，矿井下三班拉渣不停，都是无轨绞轮车运输，每班八小时。装渣的车到平硐井口，要先登记，安全检查后才放行。

为啥叫平硐？因为这个矿井巷道是平的，几乎接近水平，这也是从矿井的开拓方式、倾斜的角度来说的。煤井的开拓方式有立井式、平硐式、斜井式、联合开拓式。

"原来矿井除渣是用斜井矿车提上去，在地面除渣石，选煤楼那边的矸石山就是这么形成的。后来产量大了，渣也多了，过去除渣的办法就不够用了，就开始用绞轮车运渣。车是可以到工作面的，以前斜井提升好多物料到不了工作面，全凭人拉肩扛，现在综采支架都直接用车端着开进去，省了好多人力，减少了很多麻烦。"在井口值班的王立军介绍说，平硐井口实际上是随着地下储煤条件的变化和井深井长的增加而设立的。

## 二

王立军在白芨沟矿工作二十年了，是"矿二代"。他说，现在在矿上工作的大部分都是"矿二代""矿三代",煤矿工人里百分之七八十都是煤矿子弟,有招工的也有接班的,有一部分外来的,多是煤校毕业分到矿上的。

王立军家以前在白芨沟南二,他就在南二小学上的学。1995年,王立军小学毕业,南二刚建好初中,王立军就在家门口上了初中。此前,白芨沟矿有两个小学,一个是育新小学,一个是南二小学,但只有一个涵盖初中和高中的完全中学,就是育新中学。在南二中学建立前,住在南二的孩子要比住在矿区其他地方的孩子早起近一个小时,因为他们上中学要翻山越岭,从矿沟的最东头走到矿沟的西北方向,差不多得走一个多小时的山路。许多南二的孩子中午回不了家,要从家带饭。所以,王立军觉得自己还挺幸运,正好赶上家门口就有了中学。

初中毕业后,王立军考上了石炭井矿务局技校。当时,技校面向矿务局所属的煤矿子弟招生,分为初中技校生和高中技校生,考不上高中的孩子可以考技校,考不上大学的孩子也可以上技校。技校毕业回到矿上,就成了矿上的正式职工。这对于矿子弟,特别是那些学习不太好,又没有其他出路的孩子来说,是最寻常最稳妥的就业渠道,也是当时矿上许多孩子的选择。

2000年,王立军技校毕业分配回矿上。他算是幸运的,这一年的毕业生是技校最后一批包分配的。从2000年起,国家教育政策发生重大变化,20世纪八九十年代红火一时的技工教育培训,在随后的几年里不断转型。2005年前后,石炭井矿务局技校、石嘴山矿务局技校和其他技工学校合并升级,成为专科学校,这就是宁夏工业职业学院的来历。2006年,宁夏工业职业学院由大武口搬到了银川。现在,学院有职工培训,也对外招生，招收的是跟煤矿采掘和煤化工有关的大专专业。

2005年后，王立军到宁夏工业职业学院进修，上了专科，有了大专文凭。"现在矿上的职工一半都是以前矿务局技校毕业的，还有一部分就是以前矿上招工来的，招的多是矿上的待业青年，现在留在矿一线的基本上都是2002年、2004年那两年矿上招的矿子弟。"王立军说。

## 三

王立军在白芨沟上班，下了班回大峰，上下班都是坐通勤车，发车时间是按三班走的。

矿区用的通勤车跟宁东是一样的，都是统一配备的大客车。

虽说都是上下班，不一样的是，矿上用车是把职工由井口往宿舍接送。

以前矿上有通勤车，但是管理上、安全资质上、养车费用投入上都比较麻烦，后来，宁煤集团就按照现代企业的管理办法，跟天豹公司签了用车合同。矿上职工坐的通勤车是四十五座大客车，一个座位一公里费用是一毛七分五厘，以这个标准结算费用。用车，保险，卫生，安全，都由天豹公司负责。

2021年6月3日这天，王立军上中班。下午三点到岗，三点半开完班前会，有个简单的交接班环节，比如有什么安全注意事项要提醒，入井几辆车、升井几辆车要记录。中班上到晚上十一点交接。"矿上生产用车有好几种车型，像井下用的车，简单地说，有拉物的还有拉人的车。所有入井的车辆都有证有编号，是宁煤内部的编号，由宁煤统一管理。严格来说，井口五十米开外，普通车就不能靠近了，要用防爆车。这和井下专用的手机相机一样,都是要有专业防爆设置的。"王立军说。

平硐井口调度室在井口边三层楼的一楼,地表和地下各工作面全部显示在调度室的电脑屏幕上,一目了然。监控上显示出位置标号,工作面的位置一千六百六十五米是指海拔高度,工作面的条带标号对应着井下各工区。井下设有红绿灯、自动感应器,老矿区的智能化跟宁东新矿区几乎是同步的。井下隔几百米就有一个基站,跟地面用的手机接收信号的基站一样,电话、人员定位卡都是通过基站感应发送出来的。基站接收的信号反应到地面上,包括谁开的车、哪个班的、车型、地点、工作内容、入井时间、升井时间,全在地面调度掌控中。

"虽然老矿区煤层已经不很理想,但井下巷道至少有五六米高,一层楼高,比过去还是先进多了。当然,说实在的,老矿的智能化比起宁东的新矿还是落后,条件在这儿放着呢。"王立军说。

## 四

平硐井口另一边就是车库,井下运输所用的各种车辆都在这里进行维修检查。所有的车都要入库检查维修保养,换班时,再开另外一批车。运输车辆有五吨的、三吨的,都是前面带翻斗可以拆卸的,这里还有运输炸药的车——黄色车身上标着"危险品运输车"字样。现在,老矿区的掘进还需用火药,因为掘进工作面杂质多,尤其是岩巷,必须用炮炸松了才能采煤。

"矿上需要运输的地方还挺多,来这儿当司机得有 B 照,再经过培训持有特种驾照。"一直陪同我采访的张虎说,井下使用的液压支架,也要从平硐井口往下运,用插板车运到井下,端着平平一放，慢慢打起来，支到工作面。过去安装一个工作面得好几个月，现在都是机械化，一个来月就完成了。

综采安装是一个工种，宁煤有安装公司，专门负责安装回收。因为现在煤矿多，生产任务紧，安装公司的活儿太多，有时候忙不过来，矿上自己也能安装。矿上专门有一个生产准备队，负责回撤安装，平时没有这些活儿就干杂活，比如说喷浆、打地平。井下条件好的，安装综采设备要二十多天，条件不好要长一点，一般一个月左右。综采设备装好后，工作面会搭建起安全的采掘环境，而安装和拆卸的过程，则要面对复杂的原始状态的矿洞。"安装拆卸要花同样时间，要说起来，现在井下安装回撤工作面要比正常生产危险多了。"张虎说。

平硐井口能拉人入井，也拉物料下井，以前都是一起的。前些年，内蒙古一矿井发生事故，拉人的车在下斜坡时没刹住，结果撞上拉物料的车，出了车祸死了不少人。国家就此要求人行井口和运物料的井口必须分开，避免出现意外。从那以后，宁煤老矿区对井口进行改造，白芨沟矿原采一区的井口就只走人，平硐井口这边只下料。

根据调度的要求，王立军的工作职责之一就是在井口有序安排车辆进出，要避免车辆排队浪费时间；再就是车多了，排出的尾气一氧化碳就超限了，超限系统就会报警。井口的进出调度要保证恰到好处，一辆车装完离开，一辆车再开进去，装载的车不停，运输的车也有次序。

## 如果老矿不关停

### 一

对于石炭井的变迁,焦煤公司办公室主任魏安良是非常熟悉的。石炭井是他长大的地方,也是他工作多年的地方。现在的焦煤公司办公楼就是原矿务局招待所。这里原来是个四合院,进来有个大院子。1990年矿务局机关迁至大武口后,这里给了矿务局管理公司;2000年,矿务局管理公司搬走,就把这里交给了二矿;再后来,就成了焦煤公司的办公地点。

魏安良说:"石炭井的煤是焦煤中的佼佼者,是最好的。2012年,石炭井还打算要实现智能化矿山改造。谁也没想到,2016年年底就给关停了。也是受大环境的影响,那两年,我们的焦煤一吨一百多元钱都没有人买。就因为当年的煤炭市场太低迷,当时领导层决定关停。2016年年底,石炭井二矿关了井,翻过年也就半年后,焦煤价格就翻了好几番,好几百元一吨。没办法,煤炭市场就这样,好几年差几年。"

当年,石炭井下辖七个矿,一、二、三、四矿和白芨沟矿、乌兰矿、大峰矿。除了乌兰矿,其他六个矿的职工,要办结婚证办户口都得来石炭井矿务局。2000年,矿务局一搬走,石炭井区就撤了,变成了街道。从那以后,石炭井人口逐年减少,直到2016年,矿井一关,大队人马彻底离开了石炭井,这里的人口一下子跌落到几百人,跟建矿初期差不多。

1958年，因为在安徽老家吃不饱肚子，魏安良父亲来到石炭井。到这儿后，魏安良父亲一直在二矿行政科做后勤工作。有了工作站稳了脚，父亲就把一家子都迁来了。魏安良小时候在老家跟爷爷奶奶生活，他兄妹四个，三个男孩，魏安良是家里的老二。他在老家长到十岁，小学三年级时来到石炭井二矿。

石炭井矿务局原有两个中学、六个小学。魏安良在二小读完小学，又在矿中读了初中。现在二小的校舍还在，矿中在三矿那边，校舍也还在。

1986年7月，从石炭井技校毕业后，魏安良回到二矿。自打参加工作起，魏安良就从事矿井通信工作。他在技校学的就是这个专业。那时候，魏安良每周都要下井检查。"在建设智能化矿山之前，井下一直是靠电话来指挥调度。调度室都在地面，井下的变电所水泵房都有电话。"魏安良说，他一直从事和矿山信息化有关的工作，直到关井分流。

"现在是矿井没了，要是还有，估计我还在搞井下通信。啥时候井下都得有通信设备，就是智能化也是在过去电话调度的基础上不断升级的。"魏安良说。从井下通信和调度方式的升级变化，就能看出矿区变化。过去，从电话调度发展到通过视频可以监控，在他看来就是从耳朵到眼耳并用。"再到现在发展到无线通信、无线定位，远程就可以通信调度，这就是矿山智能化的发展升级速度。过去，电话在固定场所，移动中的通信问题就没有办法解决。现在在井下可以带专用防爆手机，位置随时都可以知道，地下地面甚至空中都是同步的。所以说，井下生产技术在发展，通信技术也在同步发展。信息化、智能化对于今天的现代化矿井，是最普遍的了，已经不算什么新鲜事物。魏安良唏嘘道:"如果矿井不关停,现在石炭井也会是一个比较先进的智能化矿山。"

其实,早在 2012 年,石炭井打造智能化矿山的框架已经建好,包括煤矿工业自动化系统和工业网都已建立起来,准备打造无人值守的智能化矿山。那时候已经在试运行,比如说水泵房的无人智能化操作管理。"当时作为一种新的模式,好多人还不适应也不完全信任这个东西,因为以前这些矿井生产的工作系统,都是靠人来看守操作的。当时,远程智控在技术上虽然完全可以实现了,就是人还没适应。就像现在开车,有无人驾驶的车,但多数人还是觉得有个司机更放心。况且,煤矿是高危行业,多少年都是这么过来的,突然要改变成无人智能化的,得有个适应过程。"魏安良说,当时石炭井已经上了这套系统,人员定位、调度通信都有,可惜的是,试运行了两年,还没正式投用,矿井就关停了,这套系统也就收起来了,彻底不用了。

现实的变化快得令人无法预料无法想象,矿井一关停,矿区的一切瞬间成为过去。

从 2000 年矿务局管理公司搬走后,石炭井人口开始减少,到 2012 年前后,位于大武口的矿区职工安置房一分,又有好多人搬到大武口,人就更少了。

2014 年,文体中心建成没多久,都还没怎么用,矿上的人又搬走了不少。就是那时候,职工们都没想到,两年后石炭井就停产了。

石炭井矿井关停后,和所有关停的老矿一样,面临的工作就两个:一是留守,二是治理。相对来说,留守的工作是日常的。对于焦煤公司来说,最让人头疼的问题是治理过程中要面对以前非法采盗遗留下来的问题。这些遗留问题，有些属于过去煤炭行业管理不规范留下来的。

## 二

魏安良站起身，指向窗外："那就是我小时候上学的二小，也就是后来的税务局，再过去紧挨着的就是矿务局电影院。最红火的时候，石炭井区人口达十几万。那时候是有矿又有镇，还有街市，有好多大武口的人都想到这儿来上班呢。"

2016年年底，矿井停产后，焦煤公司的职工陆续分流到宁东，到2019年，只剩了一百来号人留守，这一年，魏安良担任了办公室主任。

现在，石嘴山、石炭井、乌兰矿三个老矿区合并为银北矿山管理办公室。三个矿区各有主管领导，主管乌兰矿的领导全面负责，这三个老矿区的协调会多数是通过视频召开。除此之外，公司所有领导每天早上要开宁煤集团的视频会。

"现在，重要的大会不需要到银川宁煤总部，包括国土资源局的会，多数是视频会。以前，各矿远程开会最多是电话会，但那时，就是电话开会都觉得够神奇的了。看看现在，矿区的信息化都到了什么程度。"魏安良感叹道，"今天，你在宁东矿区可以看到整个宁夏煤业生产信息平台，每天各项数据直接传到北京，国家能源局能看到全国煤矿生产管理的方方面面。与过去相比，真是变化巨大。"

魏安良是搞通信技术的，现在这块工作没有了，但焦煤公司还有电话、电脑，还有安全监控，这些工作还需要魏安良。"焦煤公司现在有一个机房，大屏幕上有监控点的监控，当然，这只是一个我们自己的局域网,只是为了方便矿山的看护和维护。"

## 看护矿产

一

如今,整个焦煤公司只剩下一百人的留守队伍,看护着原石炭井辖区三百五十六平方公里的矿山。从一进入大磴沟的炭梁坡,一直到与内蒙古交界的三矿最北端,原石炭井一、二、三矿地面的矿产均是他们要看护的。

20世纪90年代初,吴宝国从部队复员回到矿上,到了一矿保卫科。2007年,一矿、二矿合并,两个矿的保卫科也合在了一起,成立了治保队,吴师傅就成了治保队一员。

吴宝国所在的焦煤公司治保队现有五十人。"焦煤公司的治保点多人少,战线太长,以前一、二矿各单位合并的点儿都得留人。从三十七公里(即马莲滩一带)一直到原老三矿石(石炭井)蒙(内蒙古)边界,北边是原石炭井三矿,南边是原炭梁坡煤矿,包括二矿本部(焦煤公司工业场区二号井)、一号井、松山工贸、大磴沟煤矿、酒厂、高频碳管厂南北厂(一个南厂一个北厂,原分属一、二矿),都得定点看护。巡查看护的范围就是石炭井沟里所有的地面,井下回收的物资,还有以前私挖乱采的地方,有矿坑的地方。要看护的所有单位,固定点算下来有十来个点,固定有人值守的就有六个点。无人值守的点是几个大的露天采坑,要定时巡查。南北有十二三公里,有的岗还在山坡上,把所有的看护点转完，至少要一个半小时。"吴宝国说，巡查看护点一般都是开车，二十四小时要巡查四到六次。好在2020年装上了监控。"现在只有两个值守点没法接监控，主要是离焦煤公司本部太远。"

## 二

吴宝国的老家是辽宁本溪，父母20世纪50年代末来到石炭井，他在这儿出生长大。"在这里生活了这么多年，整整算是熬了两辈子人。"吴宝国祖籍山东，新中国成立前吴家从山东闯关东到东北，新中国成立后又从东北到宁夏。"你说石炭井这变化多大，就搁十年前谁能想得到？2016年，石炭井一矿、二矿封井时，办公楼墙上贴了通告。当时井下封了，政府都给立了牌子，上面写着'永久性关闭'，再不可能生产了。"吴宝国说这话时声音突然高了八度，"井下还有煤，但是具体多少，我没下过井，还说不太清。我们这儿停了，大峰矿也没有了，人员都分流了，现在就剩个白芨沟还有一个井口在产煤。"

2007年，石炭井一矿、二矿合并后，二矿还在开采，只是产量比以前低了，即便是那会儿，谁也没想到会关停。"现在一说石炭井这旮旯关停就老说是资源枯竭，其实不是没有煤了，还有煤，但是那几年一生产就得不偿失，就赔钱。再加上二矿是高瓦斯矿井，生产风险也大，一矿不是高瓦斯矿，但是煤含硫高。正赶上那两年开始搞环境治理，这就给接上茬了，矿井让关也就关了。其实当时石炭井二矿二号井刚建了一个瓦斯抽放站，还没用两年，矿井就关了，投了不少钱，挺可惜的。现在就留一个保安在那看着呢。"吴师傅说着叹了口气。

车一进入石炭井沟，放眼望去，一片绿油油的小树林，这是矿山治理的结果。"从马莲滩过去，这一片都是这几年种下的树，基本都活了。这旮旯种树不容易，你没看，引的都是地下水。你看炭梁坡这一片多绿，这地方的治理效果最明显。以前炭梁坡这一片小煤窑特多，特别脏乱差。车也多，来来回回出出进进，全是拉煤的车，整得到处是煤灰。当年路边有个烩肉馆挺有名，不少过路司机都在他家吃饭。2017 年，开始矿山治理，这些小矿小洗煤厂全被取缔了，烩肉馆也就开不下去了，搬大武口去了。以前烩肉馆在这儿开着的时候，都说挺好吃，搬到市区离我家近，我去吃，觉得味道也就那么回事。"吴宝国一只手指着外面山坡上一大片绿，"以前这块属于矿多经公司，多经公司就是多种经营公司的简称。20 世纪 80 年代末至 90 年代初，要搞活市场经济，石嘴山矿务局和石炭井矿务局各矿开办了多种经营公司，下面有什么服装厂、碳素厂、电池厂等，当时搞三产经营，就把矿区富余人员都安置到这样的公司。"

"不好干，那时候煤炭行业随着市场波动，日子不好过，别说这些三产了。这些厂子公司都是些小企业，到 20 世纪 90 年代中后期，这些三产多数效益不好，倒闭了不少。"

## 三

一进大磴沟，明显凉快了下来。正值暑天，山上气温比山下至少要低五六摄氏度。"山上凉快，蚊子少，比大武口凉快多了。夏天在这儿上班还行，睡觉还得盖个小被子。石炭井还真是避暑的好地方。"吴师傅说，"看护这个地方，倒也不用人出什么大力，天天就这些活儿，操到心就行了。就是待久了，觉得人都变颓废了，精力、体力也都受影响。要是整天忙忙碌碌的，脑瓜子也活，腿脚活，一天过得挺有劲头。现在这样，人是越待越懒，体力、精力都跟不上了。"

"看到旁边渣台上那个小亭子了吧？那是个观景台。在这上面就可以站得高看得远了呗。"大磴沟这片治理区，吴宝国和治保队的师傅们都来劳动过，观景台的路都是他们铺的。路旁边有个大蓄水池，全是地下水和雨水，用水泵引水，引到渣坡上，就可以浇灌坡上的树和草。

焦煤公司现有一百零二人，一半人力在治保上，其他还有机关、机电设备部、生活服务中心等几个部门。尽管都是留守单位，但还是按照正规的日常管理，除了不生产之外，别的一应俱全。

跟乌兰矿一样，焦煤公司现在冬天用的是电锅炉，也是两年前（2019年）改的。电锅炉只负责本公司办公楼和公寓楼的供暖。因为烧锅炉用的水质要求高，要专门从乌兰矿拉蒸馏水。焦煤公司的供水水质不行，杂质多。不同于焦煤公司的是，乌兰矿还有个瓦斯抽放站仍在正常工作，那里专门有个设备，用来加工制作蒸馏水。一到冬天，焦煤公司烧锅炉时，就要用消防车去乌兰矿拉水。

虽然不生产了，但焦煤公司还设有机电部门，因为看守的矿产设备里，有些是能用的，包括电机、水泵之类的。如果宁东其他矿要调用的话，这边得跟调拨方对接上，必须得由懂的人管理这些矿山机电设备。

吴师傅正说着，车已经开进了石炭井新华南街。于是，吴师傅指着街边继续说道："看见没有，街两边大多是空房。也有住人的，住的人杂得很，都是些老弱病残，有矿上退休的、工亡遗属，空巢老人也有，基本上都是矿上的老职工老家属，这部分人现在归石炭井街道管。还有一些人，就是每年这个季节都到山上抓蝎子的，政府不让抓，这些人都是偷偷从山下跑上山来的，老的小的男的女的都有，都是从大武口、平罗、石嘴山来的。"

　　石炭井主街新华街正在修路，吴师傅只能绕到后街，从原来二小的桥上行驶。"这段时间，石炭井一直在修路，从二道桥头到红光市场，路都是矿区老路，都翻浆了，坑坑洼洼的又难看又不好走。这路已经修了一个月了，现在不是要发展文化旅游小镇吗？前几天，我从中卫回银川，高速路上都有石炭井旅游小镇的广告牌。我心里想，咱那小地方，都宣传到这儿了。"

## 女治保队员

### 一

　　焦煤公司文体中心是一座富有线条感的棕色建筑，一座很有设计感的现代场馆。这座崭新的建筑就隐藏在石炭井曾经的地标建筑——红光市场后面。"现在不生产了，人也少了，晚上也没人来打球。总共也没几个人，能回家的都回家了，剩下的就是盯夜班的。"张小萍说，以往每年石炭井街道都借用这个地方，开表彰会啥的。

　　"焦煤公司要开大会也在这儿。焦煤公司的文体中心在宁煤各单位算是比较大的。"前段时间，张小萍去乌兰矿练合唱，她觉得那个场馆就不如焦煤公司的。"乌兰矿文体中心的地板能明显看出来补了一块又一块,也没有这个馆面积大。以前文体中心会议室还有个投屏,是员工唱卡拉 OK 文化娱乐的地方。现在没人了,投屏也给别的矿拿走了。"现在,文体中心就成了治保队职工每天开班前会的地方。

焦煤公司只有治保队办公室在文体中心楼上,其他部门都在原矿办公楼办公,办公楼旁边就是招待所,也是职工宿舍。"一、二层住着职工,三楼住领导,外来的人也安排在那儿住。那边有水有电有无线网络。文体中心是 2014 年前后盖的,大概跟选煤楼万吨仓建设的时间前后错不了多久。"从办公楼去往文体中心的路上,张小萍介绍着,"看到对面那个蓝色的建筑了吗?那就是选煤楼万吨仓,盖好后一天都没有用,井下关了,停产了,就搁那儿了。"

跟文体中心挨着的三栋同样崭新的五层楼是公寓楼,也是 2014 年盖的,现在,只有最靠近文体中心那一栋住了些留守职工。"文体中心现在都旧了,以前刚盖好时才好呢,一楼全是健身器材,临窗那边都排满了,还有好几个乒乓球案子,羽毛球网子有四个。这些东西早都给调到其他矿去了。过去石炭井还生产的时候,一楼球场木地板上还铺着塑胶垫,也都给调到别的矿上去了。原文体中心的设施,哪个矿有用哪个矿就给拿走了。二楼影像资料室的全部东西,包括投影仪、桌椅,都调配到红柳煤矿。红柳煤矿的文体中心就是按我们文体中心的图纸盖的,一模一样。"张小萍说。

焦煤公司治保队五十人里就两个女员工,另一个比张小萍年龄小两岁。"女员工也是一样,二十四小时值班,也一样巡查,不过,平时守在电脑前看监控的时间多一点。"

张小萍上大班,周一到周五,每天的固定工作就是打扫卫生,发作业清单,还有些杂活儿。

"不紧张,破产单位嘛,还有啥忙的。"张小萍大大咧咧地说。

从周一到周五,张小萍住在职工公寓,周末休息,她就搭同事的车回大武口。

## 二

1976年出生的张小萍在石炭井工作二十多年了。2018年以前,她在锅炉房搞锅炉化验。2018年,焦煤公司水暖改电暖后,锅炉房用不了那么多人,分出来八个,张小萍是其中之一。

2011年,张小萍和所有石炭井职工一样,家搬到了大武口。"因为孩子要上学,没办法,石炭井的学校都迁下去了。"张小萍家原在三区法院附近,家里的老房子倒还在。分配大武口的安置房后,矿上的老房子就由焦煤公司收回去了。"不收也住不了,早就断水断电了。现在只有新华南街,也就是石炭井街道办所在的那条街有水有电。不过,据说还要改造,也许以后会改变吧。现在在那一片住的都归社区管,跟矿上没有什么关系。"张小萍说。

家在大武口,工作在石炭井沟里,因为离得远,每次上班,张小萍都是搭同事的顺风车。"我家车都是我家那位开,我不敢开。"张小萍说道。

为啥不敢开车?张小萍给我讲起她的一段亲身经历。

2012年的一个夏日,张小萍中午刚回到家准备做饭,有个客户打电话说要拉配件。张小萍的丈夫把她送到山上来,送完他就下山了。送她时丈夫还说,你要开车或者坐车从二小桥这边过时,一定要左右都看一下,看有没有车。那时候,石炭井二小桥头附近的沟边树长得茂盛,多少影响左右视线。二矿的锅炉房就在红光市场附近,配件库在四百户那儿,差不多有两三公里的距离。装完配件,时间不早了,张小萍本想走回锅炉房去,老板说正好顺路把她带上。张小萍就跟同事坐上了老板的奥迪车,她坐在副驾驶位置。到了二小桥十字路口,张小萍突然感觉到右脸这边黄黄的一片,立马喊"有车"。当时老板还问了她一句,说他咋没看到车。话音还没落,大车就把老板的奥迪车给挤到桥边的煤堆上,直接挤压到了煤堆旁边的水泥柱子上。瞬间,前风挡玻璃就跟蜘蛛网一样,安全气囊也打开了。"老板光修车就花了二十六万元。幸亏车好,要是一二十万元的车,我们直接就被挤到沟里了,一车人就都完了。"

张小萍和同事从车里一出来赶紧去医院。那时候,矿务局大医院本部已经下迁大武口,石炭井就留了几个值班的大夫护士,已经变成卫生所了。张小萍赶到医院时,正是中午一点多,医院门关着,敲门也没反应。张小萍就敲急诊室的窗口,大夫在里面问,谁?张小萍说看病的。大夫问咋了,张小萍说车祸。

说到这儿,张小萍停了一下,长出一口气,说:"你没见那个大夫趿拉着拖鞋开开门说,看不了,快去大武口吧,边说着门就关上了。妈呀,幸亏我们当时没出什么大问题,要是有事儿,这不是要命嘛!"一看没办法,张小萍跟老板赶紧在大磴沟找了辆出租车,去了大武口宁煤总医院。

在医院,张小萍头晕又耳鸣。她说,当时就怕万一颅内出血自己都不知道,还好,啥事没有。当时大夫就让打个醒脑针,张小萍说不打。老板说,不怕花这个钱,还是都打上吧,打上就安心了。一针三百多元,吊针,打了两个小时,打完她就回家了。同事住院观察了两天,确定没事了才出院的。

从那以后,张小萍就有了心理阴影。驾照都拿了有十年了,张小萍不仅不敢开车,坐车再也不敢坐副驾驶位置,而且,只要有大车从旁边过,张小萍脑袋立马就像是快要炸了似的,嗡嗡响。

可是单位离家远,每次上山下山,张小萍即使是不敢开车,但也不得不坐车。"你要不搭便车,上这儿来还真不方便。所以,没事我也不回,就在这待着,反正一个星期过得也快。"张小萍说。

## 三

张小萍丈夫也是焦煤公司的,前两年调到二矿农场。

矿农场都是矿上开出的荒地,20世纪80年代开始承包给个人。开始是承包给职工家属,后来承包给外面的人,一年光给矿上交承包费。现在,这些矿农场大多数都还属于矿上的资产。

张小萍说:"我家那位调到那边就图个离家近点,因为家里还有公婆。"丈夫老家在山东,20世纪60年代初,公公当兵复员后分到石炭井,婆婆也就跟着过来了。婆婆是初中学历,来宁夏以前,在山东一家机械制造厂当技术工,还是团支部书记,后来跟着到这儿来了,不知道是调动比较难,还是其他原因,婆婆再没有上班。

张小萍是宁夏永宁人,在家中排行老二,上面有一个哥哥,下面有一个妹妹。张小萍父亲在20世纪80年代初一次井下事故中遇难，张小萍的母亲接了班。

四

前段时间，焦煤公司抽调了十几个人，每天集中到乌兰矿练合唱，差不多唱了一个月，张小萍也参加了。那段时间，焦煤公司包了十九座的中巴，每天早上九点到乌兰矿，中午在乌兰矿吃饭，下午五点排练完再回来，第二天再去。

"特有意思，"张小萍说，"我们从头唱到尾，人就没齐过。你想，银北矿山管理办公室管的这三个破产单位各有各的事儿，哪像矿务局以前生产的时候，那是到点就齐，一个不落，领导热心，职工也积极。现在可好，临上台，参与合唱的领导突然换了，新上台的领导连词都没记全，嘴形都对不上。本来我们人就少，乌兰矿出了五十人，焦煤公司出了二十人，金能出了五人，满打满算不到八十人。上台表演的时候，台上四层台阶，宁煤集团其他单位参加合唱的一般都有一百多号人，人家往台上一站，满满当当，那个很有气势。我们公司的人台上都站不满。没办法，我们也不可能出太多人，要是参加的人多，三个单位天天要凑一块排练，光来回交通都是个问题，交通费用也是个问题。"

在这次宁煤集团举办的"迎'七一'庆建党百年"合唱比赛中，张小萍所在的银北矿山管理办公室拿了个倒数第三名。

"这个名次也行吧，破产单位只要没垫底就行。"张小萍说。

乌金时代

# 一条道走到黑

## 一

"以前二矿多热闹，生产的场面那么红火。现在从北大街过来，越往二矿走人越少，幸好还有点老职工，还有学校，还有上学的孩子，但是和以前比起来，人少多了。有时候，我一回想起过去还挺惆怅的。"金能公司治安保卫队队长兼支部书记包世强说，"今年（2021年）五月初，汝箕沟公司分流了七百多人，可能其他矿的人没啥感觉，我们金能公司的人看了当时那个场景，心里真是难受。这也是我们亲身经历过的场面。"2016年，金能公司大批职工分流，只剩下了现在的二百来人，作为留守人员，看护原二矿留下的矿产。汝箕沟职工分流的场景勾起了包世强的伤感。好在，与乌兰矿和焦煤公司相比，金能公司还保留着原有矿井。因此，除了包世强所在的治保队，矿区还有两个工作队，机务队和通风队。

"别看企业停产了，表面上没什么事儿，好多以前遗留的问题，还有现在的矛盾都交织在一起，麻烦事儿并不少。"包世强说。

石嘴山二矿作为宁夏煤业历史最长的老矿区，从20世纪50年代末一直到今天，经历了从计划经济到市场经济，经历了改革开放到破产重组。时至今日，二矿成为石嘴山地区唯一有望恢复再生产的老矿井。

在许多石嘴山人看来，二矿不只是一座煤矿，它还是石嘴山这座煤城最早最坚实的基础。直到今天，原石嘴山二矿的职工家属仍会毫不掩饰他们的骄傲，说石嘴山这个城市就是从这里，从二矿，从二矿的矿井、二矿的煤田上诞生的。没错，石嘴山二矿不仅是原二矿职工家属、更是石嘴山这座工业城市的底气和元气。

这样一个有着近七十年历史的老煤炭企业，算起来至少经历了三四代人。在时代的车轮中，二矿工人和他们的后代，经历过时代的光荣，也有过变革中的阵痛，无论怎样，一代又一代矿工曾经为宁夏煤炭事业做出了奉献甚至牺牲。今天，资源枯竭城市正在转型，不只是包世强和他的二百名留守工友，可以说，所有二矿人和贺兰山老矿区的人，都在等待着二矿重振雄风的那一天。

只是在这苦苦等待的过程中，包世强时常感到曙光到来前的漫长煎熬。金能公司现在在岗职工二百多人，在册职工有几千人，属地工亡遗属和内退人员都归金能公司管。包世强所在的治保队，除了矿区的治保工作，还肩负着企业维稳重任。

2016年，金能公司关停，当时公司的政策是女的四十岁、男的四十五岁可以内退。"内退工资按档案走，有的工龄短，内退才拿七八百元或一千多元。因为内退职工工资比较低，随着这几年生活成本的上涨，这部分职工的诉求越来越强烈。还有老工伤、老病号，离岗刚退时还好，过几年身体不行了，才拿一千多元，这些人会有怨言。"每次遇到这种情况，包世强内心都非常矛盾和难过。一方面，他同情这些认识或者不认识的老职工；另一方面，在他们的诉求面前，他感到无能为力。

## 二

1970年，包世强出生于四川成都市郊。1980年，包世强十岁时，全家迁到石嘴山。像矿上许多家庭一样，包世强在家说成都方言，出门说普通话。到了包世强的女儿这一代人，从小在矿上土生土长，已经完全没有方言乡音了。

包世强父亲是1966年到石嘴山的，之前在原沈阳军区第四十军当兵。当年他们这一拨来石嘴山的沈阳军区复转军人有两千人。1966年，包世强父亲转业到煤炭部七十九工程处，搞矿井基建。当时，七十九工程处、八十工程处负责石嘴山所有矿区井巷的基建。后来，七十九工程处大部分并入了石嘴山二矿。父亲到了二矿后，一个人生活了近十四年，一直从事保卫工作。

1980年，石嘴山第一批农转非，要给矿上一部分职工家属解决城镇户口，包世强母亲才带着一家人从成都迁到石嘴山。那一年，十岁的包世强听大人说，只要来了石嘴山后，农村户口就能变成城市户了，就成了城里人。在那个时代，城乡之间差别大，能变成城镇身份吃上商品粮，是农村人难以企及的。这也是那个时代，石嘴山矿区能不断招上工，能不断吸引各种各样的外来人口的最主要原因。

全家来石嘴山的时间是1980年4月29日。当时，包世强在老家刚上二年级，听说要搬家出远门，可高兴了。母亲带着包世强兄弟姊妹四人，从四川成都扛着凉席，一路走了三天两夜。先是坐罐车，花了近一天时间从市郊到成都市区；然后又花了二十多元钱买票坐绿皮火车，从成都到兰州近一天一夜；再从兰州到石嘴山，又是一天一夜。包世强父亲本来算好了他们到石嘴山的时间，专门问矿上要了吉普车去接站，结果还是走岔了。母亲带着四个孩子等了半天，终于坐上一辆公共汽车，一路打听，先到了黄河大桥，又沿着黄河走了近两公里，才算找到了自己家。推开门，一进院子，就看见院子里有个大坑。房子刚盖好，院子里挖土留下的大坑都还没顾上填。包世强弟弟一不小心掉到坑里，当时腿就被摔断了。

一看家徒四壁的房子，再一看四周光秃秃的，包世强母亲光叹气。从成都老家带的凉席根本就用不上，四月底，石嘴山的风又大又硬，发着哨音，虽然大太阳晒着，却让人感觉不到多少暖意。他们根本不会想到，此时，成都老家已感初夏的湿热，而石嘴山的春天还没有真正到来，四周是一片还未绿起来的荒野。刚来第一天，母亲就说想回成都老家。虽然包世强家的房子就在黄河边，出门就看得到黄河水，但和成都郊区绿油油的世界相比，除了这条流淌不息的大河，眼前的一切显得特别荒凉。

"实际上，当时我父亲是科级干部，算是分了两间房，在那会儿的石嘴山已经算条件不错的了。"包世强说。

母亲虽然嘴上说走，但最终还是留了下来。不仅留了下来，还像矿上许多职工家属一样，想办法要让自家的日子过得更好一点。包世强兄弟姊妹都还小，就父亲一个人上班，一个月才四十多元钱工资，养活一家六口人挺吃力，特别是粮食不够吃。勤快的母亲就想办法开了个轧面房，开始卖面条。

"我家卖面条时，石嘴山市一家这样的小店都还没有呢。可以说，我家是惠农地区第一代个体工商业者。"包世强说。

## 三

1995年，包世强成了二矿保卫科的一员。从那以后，他再没有离开这个岗位。"有时想，我从事保卫工作经历太多，都能写一本书了。"包世强说，初到二矿保卫科时，可以说是矿上最乱的时候。以前企业吃大锅饭，造成了多少年无法改掉的通病。那些年，多次出现矿上职工偷盗矿上物资，从20世纪80年代偷木头，到90年代偷塑料管、偷电缆，矿上的生产物资一直是盗窃的主要目标。

包世强刚到保卫科工作那会儿，井下皮带、井下电路盗窃特别严重。1995年年底至1996年年初，仅仅因为盗窃矿区资产而被开除的矿职工就有十几个。包世强说："这在当时都是矿区下了红头文件的。可是处理是处理了，但矿安装队有近半数的人经常到保卫科来闹事，就因为我们严格执法。"

一方面，20世纪90年代正值企业改制，各地企业都面临着转型改制、倒闭下岗；另一方面，个体经济一下子活跃起来，中国社会阶层面临着前所未有的变化。回忆起那个时候，包世强说："那会儿是富的富穷的穷，再加上煤炭市场不好，当时煤矿工人工资一个月才一百多元钱，生活水平特别低。好多人心理不平衡，有些职工就偷公家木头回家打家具，或者偷铁偷电缆偷工业原材料去卖钱，盗窃国家资产变得越来越猖獗。"企业遗留的弊病，市场经济带来的刺激，从前干一行爱一行、以企业为家的国企精神受到了前所未有的冲击。

"偷盗的现象，一个两个还好管，人多了真不好管。有时候，管起来挺危险，不仅有人骂，还有人威胁。话说回来，你只要一身正气,干坏事的人他还是害怕你。"包世强说,从参加工作到现在,经他手送进监狱的至少有三四十人,最高的判了二十年。"就说当时矿安装队让我抓住被判刑的就好几个,被开除的还有好几个。但他们也知道我身强力壮,知道我在警校上过两年,还是怕我。"包世强说这话时,一脸正气。

1998年,全国规范执法,所有矿属保卫科的枪都被收走了。"算起来,我们保卫科配枪的时间只有三年,但是这期间破获了好多案子。"没有枪了,该怎么干还得怎么干。2007年4月28日,历经一年多的侦查,包世强所在的二矿保卫科破获了二矿电缆盗窃案。案子破了后,包世强在家整整睡了两天。

那次抓获案犯的经历,包世强至今历历在目。为了抓获罪犯,从2006年3月9日起,包世强就一直在二矿三号井蹲守,蹲了一年,终于彻底摸清了这一犯罪团伙,现场抓住了犯罪嫌疑人。包世强说:"当时的过程很是惊心动魄。我一发现犯罪嫌疑人,就给科里打电话汇报,当时我只带了一个人,嫌疑人也是两个人,二对二我没有把握。当时科里问我需要多少人,我说五个人。科里的人还没有来,正好这时来了一个井下工人,我就跟他说,你要跟我们站在一起。到现在我都挺感谢这个职工。"

当时,包世强和同事还有这个职工在回风巷口埋伏。为了不让嫌疑人发现,他们各拿了一块脏乎乎的布盖在身上,就躲在回风巷口。好在很快,来了三名支援的同伴。这时候,包世强赶紧给那个职工说,你可以走了。说完,包世强五人就往矿井里走。"那时候,盗窃犯的作案工具特简单,把电缆剥下来,直接缠腰上。当时电缆的价钱是七十五元钱一公斤。"包世强和同伴开始追这两个嫌疑人。这两人一看到他们就跑,跑到死巷道,钻进了一个黑乎乎的煤洞里,包世强他们就把人逮住了。当时在井巷里,也看不清是谁,一直到了地面上把澡洗了才看清,都是矿上的人,虽说不熟悉也彼此知道。抓到这两个嫌疑人之后,包世强和保卫科的同事很快就把这一作案团伙都给端了。

包世强解释道,不是拉着那个职工帮着抓人,而是怕万一有啥事,也好有个见证人,到现在他对这个职工都心存感激。"我们干保卫的也一样,都是矿上的人,谁不认识谁?但是没办法,为了集体利益,不拉下这个脸不行。"包世强说。

包世强说:"抓住的这两个人是盗窃集团的主犯,判了十几年,到现在还没出来。当时其中一个主犯的哥哥威胁我说,你把我弟给关进去了,我跟你没完。你知道这个主犯的哥哥是什么人?劳改释放犯,1996年才放出来。你威胁我,我不怕。把这一团伙端了以后,至少换来了矿上十年的稳定。这以后,就是电缆掉地上,也没人敢拿没人敢偷。"

这起案件叫"4·28电缆盗窃案"。破案前夕,妻子带着小女儿正在银川住院,包世强一个人在家带着大女儿。"天天蹲守上夜班,家里就只剩下大女儿一个人在家,孩子当时才五岁,到夜里睡醒了,看我不在家,就打电话,问我在哪儿。我就给孩子撒谎说,在楼下呢。就这样几乎坚持了一年。"包世强又说,"像我这样干了近三十年保卫的,整个宁煤集团可能也就我一个人,有人说我真是一条道跑到黑。"

四

矿山资产的看护,还有信访维稳,是包世强所在治保队的主要工作。也许因为总绷着一根弦，警惕性太高，包世强血压一直比较高。物防达不到，技防也没达到全覆盖，就得靠人多操心。矿区里头转二十分钟，外头再转二十来分钟，夜间治安巡逻一般要两个人，但他总是一个人。"没办法，人手不够，只能嘴勤腿勤眼勤。"

即使是不值夜班，包世强在家睡觉，一晚上也要醒好几次，睡不了一两个钟头就醒了，不管晚上睡得怎么样，什么时候都是早上五点就醒。除了睡眠不好，他睡觉时一直有个习惯，就是要把电话放在床上，手一伸就摸得到。这也是多年形成的职业习惯。

"现在治保更有难度，因为现在人的法治观念强了，不能再像以前那样简单处理，得运用心理战术。"虽说法治环境好了许多，但是，包世强却感觉到越来越不好干。2008年，包世强在蹲点时发现了一个盗窃嫌疑人，晚上光线不好，眼看就追不上了，他直接捡了一块木头扔过去，一下砸中嫌疑人的腿，这下算是抓住了。虽说是抓到后先送医院，可是嫌疑人的家人不乐意，来找他麻烦。包世强说腿断了我包世强给你治，多少钱我包世强给你赔。但是，这件事也给了他一个教训，就是执法人员更要依法。"说实在的，当年矿区的治保人员在维护矿产安全时，时常是游走在法律的边缘，虽说是为了企业，但放在今天你就不能这么干。现在矿上不生产了，治保更不好干。二矿和乌兰矿井都封了还好说，但我们金能这边井下没有全部封，除了不产煤，井巷正常运行，通风供电都正常维护。"每天除了地面，包世强还要到井下巡查。

包世强指着金能公司的大院子说："这院里头表面上看风平

浪静，不像生产时人来人往，事儿没那么多，但是管护矿区资产跟生产时的责任是一样重的。生产的时候，治保工作以治为主，治防结合，现在就以防为主。"从事多年矿区治保工作，包世强深深体会到矿区治保工作的变化。刚参加工作时，矿保卫科主要有六项任务，调解、治安、信访、户籍管理、消防和火工品的管理。

包世强说着，把视线从大院收了回来："火工品知道是啥不？就是雷管炸药这些井下炮采用的材料。在20世纪90年代中期以前，矿区还有炮采，用这些东西必须得从保卫科走审批手续，这也是当时矿区保卫科的一项特殊任务。随着社会发展，矿上没集体户了，户籍管理收回去了，还有一部分工作比如调解就归社区了，火工品也归公安管。现在矿区的治保工作就剩下平时的治安维护和本矿的消防。"

金能公司治保队现有四十人，"现在矿区人员老化，我们治保队也一样。现在治保队都是些老弱病残，年龄偏大的、不好管的人，都归到治保队了。不夸张地说，治保队员身体有病的占一半，就这样一个队伍还要看护矿产，还有这些人本身的安全，说实在的，我压力很大。我只能随时查岗，严格要求大家，时常教育队友，你能干多少活算多少活，但得有个良心，至少你不能执法违法，不能偷东西。治保队员自己一定要身正，这样谁也不能不服你。"不仅是人员不得力，就是器械也十分有限。包世强和队友们夜间巡查的工具只有手电筒。"警棍都是违法用品，不能带的。"所以，每次夜巡，包世强总跟队员强调说，晚上一定要带上手电筒，千万别出事。

虽说人员、工具都不得力，但是包世强说："这倒也不怕，矿上的东西哪儿少了我们都知道,可能没有比我们更清楚的。"

"我们一家子都在矿上。我媳妇、我哥、我嫂子、我姐夫、我弟弟都是矿上的职工。"包世强说,"说句良心话,是二矿养育了我们全家。"

手　记
# 我的故事

一

2021年6月17日，星期三，阴天。

我第三次踏上从银川开往汝箕沟的绿皮小火车，不，也许是第三十三次。粗略算一下，我在参加工作之前，坐这列火车出行至少有三十次。每年寒暑假要到银川的奶奶家玩几天，考上大学之后每次到外地上学、放假回家，都得坐这趟火车。

蔬菜棚、麦田、水塘、喜鹊、槐树、红柳，一一从车窗外掠过，云层中探出若隐若现的大山，遥远而模糊，像油画中一抹黛色的背景，然而细看，陡峭的峰顶处隐约可见山的褶痕，一道道随着山向上的走势扑向天边低挂的云。夜雨之后的清晨，贺兰山美得不同寻常，好像蓬莱仙境，云雾缭绕，润泽而清秀。

出西大滩站，那片浓重的云雾仿佛停住了一样，山体一半在云雾中，一半赤裸毕现。

这节定员一百二十八人的车厢里，大概有三四十个乘客，从他们闲聊的只言片语可以听出，大部分是回大武口的。大武口站到了，车厢一下子空了下来，只剩四个人，除了我，其他两男一女都是铁路通勤人员，他们开始呼呼大睡。过了大武口，几乎就没有什么人了，车上可坐可卧，有如卧铺车。

我坐在背靠车头的位置，看着云追随着车尾，一点点拉开距离。

车窗外，山顶山前的云层彻底消失，土褐色的贺兰山显出掩盖不住的光秃。云层就是山间气候变化、干旱与否的标志，即使不看车窗外赤裸的大山，也能知道，列车已经进入枯干的贺兰山北段。

这条铁路线总长一百四十三公里，有将近一半的路程都是在贺兰山中运行的。进入大磴沟，列车便驶入百里矿山，驶进视野受限的山廊中。

车过陶斯沟，拐了一个大大的弯儿，之后便进入这片山地最开阔的地段。进入呼鲁斯太站，手机响了，是欢迎到内蒙古阿拉善盟的短信，不过五分钟，穿过第一个山洞后，又是欢迎到宁夏的短信。五六分钟内，火车已然在内蒙古、宁夏两地之间游走了一番。

从呼鲁斯太前往白芨沟这一路，如果雨水好，车窗外是一片天然草甸，似是放牧的好地方，即使雨水不够，也有天高地阔之感。最近几次途经这一带时，总是能看到三五匹枣红色的高头大马，白色的羊群，几头花杂色的壮实的牛儿，它们令山间陡增一派原野风光。这可是我小时候从来没有感受过的草原景色。

十八岁之前，我一直都不知道，我家所在的白芨沟矿离内蒙古阿拉善盟这么近，翻过几个山头便跨了省，更不知道，这列小火车竟往返于两省之间。

车厢里和外面的大山一样寂静，只有火车运行的呼呼声，摩擦铁轨发出的吱扭声。

　　还有一站就到终点汝箕沟，竟下起了雨。在煤黑色渣堆的反衬下，山的线条显得更加醒目清晰。山里风大，下过雨后有点冷，我带了两件外套还有秋衣裤，用以防寒。小时候在矿上的那点生活经验，在今天也许还能用上。这令我觉得大山里的一切都没有变，似乎还原模原样在等着我。通行了半个世纪的绿皮小火车，于我几乎是唯一的返回路径。我寄望于这条通向过去的路，能依托情感和记忆获取更多的现实回响，好让我此行满载而归。

　　我一次次在心里庆幸，幸好还有这趟小火车，如若不是它，我怎么才能回到从前的老矿区呢？我至今未学会开车，即使是会开车，我也不敢独自一人驾车绕行在贺兰山深处的山路上。在我记忆里，那是十分难行的山间公路，即使是在今天，路比从前要平整得多，车也比往年少得多。近几年，贺兰山进行环境整治以来，陆续关停了大大小小的煤矿，这条路上的大卡车明显少了，进山出山的人也急速减少。即使是这样，我仍在记忆里想象中把这条路的不好走，放大了无数倍。

　　正因为如此，对于这趟开往贺兰山深处的小火车，我有一种格外的深情。在今天，它仍然像多年前那样，那么准时安全地带我进入北部贺兰山腹地。甚至在我看来，绿皮火车不仅载着我回到了矿山，更是回到我的青春年少，回到那个与现在产生了间隔断裂甚至错位的从前。正是因为有了这辆运行了半个世纪的小火车，错位的过去变得真实可触，不那么虚无渺然。

　　一向迟钝的我，仿佛被列车裹挟到了时间深处。

## 二

许多年前，我就出生在贺兰山深处。因为山里的一场雪，又因为我是个女孩，我有了人世间第一个名字——雪梅。现在，我写下这个名字，自己都觉得陌生，好像是在说另一个人，我知道但并不熟悉的人。

我知道这个名字，是在以后长大的日子里，父母似乎无意间提及时，他们说，你本来叫雪梅。我本来叫雪梅，但奇怪的是，我从来没有被叫过这个名字。我的大名跟它没有关系，没有雪也没有梅；我的小名，是随口一叫而叫了很多年的，跟雪梅这两个字没一点儿关系。我的小名叫小二，因为排行老二，又因为是家中第二个女孩子，还被叫作二丫头。所以，雪梅这个小名从一开始就跟我没关系，作为小名，它显得太过正式，虽然正式却又没有成为我的大名。

雪梅这个名字最大的作用，是让我知道，我出生那天的天气。

雨水那天，贺兰山里总是会下雪，即使是四五月间，山下下雨，到了山上，也准定成了雪，何况在雨水这天。雨水是一年二十四节气中第二个节气，立春之后便是雨水。雨水意味着降雨的开始。在贺兰山深处，最热的夏季，七、八这两个月才会是雨季。而贺兰山里的雨总是不及雪来得美好，因为一旦下雨，总是会发洪水，小雨小洪水，大雨大洪水。发大洪水的时候，是会死人的。有关雨、有关洪水的记忆，于我总有一种噩梦之感。

相比山中的雨，我更喜欢雪。虽然我从来没有见过雪中的梅花，我的父母也从来没有见过，但是爸爸给我起这个名字时，眼前的雪像一张纯净的画布,爸爸于心中点梅成景。

空茫茫的高台子上,四处是白色的雪,很厚的雪,让绵延硬朗的贺兰山有了一点不同往日的柔美。柔白的四野,装饰着粗砺的贺兰山,我的出生,给了爸爸妈妈一个虽然失望(因为我不是男孩)但也算美好的憧憬。

我人生中第一个名字就这样定格在那一瞬。

## 三

是的,我就出生在这里,位于贺兰山深处的汝箕沟煤矿,就是这个世界最初接纳我的地方。

1970年2月19日,农历正月十四,正是雨水,下午五点二十五分,我出生在汝箕沟煤矿一个叫高台子的地方,出生在爸爸妈妈结婚后一直居住的石头房里。这种就地取材,以贺兰山石为建材盖起的低矮石头房,是当年贺兰山矿区最常见的民居。

汝箕沟是我的出生地,它决定了我一出生就闻着煤的味道,一出生就被烙上了煤的印记。它是我的第一个,也是至关重要的人生坐标。

第二年12月24日,我将近两岁时,我们全家从汝箕沟搬到了白芨沟。那是妹妹出生刚四十天的日子,妈妈裹着厚厚的行装,领着姐姐和我,怀里抱着妹妹,带着仅有的几样家当——几只日常用的锅碗瓢盆、两个厚墩墩的铺盖卷,从一个有百年历史的老矿搬到了几条沟之隔的新矿,从汝箕沟高台子搬到了白芨沟矿医院后面的小地窑。

从一个沟到另一个沟,这便是我在这人世间最初的迁徙。

我之所以如此清晰地记得搬家的日子,源于妈妈无数次的唠叨，和《白芨沟矿志》（1990年，宁夏人民出版社出版）上的明确记载："1971年6月，为了支援卫东矿投入生产，从汝箕沟煤矿调入一支成建制采煤队一百九十八人。"当年，爸爸随着整个采掘队一起调到了白芨沟。白芨沟当时叫卫东矿，有着鲜明时代特色的矿名，如今它是宁煤集团整个银北地区唯一一个还在生产的老矿区。

可以说，十八岁以前，我的生活，是和贺兰山深处的这两个煤矿息息相关的。汝箕沟煤矿以生产太西煤著称。白芨沟矿历史并不算太长，却在1989年就拥有了西北地区第一支年产百万吨的综采队，拥有西北第一个现代化生产矿井。可以说这两个老煤矿，都是宁夏煤炭事业的标志地。

当然，于我，却不仅如此。汝箕沟是爸爸命运起始的地方，也是爸爸妈妈结婚，生下我们三姐妹的地方，是我人生开始之地。我在白芨沟长大成人，我的少年时代、我的青春期和它有着无法分割的关联，那种既美好又贫陋、爱怨交织的关联。

这些年来，随着年龄的增长，寻访我的出生地，似乎成了某种愈加清晰和强烈的情感需要。

十四年前，爸爸去世时，我第一次留意到妈妈说起的我的出生地，这个叫高台子的地方。今天的高台子会是什么样子？我在脑海中无数次勾勒着它的模样，而直至今天，我才终于得以踏访这片可以称为故土的陌生之地。这迟来的寻访，对于我意味着什么呢？我其实并不知晓。

年届五十，我才越来越清楚地意识到，虽说我与矿山这许多年来并无直接的联系，但人生中前十八年已经决定了我此后的这几十年，我人生的最初营养全部来自矿区，来自这黑乎乎的煤。

这也许就是我欲寻访我的出生地，想再回矿区看看，看看那里发生了什么的主要原因和情感出发点吧。

这一言难尽的心绪，令我初到宁煤集团汝箕沟无烟煤分公司办公所在地，便迫不及待地表白，我就出生在这里。那一刻，我并不知道，此地早就不是那里，就如此时远非彼刻一样。我更没有意识到，我与记忆中的老矿，在时光流逝、现实变迁中所产生的巨大相错。

## 四

无法不记得，又极不愿意过生日，每年这一天，我都是这种别扭的感觉。因为我的生日在正月里，挨着元宵节，怎么也忘不掉。可我从不爱过生日。这种感觉，从有记忆以来就一直伴随我，至今如此。不被庆祝的生日，或者被忽略的生日，在我看来才是最自然而然的。好在，保险公司或者诸如此类知道我身份证号码的服务机构，他们不会在这一天来打扰我，因为我身份证上的生日是12月19日。

这个日子不知道是怎么来的，从来没有人告诉我。或许，这是父母给我报户口的日子，当然，这只是我的猜测。我是年初生的，年底才报户口，似乎又不大可能。那个时候，一个孩子出生后，是带着口粮的，我想，就是为了每个月的十五斤粮票，也不可能到年底才给我报户口吧。

只是，关于这件事情，我从来没想过问妈妈。因为，我怕会勾起她一车话，那是我从小就听烦了的训话，什么孩子的生日就是妈的难日。我从小不爱过生日，最初是因此而起，每年这一天，都要听妈妈如此这般的训话和满腹的牢骚。在年复一年这样的训话里,我有一种深深的负罪感,仿佛我一出生,就是个罪人,而这个罪,从来都没有一个可以赎救的出口,仿佛情感和情绪的无底洞,你不知道它错在哪里,只好以为错在听训话的这个人。也许就是因为这种莫名其妙的负罪感,让我从小觉得过生日是一件痛苦的事情。

某一天,我终于在手机上查了老皇历,那年农历正月十四,阳历2月19日,正是雨水。我这才知道,我生于雨水,我才想起,妈妈说生我时贺兰山里下着大雪。这一天,天降雨水于大地,大地有了孕育春天的水分,有了给世间提供万千生命的可能。我才知道我出生那天,天地山川可能有的美好。

因此,我猜想,我身份证上的日子,有可能是当年2月19日这个日子的笔误。当然,这只是我的猜想。户口是当年爸爸去矿派出所办的。爸爸已经去世多年,这个小小疑问的答案,早就被他带走了。而我一想起要问妈妈,妈妈可能会有的回答,我就无法鼓起勇气。仅仅在想象中,我就被一种生活惯性给打败了,虽然完全会有另外的可能。有关生命负罪的这套强大逻辑,于我,早已经成为肉身的一部分,我至今还活在其中,无法自拔。

我想起在哪本书里看到的一句话,大意是说每个成年人身体里都住着一个小孩子。我相信,那个不愿意过生日的我就是六岁以前的我,永远停在六岁,一直不愿意长大,也许这辈子都不会长大。

我甚至想,再回矿区,难道就是为了要与六岁的我相遇,以此来解放困在六岁的我吗?

我不知道。

## 五

六月的矿山不冷不热，是我记忆中贺兰山最好的季节。

此时的平原地带，槐花已落尽，正是沙枣花开的时节，而山上的沙枣花还没开，隐约闻得到槐花的香味儿。山上的节气比山下晚一个月。

清晨的阳光，照得山间明亮而透彻。矿招待所前的石板地上，一辆皮卡从昨天中午起就停放在那儿，现在仍蹲在东拐角，五六只野鸽子，在石板缝间跳跃着，似乎在那里能找到吃的。不远处偶尔传来几声狗吠，反衬得早晨更加宁静。这和我的记忆多不一样。小时候，每天六点半，矿区的大喇叭就响起了《东方红》，配乐掀开矿区的喧腾，我们去上学，爸妈准备上班。矿广播一天早中晚三次准时播音，为矿区的一天又一天伴唱，也召唤起群山的回响。

此刻，我却像闯入了默片电影里，所经历的所看到的都没有声音，偶尔的狗吠和不知道是什么鸟的鸣叫，反倒让人觉得这个世界愈加沉默。一辆大巴从招待所前面的马路上，露出上半部，缓缓无声地从我眼前滑过，那是送早班工人到矿井口上班后，接了下班的夜班工人回到住宿区的通勤车。连大巴的出现也仿佛是一个无声的长镜头。

我到了这里后才知道，矿工师傅们大多在白芨沟矿井上班，在分公司办公所在地住宿，也就是大峰沟，每天要坐通勤大巴上下班。

矿招待所下方有一片湖水，目测有七八平方公里，或许还不止，湖水闪着山间的晨光，倒成了最热闹的地方。在我记忆里，贺兰山矿区很少能见到这样一大片水域。矿区的水多是自然降雨造成的洪水，洪水总是来势凶猛，消逝迅疾，很难长久地在低洼地留下来。贺兰山北部素来干旱，山上植被又少，山体多是存不住水的砂石，水从来是留不住的。

湖水是哪儿来的呢？

原来，这就是矿山治理中出现的矿井沉积水坑，是近年来露天开采、剥山挖矿留下来的，是井底的地下水渗积，再加上雨水淤积而成的。附近矿沟里有好几个这样的小湖泊。我从前之所以没有见过这种矿井沉积水，是因为从前的采煤作业，都是在井巷深处进行的，地下水也都深藏于矿井之下，淹没于煤田底处。眼前这片水域，可以说是露天矿井特有的，山体岩石被剥离开掘，煤被采挖净尽后，便露出了这般地貌。

一切都变了，即使回到现实中的矿山，眼前的一切也绝非过去简单的延续。

## 六

离开矿区太久的我并不知道，我所到达的宁夏煤业集团汝箕沟无烟煤分公司办公所在地，并不是我以为的从前汝箕沟煤矿所在地。这是在后来的采访中，我才逐渐搞明白的。一切都变了，而我的记忆还固执地留守在久远的过去。

令我对自己出生地产生怀疑的，是当日下午从分公司办公区去往白芨沟井工矿，仅用了十几分钟。怎么这么近？路其实并不好走，有一段在修路。难道小时候的记忆放大了太多倍？幼时我总觉得从白芨沟到汝箕沟的行途特别遥远，坐公交车的话，要从一个沟到另一个沟，路极其难行不说，关键是没有直达的班车，要搭顺风车到羊刺沟口下车，再在沟口等待从平罗或者银川上行到汝箕沟的班车。等待、颠簸、绕行，种种感受重合在一起，就在我脑子里留下了贺兰山里煤矿与煤矿之间相隔遥远的记忆。他们原本像彼此各不相关的世界，遥遥相望，各自独立。如果从公路行车，去往大峰沟和白芨沟必经羊刺沟口，从沟口一直向北到最深处，便是汝箕沟煤矿；过羊刺沟口拐向东北方向，便是去往大峰沟和白芨沟的路。

让我心疑的还有，矿上所有的人，只要说到现在的办公区，都说回大峰，住在大峰，机关在大峰。这儿不是汝箕沟分公司吗？怎么不说回汝箕沟，为什么说大峰呢？

他们每个人的解释，一再地解释，才让我知道，原来今天的汝箕沟分公司办公地在大峰沟。

于是，生于此地高台子的话，就像一个错乱的哑谜，问的人不知道这里不可能有高台子，回答的人更不知道这里怎么会有个高台子，更没人知道这里原本就没有个高台子，在这片原是大峰矿的地方，如何能找到这个叫高台子的地方？周围只有一个又一个已经被治理和正在被治理的渣台，渣台下，是一小片没有拆除的老房子，老房子旁的空地，是被拆掉的如今什么也没留下的从前大峰矿办公生活区。我说的高台子，是原汝箕沟煤矿境内的高台子，那里，离脚下这片大峰矿所在地还有二三十公里之远。

在我搞明白了现在与从前的关系，现实之遇与从前之地的错落之后，我才发觉，我就像那个刻舟求剑的古人一样，用冥顽不化的方式重新演绎了这个古老的笑话。

今天的汝箕沟公司并不是从前的汝箕沟煤矿，而成了三个老煤矿统一的代名词。办公生活区在从前大峰矿所属范围，生产区在白芨沟老井工矿，汝箕沟煤矿的原址呢，已经作为矿山治理保护区被封存了起来。

这样的变化，对于这三个老矿区来说，可谓翻天覆地，落在纸面上，却像是文字游戏。即使如我这样，从小出生长大在老矿区的人，因为离开矿区太久，也只有到达那里之后，用了几乎大半天的时间才搞明白。我这才醒过神来，一下车就告诉他们我就是在这儿出生的，显得多么无知，显得多么想当然，又是多么后知后觉。说我出生在这里，是多么错谬的表述，甚至有着差之毫厘，谬以千里的错误。

时间的流走，记忆与现实的脱节，让我再次意识到，我与矿山的错失。

我似乎忘了，阳光下的我在长大变老，而阳光下，这片墨色大地也一直没有停止生长变化。甚至，因为跟经济社会的密切关联，与现实世界的起伏波动息息相关，矿区的改变之快之大，远在我想象之外。外面所发生的一切，在矿山则是更为剧烈的变化。

在这个已然发生了重大变化的世界里，我却仍在重温着记忆里几近停滞的地带。可想而知，当我到达贺兰山深处，深山里的一切在我执拗的记忆面前，显得多么地模糊不清又支离破碎。过去在现实面前，就如地壳的突然隆起，就如山的骤然断裂一样，成了一个又一个割裂和断层，成了一个又一个无法更改无以回头的瞬间和永恒。

记忆的断层无法连缀无以缝补。也难怪，我跟它之间隔着近三十年，我们彼此都经历了种种难以复原的变数。

## 七

这三个如此相像的深山老煤矿，一直以来各有各的位置，各有其来龙去脉。汝箕沟煤矿始于清道光九年（1829年），是全国开采历史最悠久的煤矿之一。白芨沟煤矿始建于1967年。1973年8月，宁夏第一座生产优质无烟煤的大型露天煤矿大峰沟煤矿建成投产。

细究生活历史的不同，更是可以讲个三天三夜。

汝箕沟煤矿本地人多，特别是以宁夏平罗人为多；白芨沟矿，甘肃人、江苏人、辽宁人、山西人、陕西人等，都是20世纪60年代起，从全国各矿务局调配来支援宁夏煤炭建设的；大峰沟煤矿以东北人和山东人为主。这其中的不同，体现在语言上、生活方式上，体现在衣食住行之种种。

汝箕沟人多以宁夏平罗话为官话，也就是所谓的此地话；白芨沟是带着各自乡音的土白话，口音混杂的普通话；大峰沟则以东北话为主流。三个老煤矿的区别不止如此，汝箕沟矿以面食为主，宁夏人的臊子面、小面片最为拿手；白芨沟矿则是泡饭、馄饨、烙饼，混合着南北不同的口味；大峰矿呢，以东北人山东人的馒头、包子和饺子为主。

这风景绝非仅仅土著和移民、"南蛮"和"北侉"的不同，也非细心和粗糙、外向和内向等地域性格上的差别，而是生活积淀、地域文化的碰撞，就像煤的形成。

岁月不居，时光如流，所有的同与不同，都随之流变。三个老煤矿合而为一，宁夏北部老矿区正在被宁东新兴的智能矿区所替代。

留下人类生活步履的山体，很快千疮百孔，进而变成治理中的渣台。

而记忆呢，则像渣台上被翻了个儿的沙砾，一次次被山风刮走，一层又一层散落于山坡沟底。

## 八

"汝箕沟是贺兰山麓北段的一个山沟，全长十五公里。四面山峦起伏，高耸险峻。由汝箕沟口入山，经黄草滩、花石洞、上峡子、下峡子，在羊刺口分路，沟西到达大岭湾、阴坡、西沟，向北到达大石头、黑头寨、大峰沟，这里山前山后蕴藏着丰富的无烟煤，这就是享誉世界的太西煤。"（《平罗县志》，1990年，宁夏人民出版社出版）

黄草滩、花石洞、上峡子、下峡子、大岭湾、阴坡、西沟，这些出现在地方志书中的名字，如今只是停留在白纸黑字上的地理词条。

2012年年底，汝箕沟矿由井工矿改露天矿，百年来的采矿方式彻底改变，地面建筑拆除，开始露天剥采。由井工矿发展为露天开采，一是避免井下高瓦斯等生产风险，二是提高产量和效益。追求生产利益的最大化，这在当时看来并没有错，然而时隔仅四年，也就是2016年6月，国家相关部门督导期间，发现贺兰山生态破坏和环境污染严重，提出加强贺兰山环境治理，由此，原汝箕沟和大峰沟境内露天产区被彻底关停。

回过头看，从2012年到2016年，汝箕沟作为露天矿的历史仅仅四年，而为了这四年，一个近二百年历史的老矿被夷为平地，霎时化为乌有。过去车水马龙的矿镇，现在只有孤零零三五栋破房子，那是当年拆迁钉子户留下来的。当初拆不了，最终没能拆，这几座在风中挺立的破败楼架子，成了人们视野可见，凭想象还原这个有着近两百年历史老矿的全部依凭。

## 九

记忆里巍峨的大山变作一个又一个渣台。我对出生地的探访和寻找，似乎是一个纠错的过程，一个证伪的过程，更像是一个记忆破碎、重新组合，又最终化为乌有的过程。

汝箕沟没有了，高台子又能在哪儿呢？高台子早就成为一堆砾石，一个语焉不详的存在。即使是过去熟悉这个地方的老汝箕沟人，也只能朝西北方向大概一指：那一片，那个渣台可能就是。放眼望去，好几座有名有姓的山头变成了好几堆无名的平头渣台，无以成形，更不可能恢复原状。高台子无影无踪，仿佛一个虚幻的梦境。大概、可能、也许，没有了昔日的山头、建筑和街道作为指认和标志，高台子这个地名越发显得近在咫尺却远在天涯，仿佛一个虚拟之地。就像一个荒诞的梦呓、久远的传说，荡然无存。

和雪梅这个名字一样，如今，高台子只剩一个词语组合，代表着已逝的过去，和无以对应的现实。对于过往，我只能求助于时间，求助流徙于时间中的记忆，那或许真实，或许已然变形变异的存在。尽管我知道终有一天，在经历了现实中物理意义上的消失之后，高台子会在记忆里被彻底掩埋。

我一直力图做一个与时俱进的乐天派，坦然接受存在的就是合理的现实，我不愿意陷入浅表的感伤和没有依凭的忧患。但是，我却无法笑纳，我的出生地，我曾经被命名为雪梅的早期个人史的附着地销声匿迹。我像一个找不到原乡的老人,又像一个失去了母亲的孩子一样,惶然失意,内心茫然。

一时间,我在贺兰山腹地,体验着绝无仅有的深重迷失。

眼前,是连绵的渣台,耳边,是呼呼而过的烈烈山风。一个遥远的声音在我内心深处响起:

当矿镇的石头房
变成废墟
当山头变成渣台
山地里的我彻底死了
从沉积水里
长出了另一个我
一个满身疮痍
躯体断裂记忆塌陷的我

于是
另一个我覆盖原来的我
等待种下全新的记忆

新时代 重生

# 第一章 矿山整治

## 保卫贺兰山

### 一

温鹏天是个工程师，原单位是大武口区绿化队，石嘴山市自然资源局下属单位。2017年9月底，温工被抽调到大武口区矿山治理指挥中心。那个时候，他根本想不到在这里一待就是四年，还几乎全程参与了矿山治理工作。

说起治理的全过程，什么时间做了什么、怎么做的，这些都好像印在了温工脑子里。他说，现在听起来似乎很简单，但是治理工作从一开始就是一个艰难的过程。大武口指挥中心分了好几个专项工作组，实行包片责任制。"之前都要进行充分的沟通，要合情合理合法。说实话，好多在山里开办企业的也是花了大代价的，治理时，我们一定要一碗水端平，要做到这家停那家也得停。不管是政府出钱治理的，还是煤矿自行治理的，我们都要报自治区自然资源厅、林业厅进行审验，合格的话，才能对企业进行产能补偿。"温工说。

原则上谁开采谁治理，国营煤矿也是这样一个配套办法，但实际情况却要复杂得多。贺兰山深处的煤矿由来已久，特别是在石炭井、白芨沟这些出产焦煤和无烟煤的地方，有些个体煤矿开采时间长，中间还有很多易主甚至多次易主的情况，治理起来就比较曲折困难。"当然，国营煤矿不存在这个情况，但是一些个体中小煤矿几易其主的情况是比较普遍的。有些小洗煤厂小煤矿，易主十多家，法人变更无数次，有的甚至根本找不到原厂（矿）主，只能是我们来找人治理。治理完后由专家来验收，再由自治区验收进行产能补偿。"温工说，"这样的企业是治理工作中的难点，但这还不算是最难的。跟这些煤矿矿主做工作，前期宣传沟通推进是最难的。特别是私企煤矿，国家政策人家也说能理解，但一涉及个人的经济利益就难说话了。但这是一个硬任务，必须不打折扣地执行。所以，治理工作一开始就困难重重。"

二

按照当时的安排，像温鹏天这样从各部门抽调来的人员，都要下派到具体的治理点，各管一部分，到治理完成后再回原单位。2021年年初，治理到第四年，抽调的二十多人大部分都陆续回原单位了，指挥中心就剩温鹏天和小张，还有一个主管领导。

2017年，温鹏天刚来时任务最重，那会儿，面对的是新的工作环境、新的工作任务，来到这儿的每个人都面临着从未接触过的工作。治理工作涉及各个层面，特别是煤矿治理这块最让人头疼，工作难度也是最大的。

为了方便开展工作，2017年9月底，大武口矿山治理指挥中心在马莲滩租了私营煤矿的二层办公楼，工作人员在一层办公，晚上全住在彩钢房。进入马莲滩之后，中秋节那天，指挥中心的人休息了一天，之后就再没有休息过，一直到过年。"吃饭倒有个灶，还算好，只是住的条件太差。冬天彩钢房用的全是二手空调。"温鹏天和工作伙伴们住了没几天，一半空调都坏了，不制热光制冷，冻得没办法，十几个人只好凑到空调好的那三四间房子里挤着住。

刚开始特别艰难，白天抓治理，晚上联合执法。治理的时候，因为涉及企业的大量资源，煤矿矿产，还有砂石原料，温鹏天他们一边解释政策做企业主的工作，一边还要负责监管看护矿产，防止企业偷采盗采。晚上联合执法时，野地里公墓边，他和伙伴们都睡过。有一次，差一点被相关的企业人员暴打一顿。

"当时现场有领导小组，专门对这些企业进行约谈，现场进行拆除，人家就不愿意服从治理，根本不听。我们正在解释政策，人家找个茬就想收拾我们，一言不合就动手。"温鹏天说。遇到这种情况，指挥中心的工作人员没有别的办法，只能寻求相关执法部门的支持。"我们做这项工作最难的时候，专门有负责协调、整治、执法和跟踪的，从春待到冬，就盯着他们撤出、治理。"温鹏天他们就这样持续工作到2018年春节。

在温鹏天看来，要做好治理工作，首先，他们自己得吃准政策。"政策是行为准则。政策有两个方面，一个是国家、自治区的政策，还有一个是为了配合矿山治理，石嘴山市出台的一些相关政策。我们就得把这两方面的政策都吃透。说白了，搞好治理，政策是我们唯一的突破口。"其次，在执行过程中，还需要联合相关部门,如借助公安部门联合执法,借助检察院提出公诉,等等,联合推动治理行动。

为了有效推进治理,温鹏天和伙伴们在治理前期和治理过程中,加快了解这些厂矿的历史,及其背后的各种关系,了解这些矿(厂)主的合理诉求,多方寻求突破口,最终的目的就是要完成治理任务。

2017年10月,大武口区最早的四十九处治理任务基本完成。治理过程中,指挥中心又接到了十家煤矿关闭退出的任务。"这十家煤矿才是我们工作中的难中之难重中之重,也是矿山治理最困难的环节。因为这十家煤矿的设备投资、矛盾纠纷、人员安置都是最麻烦最棘手的,它牵扯员工多,设备投资大,矛盾焦点也大。"

从2017年9月开始到2019年年底,围绕这十家煤矿,大武口区矿山治理指挥中心做了一系列工作。"这十家煤矿的治理为什么这么难?因为他们的利益矛盾盘根错节,矿主的各种债务纠纷,矿上和一些国家部委、自治区相关部门错综复杂的关系,再加上煤矿监管本身不在石嘴山市这个层面,都是在自治区相关部门。这些煤矿背后的矛盾纠纷利益关系本来就很尖锐很突出,而我们要从下到上挨个儿进行梳理,按照相关政策要求进行治理,就让我们这些基层执行者很难作为。"温鹏天说道。

因治理要求关闭退出的煤矿或洗储煤厂,政府有一定的经济补偿。这就是温鹏天所说的政策规定的产能补偿,以一吨七十元这个标准补偿。比如一家煤矿的采矿权,年产量是三十万吨,这就是它的采矿权和生产能力,补偿要以年产量乘以七十元,这就是它能拿到的产能补偿。"有一家个体煤矿,从实际采矿能力来看，能拿到两千一百万元的产能补偿，但是矿主不愿意，不愿意要钱，就要开矿。矿主说他们前期投资了近二十亿，最初投资时是年产八百万吨，但治理前采了不到一百万吨，现在，还剩七百万吨，跟采煤总量和总投资相比，这两千一百万元，他肯定就觉得不划算。矿主就说了，这点补偿不要也无所谓。这家煤矿也按市上要求进行矿山治理，可就是不签退出协议，就因为不同意补偿。"

这些不按政策要求退出的煤矿就成了矿山治理过程中最突出的问题，也成了矿山治理中的最大遗留问题。

"上周你来我不在，我陪着自治区相关部门领导去白芨沟调研，就是因为这家煤矿的事情。像这些问题，是我们治理中最头疼的事，也是目前面临的最困难的事情。"说完，温鹏天又补充了一句，"像我们这些具体执行者还没办法跟他直接接触，这种矿主财大气粗，人家理都不理我们这些地方管理人员，我们去人家那里，人家进都不让我们进。这也不能怪人家无礼，因为这些煤矿的开采管理审批不在我们大武口区，在他们眼里，我们是管不着他们的，现在让我们直接去推进这样的工作，困难肯定很大。别说大武口区了，就是石嘴山市一级政府去，人家也是这样一个态度。"

在大武口区管辖范围内，贺兰山里目前也就这一家私人煤矿没有签退出协议。"其他治理范围就是宁煤集团的，宁煤集团都是自己治理，毕竟是国企，站位高，也比较配合。从目前来看，矿山治理不会影响宁煤集团老矿的采矿，但是相关联的影响未来肯定是有的。"温工说，"现在白芨沟矿年产量不到一百二十万吨，这也是为了保证下游产业比如洗煤厂原料供应，保证下游企业的生存。从2016年起，大峰沟露天矿和汝箕沟露天矿都停产了，但还留有八百人配合治理，这些人基本上没有生产任务，单纯搞治理，还有相关停产后的矿山资产设备的看护。宁煤采矿区范围大，由宁煤集团自己治理，这八百人现在还在汝箕沟分公司，配合治理任务，但是也已经接近尾声，这些人下一步也要再做安置，这就看宁煤的具体安排了。"温工所说的这部分配合治理和看护矿产的人，就是两个月后，2021年5月11日从老矿分流到宁东各矿的人员。

## 三

温鹏天所提到的这些治理难点，不只是在大武口辖区范围内存在。"因为煤矿的开发投入是很大的，基本上都是上亿甚至几十个亿，而煤矿的生产管理这些年来发生了许多变化，比如说，有的矿产有很多股东有多个矿主，股东之间也有着错综复杂的利益关系；再比如说，每个矿的历史不一样，生产情况不一样，盈利情况也不一样。有的矿已经生产了一些，得到了一些利益，有些矿是前两年批了后还没生产，眼下就要面临关停。各种各样的情况都有，说起来都是很复杂的。包括那些还没开始生产的，特别是投入比较大的，要它关停特别困难，比如说，石炭井沟有五家个体煤矿，其中四家煤矿关停进行得比较顺利，就有一家煤矿，到现在官司还没有打完。国土资源厅下达的治理任务由企业承担，这家煤矿接到治理任务，也委托了设计单位，编制了治理方案。但是相关政策要求治理方案要经过自治区国土资源厅专家组评审论证通过后，才能批复实施。在批复过程中，他们就提出以回填矿坑为主的治理思路。"

治理了两个多月，温鹏天他们就发现，按照这家煤矿这种思路和设计，在规定时间内，连矿坑的十分之一都回填不了，而且成本相当大。这家煤矿提供的方案需要资金两千多万，但在实际操作中，就发现按照这种思路至少得花两到三个亿，都不见得能把矿坑回填到原状。发现企业这种治理思路跟现场的实际情况严重脱节，指挥中心及时跟国土资源厅汇报联系，国土资源厅派专家组下来一看，发现现场每天动用百十号机械，两个多月还没回填多少。经过国土资源厅设计院专家实地调研，反复沟通，当时就转变治理思路和计划，变为以渣山治理为主、回填矿坑为辅。因为渣山占林地的面积比较大，把这块治理完，能尽快促进它自然恢复。

温鹏天说："这家煤矿矿坑面积特别大，大概有十一个治理点，当时就治理了几个点，剩下的几个点这家煤矿说不是他们的，开始跟政府扯皮。"煤矿所属范围并不是治理部门一家说了算的，是严格按国土资源厅治理方案上的标注划定的。但是在治理过程中，却出现这种争议，一直到治理接近尾声时还没有完结。

之后，这家煤矿的治理机械全撤掉了，剩下的几个坑点和十几个渣台扔在那儿不管了。指挥中心督促他们将剩余的坑点和渣台全部治理完毕，反复有十几次。"因为这影响治理范围内的整体进程，治理任务完不成，指挥中心就无法销号，年底完不成治理任务，得不到自治区验收。可是这家煤矿不愿意，理由就是渣台不在他们矿界范围。但是指挥中心有明确的证据，自治区国土资源厅在勘察时明确这就是他们的矿界范围。"

指挥中心按自治区的要求严格执行，但因为对方不配合执行不下去。"拖到最后，就只能委托第三方，该公证的公证，该留证据的留证据，前期做了扎实的准备后，指挥中心就委托第三方进行治理。"温工说，按照相关政策，如果企业不治理到位，政府就从产能补偿中拿出一部分资金委托第三方，通过招投标的方式，交给第三方治理。这样，终于算是完成了治理任务。

治理任务是完成了，但是现在这家煤矿反过来告大武口治理指挥中心。"一开始委托第三方治理时他们就在告状，这次已经是第二次开庭。"温工面露无奈。这种情况就是指挥中心遇到的最棘手最麻烦的。这家煤矿告完大武口区矿山治理指挥中心，又去告承担治理规划的设计院，一直从中院告到高院。"他们告设计院这个官司不知道啥情况，下来我们之间是要进行沟通和反馈的。"温工说着摇了摇头。人手本来有限，还要抽精力去应对这些事情。

## 四

"刚开始时，好多企业当时的状况是已经生产不了了，但是要关闭退出他又不愿意。比如前面说的白芨沟那家个体煤矿就是个最典型的例子，哪怕掏钱治理，但就是不签协议，就是不退出。自治区提出按什么标准治理，他就按什么标准治理。几年过来就是一直这样顶着，就是不退出，形成了僵持状态。他们也在看政府有什么新政策，看能不能以其他方式参与矿山治理，以补偿企业前期巨大的投入和因为矿山治理带来的损失。"温鹏天说。

2017年，刚开始治理时，一些企业还抱有侥幸心理，偷偷生产，有的人因此被判刑。有一家煤矿前期投入了大量资金，

2017年年初煤价低迷，企业就把挖好的煤存在井巷里，想放一放等价格好了再往外出煤，因为把煤从矿坑里挖出来放在地面上容易引起自燃。结果到了2017年5月，宁夏出台矿山治理文件，贺兰山里全部煤矿都要关停。在关停过程中，这家企业就把煤从矿坑偷偷往外运，结果当时就被抓住，矿主被判了三年刑。这下，这些矿主才意识到，国家相关政策一出台就是条硬杠杠。贺兰山内，除了像白芨沟矿这样的过去保留下来的国营性质的井工矿，这是国家允许开的，其他不管大小煤矿、洗储煤厂全部关停。

"这是从上到下都要执行的高压政策，要不然，关了这家，那边再开一家，国家提出的环境治理就没办法执行。"温工又举例，石炭井沟有个年产四十五万吨的个体煤矿，算是中型煤矿（石炭井沟里存在的个体煤矿最大的是六十万吨），违规偷偷开采，矿主也被依法处置。"当时治理工作刚开始推进，这些不配合治理违规继续生产的企业受到了相应的惩处，业主被依法判了刑。这样，才起到警诫作用。"温鹏天说。

就是因为前期心存侥幸偷偷开采的几家煤矿都被依法处理了，后面的推进工作才有了明显的效果。

五

保护区里面完成治理后，保护区外还有大批量的生产加工企业，比如石炭井沟和白芨沟还有九十三家洗储煤厂，其中，石炭井沟有四十五家，剩下的四十八家在白芨沟。考虑到贺兰山治理的一体性，大武口区主动提出，把这九十三家洗储煤厂也作为整治的范围，并通过请示，制订了一系列优惠政策，2018年年底全部清理退出。

"在这个过程中,大部分企业都没什么问题,还是比较配合的,只有个别的比较特殊。"温鹏天就遇到六七家难以执行的企业。这些洗储煤厂跟煤矿一样,每个企业取得开办权的途径不一样,情况也不一样,其中两家企业就以此为借口,一直不配合,拒不退出。温鹏天他们就联合公检法相关执法部门,齐心协力,最终使这两家退出。

"治理退出的概念,就是企业的地面建筑、生产原料、房屋设施包括所有设备,全部要拆除运走,把地方腾空,恢复原地貌,恢复绿化,人也要全部退出。"清退煤矿企业后,再通过一些项目防止治理区回燃,比如通过绿化种树等方式,这些地方就彻底收回来了。所以,在企业退出后,第一步要做的就是覆土,改变以前煤矿及洗储煤厂脏乱差局面,紧接着再通过一系列的绿化环保项目,慢慢恢复原有生态。

"2019年以后,主要通过移林栽林移木栽木这种方式,通过工程手段提升矿山治理效果。这几年通过工程手段,把该绿化的绿化起来,比如大磴沟,沟底山前的绿化效果非常明显。短短四年里,在治理范围内新增绿化面积一万亩。"温鹏天说,绿化也是将来指挥中心工作移交的重点。

"后期的治理分好几个阶段,第一个阶段要解决水源问题。"温鹏天说,2018年开始,指挥中心实施了五百亩绿化项目,利用截浅技术,把沟道里存的地表净流水引过来,兴建蓄水池。有了水源,温鹏天和同事们做了第一期两千五百亩试点,两年养护到期后,绿化效果比较明显。依此推广,从八号泉到马莲滩又实施了两千多亩绿化地。

现在在大磴沟，人们一眼能看得到山前大片绿地，这就是令指挥中心所有工作人员感到欣慰和骄傲的劳动成果。"大磴沟这个地方适宜搞绿化，但并不是要在贺兰山里大面积搞绿化，这就不合适了。相对来说，大磴沟、八号泉、马莲滩这些地方能找到地表水，而贺兰山里好多地方没有水，没水的地方生态恢复就得以自然恢复为主，人工恢复为辅。"温鹏天说，"如果没有水源，就意味着每年要投入，一方面成本相当高；另一方面，产出几乎为零。另外，如果这些地方也要全靠人工大面积造林，这违背了自然规律，效果未必好。顺应自然是对贺兰山整治提升的最合理的方式。"

在治理过程中，有些渣坑很大，在自然恢复过程中，地下水就出来了，形成了湖泊。一些渣堆通过人工手段做成山，需要尽快恢复生态的地方撒种混合草种，都是苾苾草、蒿草之类的耐旱草种。从一开始，治理提升方案就是更多利用自然环境，促进贺兰山生态的自然恢复。

"所有的设计勘查，选树种草种，都是从贺兰山本身的条件和环境及现在的状况去综合考虑的。一些渣山高，坡又陡，渣坑也深，长期人为干涉，费用高，难以形成它自有的环境，也难以成活，所以，人工部分是很少的。贺兰山里最缺的是水，初期需要人工辅助，第一年如果能够出芽蓄根，后面就比较好维护了。"温鹏天说。现在所有的治理方案、恢复方案，都会考虑到以自然恢复为主，要通过自然选择，自然恢复，更适应贺兰山的环境。

"绿化是季节性的。每年这个季节（三四月份），我们还有一个任务就是要监督施工单位进行养护。这些施工单位的人员不固定,高峰时百八十个人,淡季只留几个管护的人。"温工停了一下,想了想,继续道,"现在看来,贺兰山的治理绿化,效果最明显的也是治理最早的大磴沟火车站一带。以前这一带破坏是最严重的,当时这里有四十七八家煤矿和洗储煤厂,以前来过石炭井沟的人都有印象,一到大磴沟,煤灰能到小腿这么深,从来没有干净过,现在跟过去完全不是一回事儿了。"

## 六

"在贺兰山环境整治过程中,可以说不讲代价。说实话,这对于石嘴山市的经济影响是很大的,困难也是很大的。在这些煤矿及相关企业关闭退出过程中,全市的税收可以说是断崖式下跌。"温工说。

长胜煤炭加工区是一处工业园区,近五平方公里范围内分布了一百家煤炭下游加工企业,如储煤厂、洗煤厂、碳素厂、活性炭厂等,还有一些下游配套企业,是大武口区的重点治理点。对这一工业园区,指挥中心通过三个步骤来治理:第一步,达不到环保要求的彻底退出,这样,一百家退出了七十七家,只保留了二十三家;第二步,这二十三家企业,通过这几年一系列技术改造,要逐步达到环保标准中的规模、环保设施的两断三清(即断水、断电、清原料、清设备、清场地),原料原煤要进封闭仓;第三步,通过新建防尘、监控措施,上下水改造,厂区道路配套,使这个加工区基础设施有很大改观。通过清退一批、保留一批企业的方式,加快优胜劣汰,让这些保留下来的企业能健康发展。

从 2017 年开始,石嘴山市包括大武口区一直都在经历着阵痛，但是没办法，长远看，绿色环保是必然的发展之路，这就是工业转型的代价，也是工业城市走绿色发展道路必经的疼痛。

前些年，煤加工收益最好的时候，大家一拥而上，都在搞煤加工、洗煤等下游产业，可以说是良莠不齐。还有一些是僵尸企业，一些工矿设施占据资源，却没有任何效应，这次正好趁治理的机会，进行清理淘汰。温工说："相比大武口区，惠农区、平罗县也是挺困难的，都一样。但必须如此，只有下决心关停这些脏乱差的企业，才能促进工艺转型、产业转型，才能保护贺兰山的环境。"

在这次治理之前，石嘴山市一些煤炭加工企业一直还在使用最原始落后的煤炭加工工艺。"就说碳素加工，一些中小企业基本没有脱硫除尘这一基本的环保工艺。像平罗崇岗镇有五百七十多家这样的中小型煤炭加工企业，他们的治理方式跟大武口区一样。"温工说，长胜园区现在保留下来的这二十三家煤加工企业，设施设备达一定规模，工艺也比较先进，环保上也能达标。可以说，此次环境治理，加速了石嘴山市煤炭生产加工的优胜劣汰。保留下来的企业，现在有能力升级改造，未来也是有能力绿色发展的。

七

"从自治区层面上看，整治是前期的，后期的巩固提升监测才是工作重点，这还要我们配合，差不多也得到2021年年底了吧。"温工在盘算着接下来的工作。

这么一大片山地治理，不是一两个单位三两年就能完成的，分工合作，每个人每家单位都有工作重心，这是温工反复念叨的话。"后续移交、管护、备查工作的对接,这都是后面要跟各相关部门衔接,最终由市上的指挥部确定的。这一工作还牵扯到后期的养护,还有后期的防火,不能说干到这儿就不管了,这是个长效工作。"温鹏天说。

"为什么矿山治理这么难?客观地说,贺兰山出现脏乱差的情况,与过去的无序开采、监管不到位、相关主管单位批而不管,是有直接关系的。如果前些年能够监管到位,这些大小煤矿能一边开采一边治理,就不会出现后来这种被严重破坏和污染的情况。所以说,等于是以前所有的遗留问题,绝大部分都通过这次治理得以整治。"温鹏天说,以往贺兰山发生的无序开采、监管不到位造成了贺兰山生态破坏,治理后如何保持整治成果,才是更重要的。贺兰山的生态是比较脆弱的,和南方许多山地比,它的动植物多样性不够丰富,这个现状下,更要科学有序地保护贺兰山。

温工虽然是固原人,但是在大武口区生活工作了二十多年,他对于这座煤城的变化,对于贺兰山的变化有着深刻的体会。经过四年矿山治理,他对贺兰山的情感又加深了一层。"我们也要借鉴一些其他省,像青海祁连山推广国家森林公园、地质公园等这些好的做法,学习外面这些好经验,保护好贺兰山。"温鹏天补充道,"说实在的,光各种开矿开厂的人开挖贺兰山都挖了几十年了,整治工作至少也要三五十年,到整个社会都形成了共识后,贺兰山才能彻底变成绿水青山。"

新时代 重生

## 我所亲历的矿山治理

一

"实际上,过去也进行过矿山治理,不过,过去是规范治理,现在是生态治理,站位也好,要求也好,现在更高、更严格。"

撒学东退休前在市文化局下属国有公司工作,但对矿山治理却并不陌生。

石嘴山市文化局下属国有公司负责贺兰山韭菜沟一带的矿山治理。矿山治理的原则是,谁的辖区谁负责,文化局下属的文化公司承包了此地一个文化旅游项目,因此,撒学东退休前两年所从事的主要工作就是韭菜沟一带的矿山治理。

撒学东最早在市统计局搞工业统计,后来到工交科当科长,后来又到荣达房地产公司,之后在市矿业集团干了十年,最后到了市文化局下属国有公司。在市矿业集团那十年,是他跟煤矿打交道最长的一段时间。

2005年,撒学东一调到矿业集团,就在山里跑了三个月,沟沟坎坎几乎都跑到了。石嘴山市矿业集团成立于2004年,不仅管辖区范围内的煤矿,还管硅石矿、砂石厂。当时,石嘴山市内有一百二十三家这样的矿业单位,从柳条沟一直到下庙,再到金山、西峰沟,大大小小的矿厂位于贺兰山山里山外。当时,矿业集团就提出过要治理这些矿业企业。

"当年这样的小厂小矿太多,都在乱采乱挖,好多甚至都不在沟里，就在山边。不管是本地人还是外来者，都在贺兰山开矿开厂，可以说真是野蛮作业，山皮揭开，直接开挖。"撒学东说，当时大环境下，管理工作特别难做，这些矿厂，虽然多是个体，但是背后都是有一定背景的。"要是管得严了，这些厂矿背后错综复杂的关系就会形成一种反作用力，别说我们这些工作人员，就是我们领导日子都不好过。"过去开矿的审批权都是放开的，各市、县、区都有权力审批。撒学东举了个例子，惠农县1987年建县，2004年撤县，在撤县前，惠农县突击批了不少矿厂。批的这些矿厂采矿期有十年、十五年的，甚至还有三十年的，越往惠农走，这些小厂小矿就越多。在市矿业集团进行治理时，有的小矿小厂甚至是刚办了相关手续还没有开采。别看都是些小厂小矿，但是这些问题一直没办法得到彻底解决。

回想起十几年前的那次矿山治理，撒学东说："当时矿业集团在进行矿山治理时有这么一个背景，2005年，时任自治区党委书记陈建国到石嘴山视察，沿途一看，贺兰山边挖的全是坑，当时就责令自治区相关部门进行清理。那时候怎么清理？唯一的办法就是由安监局的安全管理证入手，开山必须买炸药，必须开安全生产许可证，这个证要一年一审批。治理时，石嘴山市公安局就按当时的治理要求，这些小矿小厂的安全生产许可证到期后就不再办理，而没有安全生产许可证的矿厂就一律叫停。"

尽管按照治理需要制定了这样一个明确的办法和规定，但是要执行并不容易，因为这涉及个人利益。"这些矿主厂主跟政府打上了官司，他们联合律师状告石嘴山市政府，这些人告完市上，又告自治区。后来，这些矿主厂主一看告不赢，就扬言要炸死矿业管理局局长，一时间闹得沸沸扬扬。你就看看，这些人有多张狂。说白了,那时候,不只是宁夏,全国都如此,不管是房地产还是市政建设,正处于最火热的时候,基建利润高,可以说,那几年在山里开矿的、挖山采石的简直是暴利,想断了这些矿主的财路,他们肯定不乐意。"撒学东停了一下,说,"当然,这些个体矿主再怎么闹,毕竟生活在法治社会,从 2005 年到 2006 年,由自治区政府出面,市经委、公安局、安监局、国土局多家单位组织联合执法,进行治理,这才好多了。"

经过那三年的规范治理,石嘴山市的砂石、硅石厂矿,全部收归石嘴山市矿业集团统一管理,统一要求、统一开采、统一销售,指定开采地点,只能在山里开采,而且保留开采权的全是国营厂矿。当时提出明确要求,开采时,必须是分台阶剥离,十米台阶进深三米,跟梯田一样。"这个规定也是为了安全,为了山体不滑坡不滚石,也好进行生态绿化。因为过去几年的粗暴开采,已经造成山体毁坏,植被也全被毁了。进行规范治理后,就要按采矿规范操作,不能想怎么挖就怎么挖。"撒学东说。

2016 年年底开始贺兰山大规模生态治理,让撒学东想起十几年前他从事矿山管理时的工作经历。"这次的环境治理跟十几年前自治区提出的矿山治理有相似之处,但相比之下,这次矿山治理的力度和要求以及范围明显要比那一次更大、更有声势,特别是从治理的效果来说,也更加彻底、更加明显。这次治理是国家政策,更有高度和远见,治理效果更长远。"

撒学东以市文化局所分管的韭菜沟为例:"韭菜沟里建有砂石厂,属于这次矿山治理的对象。虽说这家砂石厂一直没有干,但采矿的设备都在,这次一开始治理,就要求要一个星期全部清理掉。每个山沟一个企业也不允许保留。可以说,这次要求既彻底又迅速。"

从 2017 年开始，撒学东经常去设在马莲滩的石嘴山矿山治理项目区办公室汇报工作进度。"我们各单位治理的进度要紧紧跟着市上的要求，一点也不敢含糊，人人头上有任务有压力，我亲身感受到这次治理的坚决和迅速。以前矿山治理，远没有这次这么严格，当时是允许年产量达多少吨的煤矿和规模达到一定程度的厂子继续开办的，但是这次治理，从一开始就是不管什么样的矿厂，国家一律是不允许开的，要求所有的厂矿都要停掉。"

韭菜沟的治理时间是半年。韭菜沟位于大武口区武当庙北侧，是贺兰山的一条峡谷，全长十公里，曾发现不少岩画。石嘴山市文化局在这里原有一家文旅单位，叫石嘴山市华夏脉文化旅游公司。公司虽在矿山治理的缓冲区，但因为治理力度加大，所有的旅游景点和公司都要按要求永久性退出，公司也就迁了出来。撒学东说："当时建公司时，树是单位的工作人员栽的，就在过去的渣台上，现在，也就光把树留了下来。核心区的治理，不允许有人为活动，生活生产设施都不能有。过来就是缓冲区，这次治理缓冲区也是不允许有人为活动。实验区相对宽松些，只要不破坏生态环境不出现挖建等行为，游人是可以出入的。"

二

撒学东有个朋友老张，矿大毕业，学的是机电专业，以前是太西洗煤厂高级工程师；房地产最火的那几年，老张调到荣达房地产公司；后来房地产不行了，就到了英力特公司，刚安排到沙巴台洗煤厂当工程师，还没有干呢，这次一治理，洗煤厂拆了，老张只能回家了。"挺不走运的，但是没办法，只能服从国家发展大局，服从环境保护大局。"撒学东说。

这次矿山治理，确实影响了好多企业的规划，撒学东的朋友老张所在的英力特公司就是一个最典型的例子。据公开资料显示，宁夏英力特公司始建于20世纪70年代，20世纪90年代中期在深圳股票交易所挂牌上市，公司有员工两千多人，专业技术人员八百多人。2019年，这家企业实现营业收入二十多亿元，曾为宁夏十二家大型企业之一。英力特在惠农区境内的贺兰山沙巴台购买了两个矿井，建了一个洗煤厂，这样，在原料上就可以节约成本。2016年，英力特在沙巴台的矿井和洗煤厂，包括路和厂区配套的生活设施都刚刚建好，国家出台了矿山治理政策。"因为和国家环保政策相冲突，2016年年底，位于沙巴台的所有井工矿全部退出关掉，也包括英力特集团的这两个矿井。路也封了，电也断了，厂房都拆了。对于企业来说，上亿的投资这下就算是白投了。"撒学东说。

矿山治理不仅改变了企业的投资规划，也影响到煤炭行业好多人的就业去向，如撒学东的朋友老张一般。按照国家和地方相关规定，英力特的退出并没有得到补偿，但企业职工有相应的补偿。"快到退休年龄的可以提前退休，不到年龄的可以按工龄补偿，一年三千八百元，工龄长的就补得多一些，最多的有十几万元。单位能安置的就安置，不能安置的，就只能以货币补偿的方式令其再自谋职业，这也是参照国家相关政策执行的。"别说这些相关厂矿，就是撒学东以前所在的市矿业集团就有将近百人因为这次矿山治理，提前退休回家，他们的去留跟英力特职工安置差不多，也是按相关政策。可以说，这一次环境治理确实触及了很多人。

比如说，贺兰山正义关被封后，里面原有大大小小的厂矿全都撤出去了，里面该推的推该填的填，正在慢慢恢复以前的地貌。那几年，在贺兰山里开煤矿开得最多时，光正义关就有二十一个采区。当时一个矿权几十万元，有的买了矿权一直没干，这次一治理钱就算白扔了。这次治理，不打任何折扣，所有人都得服从大局。

2017年年初开始，石嘴山市下达治理任务，要求各治理单位签订目标责任书。说是治理期限一年，实际也就八个月，要求所有治理单位三个月内地面建筑、地下井坑全部拆掉撤掉封掉，三个月后，执行不到位的，政府相关治理部门就直接到治理单位（企业）强制执行。"先停电停水。有些单位一开始还偷着弄发电机自己送电，但是后来路也给封了。路一封，这些被治理的单位就没办法了，半年后，一看形势确实挺严峻，各矿主才把人彻底撤下来。"撒学东说。当时跟各矿（厂）主签订的治理合同上明文规定，谁开矿谁治理，但是，也有些责任单位一停产就跑了（有的是已经清出去了），再让治理就找不到人了。像这部分企业就要强制进行治理，治理费用都是从各家单位相应的补偿金里直接扣除。撒学东说："大武口王泉沟那一片沟不深，前面有煤矿，再往里有铁矿，原石嘴山市铁合金厂从这里挖过铁矿原料，后来又建了惠农冶炼厂，也从这儿取原料石。整个王泉沟，在治理前有十二家煤矿，这个矿划一片那个矿划一片，一条沟里就好多家矿厂单位，有些单位甚至是多次转包。虽说按照国家相关规定这是不允许的，但实际上，因为利益驱动，好多集体性质和私营煤矿，私下里二次、多次转包的现象非常普遍。"

去过王泉沟的人都知道，过去这里跟贺兰山深处其他各个厂矿林立的深沟一样，到处是矿坑，到处是渣台，山路上积着厚厚的煤尘，车一过黑灰漫天，完全看不出贺兰山原有的自然风貌。

"不管是企业还是个人，只能服从国家大局。"在石嘴山采访的这些日子，我经常能听到这句话。此外，还有两个特别耳熟的词汇，一个是壮士断腕，另一个就是断崖式下滑。这两个字眼都有着颇为悲壮的意味，整个石嘴山市为矿山治理付出的沉重代价，似乎都在这两个词语里，听上去沉甸甸的。

但不管怎样，结果还是摆在了眼前，经过这两年的治理，贺兰山里彻底变了个样儿。"现在你再过去看，王泉沟那一片过去低于地表的部分已经全部填平，高于地表的部分全部削平，边坡没办法治理的地方都拍瓷实了。"撒学东说。按照治理规划要求，贺兰山里所有沟坡不允许存在挖建的遗留物，都得恢复原有生态，以前的老地皮要留出来，露出新土的地坑必须填平，不能回填的要摊平，还要轧瓷实，以防水土流失。就在治理过程中，王泉沟这个地方出现了一片湖水，撒学东给它起了个名字叫鸳鸯湖。

"这个湖所处的位置过去挖过井工矿，矿井塌了，露天又挖过，治理过程中，地下水就涌了出来，山洪也积存下来，仅仅两三年，就形成了一片湖。因为矿坑里的地下水富含矿物质，水是红色的，在治理后期，绿化单位在附近种了红柳、栽了火炬树。为什么要栽红柳和火炬树？因为这两种树都比较耐旱，一到秋天，这一片非常好看。"栽种这些树，浇的就是湖里的水。现在的王泉沟有湖有树，再也没有煤尘，彻底变成了一个有风景的山沟。

"王泉沟这一片治理的效果非常明显，在贺兰山矿采区治理中是很有代表性的。"撒学东说。汝箕沟也治理得好,以前小煤矿特别多,进出山沟车辆多得不行,脏得不行,路也不扎轧。去年"十一",撒学东去了趟汝箕沟,沟里一辆车都没有,所有渣堆都修整好了,山里有了树,有了草,有了久违的干净清爽。

## 三

撒学东对贺兰山深处的煤矿并不陌生,甚至因为机缘巧合,也算是曾经在煤矿干过。

20世纪90年代初,撒学东调到荣达房地产工作。当时,宁夏房地产刚刚起步,石嘴山市房地产进入发展的首个黄金时期。1993年,荣达房地产当年光卖房子就卖了几百万元,那时候几百万元可不得了。有了钱,公司就有了勃勃雄心,打算再投资,把企业的摊子铺得更大点。而在石嘴山这个地方,在煤身上打主意是最自然不过的。

1994年初,荣达房地产投入十二万元,在白芨沟投资了一个小煤矿。这个过程颇为曲折。

荣达房地产的领导有个亲戚老王,是平罗县崇岗镇人。当时,汝箕沟和白芨沟那一片集体和私营煤矿都归平罗县乡镇企业局管。老王动了心思,想投建煤矿,可是资金不够,就想拉个合伙人,这就找到了荣达房地产公司。荣达房地产公司派撒学东上山去考察,陪同的还有平罗县乡镇企业局的工作人员和宁夏煤校一个懂煤矿开采的专家。三人一起去实地看了一下后,老王说他想干但没多少钱,让荣达房地产公司把煤矿接过来。当时荣达房地产公司接手的这个小煤矿,就位于白芨沟矿医院的山后头。投资入股以后,荣达房地产公司就让撒学东分管,撒学东过几天就要去山上一趟。干了半年后，合伙人老王说，他家里没人，他一个人顾不过来，就不参与了，还说，他也不分红了，挣多挣少都是荣达房地产公司的。

就这样，撒学东就代表荣达房地产公司前前后后在这个小煤矿干了一年多。谁知，没干多久就遇上了官司。

当初，荣达房地产公司是跟当时的矿主老张签的合同。老张是中卫人，他是给以前的矿主老勉负责矿井采煤的，老勉欠了老张几万元的工资，后来就把矿顶账给了老张。等老张再把矿转给老王和荣达房地产公司时，前面老张和老勉之间，还有他们和雇用的工人之间的欠账问题还没有得到解决，当时也没有告知荣达房地产公司，实际上就相当于把债务问题当包袱悄悄地甩给了荣达房地产公司。等一切木已成舟，这中间拐弯抹角的事情才露了出来，但是对荣达公司来说，一切为时已晚。更糟心的是，荣达房地产公司在投资了这个小矿后才发现，这个煤矿采出来的煤不是老张说的无烟煤，全是黄锈煤。黄锈煤看上去是煤的样子，但往炉子里一扔，出一股火就碎了，烧不了多久，煤灰就把通风口给堵住了。这时候，荣达房地产公司才知道矿井下出的煤是这么个糟糕情况，可是已经稀里糊涂被套了进去，再加上这个矿几经转手，背后扯不清的债务关系，荣达房地产公司不仅没有实现当初扩大产业的目的，还缠上了一身官司。满怀信心，初涉煤炭行业，这家发展很好的地产公司就这样被一只看不见的手按住，狠狠地呛了一大口水，十几万元投资建矿的钱眼见着就要打水漂了。

20世纪八九十年代，在贺兰山深处大大小小的山沟里，的确有过不少像撒学东所说的这样的三产小煤矿。这些小型煤矿，矿主的身份多种多样，有的是各级地方政府，包括银川郊区这样的地方政府开办的煤矿，还有行业部门，如农垦、林业等部门开设的煤矿。不管这些煤矿是集体的还是个体的，当时大多是作为本单位的三产，为解决富余劳动力和增加创收而开办的。可以说，荣达房地产公司开办煤矿的经历，并非个例，甚至可以说是很普遍的。

碰上这样的事，荣达房地产公司当然不甘心，黄锈煤也是煤，总得想办法销出去。当时，石嘴山市经贸局有个洗煤厂，荣达公司也属于经贸局下属单位，和这家洗煤厂算是一家子。撒学东就想办法找领导托关系，把产出的黄锈煤拉到洗煤厂，一下子拉了十几车。洗煤厂领导当场就说，这个煤不行，没人要，洗都洗不成，用也没法用。就这样，煤送了去，钱一分也没要来。对付着干了一年，荣达房地产公司的领导一看，这个矿纯粹干不成，只能撤了。可说起来容易，还剩了一堆黄锈煤怎么办？

当时公司领导跟白芨沟矿领导熟悉。因为有这层关系，撒学东就去找白芨沟矿领导，请他们帮忙处理黄锈煤。白芨沟矿领导就说，你们公司不是有宾馆有餐厅么，我们矿上的女孩子不好就业，你们给解决一下。就这样，荣达公司一下子接收了矿上十几个女孩子，安置到了公司餐厅、宾馆和歌舞厅，这些20世纪90年代初最时兴的娱乐服务行业。

"当初招的那些女孩子，有些现在还在荣达房地产公司的三产上干着呢。"撒学东说，"1994年春节，我没有休息，带着公司的几个人看着，用了一个星期，白芨沟运输队的装载机就把那一堆煤给装走了，连渣子都没留。当时一吨按八元钱算的。这个价格不算低，那时候一吨无烟煤也就十几元钱，荣达房地产公司那些几近废品的黄锈煤,就这样卖给了白芨沟矿,卖了八万元。算下来,还亏了四万。一年干下来,这些人的工资还有公司的车啊啥的,都白搭进去了,好在,亏得还不算多。"

## 四

撒学东是 1960 年出生的,他说自己跟石嘴山同岁。

他是惠农区马家湾下营子人,土生土长的石嘴山人,在大武口区工作四十余年。1978 年刚恢复高考,撒学东在惠农下营子中学上学,当年报考了中专学校。因为大学和中专不能同时报考,他怕考不上,就没敢报大学。高考成绩出来后,他才知道自己的成绩并不低。那一年,他成为宁夏财校统计专业学生。

1981 年,撒学东毕业后,分到石嘴山市统计局工作。那一年,石嘴山市政府机关刚搬到大武口区。之前,市政府一直在石嘴山区,也就是现在的惠农区。

撒学东初到大武口区时,整个大武口区就一座政府楼。

他曾听说,大武口区最早的区划还是随着大武口区洗煤厂建厂时,由苏联专家一起做的规划。老一代人说,从前的老市委楼是 20 世纪 50 年代苏联人设计的,地轧得特别光,楼体也特别结实。

在撒学东看来,政府机关从惠农区迁到大武口区是对的,城市扩张最好不要占农田。要在惠农,现在肯定占掉了更多农田,而大武口这边过去就是一个冲积扇,全是无人的沙地荒地。

撒学东说得没错,大武口区就是在一片荒地中建起来的,就是因为石炭井和石嘴山的煤才建起来的。"老石嘴山是因煤建市,当地人很少,绝大多数都是外省人。相对来说,机关还好,到矿区生产单位特别明显，矿上基本上都是外地人。"他说，"我刚进机关时，感觉宁夏本地人多少有点受排挤。当然，现在就不存在这个问题了，现在都二代三代了，不管外地人还是本地人，全成了石嘴山人，大武口区人了。"

撒学东刚参加工作那会儿，市政府只搬过来一部分。他住在市政府楼后面单身楼里。单身楼最初是两层的，后来又加了一层，楼前还有拦洪坝，夏天山上一发洪水，就全冲到大武口来了。他刚来的时候，大武口挺荒凉，也就有几片平房。当时，基建一小、基建一中都在市区中心，青山宾馆还没建好，连个百货大楼也没有，买东西都到大红门。撒学东说："大红门就是过去的供销社，旁边是国营朝阳商店，在计划经济时代，这就是大武口最繁华的地方。"

青山公园也是因为当时市民来信，说这么大一个市区没有一个公园，市政府这才投资建的。建青山公园时，撒学东没少去劳动，公园的垂柳，就是当年撒学东和同事们种的，现在还在。

五

撒学东退休后，受聘于一家文化传媒公司，从事文化旅游策划方面的工作。除了这份工作，他还有一个煤雕工作室。

从事煤雕是十分偶然的事。二十年前，撒学东的弟弟还是白芨沟矿育新小学的美术老师。有一次，他送给撒学东一块石头，说是从矿山上捡的，那是一块有着树叶图形的煤化石。撒学东特别喜欢这块石头，并且，受到这块石头的启发，他开始试着在煤上刻东西。

2005年，撒学东调到了市矿业集团，从那一年起，他开始搞煤雕。雕得越来越多，知道的人也越来越多，好多身边的朋友很喜欢。后来，矿业集团就把这些煤雕作品当作礼品赠送给一些来宾。

因为煤质地太松，不好雕，撒学东就琢磨着用煤矸石替代煤。有一次，撒学东找了一辆客货车，专门跑到沟口，见煤厂就进，捡了好多煤矸石，但刻制的时候，他发现煤矸石石质太硬。恰好，撒学东的连襟在灵新煤矿，说矻子煤相对要好一些，让撒学东试试。撒学东一试，还是不行，质地太松。撒学东就想着，能不能找到一种煤泥石，介于煤、石头与泥之间，细腻而软硬适中的石料？

这时候，撒学东听连襟说大武口沟口煤厂有，撒学东就包了辆客货车，一下子装了两三吨。石料是拉回来了，可没地方放。他打听到大武口基建公司有个机修厂，就在太西家属院对面，那会儿机修厂已经停产了，撒学东就想办法把石料放在机修厂院子里。可是放在人家厂院里头并不方便拿取，因为院子里老没人，平时都锁着，只拴着一条看院子的大狼狗。后来，时间一长，这堆石头也不知道去哪儿了。

"想想也挺有意思，当时光车费花了三百元，拉了一车没用的石头。"撒学东笑了笑说。后来，他又跑到白芨沟捡了几次石头。"现在到矿上，连煤矸石都不好找了。现在封山了，沟啊坡啊全给拍平了。好不容易发现一个坡上还有煤矸石，但全朽了，也不知道是啥时候的，一敲就碎。"撒学东说，除了花花草草，煤上雕的图案全是煤矿工人。他觉得，在这样的石头上雕刻煤矿工人，很有意思也很有特点。

# 山绿了

## 一

2021年6月5日上午，汝箕沟分公司宣传科长张虎带我走访汝箕沟分公司红梁西翼排土场时，遇见五十七岁的马武强，他正在排土场育苗试验点育苗。马武强是汝箕沟分公司退休职工，参与育苗工作四五年了。

马武强拿出一棵一指高的小苗说："这就是蒙古扁桃。"然后又指了指另两棵小苗说："这是文冠果，这是红柳。"

这个育苗点是北方民族大学刘秉儒教授搞的林业试验基地，每年都有育苗定量，是跟矿上合作的绿化培育项目，这几年一直在培育蒙古扁桃、常冬青等树苗。马武强今天的任务就是沿着渣台的边沿栽种。他一边种，一边小声说："麻烦的是，这里没有水，保不住水分，所以，我们得一直在这儿守着，育活得二十多天，人才能撤。去年在山上种的都死了，今年要再补种。"马武强说着，手里又捏了两截柳树枝子栽到渣台边上。"这两枝活的希望不太大，一是太干，二是过了季节。四月头上，山上凉的时候种下还差不多。我就是尝试一下，看能不能活。"

今年育的这些苗，就是马武强他们这些育苗的人在看管。"主要是因为今年矿上人员分流，原来参与治理的人都撤了。以前都是我们一来，矿上的洒水车就配合着我们一起，今年我们就得自己想办法了，水只能从水库拉过来。"他指了指停在育苗坡上的拉水拖拉机说，"这活儿每年从五月份开始干，到九月底结束，一年干三四个月。"

## 二

上午十点，我返回矿办公区时，正好碰上矿物业公司的于师傅。于师傅穿着物业公司的工作服，正在给路旁的槐树浇水。

矿区的绿化和养护属于后勤，都归公司物业部门负责。"这个工作不难干，但杂得很，现在这个季节，主要以浇灌为主；三月份就比较忙一点，布水管，水管布得差不多，就开始剪枝；再过一段时间就该打草了。开春剪枝、布管子，夏天要修剪草坪，浇水打草，秋冬要养护，每个季节有每个季节的活儿。"

于师傅指着矿招待所东侧说："这一片只能扯着管子一个一个地浇，管子配件不够，要是够的话，只要开了阀门，四处看着哪堵了哪跑水就行了，这样扯管子浇就麻烦点。公寓区那边管子布得好，几棵树绕一段管子，布一个阀门，就省事多了。"这办法是于师傅的同事们想出来的。"毕竟是人工，浇一次就浇得好好的。就因为有这片水，这些树才能活下来。"于师傅说着指了指矿招待所前那片湖水说，"要不，这山上的树和草的成活率哪有这么高。"

于师傅每天上班时间是早上八点到十二点，下午两点半到六点半。天热的话，下午稍晚点来，晚点下班。"倒不是人怕晒，主要是怕树不适应，晚点浇水树吸收得好，要不都蒸发掉了。我们是八人一组，六人上班，两人休息，一个月休八天，休两次，双休日轮班。"于师傅说。

正说着，一辆皮卡开过来，把管子轧上了，于师傅赶紧跑过去，一边跑一边喊："不要轧管子。"她边喊边扯管子，远远站着的一个瘦高男子走过来，对于师傅说，来水让老蒋叫他一下，说着转身走了。

"这是周师傅，才四十七岁，以前在矿澡堂看澡堂，这次一分流，澡堂用不了那么多人，就调整到了绿化队。"于师傅又指了指前方另一个矮个子的师傅介绍道，那是蒋师傅，今天是蒋师傅和周师傅第一天到绿化队上。蒋师傅和周师傅都是大峰矿的老职工。蒋师傅五十一岁，左手伤残，只剩下了右手。2012年受伤后，蒋师傅从井下到行政科，到了大澡堂，2018年，矿澡堂划归物业公司。

"物业上分来的男同志，大多是在井下受过伤的，还有一个头部做过手术，也是井下工伤事故造成的。另一个是腰弯不下去，腰椎受伤。"于师傅说，"我们物业部门的人，属于人们常说的矿区的老弱病残，要么是身体不太好，要么是年纪大的。"

"别走了，来水了。"于师傅突然听到管子里有水"嗞嗞"流动的声音，冲已经走远的周师傅的背影喊道。于师傅起身凑到水管跟前，拉起水管往树坑里浇，一个坑浇满了，再拉到另一个坑前。她一边浇树，一边对路对面的蒋师傅说："浇透再拉走。水这么小，水压怎么上不去？"水管子给别住了，她边调整边说："这管子容易别，这片树没栽之前，就打报告，让进管子，进配件，到现在也没有进。"

于师傅把管子往跟前扯了扯说："你看管子里的水，泛着浅浅的褐色，用来浇树浇地没问题，红梁那边的山坡上，都是这水引过去浇灌的。矿上绿化区域挺大的，红梁那边治理渣台，一二三四平台都是。这水是矿井的地下水，要专门抽到泵站。"

说到这儿,于师傅抬起身子,看了看前方,又说:"泵站还在山后头,挺远的。水抽过去稍微净化一下,到了大泵房再进一步过滤,主要是净化一下里面的脏东西,净化完了再往这片水池里注进去。"于师傅说的水池子,就是沉积湖跟前修的三段阶梯式的蓄水池。"浇灌时,我们一般都戴着手套,皮肤不好的,沾上这个水会起红点,过敏,说明这水里多少还有些污染的成分。"

于师傅指指马路北侧说:"这一片原来是污水坑,后来填了土种了树,渣土坡上全种的杏树,这片就叫杏树林,都是我们矿上的人种的。观景台附近的渣台那边,我们也种了树和草。那一片原来属于矿水电队管,以前是一线富余的生产人员用大型水车专门来洒渣台。现在散了伙了(指2021年5月11日人员分流),水车也没划给我们物业管,现在负责洒水的师傅都是从白芨沟矿井调过来的职工,他们都不太熟悉这里的工作,还摸不着头脑,干起来还挺费劲的。"正说着,三四只淡黄色的蝴蝶在我跟于师傅跟前飞来绕去,小小的翅膀上闪着晶莹剔透的光芒。于师傅顺着蝴蝶飞去的方向看过去,指着右后方的绿化区,说:"前段时间,后面那片果树花都开了,旁边的黄叶榆的树叶是黄的,粉花白花一开,可好看了。我拍了张照片发微信朋友圈,我同学还以为我去外地旅游了。我说就在班上,汝箕沟的树开花了,她还以为我骗她呢。现在这一片这么漂亮,晚上出来遛个弯,心情也挺好的。可惜就是越来越没人气了,分流后确实没什么人了,连饭馆都是。以前没分流时,打饭得排队,现在就没几个人,点菜都是现炒菜。以前饭馆也有好多家呢,这一分流受影响,好几家饭馆都关了,就剩两三家了。没分流时,每天早上晚上,这里有许多锻炼的职工。"

## 三

汝箕沟分公司成立前,也就是三个老矿合并前,于师傅一直在大峰矿招待所工作。她说,后来一合并,人多她就调出来了,到办公大楼干了两三年,又调到物业。

"我家那位上个月刚内退,也是这次分流时内退的。我俩都是1971年生的,他比我小几个月。他是特殊工种,以前露天矿开采时,他是开大型渣车的。这次分流到宁东,他不想去,一是年龄大了,不想跑东跑西的;二是他弟弟以前出过事故,就在宁东梅花井矿,卸钢筋时摔下去了,人当时就完了。他要是不内退的话,分流到宁东,有两次选择机会,要么到宁东物资供应站当装卸工,要么到水电分公司物业。物业岗工资低,属于宁煤系统内岗位工资系数最低的,一个月就三千多元。我就在物业,他清楚这里边的工作。想来想去,还是回家吧。这段时间他就在家待着,刚退休感觉还新鲜着呢,待一待看他还想再找个啥事。我因为是属于物业的,就没有动,原大峰矿在一线的全都分流走了。"

于师傅理了理水管,冲蒋师傅喊了声:"先别急着扯管子,浇透了再动。"然后,对我说:"我家那位内退工资一千多,现在才刚退,心情也不太好,我也不想叨叨他,看他吧,等他啥时候待烦了,就再找个活儿。从他心里来说还想干,毕竟我们两个人挣这点钱,还是有点不够花,再说男的五十这个年龄还不算老。可是话说回来,年轻时都没挣上钱,老了到哪儿挣钱去?钱么,多了多花,少了少花。我们身边好多人,乌兰矿的、石炭井的也有挣下钱的,但是身体也搞垮了。再咋说,咱们工作是保住了，他的岗位工资高，熬过这几年，到了社保就能拿得高点。他现在工资虽说少了一大截，不过，我也挺满足的，至少我再也不担心了。"

于师傅的丈夫退休后，就住在大武口锦林小区，是矿上给职工们分的安置房。于师傅两口子去年在银川买了房子。于师傅说："考虑到孩子大学毕业了，将来要在银川找工作，得有个住的地方，再加上，以前的同事哥们儿都在银川买了房子，我想着就是要聚会，也有个地方聚。我们前段时间在鼓楼附近买了个二手房，一百零六平方米，价格挺合适。"

## 四

于师傅在原大峰矿招待所干了快二十年，那时候矿上还是挺红火的。当时，红梁煤矿（2001年9月，在石炭井三矿原有的基础上，破产重组了股份制宁夏红梁煤业公司，生产基地由石炭井迁至大峰矿附近。2018年2月，宁夏煤矿安全监察局发布了《关于注销神华宁夏煤业集团有限责任公司汝箕沟无烟煤分公司红梁井等七处煤矿企业安全生产许可证的通知》，红梁煤矿就此停产。据《神华宁夏 煤炭志》）没有招待所，矿上一来人，就安排到大峰招待所住。"那时工作还比较忙，原来大峰矿的老招待所在上面。"于师傅指着北面原大峰矿所在地说，"上面全部开发成采区的时候，房子都拆了。你昨晚住的这个招待所也是那会儿才搬到这儿，2013年前后才建好的。现在相对来说萧条多了。"

于师傅父亲是大峰矿老职工，1967年就到矿区工作，前几年，于师傅父亲患肺癌走了。1987年，最后一批农转非，矿上给家属解决城镇户口，于师傅的母亲带着他们兄妹三人从贺兰农村搬到大峰矿。当时，大峰矿给矿上适龄青年进行职业培训，于师傅和当时好几批农转非的煤矿子弟，都被矿上送到矿务局技校参加培训，算是矿上委培，培训回来就安排工作。"我们参加矿务局培训的有好几批呢，我当时学的是汽车修理，就图有个工作。学汽车修理的女生少男生多，男的培训回来开车，我学完后直接就分配到招待所。"

于师傅刚上班的时候，大峰矿老招待所住的人挺多，来矿上办事的人也多，那几年效益好，一到年底就发福利。"现在当然没法比了，以前没到物业前，我每个月至少能拿四千多元，现在也就三千元过一点。"对于煤业的兴衰变迁，于师傅和职工们最直接的体会就是工资和福利的变化。

于师傅家以前住的是大峰矿的简易楼，二楼三间房，一楼是一大间。在矿上，这房子算是比较好的。2011年，原大峰矿的老办公楼和生活区的房子，先后都拆掉了。大峰矿家属和白芨沟矿、汝箕沟矿家属一样，都迁到了大武口。2013年，公寓楼改造好了，于师傅两口子就都分到夫妻公寓。于师傅说："相对来说，住公寓还是比较方便。公寓里面条件挺好的，有卫生间，有电视、桌子、床头柜、衣柜。过去住在自己家里还怕丢东西，还要点炉子，住进公寓楼里，说走，门一锁就行了。"现在，丈夫一内退，于师傅暂时一个人一间，最近要重新调整，马上要搬到单身楼。

新时代 重生

# 灰鹤又来了

## 一

对陈小组来说，每一次拍灰鹤的过程，都是一次难得的享受。

"这张片子是今年三月拍的。"2021年5月27日上午，陈小组在家中拿出新近出版的摄影专辑，指着其中一幅摄影作品，对我说，"这是我拍摄的一张片子，也是这本专辑中唯一一张入选宁夏摄影家的作品，拍摄的时间是早上六点来钟，当时就在惠农境内的黄河边拍的。拍这张片子时，黄河滩地岸边站满了灰鹤，特别壮观，它们站得很整齐，就像是一支行军部队一样。大冬天，看着空中的灰鹤，那种收获感绝无仅有。"

陈小组是宁夏摄影家协会会员，石嘴山市摄影家协会主席，从事摄影有三十年了。十年前，陈小组无意中发现石嘴山上空出现了灰鹤，从此，他的镜头中，除了矿区建设、煤城生活，就多了这一大自然的生灵——灰鹤的身影。"这几年拍的这类自然生态主题的片子，白天鹅呀其他鸟类也有，但是灰鹤最多。"陈小组以灰鹤为主题拍摄至少有五六年了，至于灰鹤是哪一年开始飞到惠农来的，陈小组也说不清楚。

每年九月底十月初，灰鹤就从更北的北方飞来，到第二年三月底四月初，又飞回西伯利亚。每年这几个月里，陈小组每天天不亮就会到灰鹤出现的地方。灰鹤今天在黄河西岸，明天又出现在黄河东岸，在黄河两岸不停地飞来飞去，而陈小组就追着灰鹤的影子，在黄河两岸跑来窜去。

"通常，早上是灰鹤最亢奋的时候，但是灰鹤的警惕性也特别高。人要想靠近它，一是脚步要轻，二是要在逆风的地方，不能让它闻到空气中人的气味。"这是陈小组多年来总结出来的经验。每次，陈小组到了目的地，先要在黄河两岸听一听，听鸟鸣声在哪个位置，听完，就知道该怎么绕道。"要绕着灰鹤走，这样才能不被它发现。灰鹤是非常团结的，它们有着明确的分工，有负责觅食的，有站岗放哨的。"要想靠近这些敏感机灵的家伙并不容易，即使是小心有加，陈小组也时常会遇到前功尽弃的时候。有好几次，陈小组已经走得很近了，离灰鹤不到五百米，稍事准备，马上就可能拍到精彩的照片，谁知，一只空中飞起的灰鹤发现了陈小组，发出一声尖厉的鸣叫，哗啦啦，所有的灰鹤瞬间都飞走了，速度特别快，快到陈小组根本来不及按快门。这着实让陈小组灰心懊恼。

但是第二天，陈小组继续早早赶到灰鹤可能出现的地方，耐心小心地守候靠近。不管遇到什么样的困难，陈小组都不会放弃每一次拍摄灰鹤的机会。"现在灰鹤就是我陈小组的偶像。"这位壮壮的汉子笑着说。

陈小组每天只睡四五个小时，早上三点钟就起床了，起床后先写日志，对昨天的拍摄经历和今天的拍摄计划做一个详细记录。起这么早，是为了便于在天亮前赶到目的地。当然，每天的拍摄目的地都是提前探好路的。"这么多年来，我搞摄影，从来都是一个人，因为我知道灰鹤警惕性很高，怕有了伴以后，说话影响到拍摄。"陈小组说，每次快到目的地跟前，陈小组就趴在地上，匍匐前进，想尽办法接近灰鹤，还要尽量做到不让灰鹤发现。

"黄河滩地的野地不是一般人能走的，初春，地翻得都是大土坷垃，我要绕啊绕，绕好远的路才能一点点接近灰鹤。"2019年3月初，陈小组扛着设备，在河冰上匍匐。没想到，冰一下子裂了，陈小组掉了下去，一只手拽着芦苇，另一只手已经掉进冰窟窿里去了。陈小组赶紧把相机放边上，身上湿了都顾不上。"只要设备没着水，就能接着来。"就这样，半边身子湿淋淋的陈小组到了灰鹤停留的地方，一听到灰鹤鸣叫，看到它们跳舞、打闹、翻飞，陈小组啥都忘了。

"当时那种心情，真比看一场大型音乐会还要舒服，什么湿了冷了都不在乎了。灰鹤狂欢舞蹈，追逐、打闹、嬉戏，就像天使和精灵一样。那种盛况，那种天籁般的场景，只有我一个人看得到，这还不值吗？"每年10月初，灰鹤大批飞来了，这时候，除了极端恶劣天气，就是下大雪陈小组都要去拍摄。陈小组说："灰鹤来时，一天不和灰鹤见面我就着急上火。"

听说将来要修一条沿黄公路，陈小组说，这可坏了，这一带正是灰鹤休息的地方，要修路肯定有影响。"你看，平罗的天河湾现在围着就还好，但惠农区银河湾一带有烧烤摊，政府一直倡导要在银河湾打造休闲公园，这对环境和动物肯定是有影响的。"陈小组说。

也许是多年热衷拍摄灰鹤的原因，陈小组成了彻头彻尾的环保主义者。"过去说石嘴山这个地方是天空无飞鸟、地上不长草，现在竟然有这么多鸟儿，谁能想到？但是也能想得到，鸟儿跟人一样，环境好了才会来。这几年灰鹤越来越多，说明石嘴山环境确实在好转。"陈小组抚了一下有些花白的长头发说,"这就是矿山整治的效果。实际上,过去宁夏也对贺兰山的环境进行过治理,只不过2016年6月,习近平总书记来宁夏视察以后,矿山治理就上升到国家高度。有了治理的决心和力度,我们的环境只会变得更好。"

## 二

除了灰鹤,长城、黄河这两个主题,陈小组也拍了好多年。从南长滩到北农场,黄河流经宁夏境内三百九十七公里,陈小组不知道走了多少趟。他说:"黄河两岸有什么?黄河水浇灌的土地,黄河岸边的人们,黄河边上的生活。是黄河养育了两岸人民。"陈小组声音洪亮,他说这句话时,像一个充满激情的诗人,饱含着深情。

"为了拍到一张好片子,惠农区所有地势高的地方,我都爬上去过。为了找到一个好的角度,我时常走的是岩羊走的路。"在还没有无人机时,为了拍石嘴山市全景,陈小组总要费尽心思地寻找一个有高度的位置。有一天上午,陈小组骑着摩托车到黄河对岸的内蒙古乌海境内,跑了好几个来回,上去下来,就是找不到合适的位置,包括对面森林防火的铁塔上,陈小组都上去过。后来终于找到了一面高度合适的山坡,虽然陡得很,下面就是几十丈深的壕沟,稍不注意人就会掉下去,但陈小组还是冒险爬了上去。陈小组光顾着看四周的风景,忙着用相机记录,等拍完从大石头下来时,脚踩到沟里,他才发现坑里竟布着雷管炸药。他意识到,这是当地开矿的人准备炸山采石,炸药线都布好了。陈小组一下子紧张起来。可没法子,再无路可走,他只好小心翼翼地轻迈过去。就在迈过这片炸药区后，陈小组突然看见了秦长城遗址。他一下子忘了紧张和害怕，再次兴奋起来。拍完这组照片，他给乌海有关部门打电话反映了情况，这个地方最终被保留了下来。

陈小组说："这几年有了无人机，再拍这种大景就容易多了。"

## 三

以前，陈小组拍了好多老工矿企业。"可惜的是，在老工矿企业最红火时，我没有太好的拍摄条件，工资低，设备也不行，所以，以前还是拍得太少，照片质量也不高。"这成了陈小组无法弥补的遗憾。退休后这十几年，陈小组才开始搞主题式摄影。

拍摄工业题材，缘于陈小组在井下工作时，一次难忘而又遗憾的经历。

1976年，陈小组从老家河北石家庄新乐来到石嘴山，当时，陈小组的姐姐、姐夫已经在石嘴山生活多年，姐夫是1958年支宁到石嘴山的。陈小组在河北老家上高中时，他的理想是当兵，可是因为家庭成分高，三次都因政审而走不了，陈小组因此患上了神经衰弱。后来，陈小组就和高中同学结伴来到宁夏石嘴山。1976年的石嘴山，给陈小组的第一印象是特别荒凉，跟冀中大平原相比，这里少树少田，除了风和沙，似乎什么都没法跟老家比。可这荒凉的塞外景象，却给了这个二十岁的年轻人强烈的新鲜感，令他一再联想到唐代边塞诗人笔下的辽阔和诗意。

陈小组的姐夫当时在矿务局保卫处，怕陈小组下井出危险，可陈小组说不怕，他说："到矿上不下井干啥来了？"就这样，陈小组在井下干了两年采掘，随后调到机电队，还是在井下工作。1981年,毛岸青和邵华来到石嘴山,当时一矿矿长陪同其到井下视察。那天,陈小组正好值班,就在跟前。

"但是特别遗憾,那时候没有相机。多少年过去了,我一想起来就遗憾得不得了。"陈小组说。

1989年,一矿组织编写矿志时,陈小组已经调到矿干部科,矿区干部这部分就是陈小组撰写的。后来,陈小组在宁夏党校进修了两年,回来就到了一矿宣传科,干了两年后又调到矿组织科,再后来就到石嘴山矿务局劳动服务公司当了书记。劳动服务公司下面有十几个企业,是矿上的三产。"1998年,矿区处在转型期,矿务局把服务公司下属的经营状况好的企业都收走了。"为了养活公司的人,陈小组就得想办法挣钱。"反正是费了很大劲儿,做了不少尝试,可是越来越不好干,后来我干脆就退休回家了。"陈小组说。

2005年,四十多岁的陈小组就这么退休了。他不甘心就这么在家里待着,便跑到宁夏煤炭总院(今宁夏第五人民医院)承包后勤。干了没两年,陈小组开始做煤炭生意。"本来想挣钱买点摄影设备,结果让朋友给骗了,前后里外撒进去一百万元。后来,虽说官司赢了,可钱追不回来了。"陈小组这才发现,自己根本就不适合生意场,不是做生意的料。"这才算想明白了,还是干点自己真正感兴趣的事情吧,于是开始疯狂地搞起了摄影。"

从那以后,从石嘴山到石炭井,在好多老工业遗址都能看到一个中年男子穿着摄影背心跑前跑后跑上跑下的壮硕身影。那几年,陈小组拍遍了石嘴山境内的各个老厂老矿,拍着拍着,他的镜头扩展到石嘴山市所有的工业,包括一些新建的工业企业。

"这些新建企业，谁都没拍过，我一直在跟拍。这些新老企业，过一段时间我就去拍一下，比如说，贺兰山下的万香园。"一开始，陈小组拿着摄影家协会的会员证去，门卫死活不让拍。陈小组一看，得想个办法。第二天早上，陈小组戴着安全帽，混在上班的工人里面，就进去了。"进去我就到处拍，到现在也没人知道。包括石嘴山黄河大桥，乌海黄河大桥，101路的这个老大桥，我也拍了不少。还有石嘴山市新区的建设，从一开始打地基时我就拍，一直跟拍到现在，完全可以形成一个对比。"陈小组说，一个企业就跟一个小孩一样，从小到大，有个成长成熟的过程。陈小组只有一个想法，就是要把这个过程全部记录下来。

"前几年，104、机修厂、化工厂，这些企业的家属区闲置了不知多少年，我就抓紧跟拍，等我刚拍完，这些地方一去不复返，拆得连一块砖都没有了。还有沙巴台那个地方，我骑着摩托车年年去拍，下着大雪都去拍。六七年前，英力特煤矿刚建起来还没生产，我就拍了不少片子。据说英力特为建设煤矿投资了十五个亿，刚建好正准备投产，结果贺兰山环境治理，不得不拆了。后来我再去，就没了。幸亏前些年我把它当初建设的过程都拍下来了。"为什么要拍这些企业？陈小组就是想用图片记录和说明石嘴山这段历史，就是想给后人留点历史资料。

摄影是陈小组退休后的追求，但这并不是他唯一的追求，陈小组还有一个设想，就是把他所拍的这些照片变成版画。"以大庆油田为题材的版画天天在我心里，我就觉得工业题材做成版画非常有力量感和艺术表现力。"陈小组说，他就想着下一步，要把自己拍的这些工业摄影变成工业版画，用版画这种艺术形式再现石嘴山，再现石嘴山这个城市的硬朗之美、工业之美。

# 第二章　蜕变

## 矿山遗址上的电影梦

### 一

"看我的家乡石炭井又上了中央六台",2022年10月14日,葛义红在朋友圈发了这样一条微信,并且附上中央六台电影频道的新闻报道《一片崛起于废弃矿区的光影梦工厂》,是有关票房很火的一部新电影《万里归途》取景石炭井的幕后故事。

报道中,片中男女主人公的扮演者、电影的制作方,赞叹石炭井这样一个独具完整工业特色的小镇为电影增了色。报道里还出现了石炭井人葛义红的身影。从好奇到激动,这是葛义红观看这部电影强烈的内心感受,因为从电影在石炭井取景,到几个月的紧张拍摄,直到在电影院里放映,整个过程,葛义红都是熟知的。看着自己熟悉的石炭井,在电影这个魔术般的世界里化身为一个国外小城,葛义红的心里自有其他观众所没有的特别滋味。她说,她太想让石炭井像过去一样,重新变成一个车水马龙、人流如织的热闹小镇。

到今天，在石炭井这个地方拍过的电影电视剧已十余部，不管是知名的还是不知名的，葛义红都能一一说来。每在石炭井拍一部影视剧，葛义红都会充当一番义务向导和选景助理。她跑前跑后不辞劳苦，就是因为她相信，每在这里拍一部电影电视剧，都可能是让这个老矿区再获重生的机会。

"这几年，在石炭井这个地方拍摄了多部影视作品，院线上映的《我的父亲焦裕禄》的大部分外景都是在石炭井拍摄的。这两天，有两个剧组来石炭井，这两个剧组都是北京的。这帮人一来就找我，我就问他们需要看哪儿，我就领到哪儿。一个剧组说要看防空洞，要找体现年代感的老建筑。行啊，我就带他们去看防空洞。就得我带啊，要不是石炭井的老人，谁也不知道防空洞在哪儿。不管谁来，我都这样。那些导演一来，就把我微信要走，电影拍完了，人走了，都还跟我有联系。这些人在石炭井不管待的时间长短，都跟我处成了朋友。去年我去北京，在这儿拍过戏的一个导演一看我发微信说在北京，就跟我联系，要请我吃饭，热情得不行。"

葛义红是石炭井街道办环卫站站长，已经六十岁了。在见到她本人前，我在好几条新闻报道中看到过她，也曾有好几个人建议我到石炭井一定要先找她好好聊聊。他们说，她是老石炭井人，啥都知道，又说，她是个热心人，你问她准没错。

"只要是外面来的，他们都找我。我对这个地方太熟悉了，反正不管谁来拍电影，要用哪个地方，我这边都能帮上忙。别看这点场景，都是属于各家各户的，一旦要用，都需要协调。我就给原住户或者相关负责人打电话，我一个电话打过去，说拍电影要用你家门面，管保就成。反正大家也认我。不管你是拍电影还是来采访，我就想叫人家少打麻烦，顺顺当当的。为啥？不就是希望石炭井赶紧再兴旺起来嘛。"

希望石炭井再兴旺起来，这是像葛大姐这样至今仍工作或生活在这里，或者更多不在这里生活，但是仍关心着这里的老矿区人的真实心理。

2020年开始，石嘴山市政府着手打造石炭井文旅小镇。"市上下一步的规划是要走镇北堡模式，在这里兴建影视城。今年（2021年）夏天连续几个月加紧维修主街的道路，就是这个规划的配套工程，紧接着，路两边的房子，要按照规划打造成旅游商业街。设计图纸都出来了，是请南方的一家设计公司给做的。现在市上正在协调，争取把矿区的一些房产划过来。因为石炭井街道现有的房子一部分是宁煤的，一部分是个人的，一部分是三区（原石炭井区）也就是今天石炭井街道的。等石炭井街面和房子按照文旅小镇的规划设计维修翻新好了，这就是一个新兴的影视小镇。"葛义红说，"这几年，在这儿拍的影视剧多了，电视剧《山海情》看过吧？里面有个马德福在镇政府的镜头，就是在石炭井老电视台取的景，就在红光街那个地方。石炭井的老房子老街区，拍电影特有年代感。说实在的，现在就是没有住的地方，也没有吃饭的地方。要是能解决外面来人的吃住问题，这个地方真的可能很快再发展起来。"

由一个曾经兴旺但已然没落的煤炭小镇，再造成为一个新兴的影视城，这变身的过程并不容易，也许，称得上漫长，但是，对于石炭井开发旅游小镇的未来，不只是市政府，甚至葛义红和很多老石炭井人都充满信心。他们相信，只要为之努力，必将迎来美好的结果。"未来石炭井要建影视基地，搞影视拍摄，听说签了协议要投几个亿,小镇一期开发建设要先建个影视城。"这期待,推进着这里蜕变成未来的文化之矿。

## 二

清静的街道,零星的人影,空寂的老房子,在这里所能见到的一切,都和我记忆中的石炭井形成强烈的反差,令人产生一种走入电影画面的错觉。当葛义红给我列举这里拍过的电影时,我不由得佩服这些在石炭井选景的剧组。在这样一个历经繁华又迅疾衰落的老矿区,每个角落似乎都充满了故事,四处都有着满满的时间感、光影感,一种被岁月包浆过的流逝感,历尽沧桑的命运感。即使是一个缺乏诗意和想象的人,站在这条寂寥的街面上,看向两边空空的蒙了尘的老房子,看着不远处高高的选煤楼打破蓝色天际,也会被某种难以言说的淡淡忧伤深深感慨所笼罩、所融化。而许多像我这个年纪的人,特别是有过厂矿生活经历、有过小镇成长记忆的人,在这里总是能够找到曾经逝去的片刻、遗失已久的从前与深藏生命中的情感共鸣。

而对于熟悉老矿区的人来说,这里发生的一切,甚至比电影更像电影。每一次在石炭井街道上行走时,我都会产生一种时光被拉长、被挤缩的错觉,时常会有一种熟悉又陌生的梦境之感。从前矿镇的日常生活,其中滋味虽然在时光中一点点稀释消散,但是一种看不见却感受得到的情感河流却以隐秘的方式浸透矿区每一寸土地。

我就是带着这种亦真亦梦的恍惚之感,走进环卫站小院的。

石炭井街道环卫站位于街道办事处南侧斜对过的一个老院子里。和一个月前(2021 年 6 月)我来焦煤公司采访时一样,这条街还在修路，路两侧堆着土堆和料石。环卫站的院子隐在这条正在维修的马路后面，稍不注意就过去了。倒车时，当听到葛大姐大声喊我，我才发现了这座旧黄色外墙的老院。旧黄色的老院，和眼前似曾相识的葛义红大姐，突然呈现在晨光中，更令我产生了梦境之感。

老院子门口两侧各有一间小屋，位于西头的是葛大姐的办公室兼休息室，右侧小屋是门房。院子里有座坐北朝南的三层楼房，是环卫站的办公室兼库房，楼前停着一辆洒水车、两辆环卫车。院子中间的花池子搭着四个架子，架子上吊长着鲜嫩的黄瓜，西北角也是一片田地，除了黄瓜、西红柿，还种了葡萄。

上午九点刚过，给环卫站的同事们安排好当天的活计后，葛大姐在等我。

葛大姐坐在院门口，时不时摇一摇蒲扇，不是因为有多热，而是为了轰走飞来飞去的几只苍蝇。她拉过一把椅子，让我坐在她对面。院子里不时有环卫站的职工进进出出，一会儿有人抱了几本红塑料皮的旧书，一会儿又有人捡了个算盘和一卷线轴。

"这些都是从老房子里捡的。今天早上，环卫站的人收拾对面那座旧楼，这些东西都是从前搬走的人撂下的。"葛大姐说，"院里这几口大水缸也是我们捡的，都是矿上以前的人搬走时不要的。"院门西侧有七口大小不一的水缸，葛大姐不说的话，我还以为这是环卫站职工储水用的。

我们的交谈就是从这些捡来的"破烂儿"开始的。

三

"看见了吧，这桌上的闹钟就是捡来的，收拾了一下，还挺新的。这些小件东西等会儿一起放到展馆去，都是充实展馆的展品。"葛大姐说。焦煤公司办公楼南侧有座弧形的三层建筑，门头上挂着一块新崭崭的木质招牌，招牌上写着"石炭井矿务局展示馆"几个大字。"2021年6月，石炭井新开了这个展馆，展馆所在的位置是原石炭井长征商场，曾是我们老石炭井的一个地标建筑。建展馆是区委领导提议，交给石炭井街道来办的，现在这个展馆已经初具规模，开馆头一个月就接待了不少参观者。"葛义红说，"为啥要弄这样一个展馆？当时就想，来石炭井光看看老街道老房子，看看红光市场，再也没啥，能有个地方集中展示以前矿区的经历和生活，来的人能多待一会儿，能在短时间里对这个地方有所了解，这对于宣传石炭井不是更好吗？展馆准备了半年时间，只花了两个月就弄起来了。"展馆里的旧桌子、旧椅子都是从石炭井矿区那些不住人的旧房子里捡的，其中最为贵重的缝纫机、电视机是葛义红家以前的旧物件。展馆墙上的照片都是从区志资料里收集整理出来的。"展馆正式开放是2021年6月1日，光是一楼用起来了，二楼三楼还要再打造，只能等有点钱了再收拾。像刚才捡的旧线轴，那是锁边机上用的棉线，收拾一下就能放进去。碰上这样的旧东西，我们站上的人捡了都放到展馆去了。"

在葛义红的影响下，环卫站的人现在都有了收集旧物的意识。建展馆的时候，葛义红说她不分昼夜地守在那里，整整忙了半年，现在建起来了，她还在想着怎么把里面弄得再好一点。

"别人都说，我就爱管这些闲事儿。"葛义红说。

## 四

葛大姐身上有着一种矿区女人的鲜明特点——风风火火、热情泼辣，说话办事都嘎巴脆的直性子。

1962年，她出生在石炭井，从小在这儿长大。葛义红老家在山东日照，1960年，她父亲在徐州当兵，复员后就到了石炭井。

葛义红原是焦煤公司职工，2014年，到石炭井环卫站工作时，已经从焦煤公司退休七年了。这七年，葛义红可没闲着，一直承包着矿上的后勤服务。"我为啥还在这儿干着？一是我也没啥负担，我儿子早就成家，孙子都五六岁了；二是我呢，身体精力都还可以。最主要的是，毕竟我在石炭井生活了这么多年，真是有感情。想想当年我还在单位没退休时，石炭井有十几二十万人，那时多兴旺，现在就剩这点人，我就盼着石炭井能快点再兴旺起来。"

高中毕业没多久，葛义红招工到了银川二毛厂，没干几个月就跑了回来。葛义红说，也不知道咋回事，那会儿就想家，就光想回来。回到石炭井没多长时间，她就领着一帮姐妹开饭馆，在饭馆干了三年。1983年，葛义红招工到二矿，一开始在二矿食堂，后来在二矿化验室当班长，煤质化验、锅炉化验她都搞过。二矿成立幼儿园时，葛义红当了园长。再后来，她就到二矿单身楼当了楼长。

葛义红说："一年四季，白天晚上，我都在这儿，夏天有防汛，冬天有锅炉，都得有人操心。再加上石炭井这里的沟沟坎坎我都知道，谁来都得问我。"葛义红是环卫站长，可她说："我们（街道办）主任现在什么事都让我管，我还是拿那些工资，又不多拿一分钱，但我也没说啥，谁让我愿意呢。虽然说岁数大了，但能干的情况下还得多操心呗。"

葛义红白天在环卫站上班，晚上就住在焦煤公司宿舍楼。即使周末回家，有时候半夜还得过来。"山上这边走不开。社区领导老得去大武口开会，来个学习交流党建的，社区这帮小孩年轻，有好多家也不是原石炭井的，也不了解情况，就得我去。"

葛义红家住大武口，父亲已经去世，母亲八十多岁，住在葛义红家，多数时间都是由葛义红丈夫照顾着老太太。"我同学孩子结婚或者家里老人走了的，直接就把我家那个拉上，叫都不叫我，都知道我忙。"葛大姐说，"逮啥忙啥，就说昨天，五点多快下班了，三矿有个人把树给点着了，正好市上领导来检查，主任就给我打电话，让把水车开过去。"她放下电话赶紧安排，一看水车司机刚走，就让另一个司机把环卫站院里停的水车开上。"就这一阵子，主任给我打了好几个电话，一个劲儿催我，他嫌我去得慢了。我本来性子急，可他不知道水车就开不快，车里有半厢水，一开快，晃荡得更走不动了。我是马不停蹄的，就这他还说我，我还想今天见了他要跟他干仗呢。"葛大姐噼噼啪啪一通，肚子里的话倒了个痛快。

## 五

葛义红说，都说现在石炭井没人了，但是总还有那么几百口人，其实这反而比那些人多的社区管起来还费劲。

石炭井街道管辖的常住人口，包括焦煤公司的留守职工，总共不到四百人。

石炭井社区比较特殊，面积大，总共三百五十六平方公里，占大武口全区面积的三分之一，人少面积大，事儿反而不少。石炭井街道下辖文化街、红光街、新华街三个社区。社区现在的工作重点，一个是文旅小镇的建设，一个是贺兰山的绿化。葛大姐说，民生保障不用说了，这是所有社区的基础工作。山上常住的除了焦煤公司留守职工和社区工作人员，再就是老年人多。虽说石炭井社区常住人口就三百多号人，但是社区的户籍人口有八千多号。有些原石炭井职工迁下去，户籍却一直没有动，还属于石炭井。这种情况在去年（2020年）人口普查中，就给社区带来了工作难度，社区工作者要打电话一个个核实。户籍管理在这儿，不管这些人是在外省什么地方，只要发生个什么事，就牵扯到石炭井这边，而这些人又不在宁夏，碰到这种事情，还真不好管。

　　因为石炭井特殊的地理位置，以及从过去到现在所经历的巨大变化，这个小区的日常工作，也与其他社区有所不同。说到这里，葛大姐指了指环卫站大门内东侧一个白塑料水桶："这水桶里就是我们环卫站职工的饮用水，街道办和社区都用的是这样的水桶。"水桶上面盖着淡粉花的棉被，是怕桶晒坏。

　　社区包括环卫站的工作人员，每周要给社区五六十户老年住户供应两次饮用水，每周一、周四下午五点到六点，每次一个小时。石炭井街道管辖范围内，除了焦煤公司，其他地方无法通过管线供水，一个原因是现有住户人太少，管道供水成本太高，还有一个原因是，过去的家属区管线已经不同程度地老化，容易造成浪费。这个情况跟白芨沟老矿区一样，但是跟白芨沟矿不同的是，石炭井街道办还下辖着三个社区，社区工作人员和社区留守的老人，都存在着生活用水困难的问题。2018年，老矿区断水之后，定期用水车供水，成了解决这个问题的唯一办法，而这项工作就由社区承担起来。

石炭井最辉煌的时候有十三四万人，20世纪70年代以前，矿区供水都靠山底下打机井加水泵打上来，再用水车运到矿区，吃水困难是过去老矿区初建时的最大问题。直到20世纪80年代后期，矿区供水管网才日趋完善，石炭井各矿区才通了自来水。时隔三十年，老矿区用水又回到了原点。现在，光这些常住人口的吃水就是最大难点。"所以，别看现在矿上人少，事情反而比以前多。吃水这样的小事就是社区基本的民生保障啊。此外，山下创城，我们也要创城，山下防疫，我们也要防疫，别的社区要做的工作，我们一样也不少。供水问题不说，还有一个特别重的任务，就是山上的社区夏天防汛任务重，都是些老房子，最怕下暴雨。我们社区工作人员要天天看天气预报，时不时到社区的老旧房子转转看看。"

虽然只有几十位老年人长年在这儿住着，但是社区的工作责任重大，有许多别人看不到也想不到的工作。"你啥都得管。现在石炭井的老住户，虽说固定的常住人口也就五六十人，但可以说全是老大难户。这些老住户都是以前石炭井矿上的职工或者家属，让他们往下搬，不搬啊，有的老人也没有地方可去。山下分的安置房都是一个职工一套，不管你家里有几口人。有的人家三四个孩子，都招到矿上上班了，几个有工作的就分几套房，这倒没啥问题。有的人家孩子四五个都没工作，有做买卖的，还有不学好吸毒的、蹲监狱的，干啥的都有，这一家就给分了一套房，都让儿女占了，这老头老太太就没地方去，只好住在这里。有时候看他们也怪可怜的。"葛义红说。

这些留下来的老人，石炭井原一矿、二矿、三矿的都有，现在，他们绝大多数都集中到了新华南街。"为啥都给挪这儿来了？这块集中方便。前些年，一直给他们免费供暖，但是毕竟人数越来越少，所以，从2020年起就不集中供暖了。这一停暖，街道办就得给他们买煤，一家分两吨，社区工作人员要给买好，还要给这些老人们卸到院子，炉子给搭好，隔三岔五还得敲门去看看。现在这些老住户都烧煤炉，怕有煤烟，再出个啥意外。这些不都得操心到？"葛义红说，老矿区一撤，都面临着一样的情况，用水、取暖、出行，这些在过去不存在的问题，在今天都成了难处。"我就想着，要是石炭井旅游小镇建好了，这些问题可能也就迎刃而解了。"

2016年年底，石炭井彻底停产后，从大武口到石炭井的公交车也撤了。"就是再打算开公交的话，公交公司也要核算成本，人少不划算公交就开不了。"葛义红说，"我有车，我儿子给买的车，我们社区有好多小年轻没车，到山上上班确实不方便。"

## 六

这段时间，石炭井修路，修上下水管，葛义红哪儿也不敢走，就守在这儿。"这事那事，管子电缆，总得有人协调处理吧。街道领导一天事儿也多，还得时不时去大武口开会。"

就算这么忙，葛义红还一直惦记着要给金老太太洗个澡。在石炭井南街住着一个姓金的老太太，八十多岁了，是个孤寡老人，葛义红一有空就得去看看。她说："不操心不行。现在住在这儿的，好多都是这样的孤寡老人。在原三矿，住着个八十多岁的老太太，姓白，她啥事都找我，不找别人，她也管我叫葛大姐。那天，我正在环卫站，冷不丁来个生人找我，说三矿有个老太太把他车截住了,让他到环卫站找葛大姐。我一听就知道老太太是有事了,我得赶紧去。你说这老太太能不能?还截车传话。"就是这个白老太太,冬天,葛义红和社区的同事去她家给她把炉子打好,过上一两天就去看看。老太太家的电路坏了,葛义红带着电工过去给老太太修好。冬天没有水,社区的水车拉到老太太家房前,把水提到家里,倒进水缸里去。炉子烧不着,烟囱不通,这些葛义红都得管。不只是金老太太、白老太太,有好几个身体不好的老头儿老太太,葛义红都得管。

"反正不是她家就是他家,都是老人儿,天天都有事儿。按说这些事也不归我管,但他们都认识我,有啥事都找我。哪个不认识我?都是矿上的老人。"葛义红说,"虽说有些老人以前跟我也并不熟,但是石炭井就这么大,一说起来,多少都知道。"就说白老太太,以前葛义红就知道她,知道她家儿子、儿媳妇出了意外,就剩她一个孤老太太。到环卫站后,有事没事葛义红就去她家里,跟她唠嗑,因此白老太太就光认葛义红。

"还有金老太太,我还在二矿工作时,就听人说过这个孤老太太。这几年,我已经帮她搬了好几次家了。"金老太太原先住在三矿,她家原来住的房子都快塌了,葛义红就给她找了个好点的房子搬过去。当时,矿上的人还没全迁下去,新找的房子是把头,保温不好,冬天有点冷,葛义红买了塑料布把窗子和门给蒙上,可又担心老太太一个人把火看不好,再着了火,就老得去看看。前年,葛义红又想办法帮她搬到南街这边。

"石炭井的人都管我叫多事精,可能就是我太爱管闲事了。按说不管他们,住得不好了,他们自然也就搬下去了。可是只要住在这儿,就有一个住得安全的问题。她们一天不走,不就得管么，不管咋办？"就这样，老头儿老太太，谁的门坏了、床坏了，都来找葛义红。有个老吴头儿，家里没桌子来问她要，那天又来找葛义红，说他没床了，床倒了。

"有时候我也挺烦，烦咋办，也得管。气就气的是，有时候管了，还得不到他好脸子，他就认为你就应该管。"葛大姐说到这儿，扇子扇得啪啪响。"就这样，这帮老家伙还有人骂我。这五六十个住户都是老头儿老太太，有些老人真是顽固自私得厉害。这段时间这一片修路，把电缆给挂断了，这不就得修电么。我们联系上电工，电工正从山下往上走呢，我就给社区的人说，先别在石炭井这边的小店买配件，说不定人家电工上来都带了呢，结果街对面卖五金的老头儿听了就不乐意了，说，'凭啥你不让人家买我的东西？'他不说他家卖的东西都搁多少年了，能用不能用呢，他就先不乐意了，张嘴就在那儿骂我。你说气人不气人。"葛大姐说着，啪一声，把扇子扔到身后的小桌上。

没断水之前，大冬天水管冻了，葛义红和社区工作人员去给居民送水。有一家门锁着，葛义红先给底下的人送水。结果等返回来时，就听老头儿在家门口骂社区的人。"骂得可难听呢，特不讲理。街下面还有个醉鬼老陈头儿，天天喝酒。那会儿还供着暖，暖气坏了，社区的人连天连夜地忙着联络张罗，我蹲在那儿帮忙干活，身上贴着我侄女给买的暖宝贴，前心后心都贴上，还冻得脸都紫了。就这样，他站在那儿骂我们社区的人，把人气得。其实，他们也知道，矿上这些管道，好多都老化了，这些活儿干得有多难啊。暖气管老化，水管更是严重老化，那都是20世纪70年代的管线，全都锈了。像现在这一修路，这一轧，今天这儿冒了、明天那儿漏了，管子挖出来全是锈，尽是眼儿。可他们一着急一生气啥都不管,就知道骂人。我有时候真是干得直上火。"

一说起来,窝心事还真不少。前几天,街道办的玻璃门让人给砸了。葛大姐说:"就是住在下面的老刘头儿砸的。老刘头儿就一个闺女,他从监狱里出来后,一个人过。老刘头儿半身不遂,走路晃着。我们三天两头给他把煤弄上,把水弄上,谁知道人家还去抓蝎子了。上周四给他家送水,他不在,他那天下午早早出了门,到第二天天亮才回来。结果到星期天了,他家没水喝了,他就跑去把街道办的门给砸了。公安局抓他,给他戴手铐时,他又抄起个砖头把人家警察脑袋给砸了,砸了个脑震荡。还有一个老吴,也是从监狱里出来的,也是因为接水的事,把新华街居委会的电脑都给砸了。还有三矿有个老住户,他家房顶都快掉了,社区说让他搬到南街这边来,老房子不安全,不行就给他拆掉。他说啥?'你们给我五万元钱,我就让你拆'。他不搬,那怎么办?就只好先撂着吧,他现在还在三矿住着。有些老人就这么顽固。他们家平时有点啥活儿都是我们帮着干,可遇到事儿,他就跟社区较劲儿,特不讲理。可是,就这样,你平时不管他能行吗?"

每到这种时候,社区里年轻的工作人员就有点不理解,因为很多事情的确超出了社区人员的工作范围。"但是不理解你也得干,不干,要出了事,社区还得负责。"葛大姐说。

有一个叫王花花的老人,是个流浪汉,年轻时卖过血。葛义红小时候就知道这个人,他一辈子以捡破烂为生,从来都在桥洞子里睡,还养了一群流浪狗。这么多年,一到冬至,葛义红煮饺子,刚下出来头一锅饺子,就先给他端一碗。别人就给葛义红说，别给，他吃一个，给狗两个。等到了 2015 年，王花花给葛义红说，他不行了，头疼、脚疼、浑身疼。葛义红就在南街给他找了个房子，可他住不惯，三天两头就不见了。后来公安局找到他老家，他老家在甘肃会宁，老家只有一个侄子。最后政府决定把他送到会宁敬老院，葛义红也跟着去了。送他回老家前，葛义红带着他到矿上澡堂子去洗澡，他一看澡堂子，说这儿咋跟天安门一样。"你说这老头儿说这话，我一听心里真觉得怪可怜的。"

去年冬天，环卫队一职工打电话，说一个老住户叫老宋头儿的病了，让葛义红赶紧去。葛义红就赶紧打 120，等救护车来了，葛义红把身份证等证件都给带好，社区的人跟着一起去了。老宋头儿得了脑梗，在医院住了半年多，前段时间人没了。

"这几年，住在石炭井的老头儿老太太生病，光社区发现后往医院送的不少，都还挺及时的。别看他们都七老八十了，但到现在还没有一个在山上去世的。"

这就是石炭井这个地方不为外人所知的一种现实。从一停产，这里似乎成了逐渐被遗忘的角落，但是对于这些留守老人来说，这里是他们留下一生记忆的地方，更是他们走完人生最后时光的地方，是他们别无选择的终老之所。而在葛义红这样的社区工作人员眼中，这里保留着老矿区的归属感和维系力，所以，也应该是一个充满感情和人情味儿的地方。

七

夏天，一到下雨天，甭管是正在休息还是刚刚下山，葛义红和社区的人都得着急忙慌地往山上跑。每到夏天，石炭井最重要的一个工作就是防汛。

2018年夏天，有一天下雨，都晚上十点多了，葛义红开着车跟街道办主任赶到山上，一到就赶紧开始排查，一直排查到原矿务局六小那儿。

2012年，矿区学校和家属区都下迁到大武口以后，绝大多数房子都空了下来，原矿务局六小那边的家属房一直就再没人住，可那天晚上排查时，葛义红老远就闻到一股烟火味儿。葛义红顺着这烟火味儿到空屋子里一看，有两个小伙子，一个脸上血糊糊的，另一个疼得直叫唤。一问这两个人，是平罗来的，一个人骑着摩托车带着另一个，跑到山里抓蝎子，因为是头一次，不熟悉路，一看下雨了，慌着往回跑，结果路上车翻了，一个脸摔破了，另一个锁骨骨折。一看这种情况，葛义红和同事赶紧联系医院。医院倒是联系上了，但是当时山上在发山洪，救护车进不了山。葛义红只好和同事把这两个人给弄到现在办展馆的那间空屋子里，找来铺盖，让他们先睡在那儿，葛义红赶紧去找消炎药、止痛药。等洪水下去了，第二天把这两个人送到大武口医院。

每到汛期，社区的工作人员要不定期排查，一个是看周边住的老头儿老太太安全不安全，别出啥意外，再就是看有没有进山抓蝎子的。

石炭井这个地方，冬天人少，夏天人就多了起来，为啥？一到夏天，石炭井比山下大武口凉快许多，有些老石炭井人会到这里避暑。另外，每到天暖和了，周边有不少人跑到这儿来抓蝎子。

"这几年山上就不让抓，但是他们还是会偷着摸着跑上来。"抓蝎子的人通常都是过了三矿，到宁夏内蒙古边界那一带去。过去，这里就是抓蝎子的人最喜欢来的地方，不知不觉中形成了一支流动的抓蝎子大军。尽管社区这几年一直在大力宣传矿山环保，严禁来山里抓蝎子，在石炭井沟通往宁蒙边界的路边都贴着标语，明确告知路人抓蝎子违法，可总有些人不听。每年夏天，这些抓蝎子的人通常都在夜里偷偷上了山。抓蝎子的人坐的都是七座车、九座车，车里一坐就是十几个人。"咋说都不听啊。这些抓蝎子的干啥的都有，有以前矿上的职工家属，也有没工作、没活干的，大多数都是从平罗大武口来的。这些人坐的车都是租的，一个人二三十元，司机给送到地方，等他们抓完，司机再来接下山去。司机挣的就是这些抓蝎子人的钱。这些人从每年五月份就进山开始抓蝎子，一直到十月份。一般都是天黑来，一早四五点开始抓，到中午，天热了抓不上了也就不抓了。年年上山来抓蝎子，年年都有出事儿的。你不知道这些人无形中给我们的管理工作带来了多大压力，可是怎么宣传劝说也不管用。你管得紧了，他们就躲着你，但是还照来。"葛义红说着，皱起了眉头。

## 八

2007年，葛义红刚退休时，二矿领导鼓励葛义红承包后勤，葛义红就跟同学一起承包。2015年，矿上职工分流，大部分都分流到了宁东，葛义红原本打算这年年底就彻底退休，可谁承想，还没等到退休，又再次上了岗。

就在2014年夏天，石炭井街道环卫站站长退休了，街道办领导就想让葛义红担任站长一职。葛义红当时还给矿上管后勤，矿上后勤也包括打扫矿上的环境卫生。一直以来，矿上的工作和石炭井街道的工作是分开的,葛义红担心两边的事掺和在一起弄复杂了,就没答应。2014年秋天,有一个全国性的现场会在石炭井召开,结果开会那天,街道环卫队的人把矿上的车给拦住了,两边差点没打起来。葛义红正好路过,大武口区领导现场抓了葛义红的差。这下葛义红没法推了,这就兼任了石炭井街道环卫站的站长,一直干到现在。

环卫站现有十八人,有矿上退休后招过来的,也有公益岗,公益岗都是"四零五零"人员。葛义红说:"年轻的谁在这儿干?一个月一千六百元,工资太低了。从一进大磴沟一直到三矿跟内蒙古交界的地方,这以内全是环卫站的工作范围,包括大磴沟火车站,一直到八号泉,302省道也是我们的,光管卫生,绿化养护另有专人。天天琐碎的事弄不完。"她说,环卫站的工作范围大,还没个好车,环卫工人坐罐车,集中到地方再分片。环卫站每个人分工不一样,扫街浇水,垃圾运转。不光这些地段的卫生,还有楼里的卫生,只要一有时间就去收拾。

环卫站的师傅们平时都在石炭井住,就住在焦煤公司的公寓楼里。用葛大姐的话讲,那里面空房子多着呢。

前两年,葛义红还肩负着街道办主题参观活动的带队和讲解。每次有外来参观学习的,葛义红就在大磴沟车站等着,火车一到,她就带着到马莲滩、八号泉。她说,一圈转下来至少六千步。2021年有了展馆,这部分工作就由社区的年轻人接过去了。

"下午我带你去看看我们的党旗山,这个地方你一定要看一看。上面有个观景台,谁来谁说壮观。将来,到石炭井来旅游,这可是打卡的地方,在党旗山能看到八号泉,能看到石炭井街,以后这就是小镇的一个景点。你上那儿一看,就会发现,石炭井的山从来没有这么好看过，这么干净过。"葛义红说，"我就觉得只要石炭井能再兴旺起来，我们现在干的这些事就有价值。"

据北京电影学院微信公众号2024年8月26日消息：2024年8月23日上午，"北京电影学院石炭井影视创作实践基地"揭牌仪式在宁夏回族自治区石嘴山市大武口区石炭井工业文旅影视小镇举行。2023年7月，北京电影学院与石嘴山市人民政府签订了校地合作战略协议，旨在发挥学校影视人才培养和艺术创作等方面的优势，为石嘴山市影视文化产业高质量发展赋能。协议签署以来，学校积极推动合作项目落地见效。目前，石嘴山市大武口区围绕影视服务、功能配套等方面，建立了石炭井影视拍摄资源名录，建设完成了演员公寓、中央厨房、道具库等配套设施，成立大武口区演员公会，影视产业"从无到有"，逐步满足剧组基本需求。一年来，学校持续宣传推介石炭井工业文旅影视小镇，小镇曝光率和知名度不断提升，吸引了《用武之地》《风中的火焰》等多部影视剧取景拍摄，同时持续吸引区内外企事业单位、游客、学生体验打卡。

## 真舍不得离开

### 一

"山上省钱，多少钱都能过日子，在石炭井没有花大钱的地方。"朱红侠一直觉得，石炭井是个好地方，这个地方养过富人，但也养穷人。"最起码夏天不热，都不用吹风扇。如果将来旅游小镇真能弄好，肯定有一部分人就搬回来了。"

朱红侠是石炭井环卫站的职工，到2021年8月底，她已经在环卫站工作三年了，对眼下这份工作挺满意。"现在政策也好，葛姐也挺照顾我。"朱红侠说的葛姐就是站长葛义红。

朱红侠平时就住在石炭井，她不舍得搬下山。

朱红侠是1972年出生的。在现在石炭井的常住户里，她是很年轻的，这里的常住户都是老年人。

朱红侠住在这儿，能顺带着照顾九十岁的老婆婆。她下班后五分钟就能回到家，中午回去做个饭，照看老人也方便。

朱红侠和丈夫、婆婆都住在石炭井新华南街。"房子是从矿上（今焦煤公司）要的。矿上知道我在环卫站上班，又都是从前矿上的人，一申请，矿上就给我们调了现在南街这个房子。南街这些房子都是矿上从前的职工住房，都属于矿上的公房，职工搬下去后，就把这房子退给公家了，现在公家再调给我们这些留在山上的人住，没有租金。登记后，押点钱就可以住，押钱也是为了防止住户不交水电费。只要是还在石炭井上班的矿职工，在石炭井要房子都好要。"朱红侠说。

刚结婚时，朱红侠一家住在石炭井东山前街。那时候，石炭井人多，十来万人口，满坡满沟都住着人。2015年矿上一分流，人少了，东山前街那一片断了自来水，朱红侠一家就搬到了科技楼。科技楼在以前的矿务局大医院旁边。2018年以后，石炭井人更少了，科技楼那边也断了水，朱红侠一家又搬到新华南街。算起来，矿上停产以后，朱红侠前后搬了三次家。"东山前街的房子和科技楼这两处房子前几年都给扒了，搬到南街，也是因为当时就这条街一直有水、有电、有暖气。以前我家在东山前街住的也是楼房，是矿上的职工福利房，后来不住了，矿上给退了折旧费，退了一千七百元钱。"朱红侠一家在东山前街这套房子住了十二年，分这套福利房的时候交了三千多元。

## 二

2020年，新华南街这边停止供暖。从那以后，环卫站每年给每个职工发一吨煤。"一吨有点不够，只能凑合烧，再加上电暖器，冬天也就对付过去了。石炭井的冬天冷，电暖器主要放在老婆婆那屋。"2021年8月，朱红侠的公益岗合同到期，关于是否继续在环卫站干，她还在犹豫。"就因为冬天没暖气，在这儿住着不方便，但是老太太又愿意在这儿住。南街的房子是简易楼，老太太住一楼，一天能在门外头来回走几趟。要是回到大武口，老太太就出不了门了。"朱红侠家在大武口的安置房八十平方米，有三个卧室，但是在五楼。当初分房时，年轻职工抓阄，朱红侠的丈夫抓了个五楼。

朱红侠这几年主要在石炭井住，就是回大武口，也就洗个衣服洗个澡，然后再赶回来。朱红侠很少下山，下去也是快去快回。婆婆老了，老尿裤子，天一冷，朱红侠给她准备了七条棉裤，拿过去洗完甩干，再赶紧拿过来。"这边不方便洗，用水也不方便，洗衣机只能搁大武口。"朱红侠的丈夫是家里老小，又是独子，上面有两个姐姐。"一直不搬也是因为老婆婆，老太太年纪大了离不开人。"

朱红侠来石炭井有三十七八年了。"现在回老家都不习惯，太热。可是下一步，我也不知道还能不能在这儿。"朱红侠现在干的是公益岗，公益岗一般也就三年，要再接着干的话，不能转公益岗,就是临时工。临时工每个月只有工资,其他的三险一金都没有。

旁边的葛义红大姐接过话头说:"环卫站还就需要像红侠这样的,她干活踏实,又什么都会干。前段时间,环卫站的司机病了,另一个司机一个人忙不过来,朱红侠就开环卫车。她的驾照是B照,站上的车她啥都能开,水车也一样开。环卫站的这两个男司机都超过六十了,一过六十岁B照就降成A照。但是开水车必须得B照,环卫站现在招不上能干这个活儿的人。你说年轻人谁干?红侠这个人能吃苦,不怕苦。"

三

朱红侠老家在河南商丘永城,姊妹五个,她是老大,上学上到小学五年级就不上了,因为家里穷。

1985年,朱红侠十三岁,从河南老家来到石炭井。朱红侠是来帮大姑看孙子,给堂哥家看孩子的。朱红侠的大姑是20世纪60年代来石炭井的,堂哥有两个孩子,大姑一个人带不过来。

从河南老家来石炭井,朱红侠一路是坐着矿上的救护车来的。当时,朱红侠姑父的朋友在矿上救护队,那年正好要到上海提新车,把车提好,就顺道回河南老家转了一圈,把朱红侠和老家好几个老乡都带了过来。当时和她一块来宁夏的有十几个人,一路吃住都在救护车的车厢里。这种经历对于从未出过村子的朱红侠来说,特别新奇。来的时候,她跟车上那些人并不认识,等到了石炭井,都成了熟人。

朱红侠到石炭井给大姑家带了两年多孩子。1987年,不到十六岁的朱红侠就上班了。刚招工时招的是集体工,干了两年,朱红侠转成正式工。转正时，她十七岁。"那些年矿上管得不严，也没人管年龄大小，只要能干活就行。"朱红侠说。

朱红侠是奔大姑来的，有了工作以后，就在这儿落户了。朱红侠父亲20世纪70年代来过石炭井，不习惯，待了没多长时间就又回去了。直到现在，父亲也不习惯，让他来他也不来，到这儿怎么都不适应。

1993年，朱红侠结婚了，企业效益不好，她就再没去上班。后来，按照国家相关政策，补缴了养老保险。按说再有一年，朱红侠五十岁也就能拿到退休金了，但档案上朱红侠的出生年份是1974年，朱红侠说："当初也不知道是怎么搞的，写晚了两年，所以退休金也只能再多等两年。"

朱红侠当年招工进的厂子是三区政府服装刺绣厂，当学徒的三个月没有工资，满三个月后，每月十八元，转正了开五十多元。厂子就在石炭井新华南街，有一百多名工人。朱红侠一进厂子就学绣花。厂子勉强维持到20世纪90年代末。

朱红侠说，因为厂子效益不好，那时候好些人也是想上就上，不想上就回家了。

### 四

朱红侠的丈夫是1969年出生的，是石炭井二矿矿工。他俩是老跟她大姑一块儿玩儿的老太太给撮合的。

"刚结婚时，条件真不行。他们家给了两千元钱彩礼，包括衣服都在里面。当时也就买了几样家具，把公家分的房子粉刷一下，铺个地板革，就这么结婚了。"

孩子上小学以后，家里买了个小客货，朱红侠帮人家拉个货，这样干了有十来年。朱红侠的驾驶技术就是那个时候练出来的。

朱红侠的丈夫在井下干了好些年，掘进、提升、选煤楼，后来到三产福利厂、服务公司。"他就不安分，干干就干烦了。像别人家里条件不好的，分流的时候，就都去了宁东上班，他不愿意去，就要提前内退，拿得少也要退，觉得这就自由了没人管了。现在他在石炭井沟里给人家看场子呢。"朱红侠说。

算下来，丈夫一个月能开两千六百元，朱红侠在环卫站一个月一千六百元，扣完三险，能拿一千三百元。朱红侠觉得这个收入还算不错，家里也算是没有太大负担，儿子二十五岁了，宁夏大学毕业后，一直在银川打工。

当年，朱红侠招了工后，就把弟弟妹妹都带到石炭井。弟弟在这儿上到初中，初中毕业招工到石炭井二矿，在采煤队干了没多长时间，他嫌累不干了。几年前，弟弟跑到北京去创业。朱红侠大姑一家离开石炭井比较早，都有二十年了。当初一起来的河南老乡也都搬走了，好多年没联系了。

"别看石炭井现在这么冷清，像我这样的还真舍不得走。"朱红侠说，她有一个老乡叫二嫂子的，这阵子要走了，哭了好几鼻子。二嫂子在石炭井住了好多年，她一直在这边卖菜，是跟朱红侠差不多同时来的，在石炭井待了几十年了，可是现在石炭井人少没生意，不想走也得走。二嫂子要去西宁做生意。

朱红侠说："那天我还劝她说别怕，河南人到哪儿都能站得住脚。这儿虽然好，但现在没人了，有好多不方便的地方，连个药店也没有，取个钱、寄个快递都得到大武口。二嫂子还想着石炭井旅游小镇要是搞好了，她的生意能再好起来，所以那天她又说,她两口子先走一个,她老公先走,她暂时留下。"

## 搬回石炭井

　　2021年6月底,天气突然暴热起来,鲍大姐和丈夫老李决定到石炭井去避暑。他们回到了石炭井,借住在朋友的老房子里,原本只想住一阵子就走了,没想到,正赶上石炭井街道环卫站招人。7月15日,鲍大姐和老李成了环卫站的职工,他们就此搬到了环卫站门房住下,老李负责看院门,鲍大姐负责片区的环卫工作。

　　在环卫站找着活儿了,想法也就变了,他们甚至想在这儿一直住下去。"这儿可比银川凉快多了,晚上睡觉还得盖被子。银川人多车多,把人吵得,这儿多清静。"鲍大姐说,银川的房子她都想卖了,不卖呢,物业费还得交着。卖了银川的房子,鲍大姐就打算在这里住下去,不走了,再不买房子了,石炭井这么多现成的房子,随便找个房子,稍微收拾收拾就能住。"你看,现在这街道都往好里铺着呢。"鲍大姐说。

　　鲍大姐两口子原是石炭井一矿职工。在一矿时,老李在采煤队,鲍大姐在保运队看皮带。2007年一矿下马,鲍大姐两口子就都内退了。

　　鲍大姐和老李是中卫老乡。老李的父亲20世纪70年代招工到石炭井矿上,上班不久就出了工伤。当时矿上有规定,在井下工伤的,可以优先考虑解决家属农转非。老李一家就这样从中卫农村迁到矿上。

老李很快就在矿上招了工。老李大名叫李建华，1982年参加工作，一上班就在一矿采掘一线当采煤工。1983年秋日的一天，老李正在装木料。地面上送料的人没注意，往上一扔，一块木头正好砸在老李头上，老李当时就晕倒了。因为这次工伤，老李调到了矿后勤，在矿澡堂烧水。那时候，鲍大姐和老李刚结婚不久，在矿上干临时工。老李工伤后，鲍大姐就招工到了保运队。结婚时，矿上给老李分了两间平房，带一个小院，他们一直住到矿区下迁时。因为房子在一矿塌陷区，下迁时就拆了。

2007年，单位让老李退休时，他有些意外，他怎么也想不到自己才四十三岁就到了退休年龄。他不想退，一是觉得自己还年轻，二是当时退休金太少。结果邻居说，老李，退了多好啊，退了以后该涨工资还能跟着涨，再说退了还可以再找个活儿。老李一听这才退了。

鲍大姐给我讲这段经历时，老李在一旁插话："也就那一年才有这样特殊的退休政策，过了那一年，再没有这样的机会。"

鲍大姐退休时，工资一个月三百八十元，两口子差不多都拿这么多。归到社保后，两个人的退休金一涨再涨，现在，两口子每个月退休金加起来有五千元。

退休之后，鲍大姐和老李开始做熟肉生意，在矿上做了两年多。2010年前后，矿上职工家属陆续搬下山，人少了，生意做不下去了，两口子就搬到银川，生意也搬到了银川。一直到2018年，儿子有家了，鲍大姐就想该享享清福了，生意才不做的。

到环卫站后，他们平时自己做饭，就吃这园子里种的菜。鲍大姐一边收拾着前两天收来的旧物件，一边絮叨着，这三四床旧被子都是葛大姐家的，这旧帆布箱子啥的都是从街道上收来的。"拾掇拾掇就能放到展馆里。"鲍大姐说，"今天打扫的是环卫站对面那栋楼，一早上光把二楼三楼打扫了，今天收的这点旧东西都是从这个三层楼里捡的。"

说起今后住在石炭井的打算，鲍大姐说，刚来只是这么想想，还谁都没告诉呢。"这边房子都是现成的，以后说不好会有个大的发展呢。"

鲍大姐收拾完，我跟着她走出环卫站，她手指着前方说："看到了没，挨着环卫站后面就是以前石炭井长途车站。"残破的门头上面果然有长途车站几个字，旁边还有招待所字样，字迹有些斑驳。长途车站现在成了工地，堆放着筑路材料。

"长途车站旁边的房子就是以前汽车站的家属房。我家以前住的就是像这样的房子，也是红砖平房，一家两间。"老长途车站跟前这条路就叫西山路，绕过去，就可以看到焦煤公司的文体中心、公寓楼，还有以前的矿职工食堂。

"这些房子可都是好房子，2016年才停用的，建好没几年，新新的。"鲍大姐指着矿文体中心和职工食堂说，旁边就是进二矿的路，从这条路上去就可以完整地看到二矿选煤楼。"选煤楼盖好没多久，矿上就停了，新新的，要是拍电影拍电视剧，拍出来肯定挺好看。"在这里才住了一个月，鲍大姐看到这些遗留下来的新旧建筑，已经有了影视画面感。

鲍大姐说："我就听说，今年（2021年）石炭井开始搞影视基地。要是能把影视基地弄起来，这个地方就能好起来。都说非搞影视才行，这个地方再干啥都带不起来。"鲍大姐提议我拍张照片，她说："你别看选煤楼这样看也就一般般，拍出照片来可有感觉了。"

我站在拦河坝上，让鲍大姐帮我拍了一张背景有选煤楼的照片。照片中，灰蓝色的选煤楼很特别，它方正的形状，把天空画出富有几何线条的美。

## 待客上门

2020年6月18日，我前往石炭井。这是我第一次以采访者的身份进入这片老矿区。

沿着新华街往下走，街边的房子多了起来。石炭井曾经的繁华地段——红光市场到了。这里一度是石炭井最具烟火气的地方，也是过去石炭井的地标建筑。街道很干净，街两边的房子看上去也齐整，只是门窗大都紧闭着，只有三岔路口的一家小卖店开着门，玻璃门上写着"出售新鲜蔬菜、粮油"几个大字。我正打算去那儿碰碰运气，看能不能找个人聊一聊，一个骑着电动三轮车的女人过来了。电动车上了坡，速度明显慢了。

"大姐，这是要去哪儿？"我冲她打了声招呼。

女人下了车，含糊地说了声，去前边儿。下车后，她似乎打算靠路边停下。女人上身深紫色碎花外套，下身是条黑色长裤，黝黑的脸上满是皱纹。她姓葛。她让我叫她老葛。

老葛走向一间临街的平房。这是间小小的门面房，位于石炭井街道居委会办公楼北边。说实话，如果不是巧遇老葛，我还以为这一片都是彻底闲置的房子——就跟这条街上的大多数房子一样。就连这房子门两边墙上用红颜料写着的电话号码，我也以为是以前的住户遗留下来的，很可能是空号。

老葛说："你问我为啥还在石炭井，我留下来是因为养着一百多只鸡。山下（指矿区安置区大武口锦林小区）倒是分了房子，房子在三楼，上来下去不够麻烦的。再说，这些鸡可咋养呢？我在这里的老房子是平房，有一个大院子。"

老葛说着打开门，现开着门现指着门左旁墙上写着的"活鸡"两个大字，还有后面跟着的电话号码，说："这是我老头的电话。"说着，扭过头来，看向门右旁，说，"这是我的电话。"门右侧的墙边上写着"专卖土鸡蛋新鲜面条"，后面跟着另一个电话号码。"俺老两口儿，他卖鸡，我卖土鸡蛋和新鲜面条、纯碱馒头，各有各的生意。"我以为是空号的电话号码，原来竟是老葛老两口儿的。说话间，我跟着老葛进了屋。

"我老头退休前在二矿供销科，一直在地面上上班。老头工资可不低，一个月三千多元呢。我在矿上后勤，退得早，工资低点。现在干这个，挣钱多少不说，主要是有个事儿干。"

老葛的说法引发了我的好奇，我问她："你把店开在这里，有生意吗？"

"有生意啊，没有我开它干啥？！"

"那都谁买啊，住在这儿的这些人买吗？"

老葛瞥了我一眼，面露不屑："卖给这里的几百口子人？咦！我指着光卖给他们，我得饿死，一天也卖不了一只鸡腿，卖不了一块鸡胸脯，都是外面来的人买。有时候，我也带到大武口去卖。一只大公鸡一百元钱，刚下蛋的小母鸡，一百元钱三只。我这鸡可好咧，吃的可都是玉米，不吃那些乱七八糟的饲料。"

老葛说着，转身把三轮车上放着的三纸板鸡蛋抱了进来。纸板上的鸡蛋有四种颜色,青的、白的,深、浅褐色的,杂放在一起。看上去,的确是自家土鸡下的蛋,颜色不一,大小也不一样。

小店进门左手边放着一张长条桌,桌上摆着电子秤,老葛把鸡蛋放在秤旁边。长条桌后头是一台老式的白洋铁皮做的轧面机。老葛一边小心地摆放着鸡蛋,一边说:"这是我家土鸡下的土鸡蛋。"说完,一扭脸,示意我看向屋子里面。"你看这屋子放的面粉垛子,是我前天才进的面粉。这门后柜子上有三桶油(2.5升装的玉米调和油)也是卖的。"五十斤一袋的面粉堆得近一人高,占了大半边墙。

"每天一盆子面,能蒸三大锅一百个馒头,五角钱一个。"老葛说着,走到面粉垛子边的小矮桌前,掀起了小矮桌上的面盆盖,一大盆发好的面,看上去稀软,粘在老式的秫秸秆做的盖子上,拉了好长的面丝。老葛让我看她发的面,说:"这是搁酵头发的面,现在的人愿意吃这种馒头。"

我问她,每天蒸这么多,能卖完吗?

"卖完卖不完每天不一定,有时候一天就卖几个,有时候,一个人来就全拿光了。听说今天要来五百口子人到这儿参观呢。"

我问老葛,这五百人是哪儿来的?

老葛说:"谁知道,说是银川哪个单位的,来这里搞啥参观活动。这个地方,要不就不来人,要来也就来这样的人,来看稀罕的。上午坐小火车来,下午再坐小火车走,来了四处看看,中午总得吃饭吧。街道一接到接待任务,我们就都知道了。"

不等我问,老葛说:"外面的人来不来的,我都是每天这个点过来,轧点面条,把馒头蒸上,赶中午就有人来买。"老葛接着说,"这以前不是我的店,店里这些东西都是人家的,原来啥样子现在还啥样子。前几年,我想想是哪一年,也就是2016年,矿上人全撤完了,在这片开店的一下子都搬走了,回老家的回老家,搬大武口的搬大武口。这个店的老板是安徽人,他回老家了,太远了,这些东西啥也带不走,就让我帮着看店,东西就给我留下了。这个轧面房临街,又在矿务局街中心,以前生意好得很。现在没啥人了,我就有当无地弄一弄,有两个生意就做两个,没有,天天来转转,就当锻炼身体。"

老葛说话嗓门大,口气有点冲,乍一听来,像是要抬杠或者吵架的架势,但这却是我熟悉的矿区女人说话的方式,直愣愣的。"山下有房子,为啥还住这里?不是给你说了我养着鸡呢,再说,这里花销少,没啥可花的钱,山上的消费要比山下少好多,住在这里,除了水电费,再就是冬天取暖麻烦,还需要烧煤炉外,再没有什么其他额外的费用。这儿倒更自在,可以养鸡,住得宽敞,夏天还凉快。"

老葛说着,嗓门越发大了起来。

老葛年近七十,老家是江苏宿迁的,1971年,十九岁的她来到石炭井。那年,老葛初中毕业后,一直在家务农,可是家里太穷肚子都填不饱。这时候,大姐来信说,石炭井好找工作。她想都没多想就来到石炭井,投奔大姐来了。那会儿,老葛的大姐是石炭井二矿的会计。老葛来了不久,很快就找上了活儿,到矿选煤楼拣煤矸石。不久,就有老乡给她介绍对象,就是后来成为她老伴儿的老刘。老刘老家是江苏扬州农村的。老葛老两口儿有一个儿子,还有一个闺女。现在,儿子在大武口,闺女在银川。

老葛的闺女是领养的。领养的过程,说起来挺简单也挺意外。当时，闺女的亲妈从平罗农村带着闺女来石炭井医院看病。讲到这儿，老葛反问我："你知道为啥要到石炭井医院来看病吗？那会儿，石炭井医院的医生都是外省大医院来的，医术高，在石嘴山这一带可有名了。"老葛说得没错，当年石炭井矿务局医院又称天津医院，20世纪60年代末，三线建设时期，由天津第四人民医院整建制迁到石炭井，直到80年代初期，原天津医院的医务人员才又迁回天津原籍。十多年时间里，天津医院的医护人员把国内比较先进的医疗技术和管理方式直接带到了石炭井这片山沟，使得当时矿区的医疗水平并不亚于城市医院。

那一年，闺女已经九岁，肚子里长了个大瘤子，听了他人推荐，专程到石炭井矿务局医院来做手术。有人给闺女的亲妈说，你得给你家闺女认个姓刘的人家，把闺女给人家，这样孩子手术才能做成功，才能养活下来。闺女的亲妈一路打听，打听到老葛家，知道老葛老汉姓刘，她家只有一个孩子。"就这样白捡了个闺女。"老葛说，孩子自从认到了她家以后，还真是手术挺成功的，之后，孩子确实再没生过啥大病，一直都挺健康。老葛讲的这段经历发生在1978年。

一晃过去了许多年，现在老葛的闺女在银川，早就成家了，过得挺好。

正说着，小店里进来两个男人，一个老头儿，一个年轻人。老头儿微胖，戴着晒得发黄的软塌走形的旧军帽，上身穿的也是同样发黄的旧军装，下身一条藏蓝色裤子，脚上是一双白色旅游鞋。他抄着手，靠在门后的柜子上，一声不吭。年轻人矮壮，穿着一件泛黄带绿边的T恤，一条绿色的长裤，脸上一直带着友好憨厚的笑。

老葛指着老头儿说:"这是我老头儿。"又指指年轻人说:"这是小管,邮政局的,2016年石炭井邮局的人都走了,就留了他一个人,还能发个信送个报纸啥的。"难怪,年轻人一进来,我就觉得他穿的这身衣服有点眼熟,原来是邮政制服。

小管是"80后",陕西人,部队复员后到石炭井,在这里工作有十年了,在今天石炭井常住人口中,小管算是为数不多的年轻人。

"我家闺女有时候也来山上看我们老两口儿,在这儿吃个饭就回去了。有时候也叫我们去他们那儿,我们吃个饭也就回来了,也待不住。矿上(指石炭井)现在尽是跟我差不多年纪的老人,也有个说话的。"老葛说着,向房后走去。

门面房的后面,是一方不大的小院子,院里支着一个铁炉子,炉子旁边是拳头大小的块煤,还有些破布碎、木柴。每天这个时候,就到了老两口儿蒸馒头的时间,老刘负责把炉子引着,老葛揉面上锅。

老葛说:"还是这儿待着自在,也有事儿干。还说不定哪天,这儿又被开发了,人又多了,生意不就来了?"说完,老葛指挥老刘收拾炉子,老两口儿开始忙活起来。

# 第三章　山水谣

## 山水谣

一

浑黄的河水闪着细碎的光芒，河岸上一抱粗的槐树，枝杈分割着天空和水波。河水近在身旁，仿佛手伸出窗外就可以摸到似的，虽说土路还隔着河滩，河滩上还有或稀或密的柳树、槐树、沙枣树，可是感觉上，黄河就在眼皮底下。

从青藏高原巴颜喀拉山源起，黄河自西向东，一路流经青海、四川、甘肃，从中卫黑山峡进入宁夏，由石嘴山市惠农区北农场拐出，流向内蒙古境内，在宁夏境内流域长三百九十七公里。

石嘴山市的面积为五千三百多平方公里，其中，贺兰山的面积为一千六百多平方公里。在贺兰山和黄河之间，遍布着大片看似荒凉却并不贫瘠的土地。

就在这样的土地上，煤矿办起了大大小小的农场。

北农场是原石嘴山矿务局一矿农场，和南农场、林场同属于宁煤集团亘元房地产公司农业开发中心惠农农场。我第一次知道北农场,还是从一条新闻里听说的,这里叫北极村,在石嘴山最北边,位于宁夏与内蒙古交界的地方,黄河就是从这里拐了个弯流出宁夏。令我颇感好奇的是,"北极村"这样一个令人充满想象的名字是怎么来的?从矿农场变成"村",又是怎么回事?

2023年3月10日一早,到达目的地,我才知道,"北极村"并不是北农场的正式名字,不过是由这里的一个名为北极村的小商店叫开的民间说法。这里仍是北农场,从20世纪60年代末到今天,从来没有变过。

石嘴山矿务局各厂矿的农场大多分布在黄河边,生产和生活用水都很便利,这也是后来在这里建立石嘴山市的主要原因之一。直到20世纪70年代末80年代初,石嘴山市中心才从这里迁到了大武口区。2004年,石嘴山区与惠农县合并改称为惠农区,石嘴山也就仅仅保留在城市名中。

初春时节,树木和大地浑然呈现在眼前,伸展至黄河流向的前方。河边的柳枝还未抽芽,却已泛出了柔软和隐约的绿意,粗壮的大柳树、老槐树面河而立,成为黄河边上几十年未变的风景。

土路的两边,树木稠密了起来,眼前出现了一块木牌子——四合木人工繁殖区。四合木是贺兰山地区独有的化石级别的古老灌木,我没想到在黄河边竟然有这样一个四合木繁殖基地。一路走过,让我感觉到,迎面而来的这片土地,一定藏着诸多未知和意外。

虽然天气预报第二天才是大风降温天气,但此时的黄河边,风已经大得令人不得不裹紧了外套,拉严实了领口。黄河边一米多高的渠坝下面，深褐色的河滩凹凸不平，像是一堆一堆冻硬了的烂泥，这是还未化尽的黄河冰凌。每到三九天，黄河整个河面都有冰凌，但北农场这一段最为壮观。最冷的时候，冰凌能堆积一米多高，一层层尖利的冰凌堆积成冰山，与河坝齐平，随着黄河水缓缓移动着。远远望去，河中间仿佛洲岛一样的突起，也是堆积未化的冰凌。渐渐回暖的天气，让成片的冰凌一点点融入河水，冬末春初的狂风，让冰凌由最初的洁白变成了土褐色。风刮尘落，掩盖了冰凌本来的晶莹剔透，就像岁月风尘中，这片土地上发生过的一样，一切都还在，一切却都变了样子，等待着人们的重新发现。

## 二

六十多年前，这里一刮风就啥也看不见，令人无法站立也无法行走，就在这样的天气里，黄河岸边突然热闹了起来。伴随着黄河冰凌哗啦啦的碰撞，全国各地的工业移民涌向这里，和他们一起到来的，还有他们的家属。

正是在这样一个春寒料峭的三月，黄河冰凌刚刚开始融化，李桂芳牵着三岁的大女儿，怀里抱着半岁多的二女儿，和一矿所有家属一起，拖家带口赶着架子车，从四十里之外的南农场，沿着黄河西岸一路来到北农场。到了北农场，李桂芳和众多家属们安顿好孩子，安顿好锅碗瓢盆这些简单的家什，就赶紧开荒种玉米，因为季节不等人，全场的老老少少都指着这片荒滩吃饭呢。那年秋收之前，北农场几百口人的口粮，是矿领导和场领导想办法从内蒙古乌海借来的。

八十岁的李桂芳至今说着一口山东话。"家属们都来了，可是没粮吃，只能买高价粮，可那时候不让买卖粮食。矿上就开始兴办农场，当时一矿组织家属们报名，把家属组织起来自食其力。"1969年底，李桂芳和一矿众多家属就是这样来到矿农场的。

从1970年到1982年，石嘴山一矿家属们用十二年时间，硬是把这片荒滩变成了良田、林场、养殖场。这十二年，可以说是北农场发展的最初阶段，也是北农场第一个黄金时代。当时，北农场人口最多时有三千多人，除了五个生产队，还有畜牧队、农技队、绿化队等，有四千多亩农田，还有羊圈、养鸡场、养猪场。

李桂芳当过多年北农场生产四队队长，是北农场家喻户晓的全国劳动模范。她至今保留着当年煤炭系统全国劳动模范奖章、全国三八红旗手奖章、石嘴山市人大代表证、自治区人大代表证。一进李桂芳家里，就可以看见小客厅的条桌上摆着红色对开的感谢信，那是2016年惠农区政府写给为当地作出贡献的老人们的感谢信，和这封大号的感谢信放在一起的，是自治区60大庆纪念品——一只刻有纪念款式的保温杯，还有建党百年纪念章。在这间廉租房里，这些代表着昔日荣誉成就的物品成了室内最醒目、最突出的装饰。

1965年夏天，李桂芳跟着男人从山东泰安来到宁夏，那时，男人已经在矿上工作了六年。"没出过远门，心野，光听说过北京天安门可没见过，就以为出了门就能看到北京天安门。我娘就我一个孩子，我自己愿意，我娘也不管我。"李桂芳到石嘴山时，男人住在一矿一号井旁的窑洞，这片砖窑洞就是当年一矿矿工们的单身宿舍。"哪见过？这是啥房子，就后面有个小窗子，不透气，我在他姐家住了几天，后来，找了个窑洞，我们就结婚住了进去。刚开始那些年，我娘老接济我，我生孩子时，都是家里给邮吃的，大包大包地邮挂面、邮花生红枣。"

1969年，全国掀起农业学大寨热潮，国家提倡企业办农场，这时候，南农场和北农场正式成为矿农场（在此之前，这里是矿区右派分子劳动改造的地方）。1969年年底，李桂芳去了南农场，没几个月，她就当了队长。整个南农场家属工里属她文化程度高，她是农场唯一一个初中毕业生。

1970年3月，在南农场种下麦子后，李桂芳和所有一矿家属一起去了北农场。那一年，原属矿务局管辖的矿农场分解到了各矿，南农场成了二矿农场，北农场成了一矿农场，作为一矿家属的李桂芳自然归到了北农场。

问及农场什么活儿最苦，李桂芳想都不想就说，农场哪个活儿都苦，没有不苦的。过去北农场全是沙丘，李桂芳和所有一矿家属去了后，第一件事就是平沙丘，硬是用土埂子把沙地围起来，像梯田似的，以便于浇水。修渠也是个重体力活儿。在李桂芳到北农场之前，北农场的西边已经有了矿务局的坑木林场，并修建了一级提水。当年井下支护用的是木头，为了保证矿井生产用材跟得上，石嘴山一、二矿在建矿的同时，就在河滩地上开出了一片坑木林。虽说离黄河水这么近，但在北农场修渠并不容易，每年都要清淤。一是黄河水里的泥沙每年都会沉淀，渠就垫高起来，二是冬春刮大风，沙尘把渠都填上了，所以，年年得挖渠才能通水。到了北农场后，家属们就开始修建二级渠、三级渠。

李桂芳说："最累的活儿就是挖大渠、开荒，可是，只有开的荒多，种的地多，打的粮才多，生产队的收入才高。我们四队当年就开了五百多亩地，这五百亩地全是从沙丘开出来的，当时周边只有些沙枣树。就这样，我们这些家属孩子到了农场就能吃饱了，虽说吃的都是粗粮。"

农场的家属们被称为家属工，她们每天在田间地头的劳作，是按上工的时间算工分的。按照规定，农场的家属工一个月要上够二十六天，定的工分是六分八分十分，男的十分，女的八分，干得不好的就六分。规定是这样，可是，农场的家属们月月都是满工，一天也不休息，因为活儿在那儿等着呢。即使不休息，出工不出力，生产任务完不成也得扣粮。李桂芳说，想少干也不行，不管是修渠、平地，还是拉粪，一天干多少都是规定好的。在北农场，家属们头一年主要是种玉米，后来因为没油吃还种过胡麻。种上胡麻后，一家一个月才能分一斤油。北农场的地里种过玉米种过高粱，当年啥产量高种啥，玉米一亩最少能收五六百斤，麦子最多能收二百斤。1975年以后，农场才种了麦子，农场的家属孩子这才有了白面吃，每个月每个人分八斤十斤，虽说并不多，但是相比前几年，农场的日子已经算是好过多了。农场也种菜，各队都有菜地，也就十亩八亩，白菜南瓜啥都种，够农场户们吃的。当年，农场还种过西瓜香瓜，种下后，白天黑夜得有人看，收了要到市里卖。四队当时有三辆毛驴车，早上赶上车到市里到石嘴山钢厂卖，三车西瓜卖一天，晚上才回来。

李桂芳带领四队开的地在当时是整个北农场最多的，产量也是最高的，虽然苦是苦了点，但是一到年底，四队分的粮食也最多。因为能干、敢管、会管，1978年，李桂芳被评为煤炭系统全国劳动模范，1979年被评为全国三八红旗手。两年间，她去了三趟北京。当年离开山东老家要到北京看天安门的愿望终于实现了，两年看了三回，还受到了中央领导的接见。在当时，这是无上的荣光，直到今天，这仍是北农场的骄傲，时常为农场的老人和后代们提及。就在李桂芳当选全国劳动模范的那一年，北农场被选为全国煤炭系统农场的十面红旗之一，奖励了一台东方红牌拖拉机，之后，全国煤炭系统的农场纷纷来这里参观学习。

那是北农场最红火的时代，也是李桂芳至今难忘的闪光的日子。

春天修渠播种，夏天灌水除草，秋天收割扬场，到冬天，农场各生产队都得到市里拉粪积肥，农场一年四季都闲不下来。从北农场到市里三十来里地，冬天下着雪，刮着白毛风，李桂芳带着四队的家属们拉着队里的胶轮架子车去拉粪。"1971年大年初一，我带着四队八个人，从农场上市里拉粪，一天要拉四十车粪，不是架子车，是大汽车拉粪，八辆车，一天拉五趟，总共四十车。你想想得一锹锹往车上装，还得一锹锹往地里卸。农场那时候没有化肥，全用的是农家肥。当时各单位（矿务局各厂矿）都有农场，农家肥哪儿来的？就是各单位的厕所，还有垃圾堆上倒的屎尿炉灰，都拉到农场去当肥料。"李桂芳边说边摇头，"累死人了。我从小在泰安城里长大，从来没有干过农活儿，谁想到跑到这儿，干这么累的活儿。"

虽说后悔，李桂芳还是留了下来，因为户口难迁。她在老家的城镇户口已经被注销了，她只能在农场上了农业户，上了农业户她就是农场的人了。此时，她在这里有了孩子有了家，有了土地有了粮食，最重要的是，有了荣誉。"当时我们四队粮食打得多，分红多，到年底分粮，我那个队是最高的。每到年终，每个职工都能分到千儿八百元钱,在当时,真算不少了。后来,我一到矿上开会或者汇报工作,领导就都找我,要把他们家亲戚朋友塞到我队里。矿上都知道,除了分红高,我队里老有招工机会。我也公正,要招工,你必须在我队里表现好,劳动好工作好,来了指标,我就能让你走;要是又懒又调皮不好好干的,来了指标我也不让你走,等下一批。当时,北农场的招工指标都是给一矿井下招工。一看工资高,能多挣点,矿上这些待业青年都愿意来。这些来到队上的小伙子,后来陆续都招上工了。"

除了几乎满负荷的田间劳动,家属们和自家男人都过着牛郎织女般的生活。男人在矿上住单身宿舍,一周休息一天才能回农场,有自行车骑着来回算是条件好的。李桂芳家有一辆永久牌自行车,都是男人骑。她要进市区,就得抱着孩子走到石嘴山钢厂,坐班车到市里。20世纪80年代初,从北农场到市里才通了公交车。

通公交车不久,国家出台了新政策,要求企业与农业分家,不允许企业办农业。当年,矿区建设是先生产后生活,为了吃饱肚子,没有办法的办法就是让企业办农场,自力更生解决吃饭问题。现在,随着国家发展进入正轨,政策也随之发生了变化,所有的矿(厂)办农场要跟企业彻底脱钩。对于矿务局及各矿来说,这就意味着,煤矿可以再也不用管农场了。李桂芳说,那一年开始实行农转非政策,矿农场所有的农业户陆续转成了城镇户,农场的家属工们从此有了国家定量的粮油补助,能吃上商品粮,再也不用在农场的土地上给自己种口粮了。

农转非之前,是矿农场家属子弟最多的时候,也是开垦荒地最多的时候。当时在农场,只有场长和每个队上有一个矿职工,其他全是家属，全都不是正式工。农转非之后，家属和子弟们回到市区矿上。家属们干什么的都有，有的进了街道，有的进了矿上的三产、服务公司、矿办厂等。矿农场子弟，男的多数招工到一矿当了矿工，女的跟家属们一起进了三产。

矿农场一下子空了下来。李桂芳作为农场的副场长，又在场里待了两年。当时还有个政策，矿农场可以按照国家相关政策，将农场彻底交出去，身份就像农垦系统各农场一样，变成国有农场，农场的家属工们就有可能成为国有农场的工人。但是，当时矿务局领导不同意，这事儿也就搁下了。不让企业办农业了，但矿农场实际上依然存在，只是没人了。两年后，李桂芳从北农场到了一矿服务公司，领着待业青年办了钢管厂。办厂四五年之后，矿务局领导考虑到北农场还需要懂行的人去管理，就又让李桂芳回到了北农场。就这样，20世纪90年代初，李桂芳又回到了北农场。此时，农场还延续着计划经济时代的管理模式，只不过生产队里参与劳动的，不再是跟矿区有关系的家属和子弟，绝大多数是从社会上招来的闲散人员和从南部山区招的年轻小伙子。虽然同在这块土地上劳作，但是身份归属和认同感，已经和过去完全不一样了。

1996年，北农场打算推行土地承包制，换了一批新的场领导，这一年，李桂芳彻底离开了北农场。

李桂芳回了家，又成了啥也不是的矿家属。直到2009年，自治区十号文件出台，李桂芳和绝大多数矿家属一样，花了一万多元钱办了社保，从那以后才领到了退休金。

2006年，离开北农场刚十年，李桂芳老伴儿就去世了。她说，退休以前，他一直在一矿机电科。李桂芳当上全国劳动模范后，工作太忙，会也多，每次出去开会学习来回得一个月，孩子吃不上饭，20世纪70年代末，他就调到了农场。再后来，李桂芳专门把老妈从老家接来，在市区帮着带孩子，那时候，孩子们已经上初中，而农场只有小学。

刚到南农场时，李桂芳才二十多岁，从没见过这么多地，更没种过地，刚去就挖渠，两米深的渠，泥是黏泥，非得蘸着水挖，不然粘在锹头上甩也甩不出去。初到南农场的那些天，累得李桂芳天天晚上哭鼻子。"俺的娘啊，跑到这儿活受罪来了，从来没干过这样的活儿。再年轻，也是人啊，两个膀子累得生疼，回到家还没烧的，还得出去拾柴火。那时候刚去，农场哪儿有煤？黄河滩上随处能捡到枯草枯树枝，捡来烧炉子烧炕。后来，到了70年代末，一家才算分到了几吨煤。"李桂芳说。

离开北农场多年，李桂芳只回去过一次。她记不清是哪一年了，还是二女儿开着车带她去的。李桂芳说："那时候有些地都撂荒了，可惜了的。80年代我当石嘴山市人大代表时就提议过，北农场特别适合建生态园区。北农场原来那些地多好啊，再刮风都刮不走这些地。我到现在还想，惠农区没有好的旅游景点，现在去北农场的路也修好了，要发展生态旅游有很好的基础，这样，过去的黄河码头也可以利用起来。多好的地方啊。"提及北农场，李桂芳一连说了好几个"多好的地方"。

李桂芳说："我这个人性格太要强，不愿意落到人后头。种上麦子，人家拿镰你就得拿镰，必须得干，还用学吗？你割手了，别人能看得起你吗？一开始，我一天能割二亩地，割完这二亩地，腰都直不起来了，就这样，我割麦子不落小伙子。既然来了，既然当了领导，我就得干出个样儿。你不在里头干，怎么管人？人家当队长的光安顿干活儿，走走看看，我得动手干，一天挖多少地，一天锄多少地，我得心里清楚了，才能给人下指标分派活儿，这样才能管住人。不吃这个苦，地里的庄稼怎么长？"

直到今天，提起当年的李桂芳，赵秀兰都直点头："李桂芳认真，一认真可不就得罪人嘛。为了平地修渠，为了这些活儿的分配，为了记工分，李桂芳得罪了多少人，农场好些老婆子小媳妇骂李桂芳，贴她的大字报，为啥？谁愿意干啊，多累啊，都不想干活又想拿工分。骂她的，贴她大字报的都是队里不愿干活的懒女人。可是你是家属我们也是家属，你吃粮我们也吃粮，都像你这样地上长啥去？下地净偷懒还想多分粮，哪有这么美的事儿？"

今年八十一岁的赵秀兰曾经是四队副队长，李桂芳的老搭档。"李桂芳当上全国劳动模范后，调到场部当副场长以后，队里生产就是我负责我记分。当时我家三个孩子都还小，你想想那日子怎么过的？农场里干活的家属，男的都是井下工，孩子在这头就没爹，在那头就没娘，要不，我们农场的孩子几乎没出过大学生，哪有人管孩子，都顾不上。每天早上五六点就下地了，中午十二点回来现做饭，孩子在农场就这么吊吊搭搭上的学。"

赵秀兰是河北沧州人。1969年底，赵秀兰跟李桂芳一起到了南农场，1970年，她们又一起到了北农场。"一开始都住土房，一下雨就漏。有一天晚上我睡着了，一醒来吓了一大跳，我脑袋上站着这么大一只大老鼠。"赵秀兰连说带比画。当时的北农场到处都是沙子地，走不了几步，鞋里全是沙子。"一到夏天，蚊子多得能把人吃了。"当时在农场老刮风，一刮风，赵秀兰就喊快蹲下。一刮风人就走不动了，蹲下等半个小时，等风过去差点起不来,一身的沙子快把人压倒了,起来先抖沙子。后来,四队就在田四周种树,树不好种,一锹挖下去,沙子下面全是石头,挖个坑都费劲。

"现在能看到的树,四队田边还有河滩上都是我们当年种的。"赵秀兰高声大嗓地说着。她说话利落清晰、声音高亢,我能想象得到,年轻时,她一定是一个泼辣利索、敢说敢做的女人。"别提了,李桂芳从北京回来没多长时间就去场部当了副场长,队里的事儿就全成了我的活儿,天天起五更睡半夜。"说到这儿,赵秀兰停了一会儿,才说,"我们农场,也不说谁不好,可是我们这些人干了那么多年,到最后谁也没有转正。后来有个机会,所有的矿农场都有可能转成国有农场,可当时矿务局领导不同意转,还说我们北农场只要收入二百万斤粮食就可以转,实际上,我们麦子玉米长得可好了,产量早就超过了,可到最后就是没能转成国有农场。"1982年,赵秀兰离开北农场回了家,1986年,到了市制箱厂,一直干到2000年厂子倒闭。"到厂子倒闭,我还是临时工。"和李桂芳一样,赵秀兰和杨翠英都是后来依照自治区十号文件缴了养老保险,才拿到了退休金。

和赵秀兰同住一个小区的杨翠英也是当年北农场四队的家属工,她是1976年来到石嘴山的。她到北农场时,沙地已经变成了熟地。1980年,男人在矿上上满十年班,杨翠英作为家属优先转了城市户,因此比别人早两年离开了农场。

杨翠英说,在农场,上工就吹哨子,一吹哨子就得赶紧集合到地里干活,有的家里孩子多,做饭吃饭都来不及,一听哨子响了,端着饭碗去集合。李桂芳是队长,她就是吹上工哨子的人。离开了农场后,杨翠英到了一矿服务中心卫生队,打扫了十几年卫生，一个月开几十元钱，直到1995年。

这就是三位家属工在北农场的经历，也是当年绝大多数矿家属们的经历。

当问及北农场当年有多少知青时，赵秀兰想都没想，说："那会儿哪儿有知青啊，当时在农场干活出苦力的，都是像俺们这样从老家来的家属。"杨翠英说："有，咋没有？我在的时候，我记得四队就有四个，就是矿上子弟，中学毕业了没工作，到农场先干活，等着机会招工到矿上，这些小青年就是农场知青。"杨翠英这样一说，赵秀兰才想起来："是有这么四个人，都是一矿的，都是城市户口，怕是这四个人现在也都当爷爷奶奶了。这四个人叫张凤芝、顾占文、王娇，还有一个叫啥我想不起来了。"赵秀兰停了一下，又说："他们也没待多长时间啊，也没干啥。这些年轻人，父母都是一矿职工，到了该工作的时候，没招工机会就先到北农场，到农场待了一两年，很快招工就走了。农场的活儿主要还是我们这些家属工干的，这些知青才多少人啊，才待了多长时间？"

说起当年北农场的知青，李桂芳记得还清楚些，她说，当时，四队前前后后总共来过十几名知青，这些知青到农场的时间主要是70年代中期那三四年时间。这些知青的生产劳动由各生产队管，北农场专门有个知青队，负责管理所有的知青。有一点，李桂芳和赵秀兰、杨翠英的记忆一致，那就是这些知青全部都是当时一矿子弟，因为一时没办法解决工作，先到农场劳动，等待招工和征兵的机会。李桂芳记得北农场有一位知青被保送到北京某大学当了工农兵大学生。1978年，她当选全国劳动模范去北京开会时，还代表北农场，专门去看望这名知青。

## 三

北农场的老场部是一个四合院，院门是对开的铁栅栏门，门口西侧的砖墙上挂着两块牌子：惠农区爱国主义教育基地、石嘴山市历史建筑，门头上是"知青纪念馆"五个大字。简介上写着："石嘴山惠农区北农场为70年代的一个知青生活点，前身为石嘴山矿务局林场，始建于1960年，由矿务局属各单位经营。场内布局及设施基本保留了当时的生活场景。"

大门两侧，当年场部会议室的两间红砖平房是两个展示馆，分别陈列着当年的旧物。院西南是纪念馆一馆，陈列着当年北农场人捐赠的日记书籍、农具和一些农场宣传队的乐器旗子等物品。东侧这间是二馆，里面陈列着一些当年场里的用具，电影放映机、收音机、电话机和锅灶之类的生活物件。两个展馆陈设简单，陈列品也不多。展馆里散发出陈味，夹杂着灰尘，不由令人感慨，岁月风尘中，过去鲜活的生活已经渐行渐远。

老场部改建成了知青纪念馆，加上牌子上的简介，似乎在传递和强化着这样一个信息：当年建设这片土地的主要力量是广大知识青年。然而，在采访中，我听到的看到的，却是这样一种事实，那就是，这块土地最初的拓荒者最广大的耕作者，是矿工家属，那些当年的农业户，没有留下名和姓的女人们，她们才是这片土地最不畏艰难、最有力量的创造者。她，她们，还有曾经发生在这片土地上的故事，正在消隐于时间背面，日渐模糊。令我感慨的是，不管是今天还是以后，漠视她们淡忘她们，只会让北农场的历史变得不完整不真切，让矿区的建设历史变得含糊。

知青纪念馆平时并不对外开放，但有专人看管，看管这里的人叫王彪。王彪说，2007年，北农场老场部作为历史建筑被保护起来，他在这儿有二十年了，展馆没开就在这儿。建成知青纪念馆有十五六年了，那时一起建设的还有高空拓展设施。金能公司还没有分流停产，职工年年来这里搞团建。

王彪是北农场子弟，是在这里长大的。他父亲是一矿职工，母亲是1965年来矿上的，到这来没户口就报了农业户。当时，只有城镇户有供应粮，农业户必须得到农场劳动挣口粮。王彪的母亲就在北农场干活儿，他们兄弟几个年龄小，就被托放在北农场托儿所。王彪说，1982年农转非后，原来有着几千人口的北农场，一下子走空了。那时候，北农场归到了一矿服务公司，当时又组织了几个生产队，生产队的人都是从外面招来的。现在还在农场的，有几户是当年矿工子弟招了工不愿意干又回来的，比如，唐家哥五个，现在是农场的老住户，没有比他家更早的。剩下的都是后来自己来的。那时的农场没有人，需要人，这些外来户给北农场生产队干活，就此扎了下来。

农转非时，王彪十六岁，他们全家回到一矿，他就是那年参加工作的。在一矿下了五年井，王彪调到一矿服务公司开车，算是跟北农场一个单位。1995年，车队解散后，矿上分流职工，王彪分到北农场。王彪说，当时他没有回来上班，出去跑了五年车。2000年，他又回到北农场，管理农场的机电泵房，一直到现在。

关于北农场，展馆门前简介以及矿志上是这样写的：

"国能集团宁煤公司北农场地处石嘴山市惠农区宁蒙交界处，占地面积六千八百亩，耕地面积三千六百亩。1960年11月，矿务局在河滨区跑马崖垦荒三千余亩，成立北农场，将地按片划分给局属各单位经营。1970年，北农场划归一矿经营。当时农场设有生产组、财务组、政工组、后勤组、保卫组，有两个职工连，四个生产队。从1974年到1977年，全场平整垦荒土地三千四百亩，1978年全场发展到两千多人，其中，职工一百八十三人，下乡知青二百七十五人，工副业厂队七百五十人，农业户劳动力八百四十人，粮食产量最多时达到一百七十万斤。1973年到1976年，原石嘴山矿务局应届初高中毕业生纷纷来到北农场上山下乡，农场的开垦和建设，安置了大批知识青年，安排了农业户家属的劳动，解决了职工的后顾之忧和职工家属的吃饭问题，稳定了职工队伍，维护了社会安定。1982年按照国家政策，职工家属分期分批转为城镇户口，到1986年农转非基本完成。此后，农场劳动力锐减，从事农业生产的劳动力仅一百六十七人。1990年，全局农场耕地六千三百九十八亩，其中一矿北农场三千四百八十二亩，二矿南农场两千一百八十二亩，三矿农场一百零八亩（场址在大武口区），化工厂农场一百零八亩。"

这就是北农场简单却又起伏的历史。

随着20世纪80年代初期农转非政策的实施，矿农场固若金汤般的小世界被彻底打破。之后，有关北农场农田亩数的变化，有关耕种人口的多少，出现了诸多不确定和一时难以考证的变数和说法。

由计划经济转向市场经济，从国家统配到自谋生路，从大力发展三产到煤矿破产，从20世纪90年代至今，煤炭企业经历着历史上最为剧烈的转型变化，宁夏煤业经历数次变革改制重组。进入21世纪以后，位于石嘴山辖区的大部分煤矿关井停产，职工陆续分流至宁东新矿区。在这期间，作为煤矿大后方的矿农场，在经济变革的洗刷下，不得不改变着。

虽说国家政策早就要求农业要和工业彻底分离，但是，矿农场依然跟煤业粘连着。随着宁夏煤业的快速变化发展，矿农场像是被遗忘却又无法彻底割舍的累赘和包袱，甩没能甩出去，但是用，又没有去用，处于一种可以想见的尴尬境地。北农场作为最早的矿农场之一，地仍是那块地，庄稼果树林木长了一茬又一茬，可是人来了走了，又来了又走了，一拨又一拨，人与土地的关系再也没有像当年矿家属们跟这片土地那样休戚相关，荣辱与共。

采访中，就像是寻找散落于各处的零碎拼图一样，我在老农场户的只言片语中，在新老承包户的诉求中，在新来的开发商口中，试图将近年来，这块土地的经历一块一块费劲地拼接起来。

## 四

整个惠农农场现有六名宁煤职工，负责北农场的有两名职工。除了王彪，还有一个师傅姓朱，他们俩工作内容一样，负责北农场公属建筑的看护和管理，包括北京公司承包的近三千亩北农场的土地。虽然外包了，但是管理权还属于宁煤。

王彪说，整个北农场现有土地总共三千多亩，除了大渠周边还有些常住户，周边土地的使用权还归这些常住户外，北农场绝大部分地从去年起都由北京公司承包使用了。矿上跟北农场的常住户（也就是20世纪80年代开始来的外来户）签订用地合同是在21世纪初，土地使用权三十年，到2029年才终止。这些人所经营的这几百亩土地，只给农场交水费。"这二十来户常住户，是我们服务的主要对象。"王彪说。

北农场现有的常住户虽说才二十来户，但是身份并不相同，有七户仍是农业户，户口属于惠农；还有七户是长期户，属于当年农转非的农场家属；剩下的就是户口属地不在石嘴山，既不是农场的原住户，也不是矿上的职工家属，但是在这里种地十几二十几年了，他们在北农场耕种有主粮地，多的有三十来亩，少的十来亩的，这些地主要种玉米种蔬菜，基本上能达到自给自足。

王彪说："国家有规定，对于像北农场这样的耕地不能撂荒。宁煤把北农场这块地包给北京公司，相当于在现有的条件下，把这片土地最大化地利用起来。北京公司要搞开发建设，专门有一些建设用地，以前北农场和矿上的三产用地，养猪场啊，活性炭厂，这些场房都烂了，这部分建设用地可以用作开发，别的地方，比如占用农田用地是不行的。现在整个北农场仍然由黄河取水，规定的供水总量是五百多万方，这些水主要用于我们现在管理的这二十多户农户，因为他们的田全在渠周围，能浇上。说实在的，真正面临用水难题的是北京公司。所以，它们以后陆续要上滴灌，要在这里做的也是节水绿色循环农业。"

开发北农场的是北京首食王得农业经济开发公司，这家公司的项目负责人吕志福告诉我，2022年4月，公司进驻北农场，按照规划，未来要把这里建成绿色低碳产业园区。从2022年开始，这片被重新规划的土地种上了油沙豆，这是一种提炼植物油的经济作物。去年种了350亩油沙豆，试行了一年，收获很好，当年收获的油沙豆都由中粮收购，用于调和油的配制。今年他们计划扩大面积，场部后面这一千三百多亩地全部种上油沙豆。

吕志福说，这里最有优势的地方，在于整体保存得比较好，再就是它的红色文化传承。这些特殊的历史历程，就是这块土地最有特色和价值的，而最难做的也是这一块。他说，能花钱办的事都好办，有些事情是花钱办不来的。在公司对北农场的未来规划中，有一块是修旧如旧，把这里打造成一个知青劳动的地方，要跟过去差不多，还可能拿出一块地来，让人们体验一下当时知青们在这里干的什么活儿。紧接着他又说，目前这也只是计划，时间长，投资大，不是一下两下能弄完的，可能随着一些政策的变化会有变化。

得知北农场的未来规划设想，我再一次想起李桂芳所说的她对北农场的希望，希望未来这里是一片生态园。也许这是所有曾付出过劳动过，流过汗水和眼泪的北农场前辈和后代们，对于这片土地未来的期许。

对于石嘴山，对于贺兰山和黄河之间的这片土地，人们历来熟知它的煤，熟知昔日的煤矿，但很多人并不知道，在煤田之上，曾经是大片的戈壁，是连绵荒地。

人们更不知道，就在这天无飞鸟地无片草的荒滩上，就是她们，当年这些为生活所迫，同时对矿区生活充满期待的矿工家属，开出片片农田果园，播种下层层色彩和风景，给荒凉枯燥的煤矿带来了活力。更多的人并不知道，在这片依山傍河的滩地上，曾经有过那么多吃苦耐劳的女人，曾经有过那么多勤劳能干的矿工家属，她们和每天在井下挖煤不止的煤矿工人一起，让这片曾经一无所有的荒芜之地，有了粮食，有了生活，有了街巷，有了车水马龙，进而，有了一切。过去，条件那么艰苦，可是她们，这些普普通通的家属，让这片土地有了绿色，有了生机，在这里留下了令人惊异的足迹。

离开北农场的那天是 3 月 12 日，植树节，正是大地播绿的时候。看着大地上忙碌的人们，不管他们有着什么样的身份，我都愿意相信，总有一天，北农场，这片背靠贺兰山面向黄河水的天赐之地，这片近水楼台的黄河滩地，会谱写出贺兰山下果园成的新篇目，唱出新的山水谣。

## 绿色奇迹

有一个叫庙庙湖的地方，仅用十年时间，便由一片不毛之地变成了生态旅游景点。

这个变化，跟一个叫王恒兴的老爷子有关。

庙庙湖位于平罗县陶乐镇以北十五公里处，紧挨着内蒙古鄂托克旗，南北临毛乌素沙漠。2017 年，庙庙湖获批建设国家级沙漠公园，国家休闲农业与乡村旅游五星级示范园区。今天，这里已经是国家 AAA 级旅游景区，成为在全国有一定影响力的沙漠生态旅游区，被媒体称作沙漠绿洲、沙海奇观。

决定到庙庙湖沙地去植绿的时候，王恒兴已经是一个七十岁的老人。人们常说，七十而从心所欲不逾矩，对于绝大多数老人来说，这都是应该安度晚年的时候，而沙漠里植树，是往沙漠里不停"烧钱"的事情，更是一件自讨苦吃的事情。王恒兴老人为什么放着安闲舒适的富足生活不去享受，而非要花钱找罪受呢？一个有着两亿元资产的煤老板，为什么要把钱扔进沙漠里？更令我好奇的是，一个在煤业挣了大钱的人，做出这番不可思议的举动,他到底是一个什么样的人?

王恒兴曾是石炭井矿务局一矿农场的场长,改革开放初期下海经商,建立了宁夏最大的个体洗煤企业,成为远近闻名的煤老板。人到七十,突发奇想,从煤业转向沙漠植绿,在我看来,这中间的巨大反转,一定有着一言难尽的历程。而其中的故事,也许只有见到王恒兴本人,亲耳听了他的讲述,才可能知道。

一

2021年3月3日一早,王总和老伴儿驱车到大武口星海湖宾馆来接我。开车的是王总的外孙小刘。初见王总,我觉得他并没有实际年龄那么显老。

"王总,您现在还常去庙庙湖吗?"一上车,我就问王恒兴老人。

王恒兴未吱声。王恒兴老伴儿说:"冬天不去,没活儿,等天暖和了才去。"

"爷爷,你把耳机戴上。"小刘提醒说。

这时候,王总老伴儿说,他听不到,耳朵不好使,大夫说是在沙漠里待的时间太长了,沙子吹到耳朵里了,把耳朵给糊住了,就跟水泥一样。北京的大夫说,聋就聋着,不能清,清不好再把命给要了。发现耳朵这样有五六年了。王总老伴儿又说,他今年八十六了,这两天他的腿疼病刚好点,原本打算再过几天去庙庙湖,可是接到要采访他的电话以后,他就在家坐不住了。

王总老伴儿说:"现在谁来庙庙湖一看,谁都说这个地方好得很,刚一开始,谁说好?现在旁边紧挨着内蒙古鄂托克旗那个地方啥样,以前庙庙湖就是个啥样。可当初他就看准这个地方了。刚进去，啥都没有，全都是大沙丘，陶乐人都说，这个王老傻子有两个钱烧的，拿着钱往沙子里面砸。"

一提起十几年前，初进庙庙湖沙地时的情景，王总老伴儿的话头就刹不住了："当初他要干，我反对，他不听，儿女也反对，都说这么大岁数了，下苦下了一辈子，该享享福了，买个好车，配个好司机，四处走走玩玩。他说不，他不爱那个，就看上这片沙地了。"

"你看这个地方好吗？刚来他就问我。我说实话，地方是个好地方，但是我干不了了，大半辈子苦也受够了。当时我就说你想干你干去，我是没精力了，我腿疼得爬沙坡半天爬不上去。"王总老伴儿边说边伸出手让我看，她右手的五个指关节全部变形，骨节凸显，手指弯曲。她说："我的腿也是这样子，年轻时就是严重的风湿关节炎，最厉害时腿疼得床都下不了，还是他领着我到处看病，要不是他，我可能早就完了。可当时我是真的干不动了，他咋说？你支持我才干呢。我原想着他干干也就算了，没想到他信心大得很。"

"你以为他是咋干出来的？头一年，我们一家人开着四驱奔驰车，一进去车就陷到沙地里。没办法，他就用推土机推干沙子，把沙丘推平。我们刚去的时候，买个像手指头这么粗的树苗，头天栽下，夜里风一来，第二天再一看，哪有树苗子，全埋到沙子里了。再用手往出刨，刨出来扶着再栽上。结果，头两年的钱全都投到沙子里了，手里的钱都花光了，有段时间我们老两口连生活费都没有。庙庙湖跟前的人谁一说，都说是你王恒兴有两个钱烧得，不会享福，跑到沙漠里，脑子有毛病呢。"

车往前开着，王总老伴儿的话里有抱怨，有牢骚，有感慨。

我从这些话里，听出种种艰难和不易，却也听出了坦然、赞叹和欣赏。

"我们到这里十五年了，全是自己拿钱买树苗，买就买小的，因为便宜。现在那些个小树苗都长大了，每棵树底下都有这么粗的管子（以食指比画），现在还有，一天要浇好几遍水呢。"王总老伴儿说。

现说着话，就到了陶乐镇街头，车停在一家小超市门口。王总说，在这里买点菜，刚开春，庙庙湖那边还啥都没有呢。外孙小刘陪王总去买菜。

小刘挽着爷爷往路边小店慢慢挪步时，我才真切感受到，眼前这个传奇般的老人，已经是一个行走蹒跚充满老态的耄耋老者。奇怪的是，当我听当地人介绍这位老人的经历时，我脑子里闪现出的并不是眼前这个年龄的老人该有的老态，我一直以为，能在沙漠里一待十几年，把一片沙漠变成绿地的，能在沙地上播种这样的奇迹的，一定是一个精力旺盛钢铁般的强壮人物。而眼前的王总，完全打破了我对他的主观想象和第一印象。在时间和衰老面前，所有的人都是一样的，王恒兴也像其他这个年纪的老人一样，无可避免地迎来了他的衰老和病痛。这也让我更觉得不可思议，就是这样一个跟别的老人一样的老头儿，却干了这样一件令人赞叹不已的大事。

我推开车门，想和小刘一起去搀扶王总，王总老伴儿拉住了我，说让你就在车上坐着，不用下去。我不知道是跟我客气，还是为了不让王总感到没面子。

王总老伴儿说，刚过去的这个冬天，王总一直躺在床上动不了，腿疼得受不住，这两天刚能下地走一走。他的病腿跟他的耳朵一样，都是这些年在沙漠里落下的毛病。"夏天庙庙湖可好了，花也开了，果子都结了，谁来谁说好。我们庙庙湖院门口就是他栽下的第一批树。现在，来的人谁一看都说他了不起。可谁能想到，当初这一大片全是荒地。"

正说着，王总和小刘买好了菜从小店出来。在小刘的搀扶下，王总极其缓慢地坐上了副驾驶的位置，就像刚才下车时一样，动作显得有点吃力。我猛然意识到这个八十六岁的老人，可能背负着我所不知道甚至不能想象的生活分量和人生故事。

一个小时后，进入了庙庙湖村。

一直没怎么开口的王总转过身子说："当时就没有这个村子，庙庙湖村是2013年建起的生态移民村。"说着，老人笑了，脸上的表情显出一些兴奋。

当初，如果没有王恒兴在这里植绿多年，移民村的建立会不会再晚些呢？我正想问王总，王总老伴儿说话了："以前没开发，没人知道这里还能住人，他开发以后，大家才发现这地方可以住人，前几年，政府从西吉移来一千多户生态移民。这条柏油路修了有四五年，是政府为移民村修的，以前就是一条沙沟。现在我们用的劳动力主要是庙庙湖移民村的，离家近。"王总接着老伴儿的话开了腔："这几年，树都种起来了，就不刮沙子了，每年春天，在庙庙湖就业的超过一百人，在这里搞养殖，喂牛喂羊的，都是庙庙湖生态村的移民。"

说话间，就到了景点大门。

"这纯粹是在沙地上建起的一个景点。他对庙庙湖太熟悉了。咋能不熟悉？他以前挣下的每一分钱都甩到这个地方了。"王总老伴儿像是在自言自语。

车开进庙庙湖景区，迎面正遇上一辆驶往景区外的拖拉机，拖拉机的车斗上站着十几头小花牛。王总的视线一直随着拖拉机移到了景区门口，话匣子一下子打开了："这十来头小牛是景区养殖的肉牛，三个月就出栏了，这是要拉到陶乐集上卖的。"王总说着，手指着车外："这片新开发的地方种上了苜蓿，再过二十天就长出来了，这里经常有野兔、野鸡出没，现在，所有的收入刚能养活住这个地方，算是做到了收支平衡。这是喷灌机，给苜蓿地浇水的，每一棵树底下都有管子，都是滴灌。埋滴灌也挺费劲，这些滴灌是从以色列买来的。在种这片林子前，我去治沙劳动模范王有德那儿考察过，这种滴灌还是王有德引进的，我去看了王有德所在的灵武白芨滩林场的做法，专门学来的。当初选这个地方，我做了许多考证工作，这片防风林后头就是内蒙古，庙庙湖以前最早就是放牧的地方，当时这里有个小庙，还有一弯湖水，庙庙湖这个名字就是这么来的。"传说中，放牧的人来到这个地方，就用庙庙湖的水放羊饮羊，后来风沙把庙给刮塌了，湖也没了，沙漠化越来越严重，草场没有了草，变成了沙漠。

"过去我在煤上挣的钱全投到这儿了。"王总说："在这个地方我投资了2.7亿元，还不止。"

王总老伴儿一听这话，跟了一句："钱是花对了，但这个钱啥时候能挣回来呢？我们这辈子再挣不回来了，唉，七十岁来到庙庙湖，庙庙湖就成了他的另一个家，一晃十几年过去了，他也从七十岁的老汉变成了一个八十多岁的老汉。"王总老伴儿感慨着。

在老两口你一言我一语中，车子停在了一个青砖灰瓦的四合院前。"今天中午我给你们做羊肉臊子面。"王总老伴儿边说边下了车。

也许是看到了我脸上闪过的一丝疑问，王总赶紧说："你放心，我老伴儿做饭可有水平了，以前我开洗煤厂的时候，养着几十个工人，全是我老伴儿做饭。虽然她现在也已经是过了八十岁的老人，还有严重的风湿病，但是平日里收拾屋子、做饭，这些家务活还干着呢，我从来不管，我们两个一直是她主内我主外。咱们就在车上，现走我现给你讲，你就清楚我在这里都干了个啥。"

## 二

"2000 年，王恒兴从新闻中获知，宁夏三面被沙漠包围，有六百多个村庄直接遭受沙化危害。一个想法在他心中渐渐清晰，开矿挖煤是输出资源，带来的是一时富裕；植树造林是积蓄资源，带来的是可以永续发展的长远利益。2007 年，王恒兴选择了宁夏与内蒙古交界的毛乌素沙漠边缘的陶乐镇庙庙湖进行治沙造林，注册资金五千万元成立了平罗县陶乐天源馥藏农业综合开发有限公司，开始履行'向大地还账'的承诺。"2012 年 2 月 14 日，《中国绿色时报》以头版头条文章《向大地"还账"的老人——记治沙造林的民营企业家王恒兴》，刊发了王恒兴治沙的事迹。

2007 年，王恒兴整七十岁。这年春天，王恒兴开着奔驰车，一头扎进了庙庙湖的层层沙地。一进沙漠，王恒兴做的第一件事，就是把黄土拉进来，铺在沙子上，铺了条简陋的土路。庙庙湖处于毛乌素沙漠最西头，到处都是大大小小的沙疙瘩，外围边缘的沙丘小，越往东走沙丘越大。不管是修路也好种树也好，人都得先爬上沙丘，和大大小小的沙丘斗争一番。当时，沙地里只有一个残破的蒙古包，还是当年放羊的人遗留下来的。王恒兴请来几个工人把烂蒙古包收拾了一下，糊了点泥，支了张床，老两口就在里面住下了。

沙漠里除了沙子，就是风，住下的当天夜里，大风发出鬼哭狼嚎一般的动静。好不容易等到第二天，老两口一醒来，发现被子重了好几倍，压得人快喘不上气来，一看，被子上面盖满了沙子。五点钟天刚有点亮，老伴儿就从沉重的沙窝里钻了出来，用煤油炉子煮了鸡蛋，热了馒头。王恒兴吃了早饭后，六点半就出了门，忙了一天，回来时已经是晚上十一点了。这一天，他在沙地里领着十几个工人搭好了临时炉灶，搭了一顶大帐篷。这十几个从前一直跟着王恒兴的工人，跟王恒兴老两口一起住进了沙漠里。

第二天晚上，又是一个狂风大作的夜晚。一早起来，那条刚铺好的简易土路，被一夜大风全吹没了，又成了一道道沙坡坡。

一遍遍清沙子，一遍遍覆土，一遍遍用压路机轧实，进入沙地的最初几天，最初几个月，甚至最初一年，铺路成了每天重要的活计。王恒兴带着工人天天忙碌着，每一天每个月似乎都是在重复前一天、重复上个月的劳作——把路上的沙子推平，把黄土覆在沙地上。

铺路难，栽树更难。风沙刮得面对面看不清人，好不容易在沙地上挖好了坑，把树苗栽下，第二天一场大风，树不见了，全被刮进了沙堆里。王恒兴带着工人们无数次把倒伏在沙子里的小树苗挖出来，扶起来再栽。刮了栽，栽了刮，在风和沙的一再捉弄下，一切都得从头再来，似乎每天都在机械地重复着。

很长一段时间里，满怀期望醒来之后，王恒兴面对的都是初入沙漠第一天的情景：一望无际的沙地，一拨又一拨的沙浪，头天所有的劳动了无踪迹。这样的情景令王恒兴不由得心生恍惚，似乎这里只能是一片化外之地，只能是一片前不见古人后不见来者的洪荒之地。老人顾不上哀叹，也顾不上生气，他心里只有一个念头，就是认准的事一定要干成，他脑子里一再冒出两个字——不服。踏入这片沙地之后，他没有选择，只能成功不能失败。

终于有那么两天，风没有那么大了，夯实的土路只是薄薄地铺了一层细沙，伸向沙地深处的路没有被掩埋，露出了清晰可辨的路基。望着隐约可见的伸至远方的黄土路，王恒兴内心感受到了巨大的鼓舞。

接下来，王恒兴带着工人们把全部注意力都放在栽树上。然而，第一年栽下的树全军覆灭，一棵都没有活。王恒兴顾不上抱怨，只是想弄明白，为什么费这么大劲儿，栽下的树就活不了？失败让他明白了，光靠过去的生活生产经验远远不够，得虚心学习沙漠植绿的最新技术。

经历了头一年的多次失败，经历了几乎一无所获的付出之后，第二年春天，王恒兴重新选择了树种，全部选用抗旱树种沙柳。他不仅重选了树种，栽树的方法也有了改进。王恒兴带领工人用机子把沙坑挖得深深的，土踩得实实的，又从七公里之外的黄河引来水源，学习白芨滩林场的经验，树下全部埋上了滴灌。

功夫不负有心人，2008年5月初的一天清晨，王恒兴迎来了一个欣喜难忘的日子，他发现一个月前植下的沙柳枝头冒出了鼓鼓的嫩芽。王恒兴高兴得差点跳起来，沙柳活了，这沙有办法治了。

沙漠、老人、沙柳树，有如剪影一般组成了庙庙湖新的风景。这画面充满了坚韧，充满了不灭的希望，也充满了几近绝望中的执拗，令我想起西方传说中的西西弗斯石头，那个古老而恒久的瞬间。

"当初刚开发时，好多人都在看我的笑话，但我就不信这个，我就栽，每年都栽，风刮倒了再栽，终于，第一片小树林保下来了，慢慢地，一点点扩大。"王恒兴老人说，他是个闲不住的人，他来这儿一天没闲着，有空了就种树，现在老了干不动了，但是年年还要来，来了四处看看，能拔个草也好。"我有时候也想不到，我一个老头儿怎么还能干这么多活儿。"

王恒兴初来庙庙湖，除了栽树是个大难题，最让他苦恼的是外界舆论。有人说王恒兴是有钱烧的，往沙子里摆钱；也有人说他在这里栽树，纯粹瞎折腾。当地林业局的一个领导甚至还说，你王恒兴要是在这里栽树能活，我就把脑袋给你。

越是这样说，王恒兴就越觉得自己不能失败，只能成功。凭着这份恒心和毅力，王恒兴在庙庙湖待了下来，庙庙湖的树活了下来，庙庙湖一年年绿了起来。

2010年，王恒兴被评为全国林业绿化先进个人，2012年，王恒兴被评为全国林业系统劳动模范。2017年，庙庙湖被评为全国五星级乡村旅游景区、休闲生态农业旅游区。此后，有关"王老傻子"的风凉话才彻底消失了。

"现在，这块沙地算是鼻子眼睛的（地方）都让我给栽上树了，就留了一片沙道，就在这儿。"王恒兴指着眼前的养殖场说："我到这里的第二年，就在这一片盖了一排小平房，方便工人吃住。现在就在这片沙道建了养殖场,羊养了四五千只,牛也有上千只。"

过去,庙庙湖附近没有村子,没有水,也没有电。当时,水电都是王恒兴自己花钱想办法解决的。

老人一路讲一路引着我慢慢往前走。在养殖场,遇到了他的老员工魏建忠。老魏穿着一件橘红色的厚棉布上衣,衣服左胸前的口袋上还有模糊的字迹。

我问老魏,这是庙庙湖的工作服吗?老魏说,不是的,是以前在王总的洗煤厂时发的工作服。魏建忠过去在王恒兴的洗煤厂打工,后来又成了庙庙湖的职工,他们早已经是老熟人了。一个星期前,老魏从老家甘肃会宁过完春节回来。每年冬天,从腊月底到正月这段时间,老魏要回老家,剩下的十一个月,老魏都是在庙庙湖里帮着打理农庄的草场和树木。像老魏这样的老员工,庙庙湖还有五个,这些人跟着王恒兴有二十多年了。

## 三

"别人都说这个地方栽不成树,为啥我就能栽活?因为我在石炭井一矿农场管农业时,就有在沙漠上种树成活的经验。"不知道是不是被老员工魏建忠的话勾起了回忆,从养殖场出来,王恒兴老人突然说了这样一句话。

选择在这片沙地种树,开垦绿洲,并不像人们所想的那样,是王恒兴一时兴起,而是基于过去他在石炭井矿区办农场开荒种地的经验和对于土地上耕种收获的亲历。

王恒兴曾在石炭井一矿农场当场长。原一矿农场位于现在大武口沟口街道硒有田园景区一带,今天,这里已成为石嘴山大武口区农副产品的生产地和新兴农业观光区。在20世纪60年代建立矿农场之初，这里曾是一片沙梁，一片不毛之地。而这里就是王恒兴曾经生活工作过的地方，也是他和许许多多矿农场职工家属付出过汗水和劳动的地方。

20世纪50年代末，石炭井矿区建立起来，到60年代初，矿区人口不断增加，矿工家属来了以后，没有吃的，解决的唯一办法就是自力更生，各矿开始兴建农场。王恒兴说，一矿农场就是他带着职工一手建起来的。

1965年建石炭井一矿农场时，要有一个既懂种田又管过事儿的人当场长，矿务局领导考虑到王恒兴比较符合条件，就选定他去一矿农场当场长。刚建起来时，农场连吃的水都没有。后来，在矿上的支持下，打了深井，还盖了房子，农场就这么一点点建起来了。

矿农场一建起来，王恒兴便带领矿工家属开荒种地。在矿农场种地，跟后来在庙庙湖种树一样，都是相当不容易的。来庙庙湖种树，刚种上就被埋在沙子地里的经历，几乎和当年在农场的沙地上种麦子一模一样。当年，农场的麦地刚出了一拃高的苗，眼看着绿油油的，可一场风刮来，麦苗全没了，全让沙子盖上了。王恒兴说，每到这时候，农场的职工家属就全部出动，拿着盆子，到地里抓沙子。刚抓掉，过两三天，一场风来了，又把麦子埋住了。隔三岔五要去地里清沙子，那些年，种点麦子可真是不容易。直到后来，农场四边种的杨树长起来了，风没有那么大了，沙子少了，田才好种了。

王恒兴老伴儿到现在还记得，直到20世纪80年代初，大武口的风沙还特别大。她说，1984年，她在一矿农场包了二十亩田种了些瓜菜。三月底的一天下午，她正在地里头忙乎着，一阵黑风起来，眼看着地膜给刮起来，她愣是不敢起身去把地膜翻下来，风太大了，大到觉得只要人一起身，就能被大风从这个沟刮到那个沟。

王恒兴老伴儿讲："当时我只能蹲倒，把头抱住，把脚下的地膜压住。一下午，我就蹲在田里，风从下午刮到晚上，我愣是没敢回家，就一直等着。等风小了，我才站起身，可是走着走着却找不着家了。天黑了，再加上风把四周刮得灰灰的，我看不清哪儿是哪儿。到了农场的家属区，我就挨着房子一排一排往过数，数到第五排，摸过去，才算摸到家。第二天，农场的人过来一看，集体地里的膜都在树上挂着呢，就我家地里的膜都好好的，就问呢，我就说老天有眼，刮集体不刮我的。他们这才知道，那天刮风，整个农场就我一个人在地里蹲了一下午。"

在王恒兴老两口的记忆里，当年一矿农场的这一幕跟他们最初到庙庙湖的日子何其相似。也许，上苍早就安排好了，从那一刻起，王恒兴就与沙子，与绿色结下了难解的缘分。

在一矿农场，王恒兴带领一千多名家属和小青年，一路干了下来，这一干就是近二十年。这二十年当中，一矿下属的大小单位换了九轮干部，就是始终没换王恒兴。

至今，王恒兴仍感到骄傲的是，一矿农场当时在矿务局农业系统，在自治区甚至在农业发展部都是挂了号的，很有名。据他回忆，20世纪70年代末，全国煤炭系统下属农场农副业现场会，就是在石炭井一矿农场召开的。

随着矿区人口增多，随着一拨拨年轻人长大，矿区的就业压力变得越来越大。农场虽然苦，但是能够在农场有份工作，也是不错的出路。而且，在农场当过一段时间农工后，还有机会招工到矿上，成为一名正式工人。矿区就这么大，在当时能到农场劳动的都是投亲靠友，多少有点亲缘关系。于是，一到矿上在农场招工的时候，就有熟人来找王恒兴，都想早点招工离开农场，成为矿上的正式员工。每当这个时候，这些熟人提上一包花生米、一桶油、一瓶酒，就来了。

王恒兴不喜欢这一套，可都是熟人，来了咋办？把人撵走也不合适，那就只好花生米一炒，酒打开，一起喝，喝完了就让他走人。当时也有塞钱的，但是给钱是坚决不能要，拿了他的钱，王恒兴就得听他的，万一办不成，这些人会在外面说什么。王恒兴说："我这个人对钱并不看重，我就觉得人不能太爱钱，太爱钱的人往往也不会太有钱，这是我的人生经验。我有时候就想，可能就是我对钱看得没那么重，才能挣下钱的。"

1985年，王恒兴从一矿农场退休。退休那一年，矿农场的地实行承包制，全都承包给职工。当年，王恒兴也包了一块地，种了一年之后，王恒兴下了海，办起了工厂。

## 四

石炭井人经商办企业，王恒兴算是最早的。在改革开放初期，国家大力发展个体企业，王恒兴是当时石炭井地区最早一批办厂的个体经营者。20世纪80年代末，王恒兴的洗煤厂是当时石炭井最早的民营洗煤厂，也是最大的一家。

在此之前，王恒兴曾创建了宝华碱厂。那时候的碱厂只是简单的粗加工，原料是从内蒙古碱湖上拉来的，用王恒兴老人的话讲，就是把原料烧成亮亮的绿疙瘩，就算是加工好了的半成品。

把这样的半成品发给肥皂厂，这就是肥皂厂做洗衣粉、肥皂的原料。王恒兴的碱厂就以来料粗加工的方式干了三年，三年后，王恒兴才从碱厂转行，建起了洗煤厂。

从碱厂到洗煤厂，看似并不复杂的经历，对于王恒兴来说，却经历了人生中从未有过的波折。

1989年6月，碱厂的产品因为运输问题发不出去，只能堆在厂子里。积压一天就是一天的亏损，王恒兴有点着急。这时，一个叫苏建长的东北人来厂里找到王恒兴。这人来了一看说王恒兴的货好，让王恒兴把货都发给他。王恒兴说，咋发货，手里一分钱都没有，连运费都没有。当时一吨货物运费才三十元钱。苏建长说，不要紧，我先支付一部分货款，等货到了，我把剩下的再付给你。苏建长说完这话，一下就给了王恒兴十九万元，连收条都没要，合同也没写，直接付了现金。王恒兴一看这个人做事挺痛快，出手也大方。苏建长让王恒兴把货发到辽宁铁岭，他说是给铁岭硫酸铜厂进的货。王恒兴深信不疑，当年厂子里生产的碱，都是给化工厂提供原料，在联系外销时，他是听说过这个厂子的。

苏建长回东北后，很快又给王恒兴汇了五万元，并且在电报里再次承诺，货发来后，他把剩下的钱全部付给王恒兴。王恒兴就把厂里所有的货全发给了他。最后结算下来，刨去苏建长给付的二十四万元，余款还有六十八万元。那时候还没有手机，供货往来就靠发电报。王恒兴发电报说货发过去了，余款怎么还没见？刚开始一发电报，苏建长还回电报说，再等等，最多一个星期钱就全到了。王恒兴就等着，又一个星期过去，钱还没收到。王恒兴只好再发电报。他没想到，再发电报，就没有回音了。王恒兴这才意识到坏了。

就是这个时候，王恒兴还不敢十分确定，这个叫苏建长的会是个骗子。当时他就按苏建长留的联系地址，赶紧给铁岭硫酸铜厂发电报，电报回复说没这个人，这个厂子根本没有苏建长这么个厂长。收到电报的那一刹那，王恒兴觉得天旋地转，脑子一片空白。完了，辛苦了这几年，全部家当一下子被骗得精光，这可怎么办？当时，一斤白面才一角七分钱，一斤大米才一角八分钱，他却一下子被骗走了六十多万元的产品。

出了这么大的事，王恒兴只有报案，之后，他又给石嘴山市政府做了汇报。六十多万元货品被骗，这在当时是特大诈骗案件，一个个体企业家出了这么大的事儿，不只是惊动了石嘴山市领导，自治区政府也很重视。同时，王恒兴又到法院起诉铁岭硫酸铜厂。可是找不到苏建长这个人，怎么立案？自治区法院的同志就随自治区残联主席去了铁岭。之所以由残联主席带队，是因为当时王恒兴的碱厂聘用了十几个残疾人。辽宁省人民政府从中做工作，铁岭区政府支援了一下，从当地化工厂给王恒兴调了一车皮肥皂、两车皮洗衣粉，这还算是当地厂子看在各级领导的面子上，给的友情补偿。

石炭井矿务局主管生产的局长贾梦林，听说这个事后就说，王恒兴你种田挖煤都行，没做过生意，你还想做个大买卖，结果弄了这么个事。他看王恒兴损失惨重，就说，你是矿务局的人，矿务局给负担一点。当时就把这三车皮的肥皂洗衣粉拉到了矿务局，后来就被当作矿务局的劳保用品给发掉了。

当年，一条肥皂才几角钱，这些东西总共也就值三四万元。这三四万元到手，王恒兴要先给工人发工资，还要付运输款。王恒兴东拼西凑，还欠着银行贷款十三万元。这时，正好惠农县四中建了个焦化厂，县上领导跟王恒兴熟，就建议他去洗煤，把洗好的焦炭出售给惠农县四中焦化厂。

1989年底，王恒兴从制碱业转行洗煤业。当时，洗煤厂就建在矿务局农业指挥部这个地方。在这儿干了没两年，矿务局盖房子，要征用洗煤厂所用的地皮。王恒兴就要了一笔赔偿，把厂子搬到了汝箕沟口，自己盖了厂房，继续办洗煤厂。

20世纪八九十年代，国家经济转型初期，是煤炭加工行业最好的发展时机，很快，王恒兴成了宁夏煤炭行业最先富起来的个体老板。

## 五

1989年底，王恒兴的洗煤厂刚刚做起来，第二年初，他去天津要账。此时的王恒兴穷得连火车票的钱都舍不得掏。当时，王恒兴跟平罗火车站站长关系好，站长把他的乘务证借给王恒兴，王恒兴就用站长的乘务证坐了趟免费车。

那时候，他还没想到，这趟火车，不仅意外地将他从被骗后资金严重不足的窘困里打捞上来，并且，让他从此交上了财运。

上了火车，王恒兴跟对面铺位的男子聊了起来。这个跟王恒兴同龄的男子是哈尔滨电池厂的王厂长。当时的哈尔滨电池厂是一个有二三百名职工的厂子。石炭井要建化工厂，王厂长作为专家被请来做指导。王恒兴和王厂长坐在一个包厢里，很快就聊热络了。

到了北京站，王恒兴直接去了当时宁夏煤炭厅在北京的办事处。没想到，在北京住下的当天下午，王厂长竟然来找王恒兴。

当时在火车上，王恒兴跟他说过在北京落脚的地方。王恒兴一看王厂长来了，有点出乎意料，就问他，你不是去住北京饭店，怎么跑到这儿来了？王厂长说，别提了，下了火车，才发现包落在火车上，身上啥都没有，连吃饭的钱都没有，没办法，只好来找王恒兴了。

虽说王恒兴还欠着银行的钱，穷得出趟门火车票都不舍得买，但临走时，老伴儿还是给王恒兴装了八百元钱。王恒兴就让宁夏煤炭厅驻京办事处的经理徐加成帮王厂长买了张到哈尔滨的卧铺票。王恒兴清楚地记得，当时从北京到哈尔滨的卧铺票才三十二元钱。

第二天，王恒兴把王厂长送上了车。临上车，怕他没钱路上受罪，王恒兴又把带的钱匀了四百元给王厂长。然后，王恒兴就去了天津，找到池中鳌。20世纪80年代初任石炭井矿务局局长的池中鳌此时已经调回天津，当了市工业局局长。王恒兴此次来天津，就是要找他帮忙到宝坻去要钱的。当年碱厂生产出来的产品，借着老领导的光销到了宝坻，那里还欠王恒兴的原料钱呢。就这样，王恒兴在天津停留了几天，池中鳌帮王恒兴要回了欠账。

王恒兴从天津回来后，过了一段时间，收到了哈尔滨发来的一封电报，电报是王厂长发来的，说，你把手里的焦炭都发过来。王恒兴当时手里压了一千多吨焦炭，正愁销售，手里本来就没有钱，开洗煤厂现挣的那点钱全都还了银行贷款，手头紧得就连发货的运输费都没有。紧接着，王厂长又发电报来，说运费你不用管，哈尔滨电池厂财务处李处长已经到北京了，马上就到你那边去。当时，通信往来十分不便，跨省贸易只能通过信贷资汇，就是买方的财务人员必须到实地进行交易。

很快，李处长就来了。出于礼节，也出于面子，王恒兴要去火车站接李处长，可为难的是，洗煤厂连个接站的车都没有，只有一辆拉货的解放牌大卡车。没办法，王恒兴就跟矿务局领导说了。当时矿务局领导坐的也只有一辆小汽车，是苏联华沙牌小轿车。王恒兴就借了华沙小轿车去火车站接李处长。

在接站之前，王厂长特意交代王恒兴，让王恒兴领着李处长去沙湖转转。王恒兴就安排李处长晚上住在青山宾馆，第二天去沙湖。第二天，王厂长的电报就来了，说电池厂的业务太忙了，要李处长赶紧返回。匆忙中，李处长走了。王恒兴拿着资票到银行，一兑，竟是二十二万元。拿了钱，王恒兴强压着内心的意外和狂喜，把厂里积存的焦炭都给发过去了。

发了货过去，王恒兴这才敢问对方，焦炭定的是多少钱一吨？对方说，一吨五百八十元。这个价格把王恒兴吓了一跳，当时，宁夏焦炭市场一吨才一百六十元钱。王恒兴拿到这笔钱是既高兴又担心，担心王厂长是为了报答他，高价买了他的焦炭，可别再把他自己给装进去了。正在担心的时候，王厂长邀请王恒兴去哈尔滨，王恒兴就带着老伴儿去了。

一到哈尔滨，两个人一见面，王恒兴就问他，焦炭咋定了这么高的价？王厂长说不高，不信你在这边打听一下。王恒兴就地打听，质量好的焦炭在当地最高要六百四十元一吨。王厂长说，王恒兴的焦炭质量比东北当地六百四十元一吨的质量还要好呢。王恒兴这才算放下心来。随后的许多年里，他的洗煤厂每年都给哈尔滨电池厂供焦炭。很快，王恒兴就把银行的欠账还完了，彻底翻了身。

## 六

与大多数煤老板一样，王恒兴发财致富缘于善变通、肯吃苦和勇于抓住机遇，但是在挣了钱发了财之后，怎么花钱，抑或用这些财富去寻求什么样的再发展，却让王恒兴的人生故事走向了和许多煤老板不一样的方向。

2005年，煤炭加工行业竞争愈演愈烈，已经在这个行业淘金十五年，积累了上亿元财富的王恒兴，回想过去这二十年来下海经商的经历，觉得自己作为一个商人做得还算可以——办厂时，他为十几个残疾人提供了岗位；挣到钱后，他也捐建过学校。可是，王恒兴总觉得，相比挣下的这么多钱，自己做的这些事不算什么，远远不够，自己内心深处还有那么点不甘心，总想再干点大事。

2006年，国家提出要走绿色低碳发展道路，王恒兴突然感到有了新的创业方向。他决定响应国家政策，在环境治理上做点事情。这一年，他开始四处考察，考察来考察去，走到庙庙湖这个地方，他停下了。

王恒兴是咋想的？他想，手里有两个钱，决不能就这么直接放到儿女手里。放到他们手里很有可能胡乱就给花了，到时候不仅钱没有了，弄不好还闯下祸来。这种事情不是没有，太多了。他总觉得像他这样有两亿元的煤老板根本不算啥，比他有钱的人多了去了，几十亿元的几百亿元的多的是，可是据他所知，他们最后留下那么多钱，多数并没有给他们的后代带来什么好处，有时候反而把子孙后代给害了。他就想，还不如都栽了树，一是孩子们也就胡花不成了；二是栽下的树，只要不出什么大的意外，就能一直留在那儿，千秋万代都看得着。

王恒兴老伴儿听着，在一旁插话道："就这么，明明是个富家，他却把钱全扔到沙子上，弄成了个穷家。"

我借机问："阿姨，您怪他不？"

"说是这么说，我不怪他，从来没有怪过他，他这个人闲不住，这一辈子没干过歪门邪道的事儿。他来这里种树，干的又不是坏事，我不支持他，咋可呢（宁夏方言，咋办的意思）？我们俩一辈子没干过仗。他干的都是正事，不像别人有两个钱不是赌呀就是瞎霍霍，他又不好那个些。过去挣工资后来办厂子，钱都交给我管。他花钱，用多少我给多少，他从来手里不搁钱。"王恒兴老伴儿说。

"我就是个闲不住的人，这些年，投进去的这些个钱，通过发展养殖、生态旅游，现在刚能做到收支平衡。"王恒兴好像还沉浸在老伴儿刚才的话里，他说，要想把投进去的钱都挣回来，在他这辈子是不行了，到儿子这辈子也够呛，到孙子这辈吧，这事儿急不得。

王恒兴接着又说："上午我领你去看的养殖场是2012年建的，有八九年了。我们养的是新西兰的羊种，萨布克胡羊，这个羊长得快。光养殖场就将近四百亩，喂的都是我们自己种的草料。今年（2021年）春天，大羊下了二百三十九只羊羔，过一个来月，就能长这么大（用手比画着，有半抱），三个月就能出栏，一只羊能卖一千元。我们的养殖场每年有生产目标，实行的是责任制，就像过去20世纪80年代我们在矿农场时一样。我们这里管羊的，是陶乐镇当地的两口子，他们养了好多年羊，有经验，一年收入有五万多，还算可以，他们的收入跟他们管护羊只的效益挂着钩呢。像 2020 年总共就下了六百多只羊羔。我看 2021 年这个势头，到年底能下七百只。我们养的花牛是西蒙达儿牛，黑牛是安格斯牛，都属于肉牛。刚才我们在门口碰上往外拉的小牛就是刚出栏的西蒙达儿牛。昨天还下了一只小牛，三月这才过了几天，已经下了两只小牛，二月份下了十几只，每年能下六七百只小牛。"

"为啥要在这里建养殖场？"我问。

王恒兴老人说："养殖是为这些树木服务的，要不然治沙靠什么，主要是靠农业和养殖业支撑。就是因为栽的树太多了，后续没有钱，就可能断电断水，一旦没有水电，不出一年，这个地方就全完了，以前花的功夫就都白搭了，不说别的，这里栽下的树，光水费一年就得三百多万元。每年销售牛羊，毛利能有一千多万元，目前这就是养活这片沙地最主要的经济支柱。我们这里草场上打的草也产生效益，一吨草料能卖两千多元。在沙漠发展生态，前期纯粹是往里砸钱，但是接下来就必须有后续资金，不然光往里贴钱，多少能贴清？"

从 2007 年到 2017 年，庙庙湖生态区建成后，后续资金成了最大的问题。为此，王恒兴在庙庙湖建起了三大区域，一开始干的这片沙地就发展成了养殖区域，再一块是与内蒙古交界的那片沙地，是植树造林区域，湖水一带是文化旅游区域。这几年，庙庙湖就是按这三个园区的规划发展的。

2007 年春天，当王恒兴站在大片沙丘上，望向茫茫四野时，他心里已经勾画出了十几年后眼前这片沙地花红柳绿的样子，勾画出了传说中庙庙湖应该有的风景，这风景，是早就深植于他内心的愿望，今天，成了眼前的现实。

庙庙湖还有两千多亩地没开发，王恒兴说："我想留下这块沙丘，作为今昔对比，作为我治沙的见证，让我的孩子们，让来参观游玩的人们看看，这就是庙庙湖治理前的原始样子。"说到这儿，王恒兴沉默了一会儿，指了指眼前的灌木丛说："你不知道，为了栽这些花棒，我的老命差点丢到这沙漠里头。"

刚开始时栽花棒，干沙子太深，没有水，王恒兴把纯净水瓶子收集来，花棒的根就放在纯净水瓶子里，连瓶子带水一起栽进地里。这办法是王恒兴自己想的。栽花棒的时候正是四月初，沙地里太阳一出来，很快就热了起来。日头下，沙坑才挖了一半，王恒兴就倒下了。当时，沙漠里就只有他一个人，一时半会儿没人能发现。没过几分钟，栽倒在沙地上的他醒了过来。王恒兴缓了缓，喝了几口水，慢慢恢复过来。他又活过来了。

## 七

庙庙湖跟内蒙古鄂托克旗紧挨着，这一带正是风口。为了防风固沙，2014 年，王恒兴在两地边界上栽种了十几千米的防风林，最宽处二百米，最窄的地方也有五十米。在哪儿栽树，栽多少，什么地方栽得厚，什么地方可以栽得薄一点，这可都是王恒兴反复考察摸清情况后，根据防风需要栽的。这片防风林种的是新疆杨，基本是百分之百的成活率。沙漠栽树跟别的地方不一样的是，必须用机子打坑，不用机子，干沙子现挖现又流进去，效率非常低。这是王恒兴到了庙庙湖以后学会的沙漠栽树法。防风林种成了，王恒兴又在旁边的沙地上种了旱芦苇。每到夏秋，这片芦苇和防风林就成了一片颇为壮观的风景带。

现在回过头，王恒兴有时都不敢想，自己怎么就跑到这儿来？怎么就敢冒这么大的险？自己一个老汉怎么就栽下这么多树？他说："为啥老伴儿总说我呢，真是一点没说错，我是把自家几十辆好车的钱拉账了，全埋到这沙漠里了。"

吹过的风沙，流下的汗水，所有经历过的痛苦和挣扎，也许只有王恒兴和他的家人心里最清楚。这些伴着泪水、汗水的痛楚经历，如今，在两位老人的笑谈中，仿佛传奇一般。

王恒兴来之前，庙庙湖是一望无际的沙地，虽说已经没有多少草了，但还是有人偷偷放牧，稀拉的羊只啃着沙地边缘稀拉的野草，这是当地人熟悉的场景。那时候，有人管王恒兴叫王老傻子，都觉得他纯粹是把钱白扔到沙子里了。提及这些，王恒兴笑着说："那会儿当地人还没有意识到这是块宝地，就在我开完了荒之后，县政府开始严格禁牧，提出保护当地生态。"当初，王恒兴买下这片近二百万亩沙地花了不到二百万元，算下来一亩地才一元钱。现在买一亩至少得九万元。整个庙庙湖一共一万二千多亩沙地，在王恒兴的带动下，这片曾经无人问津的荒芜之地很快变成了香饽饽。

2015年，王恒兴在庙庙湖湖边修了观光道。2016年，庙庙湖湖边建成了宾馆和接待游客的便餐馆。这里成了附近居民时常光顾的风景区。

经过了艰苦的创业初期，庙庙湖农庄进入了发展正轨，儿孙们也陆续参与到王老爷子的治沙事业中。王恒兴的三个儿子都已年过五十，随着老爹的转行，他们也都先后不再从事煤业加工了。现在，王恒兴的小儿子和女婿跟着王恒兴在庙庙湖搞生态旅游开发。

王恒兴终于可以安度晚年了。但是王恒兴的心还是放不下，他原计划要顺着两地边界的铁丝网栽成十八千米的防风林，因为后续资金问题，还剩下一小部分没有往下栽，可是一天不栽，他晚上觉都睡不好。因为只要风口没有全部堵住，每年冬春的防风防火就成了一件大事情。

直到今天，王恒兴老两口仍像候鸟一样，冬天住在银川，三月份来到庙庙湖，在这里一直住到秋凉，一边打理这片沙地，一边过着春种秋收的田园生活。一年三季，老两口就住在庙庙湖的青砖四合院，院子里种了四棵苹果树，寓意平平安安，这也是老两口对生活最朴素的心愿。

<h2 style="text-align:center">八</h2>

王恒兴从小在惠农下营子长大，家里穷，他只上过小学。王恒兴兄弟姊妹七个，他是家里的老小。王恒兴母亲去世得早，他从小是由哥哥嫂子抚养长大的，在他幼时的记忆里，老爹跑内蒙古贩羊绒羊毛，做点小生意，哥哥早早下煤矿背煤。

王恒兴老爹七十三岁病危时，握住王恒兴的手对他说，弟兄三个你能成事呢，你记住一句话，国法不能犯，千万不要害人，害人如害己。父亲这话对王恒兴这一辈子都有影响。

"你一旦有钱了，有多少人盯着你呢，那些乱七八糟的事就不能做。"王恒兴说："和我周围的老板、生意伙伴相比，数我王恒兴的财富最少，那些人可真是大老板，可是他们的做派我真是看不惯。有些煤老板，嫁个闺女能花几千万，还请的是明星歌星，我死活看不惯。"女儿结婚，亲家给彩礼，王恒兴一分钱没要；陪嫁，王恒兴也像绝大多数普通人家一样，只给女儿买了电视和冰箱，就陪了这两样东西。王恒兴说："都说我条件好，给女儿办隆重点行不行？完全可以，但是在这件事情上，我的老伴儿孩子都没觉得我这样做有什么不好。"

王恒兴和老伴儿都是土生土长的惠农人。他说，结婚六十一年了，他们没吵过架，彼此之间没说过一句脏话。结婚那会儿，王恒兴还在石嘴山瓷厂工作。年轻时的王恒兴，最初招工到了瓷厂，后来又回到公社，之后才调到一矿的。

早年的经历，王恒兴仿佛历历在目，怎么也忘不掉，也许正是这些难忘的过去，为他积累了治沙植绿的底气和干劲，在他心里埋下了对于土地的深厚情结。

## 九

2012年春天，《中国绿色时报》记者采访王恒兴时问道，老爷子，你这么多钱，搁着清福你不享，跑这儿干啥来？王恒兴说，过去我是煤老板，挣这么多钱，现在我是来向大地还账来了。头条头版就这样登了出来。没想到，这篇报道反响很大，甚至掀起一场风波。有人说好：河南三门峡有个包山治山的个体承包者看了报纸，专门从三门峡坐车到宁夏直奔庙庙湖找王恒兴取经；当年，看了报道之后，人民日报社社长带了十几个采编人员，到庙庙湖来参观，临走时，社长送王恒兴一句话：功在眼前、利在千秋；就在那一年，王恒兴被评为感动宁夏十大新闻人物。可也有人看了这篇报道后大骂王恒兴，说他是烧包——你有多少钱，还向大地还账？有人甚至威胁王恒兴，说王恒兴把话说得太大了，坏了别的煤老板的风头。其实，王恒兴只想表达一个意思，那就是，人有了钱该咋花？可人们的说三道四，甚至挖苦威胁，让王恒兴心里很不好受。他把买来本打算送给亲戚朋友们的二百份《中国绿色时报》全收进了柜子,藏了起来。

王恒兴说,我们这些煤老板是挣下钱了,但我们要知道自己的本分。我们手里这么多钱是哪里来的?资源是国家的,我们都是靠着国家的资源挣上了钱的,不该把钱花在国家的土地上花在家乡的土地上吗?我到现在还记得有个说法——毛乌素沙地多栽一棵树,北京少起一粒沙,当时就是这句话,才让我下决心去种树。

王恒兴又说,我是石炭井人,你看看那几年贺兰山里的煤梁子成了啥样子,一些煤老板把山挖得太不像话,简直把山都翻过来了,山梁上长的几十年的老榆树,连根都挖了,你说这对山上的生态破坏有多大?

王恒兴还说,在全国,治沙的大多是公家人,像我这样的个体老板没几个,我是在响应政府提出的黄河流域生态保护和高质量发展先行,还有我们国家向世界承诺的要减少二氧化碳排放的号召,只不过,也许我是走在前面了,步伐早了一步快了一步。谁都把我当个老人来看待,但谁能在七十岁时开荒?比起那些真正的富人,我这点钱真不算啥,可有一点,那就是他再有钱,我干的这个事情他干不了,我能下的苦他下不了。这才是让我最感到骄傲的。

## 后 记

王恒兴在沙漠植绿的历程,跟他年轻时带着矿工家属们建设一矿农场颇有相似之处,至少,都是在与沙漠斗智斗勇,为沙谋绿与沙谋生存。从这一点来说,王恒兴晚年的所作所为,似乎是在延续壮年时的事业。

当然又不那么一样。人至晚年,还能在沙漠中成就一番事业，或许，只有像王恒兴这样吃过苦受过罪，挣过大钱把钱看得很重又把钱看得很轻的老人，只有像他这样经历过大风大浪的人，才可能有这样的智慧和勇气。

也许就因为眼前这片沙地这片绿，王恒兴老人比许多富起来的煤老板，多了一样绝无仅有的珍贵东西，那就是对我们生存的大地，一直心怀质朴而热烈的赤子之情。也许，他并没有细想过，沙漠与煤、与水、与空气，内在的无法分开的关联，它们与人之间相互作用互为影响的关联，但是冥冥之中，他用自己的人生经历，用实实在在的行动，用深沉的情感，用博大的胸怀，给出了与众不同的答案。

不管你知不知道王恒兴老人，知不知道在他的一生中还经历过什么，但是只要看着眼前桃花满园的庙庙湖，你就会被这片充满神奇的土地所吸引所惊艳，这片大地用树与草、花与果，用四季风光记录下了一个普通老人的神奇经历，也在诉说着一个朴素而真挚的哲理，那就是王恒兴老人所说过的和用实践证实了的——从大地上得到的终要再还回大地。这也正是人与环境、人与自然最为和谐美好的轮回。

采访之后，我与王恒兴老人电话联系过四五次，然而从第三次通电话，我能感觉到他的记忆力明显退化，在电话里，他似乎忘了我是谁。也许，这辈子他经历的事情太多，见过的人太多，值得记住的能记住的也太多。又或许人老了，能记住的都是从前难忘的。但我想，不管忘记了什么，他不会忘了煤，也不会忘了沙漠。这两个成就他也塑造他的客观存在，这两个给他带来苦与乐、带来疼痛和欣慰，令他骄傲和自豪的物质，让他的一生写满深沉和苍翠，写就了不虚和有为。

手 记
# 贺兰山的故事

一

山是石头山,沟是石头沟,放眼望去,贺兰山里最多的就是石头。贺兰山有三样很有名的"特产",都跟石头有关:一是岩画,刻在贺兰山上的远古画作,世界闻名;二是太西煤,堪称世界最优质的煤;三是贺兰砚,取材贺兰山特有的质感细密的黑紫色贺兰石。

如今,贺兰山上有三条禁令,也都跟这三样"特产"有关:一是不许拓印岩画;二是不许采煤;三是不许采石。目的是保护贺兰山,包括古人留在山间的艺术瑰宝。此消彼长中,再一次阐释了兴衰背后的辩证之道。

贺兰山岩画被发现于20世纪60年代,但受到世界瞩目,是在贺兰口的一个小村子变成旅游胜地之后。这一变化发生于新世纪这二十年。太西煤被命名,也是起于20世纪60年代,而出产太西煤的矿山发生巨大变化,也是近二十年的事情。二十年,对于经历了二十亿年成长史的贺兰山来说,简直短得连一眨眼的工夫都算不上,然而,这二十年,对于生活在贺兰山里,生活于这座山脚下的人们来说，却体验着前所未有的巨变。

2001年起，贺兰山封山禁牧。2002年5月，位于贺兰口的金山村整体迁至山下，曾经半牧半农的村民住进红砖房，圈养肉羊，开始了新生活。一个月后，银川市贺兰山贺兰口岩画管理处正式成立，主要任务就是保护开发贺兰山岩画。此前，遍布山体的岩画不过是当地人司空见惯的"石头画画子"，不足为奇。

贺兰山东麓二十七个山口均发现有岩画。经历了被发现被研究被广泛传播之后，贺兰山岩画跻身世界原始文化艺术之林。游牧狩猎、天地神祇、变化多端的人面像、抽象的类人首、太阳图形等，上至天文下至地理，包罗万象，有着丰富的人文内涵。

不只是岩画，贺兰山还收藏了诸多人类的智慧和创造力。山里至今仍存有古长城、西夏行宫、烽火台和古堡遗址。这些遗址遗迹，补充了历史书籍中有关人类在这里活动的不完全记载，那些被正史遗落的细枝末节。

除了这些断断续续或多或少的历史遗迹，贺兰山深处还发现过清末及民国时期的采矿痕迹。

深入山间，听闻这里发生的故事，贺兰山所特有的禀赋，似乎在告诉我，任何一座山，都不是普通的山。

## 二

贺兰山北部腹地也有岩画，但与人们熟悉的贺兰口不一样，这里的山长着另一张面孔。山体是永远不变的灰黄的颜色，山上能看到的只是稀疏零星不起眼的芨芨草，偶尔有低矮的野生山榆树和蒙古扁桃。一年四季，除了下雨下雪的时节，四季仿佛并不分明，猎猎山风少有停歇。

就是在这样荒芜的山地里，却时不时冒出一条矿街，几眼矿井，冒出小小的站台，冒出数个高大醒目的选煤楼储煤仓，冒出无数大大小小高高低低散落于山坡沟底的房子。山间唯一的公路从矿沟穿过，常常将矿村或者矿镇一分为二。山间的矿村矿镇布局看上去没什么章法，或者说，唯一的章法就是随山而建。因此，矿区的房屋建筑都显得不太讲究，而这就是矿工和家属生活的地方。不同年代感的房子，就是矿区最有故事最有烟火气的地方。无论是砖房、石头房还是土坯房，每个房子里，都曾经收存着某家人的日子，收藏着他们曾经的喜乐哀愁，收藏着他们半生甚至一辈子的快意和伤痛。

矿街一开始都没有名字，后来多是以山沟的名字为名，如李家沟、汝箕沟、大峰沟、白芨沟，简单朴素。家属区也没有名字，多以工区的名字为称呼，如104、308，或者以居住地的特征为名，如四百户、一棵树，随意率性。

每个矿镇，都会有一个工业广场，工业广场多半都会在铁路运输线旁边，那里会有一个高大的建筑物，附带着呈30°角的斜拉运输舱，这座呈方墩或圆桶形的大型建筑就是选煤楼，它是矿区标志性建筑。选煤楼是矿区生产出的煤在装上火车皮运往洗煤厂之前的最后一站。粗选后，煤便完成了在矿区的旅程，被装上黑色的火车皮，运往贺兰山下的洗煤厂进行洗选，然后依据它们各自的成分质地被销往各地，走向它们各自过程不同但是结果一样的命运。矗立于铁路线旁成堆成垛的煤山，和从煤里拣选出来的矸石堆，都是从前老矿区的主要标志。

选煤楼、煤山、矸石堆，和矿区火车站数条伸向远方的运煤专线，这是当年贺兰山深处最常见的景致，也是常常萦绕在矿区人心中的记忆。今天,在贺兰山深处,仍能看到有着这样独具矿区特色的建筑和站台,它们披着半个多世纪的风尘,成为山中一段无法忘却却正在走远的历史。

三

煤,载入的是地层的时间,记录着生命的延续。而人,续写这片土地的变化,张扬着无限可能的创造力。

在贺兰山下的小村落变身为岩画旅游区之时,正是贺兰山深处煤矿发生翻天覆地变化的时刻。在经历了从计划经济到市场经济的转型和阵痛之后,进入21世纪,煤的世界,再一次处于重新洗牌充满变局的时刻。

从2000年开始,石嘴山三矿、一矿、石炭井三矿这三家煤矿相继下马,由此拉开了石嘴山石炭井两大矿务局所属煤矿破产的序幕。对于这段历程,一直工作生活在石炭井的曲世勃先生在《往事有踪》(宁夏人民出版社2015年版)一书的《消失的建制》中写道:2000年,石炭井矿务局在国企改制大潮中退出了历史建制。这个全国煤炭行业一类企业,拥有十四万名职工和家属,有着四十年光荣历史的国有煤炭企业正式改制为太西集团有限责任公司。当年,那些来自各地的建设者们在石炭井开山铺路,他们战风沙斗严寒,风餐露宿,壮志满怀,大打开发矿业的攻坚战,才形成了今天以煤炭开采为主,多业并举的产业格局。四十年共生产原煤近两亿吨,其间有六百多名工人和干部为国家煤炭事业发展献出了宝贵的生命。据有关方面了解,在国内建设一个千万吨矿区,需要国家投资二十亿元,建设石炭井矿区国家只投资了五亿元,这在世界上都是罕见的。石炭井矿务局改制以后，太西煤业集团也仅存了两年，就并入新组建的宁夏煤业集团。原太西集团迁往银川，矿上部分工人分流到宁东地区，矿区职工家属有的迁往大武口，有的迁往贺兰县，多数人还留在矿区坚守煤炭开采。2006年1月，宁夏煤业集团终于搭上神华集团这艘旗舰，并正式成为其旗下子公司，再不用为开拓市场和资金不足犯愁了。这时煤炭行业也走出了低谷，迎来发展最好的十年黄金期。

当人初来时，山的完整被划破了，矿山的时间开始了；当煤源殆尽，矿山的时间终止了。这样简单的一句话就可以概括贺兰山深处近七十年矿山史，甚至，只是几个数字，从几百人，到二十几万人，再到今天的千余人。这是三代人，是一群人，是数十万人；是曾经艰苦的劳动，是曾经火热的生活；是无法逆转的时光，是一去不复返的青春；是像煤一样燃烧过的生命。

他们在这里挖煤洗煤，他们在这里生儿育女，他们在这里笑过哭过热闹过寂寞过；有人在这里走完了或长或短的一生，有人最终埋在这深山，沉睡在曾经的矿床，替换了煤的生命。而他们的后代又轮回着他们的星盘，直到有一天，离开了这里，奔赴黄河东岸，在那片空无一物的戈壁滩上，重新建起一座新的城，一座新的煤城。

在那里，他们继续挖煤，继续像父辈一样，付出汗水付出体力，用地层深处的黑，换来世间的光和暖。虽然说，生产工具不一样了，生产方式不同了，生产环境大大改善，但是，深入地底采撷光明的使命，在他们来说，一直都没有变。一代又一代煤矿工人将自己的一切，汗水、青春、生命，义无反顾地留在了贺兰山里黄河岸边。就像当年，开山拓土的第一代矿山人一样，将一切留在了这片土地的深处。

所以，煤的世界，矿山的历史，从来都不仅仅是一些数字，不是几个已经或者正在消逝的老矿山旧地名，或者几个正在兴起的新矿区新地名，而是一个又一个鲜活而有力量的生命，是富有情感涌动不息的人生，是一段段饱含泪水和欢笑的记忆，是煤一样默默无言的深沉宝藏，是筑就于地层深处的血肉长城。

## 四

煤一直在加速着人类经济发展，人类自身的能动，又在改变着经济的格局，而一场经济的变革，不亚于一次脱胎换骨，涅槃重生。这是煤的亲历，也是人的体验。

不管来自何方，到了这煤的世界，所有人的生活和命运就彻底与煤绑在了一起。煤兴时，他们激奋；煤衰时，他们落寞。

煤就像一面镜子，呈现着这个世界，呈现着人类，呈现着人与山，与这个世界的关系，毫无保留地记下了这一切。

过去的半个多世纪，父辈们把故事永远留在了贺兰山里；新世纪开始，矿山的后代，把煤的记忆拓展到黄河岸边，用来自黑暗中的光与热继续照亮和温暖着这片大地。

我一次次感到煤的时空疆域之广大，我一次次感受到产业工人的力量。他们从远处奔赴此处，又从此处走向远方，就如煤在地壳运动中的历程。他们的付出换来了社会进步，就如植物的死化作另一种生命——煤，就如煤的燃烧和逝去，化作更多形式的能量，成为这个社会前行的动力。

犹如，时间可以永远分叉，通向无数的未来。

对于一个不会健忘的族群来说，过往就是他的来处，历史就是他今天有力跳动的,心的供血之泵,是他去往远方和未来的源泉。

五

上午进山,下午返回银川,绿皮小火车仍然保持着五十年来的节奏。

自2016年起,煤炭专用运输线平汝线运输量大大减少,只是维持着有限的运行和基本的日常维护。运力价值在逐渐萎缩,而怀旧色彩却让精神寄托沉甸甸地挤压进空旷的车厢中。

2020年5月起,这趟服役五十年的小火车被重新包装,冠以"石炭井号",作为旅游号列车,与原大武口洗煤厂、石炭井镇一并被称作石嘴山市工业旅游两点一线组合。这列火车的变身,就是贺兰山工矿遗址发展工业旅游的延伸和注解。

今天,深山里的老煤矿,绝大多数成了煤炭工业遗址。由生产之地变身为工业遗址,从过去红透半边天的宁夏煤炭生产重地,成为今天独具特色的工业旅游之地,短短数年里,贺兰山深处的煤矿经历着由生到死,再到重生的过程。

这个过程并不容易。

六

曾经掏空了的山脊,就如同一个人透支的一生,有着他人所不知的沧桑起伏。

在贺兰山深处,路两边偶尔可见从前遗留下来的矿坑,裸露的山石露出了层层褶皱,黑色的煤层在深浅不一的土褐色山体中,就像是一支巨大的毛笔留下的墨迹,粗重的曲线像是造物主留下的手迹，随性而写意。在这样的山体前多是一些粉尘状的渣台。眼下，渣台上冒着新绿，那是近些年矿山治理过程中，人工种下的茇茇草之类的耐旱草植。过去开山采矿的遗留，封山后，成为重点治理的地方，用黄土覆盖，再撒上草籽，正在恢复点点绿色。

除了眼前所见，在贺兰山深处走访时，我多次听到留守矿山的职工们说，这两年环境好了，矿上出现了许多珍稀动物。2020年秋天，汝箕沟分公司曹瑞书记晚饭后散步，在沉积湖附近发现了白鹭。山上突现白鹭，这是前所未有的新鲜事，这件事情成了矿区新闻，很快传开。从那儿以后，职工们发现，每年十一月到第二年五月，在汝箕沟分公司沉积湖附近，都能看到白鹭的身影。除了白鹭，还飞来好多野生鸟儿。这些飞鸟，矿上的留守职工们从来没有见过，也叫不出名字。

这些从千里之外迁徙而来的鸟儿，成为老矿区新的风景。

今天的贺兰山，休养生息，在时光中等待复原。

## 七

如果仅从经济的角度看待这座大山，永远是短视的。

2024年11月26日，宁夏煤业白芨沟煤矿入选国务院国资委组织发布的中央企业工业文化遗产名录。

贺兰山的故事还在延续。

贺兰山的历史是一部断代史，它在断续中记录人类文明的脚步；贺兰山不是某个人，某群人，某个时代的，它是时间之子，它是星球之子。

## 致　谢

　　一路的寻访与写作，得到了多方相助，这本书也是凝聚大家辛勤汗水的结晶，在此，我致以诚挚的感谢！

　　感谢宁夏回族自治区党委宣传部、石嘴山市委宣传部、宁夏作家协会、石嘴山市文联；感谢国家能源集团宁夏煤业有限责任公司。

　　感谢王跃英、葛建华、闫永茂、曾养民、王奋勤、倪俊峰、宋希元、马立新、楚霞、葛义红、王玉双、黄秀芳、岳昌鸿、万娜、谢建华、杨锦娣、马晓芳、董文娟、王丽、魏安良、张铁聪、张虎、田冬林、杨剑、季学云、王博等热心人；感谢侯健飞、苏保伟、雷忠、白草、石舒清、闫宏伟、火会亮、金瓯、阿舍、冶进海、王琳琳、马武君、计虹、许艺、王嘉俐、李梦竹等众师友。

　　感谢石嘴山市新闻传媒中心刘均先生、《共产党人》副主编张雪晴女士。

　　感谢中国工人出版社。

　　特别要感谢所有接受我采访的人，没有你们，也就没有这本书。

**图书在版编目（CIP）数据**

乌金时代 / 曹海英著. -- 北京：中国工人出版社，
2024.12. -- ISBN 978-7-5008-8630-3

Ⅰ.I25

中国国家版本馆CIP数据核字第20244A6T09号

# 乌金时代

| | |
|---|---|
| 出 版 人 | 董　宽 |
| 责 任 编 辑 | 傅　娉 |
| 责 任 校 对 | 张　彦 |
| 责 任 印 制 | 黄　丽 |
| 出 版 发 行 | 中国工人出版社 |
| 地　　　址 | 北京市东城区鼓楼外大街45号　邮编：100120 |
| 网　　　址 | http://www.wp-china.com |
| 电　　　话 | （010）62005043（总编室） |
| | （010）62005039（印制管理中心） |
| | （010）62379038（社科文艺分社） |
| 发 行 热 线 | （010）82029051　62383056 |
| 经　　　销 | 各地书店 |
| 印　　　刷 | 天津中印联印务有限公司 |
| 开　　　本 | 880毫米×1230毫米　1/32 |
| 印　　　张 | 14.75 |
| 字　　　数 | 330千字 |
| 版　　　次 | 2025年1月第1版　2025年1月第1次印刷 |
| 定　　　价 | 54.00元 |

本书如有破损、缺页、装订错误，请与本社印制管理中心联系更换
版权所有　侵权必究